钟毓龙 著

上古神话

百年来唯此一人！以小说笔法，将上古神话的千年世界、万余人物、百川风情冶于一炉。

想象力瑰丽滚烫，故事曲折壮阔，人物鲜活精彩，光怪陆离，流光溢彩，字字珠玑。这是东方神话美学的根源世界，是华夏想象力汪洋恣肆的惊人瑰宝，是流淌在我们血液深处的伟大故事。

——芥子国

芥子园

第一百二十一回

禹出巡海外·郭支为禹御龙·禹荐董父·应龙杀旱魃

文命正在预备一切远征物件，忽报夫人、公子来了。原来涂山氏自从梁州东旋之后，就到文命所封之地建立宗庙社稷，同启住在那里。后来打听到九州已平，文命将到帝都，所以和大章、竖亥二人带了启前来相聚。四日夫妻，八年契阔，到了此刻才得团圆。便是那启自从出生之后，一直到今日才得依依膝下，亦是非常得意之事。不过想到那化石的攸女，大家不免伤心落泪而已。

大章又介绍一个人来见，就是从前在梁州救护涂山氏的奚仲，这次路上又遇着了，所以竭力邀他同来。文命见了，极道感谢，细细问他家世。原来他也是黄帝轩辕氏的玄孙。他是东海神禺虢的曾孙、淫梁之孙、番禺之子，和文命正是共高祖的弟兄。文命不禁大喜，就留他住在京师。又问他所擅长的技能，奚仲说会制造车舆，文命就将他荐于帝尧，在工倕部下做一个工正，按下不提。

且说文命预备一切远征的物件，统统齐备之后，伯益前来检验一过。忽然看见几个圆形的物件，似木非木，似石非石，似金非金，不知是什么东西，更不知有什么用处，不禁奇异之至，便拿来问文命。

文命道：“我们这次出去，陆路少而海道多。海中所最感缺乏的是淡水，此物能化咸为淡，如遇淡水缺乏时，只需将海水盛在桶内，再将此物安放其中，过了一夜，就变成淡水，所以此物是必不可少的。”伯益道：“这项物件叫什么名字？用什么物质做的？”文命未及回答，忽报天子有旨宣召，文命遂不及细说，匆匆入朝。见了帝尧，行礼之后，帝尧便问：“汝此番出行，先往何处？”文命道：“臣拟先往东方，由东而南，而西，而北，然后归来。”帝尧道：“朕想汝先往北方，由北而东，而南，而西，不知可否。”文命道：“这亦无所不可，臣就先往北方吧。”帝尧道：“本来行踪应由汝自定，适值昨日北方的始均有奏报来说，那边有女妖为害，非汝前去不能平定，所以朕想汝先往北。”说着，就将始均的奏章递与文命。

原来那始均就是叔均，从前曾跟了帝尧、篯铿等出去巡守过的。他自幼跟着大司农肄习农事，对于稼穑很有研究。舜看他才具可用，就在北方给他一块土地，叫他去试试。始均到了北方之后，就创出用牛耕田之法，省去人工不少，而土地开辟日广，每年收获甚多，因而远近人民归附，大有成聚成都的样子，北方荒凉之地渐渐热闹了。太尉舜因奏知帝尧，封他在那里做一个国君，这是始均的历史。

当下文命接了奏章一看，只见上面写道：“臣始均言，臣自到北方以来，历年务农，均以水利为本。赖天子仁德，旸雨应时，收获茂美。不料近岁发生旱灾，历久不雨，因而河渠沟洫尽行干涸，种植不能，赤地千里。仔细调查，始知北方山林之中藏有女妖，青衣白毛，形状奇丑，似人非人，在彼作祟。迭经臣督同人民前往驱除，无如妖物变化通灵，来去如飞，未能斩除。现在灾象愈深，人民朝不保暮，伏闻崇伯文命部下不少天地神将，擒妖捉怪是其所长，可否请帝饬下崇伯酌遣数人前来臂助，以清妖孽，而拯万民，无任盼切之至。”文命看了，就说道：“既如此，臣就去吧。”帝尧道：“汝到西方，如遇见西王母，务必代朕致谢。朕年迈不能亲往拜答，甚觉抱疚也。”文命听了唯唯。当下陛辞了帝尧，退朝出来，又来辞过太尉，随即回家收拾行李，带了伯益、之交、国哀、真窥、横革以及天地十四将等，共同出门。那飞翔空中的应龙当然从行，独不见那负泥的玄龟，遍寻无着。庚辰道：“某想不必再寻了，那玄龟是个神物，绝不会无故隐藏，想来此次出征，那疏水凿山之事不会再有，用它不着，所以它已归去了。”文命听了有理，亦不再寻。于是一行人等出了北门，径向始均建国之地而去。

一日，走到一处，只见远处空中有两条龙在那里夭矫盘舞，忽上忽下，文命等看得稀奇。再行近一程，忽听得有人长啸之声，那两条龙霍地降下，如蛇赴壑，早已盘伏在地上。文命等急忙过去一看，只见两条大汉，个个身长九尺，一个虬髯紫须，一个豹头大目，每人按着一条龙在那里给它剔刮鳞甲上的藓苔。那两条龙仿佛极是适意。

文命等更觉纳罕，便上前与他们施礼，问他们姓名。那虬髯紫须的人说道：“某姓郭，名支。”那豹头大目的人道：“某姓飂[1]，名父。”文命道：“两位向在何处修仙学道，有此降龙之术？”郭支笑道：“某等并非修仙学道之人，不过向来好龙，知道豢养它的方法罢了。”文命

1. 飂：音liù。

道："龙之为物，变化不测，如何可以豢养？"郭支道："这个不难。天下之物莫不有性，能顺其性而利导之，世上没有不可以豢养的动物；不能顺其性而利导之，虽则自己亲生的儿女恐怕亦有点难养，何况乎龙！所以，某等养龙的方法千言说不尽，但是大致不过如此而已。即如某等此刻在此替它剔刮藓苔，亦是顺它的性。"说着，又用手指龙的颔下道，"它此处有逆鳞无数，却要小心，万一批到它的逆鳞，它就要怒而杀人了。"

文命等细看，果见龙颔下有二尺余的鳞甲是逆生的，与上下的鳞甲不同，甚为奇异。文命又问道："怎样才可以知道它的性，去顺它呢？"郭支道："这亦不难，只要细细体察，所谓'心诚求之'四个字而已。至诚所格，金石为开，何况乎有知识、通神灵的龙！"

文命听了这话，颇为叹服。伯益在旁忽然发生一种异想，便问郭支道："足下对于龙已有使唤驯扰的本领，假使骑了它遨游四海，不知做得到么。"郭支道："有什么做不到？驯扰之极，进退上下一切悉可听人的指挥调度，它亦极肯受人的指挥调度。要知道龙亦万物中之一物，如犬马一般，不过它身躯较大，心性较灵，能通变化而已。"

伯益道："那么我有一事，向足下请求，未知可否。"说着，用手指文命道，"这位就是崇伯，奉圣天子之命到九州之外去治水，同行者就是我们这几个人。"又用手指天地十四将道，"他们都有神通，能蹑空遁土，瞬息千里，比龙飞还要便捷，倒也不生问题。只有崇伯和我们这几个人非常困难，因为九州之外中华人迹罕到，交通亦恐怕异常艰阻。某的意思，要想请二位和我们同行，并请用龙做我们的代步，而且还要请二位代我们驾驭，如此则时日可省，险阻可免。这个虽是不情之请，然而亦系为国为民，并非私事，想二位即使不答应，亦不会怪我冒昧。”

郭支听说，慌忙过来与文命行礼道：“原来是崇伯，刚才简慢失礼，死罪死罪！”又问了伯益姓名，才说道：“崇伯如不弃小人，肯赐收录，小人极愿效劳。况以理论，为国事奔走亦是应该的。”文命等听了，均大喜。郭支一面走到两龙头边，叽哩咕噜，不知向龙说了些什么话，一面又向飂父说道：“豢龙大要你大约已知道了，以后只要练习纯熟，就可以神而明之。我现在已答应崇伯，小效微劳，即刻就同去，我们再见吧。”

文命听了，大为诧异，便问郭支道：“这位何以不同去？”郭支道：“他是小人的朋友，生性亦极好养龙，但是他的技术还未纯熟，尚须学习，所以不必同去。”伯益道：“那么我们只用一条龙么？”郭支道：“用两条龙，这两条龙都是非常驯熟的。”伯益道：“足下一个人可以驾驭二龙么？”郭支道：“豢畜已熟，再多两条亦可以。”文命道：“我们将二龙带去，你的朋友没得养了，那么怎样？”郭支道：“不妨，此地是龙门山的上游，每年春季，鲤鱼到此化为龙的总有好些，都可以养，现在还有几条潜在水中呢。”说着，那飂父已撮起嘴唇，长啸一声，果然另有两条龙翻波踏浪而出，飞到空中，自去盘舞。

文命看了，忽然想起一事，便问飂父道：“你既不能同去，我现在介绍你到京都去，替天子养龙，你愿意么？”飂父听了，不胜欢喜，就说道：“承崇伯提拔，小人敢有不愿之理！”文命大喜，当下就在行囊中取出简章，立即写了一封信给太尉舜，大致谓“麟凤龟龙，称为四灵，圣王之世，都是拿来豢养的。现在圣天子在位，麒麟已游于郊薮，凤凰已巢于阿阁，越裳氏所贡的神龟早已畜于宫沼，独有豢龙尚付阙如。顷某在途，得遇郭支、飂父二人，颇精豢龙之术。郭支愿御龙从某周游天下，一时未能来都。谨先遣飂父前来，乞奏知天子，俾以官职，使得尽其所长，于圣明之治必有裨补”等语。写完之后，交与飂父，叫他自己拿了去见太尉。那飂父欣然去了。

这里文命等就由郭支支配去骑那两条龙。好在文命屡次骑过，已有经验；伯益亦是第二次了，胆量较大。但是文命终不放心，叫他跟着郭支，与真窥、横革共骑一龙；文命和之交、国哀及几个人夫等共骑一龙，所有行李则分担于两龙之尾上。跨好之后，只听郭支口中发出一种异声，那两条龙就徐徐载着众人腾空而起。七员天将也蹑起空中，夹着两龙，保护众人一同前进。那七员地将用地行之法，在下面紧紧追随。另有一条应龙则或隐或现，或前或后。

跨龙而行真是其快如风，其疾如矢，不到炊许，隐隐见下面庐舍人烟非常热闹。文命料想必是一个大都会，就叫郭支吩咐二龙徐徐向郊外降下。当地的人民见了，都道是神仙下凡，纷纷前来叩谒。文命向他们询问，才知道此地就是始均所治之国，不禁大喜，一面就在郊外支帐安歇，一面叫国哀去通报始均。

隔不多时，始均已来迎接，并说客馆已备好，坚请文命到邑内去住。文命道：“某历年在外，野宿已惯，还是野宿为妙。况行李、从者非常众多，兼有二龙，邑居实属不便，请贵国君不必客气。某此来，奉帝命驱妖救旱，究竟现在灾情如何，妖物还来作祟么？”

始均叹息说道：“近来这妖物正在为害呢。前年一年不雨，小民颗粒无收，因有历年的储积，尚不为害。去年又是一年不雨，颗粒无收，已是难堪，然而尚可过去。今年又是数月不雨，倘再过半月，不但不能下种，收获无望，即以饮料论，河渠沟洫到处皆干，仅仅靠着些山泉，这许多人民何以分配？恐怕没有饿死，先要渴死呢。”说到此句，不觉掉下泪来。

文命道：“天气亢旱，何以知道是妖物作祟？”始均道：“这是历次试出来的，因为有时黑云四布，很像要雨的模样，但是妖物一出现，黑云就散。有人还看见妖物用口嘘气，将云吹散呢。”

文命道：“可曾用各种方法驱除或祈祷过？”始均道：“项项都做过，雩祭也无效，迎龙神也无灵。去年曾得到一种石子，名叫楂达石，据说生长在驼羊腹中，圆者如卵，扁者如虎胫；还有一种生长在驼羊肾中，形似鹦鹉嘴，尤其好，其色有黄有白。凡驼羊腹中有了此石，则渐渐羸瘠以死，趁它未死的时候，剖而取之，遇到天旱时，拿此石浸在水中，念起几句咒语来祈雨，是无不得雨的。去年某所得到的石，就是最良之石，又特请念咒语的人来念咒，可是黑云密布了又为妖物所败。某发愤，带了一千余壮丁，披甲执兵，纵金伐鼓，拼命向妖物所在之地直攻过去，那妖物亦知畏惧，闻声而逃，但是其行如风，顷刻不见。某等一直向西，追到弱水之北，不见踪影，以为驱逐走了，哪知某等一还，彼亦追踪而返，真是可恶至极，然而竟无法可施。”

文命道：“这妖物现藏何处？”始均道：“向在西北山林之中，但是时隐时现，此时不知在否。”文命道：“此刻时候还早，我们先去看看吧。”当下就带伯益和天地十四将等及始均步行过去。

一路上但见土地尽坼，河渠之中几乎滴水全无。文命叹道：“亢旱至此，百姓真何以为生呢！”伯益道：“某想，现在除妖物还是第二着，总以得雨为先，崇伯何妨先叫了雨师来，使他大沛甘霖，以救百姓之急呢！”文命听了，颇以为然，立刻作起法来，喝道：“雨师何在？”陡见两朵祥云自空而下，云中各站着一个神人，齐向文命行礼道：“雨师玄冥、雨师冯修同进见。崇伯见召，有何吩咐？”

文命道：“此地大旱三年，万民待毙，行雨乃尊神专职，何忍坐视而不救？”玄冥道：“小神并非不救，实因此地旱魃为虐，势力太大，小神等敌她不过，所以不能尽其职司，还请原谅。”文命道：“尊神乃天上神祇，旱魃不过山林恶鬼，何至于敌她不过？”玄冥道：“唯其敌她不过，所以旱魃能成灾；如其敌得她过，不至成灾，那么旱魃之名亦不会见于经传，大家听了亦不会怕了。况且这个旱魃与寻常不同，本来来自天上，号称天女。当初黄帝与蚩尤战争，蚩尤以魔力强迫小神和风伯等纵大风雨，黄帝不支，几乎要败了；后来得九天玄女之助，就叫了此女魃下界来制伏小神等。小神等在天上，本来惧怕此女魃，避不见面的；一旦遇着，自然魂飞魄散，哪敢相敌！只得相率逃去，风止雨收，黄帝因此杀了蚩尤，成了大功。所以依历史而论，小神等是惧怕女魃的，一物一制，哪里敢和她相敌呢！后来这女魃不能上天，逃居在北方山林之中，一直到现在，所以北方荒漠之地几百年未曾下雨，从前的大海亦渐渐干涸了。不知现在她何以忽向南来，闻说当时九天玄女亦曾虑到女魃将来必为大患，曾经教授黄帝一个驱除的方法，但是究竟是何种方法，小神不得而知。如果要小神等抵抗她，实无此能力，请原谅。”

文命道：“既然如此，不必说了。现在某奉天子之命来此除妖，正要与女魃决一雌雄，敢请尊神作速行起雨来，万一女魃敢来阻挠，某自有处置之法，请尊神不要再胆怯了。”冯修道：“崇伯既如此说，容小神会合了云师屏翳和风伯飞廉前来效力。”说罢，上天而去。

过了片时，只听得空中呼呼风声，转眼之间，黑云白云弥漫堆布，仿佛就有大雨倾盆之势。举眼一望，但见飞廉、屏翳、玄冥、冯修四神各率他的部属，站在空中，卖弄他们的精神，那雨点已如豆大的降下来，大家以为这一次定有希望了。哪知对面山上忽然蹿出一个青白之物，长不满三尺，张开嘴，仰着天，向空嘘出一股红气，直上云霄，气之所到，飞廉、屏翳、玄冥、冯修部下的神将顿时支不住，纷纷逃走。

黄魔、大翳一见，哪敢怠慢，绰了兵器，飞似的赶去。这里繇余、庚辰、童律、狂章、乌木田等也一齐赶去。看看将近，那妖物霍地回转头，向各天将大嘘其红气，觉得这股红气焦辣异常，比火还厉害。黄魔、大翳首当其冲，浑身毛发皮肉都如受熬炙一般，禁不得大叫一声，赶即退回。其余天将亦都因受灼不敢上前。

文命大怒，忙喝一声：“应龙何在？”哪知寂无影响。连喝数声，仍不知下落。文命又是诧异，又是焦急。这时七员地将早商议好，从地下潜行过去，趁妖魃不备，向她脚上乱打。妖魃出于不意，倒在地上。七员地将刚要上前擒捉，哪知妖魃灵敏，霍地立起，转身向西北逃去，其行如风，顷刻不见。这时天空早已云净风消，夕阳低挂，一丝儿雨意也没有了。文命没法，只得与始均等退回营帐。

大家商议，文命最怪的是应龙忽然失踪。庚辰道："应龙是神物，灵敏忠勇，追随多年，况且是东海神禺虢所派遣的，绝无退缩藏躲之事，或者到什么地方求救去了，崇伯且等它一等吧。"伯益道："我看刚才地将打翻妖魃，是从地下着力的。妖魃嘘气虽然厉害，或者不及于地下，最好明日请雨师等仍在空中预备，妖魃来时，由各地将从地下去打；妖魃一去，就请雨师降雨，崇伯以为何如？"文命想了一想，说道："姑且试试看。"当下无话。

次日，文命果然又叫了云师、雨师等来，和他们商量。玄冥、屏翳等虽有为难之色，然亦只得答应，率领了部下去布置。俄顷之间，阴云四合，雨点如珠，忽然红气又发现了，云雨二师赶即收队而逃。文命等细寻那红气发现之处，才知道这次她竟离开土地，攀援在一株树上，七员地将见了，亦无法奈何她。

大家正在愤怒，忽听得空中一阵拍拍之声，半天骤然发黑，仔细一看，原来是一条长龙，长约万丈，昂着头，伸着爪，径向妖魃扑去。那妖魃又仰着头，嘘出她的红气来抵抗。那长龙口中亦喷出一道白水以相迎敌。起初相隔几丈之遥，红气遇着白水而消，白水亦遇着红气而灭；后来红气渐渐觉得不支，愈缩愈短，白水则势力渐猛，愈逼愈紧。相持约有一小时之久，白水差不多要逼近妖魃身边了，但听得极尖厉的一声怪叫，妖魃转身想逃。那长龙怎敢怠慢，伸下两只大爪，早将妖魃擒获，送近嘴边，那口中的白水仍是滔滔不绝地向妖魃身上淋下去，足足又淋了一小时之久。那时四山四谷水势漫溢，文命等已浸在水中，好在天气亢旱已久，土地因此滋润，旋满旋干，尚不为患。忽然间那条长龙举起大爪，将妖魃从空中甩下来，落入水中，“扑通”有声，水沫四溅。那条长龙身躯顿然缩小，飞到文命面前，点头行礼。文命等一看，原来就是应龙，不禁大喜，竭力称赞了它一番。

原来这应龙在黄帝时遇见妖魃，曾经吃过她的亏；这次又遇到女魃，心想报仇，忙飞到北海神禺强之所去求救。禺强神给它饮满了北海真阴之水，以灭女魃灵邪之火，因此得奏奇功。昨日文命叫它，它正在北海，所以不见，闲话不提。

且说天地将见女魃丢在水中，忙过去捉了来，献与文命，原来已经死了。文命等一看，只见她裸着上身，赤着脚，腰系皮裙，胸前两乳高耸，的确是个女身，遍体白毛长约数寸，已给水浸成一片，脸上生着一双眼睛，顶上又生着一只眼睛，形状煞是可怕。文命吩咐，抬到高处，架起柴火来烧去，以绝后患。那时人民观者何止万千，都称颂文命不置。从此之后，北方无旱灾了。后来始均在北方种田的成绩日著，到舜做天子的时候，封他为田祖，他的子孙非常蕃衍，散居北方，就是南北朝拓跋氏的祖宗，这是后话，不提。

第一百二十二回

禹至柔利国・应龙杀夸父・夸父逐日・应龙遁居南方・禹遍历北方诸国・禹迷途至终北国

且说应龙杀了女魃之后，旱灾已除，文命就别了始均，率领众人，乘了二龙，郭支为御，依旧向北方行进。遇到大都会，必定下去察看询问，有事则多留几日，无事则即刻他去。

一日，行到一国，名叫柔利国，亦叫留利国，又叫牛黎国，大概都是译音，不很准确。那国中人民状貌极为奇异，一只手、一只脚，脚又能反折转来，用足指碰着膝盖或胸口；虽则亦能站立起来，但不能持久，因此不能行路，所有往来转动都是用身子乱滚，滚来滚去，甚是便利，想来是熟习之故。文命等细细考察，才知道他们都是生而无骨的，所以这般模样。

后来又探听他们的历史，原来本是儋耳国人的子孙。儋耳国有一年出了一位豪雄的君王，主张强种之法，下令百姓，凡有初生婴孩体相不具的，或孱弱的，不准抚养，以免谬种流传，致民族柔弱。凑巧那几年有几处百姓生了几个无骨的子女，弄死他呢，心里不忍；不弄死他呢，深恐君主知道不免受罚。后来大家商量好，竟私下养起来，养到十几岁，就将他们送到此地，听他们自营生活，自相婚配，这就是柔利国的祖宗了。到现在，人数已经不少，竟能小小组织一个国家，亦可谓极难得了。

文命等游过柔利国，刚要他往，忽见一个极长大的人，从南面直冲过，向北而去，手中仿佛拿着一根大杖。那人走路之速，几乎不可以言语形容。七员天将见了，大呼有妖，绰起兵器，正要追踪而去，只听得头上“拍拍”之声，原来那应龙已追踪而去了。天将等见应龙已去，便不上前，先来伺候文命等跨上了龙，然后一同向北而去。

行不过几十里，只见应龙正在那里和长大的人交战，山坡之下纵横死着四条大黄蛇。那人手持大杖，奋力与应龙抵抗，但是终究敌不过应龙，肩上着了一大爪，撇了大杖，就向地上倒下。应龙正要过去送他的性命，庚辰忙喝阻道：“且慢且慢，等崇伯来发落。”然而应龙的爪早已透入那人腹中，几乎连肚肠都掏出。

这时文命等已降下地面，文命细看那人，眼睛一开一闭，唇色淡黑，似乎尚有呼吸，便问他道：“汝还能说话么？汝叫什么名字？到此来做什么？”

那人张眼一看，随即闭上，叹口气道：“我今朝死在这里，真是天命！老实和你们说，我姓邓，名叫夸父，我曾祖是共工氏，我祖父叫句龙，我父名信。我自幼求仙访道，得到异人传授，异人教我一种善走之法，所以我走起路来，逐电追风四个字恐怕还不能形容我之快。

“我二十几年前打听得帝子丹朱欢喜奇异之士，就投到他部下去做臣子。我替他从丹渊到帝都去送信，往返不过片刻；就是替他到南海去取物，往回亦不过一时，这是人人知道的。昨日我在帝子面前夸口，说我能追及日影。帝子道：‘汝果能追及，必与汝以重赏。’我听了这话，拔脚就走，那太阳影子的移动竟没有我走的那样快。我从丹渊起，一直向南而追，追到一处，日尚未午，我肚里饥了，就举起一个锅子，放在三座山之间（现在湖南辰州东有夸父山），拿它来当一个灶头。煮好之后，将饭吃完，心中一想，正好以此做一个凭据，不然，我逐日影究竟有没有追着是没有对证的，所以我吃完饭之后，就对当地的人民说道：‘我是夸父，某年某月某日某时从某地追逐日影到此，将来如有人来探问，请你们做一个证据。’说完之后，我又再赶，那时日影已移西北。我赶到一处，忽然脚上的一履渐将卸下，我急忙振了一振（现在甘肃安定县有振履堆），然后再赶。

“从崦嵫山过细柳，一直到虞渊之地，竟给我追着了。但是日光灼烁，愈近愈厉害，再加以狂跑气急，汗出如浆，我渴得不得了，归途经过河、渭二水，我急忙狂饮，但是二水不够我解渴。我耳上的两条黄蛇和手中的两条黄蛇亦是非常燥渴。我想此地北面有一个大泽，其广千里，那个水足以供给我们解渴，所以急急行来。不想遇着这条孽龙，竟拦阻我的路程，与我为难，先将我手中的黄蛇斗死，又将我耳上的黄蛇斗死。我真渴极了，没有气力和它厮杀，否则，不要说一条孽龙，就是再添两条我亦不怕。现在竟给它弄死在此，真是命也！”说到此处，已是气竭声颤，说不下去。过了些时，两眼一翻，竟呜呼了。

文命等至此，才知他就是丹朱的臣子夸父，又可惜他有如此之绝技，不善用之，以至死于非命，不禁代他悲伤。于是就叫地将等掘一个坎，将他的尸首埋葬；又将他弃掉的那根大杖竖在他坟前，做一个标帜。哪知这根大杖受了夸父尸膏的浸润，竟活起来，变成大树，后来发育蕃衍，愈推愈广，成为森林，所以此处地方就叫邓林，又叫作夸父之野。隔了长久，夸父的子孙寻到此地，就在邓林之旁住下，依他祖父的习惯，右手操青蛇，左手操黄蛇，久之，蕃衍成为一国。因为他们的体格生得长大，所以称为博父国，这是后话，不提。

且说文命等葬好夸父之后，一路议论夸父的为人。文命叫了应龙来，吩咐道："夸父是个人，并非妖怪，你无端杀死他，未免不仁了。他虽一大半是死于渴，但是你如不与他为难，不去弄伤他，他虽死亦不能怨你的。现在他临死口口声声怨你，你岂不是做了一件不仁之事么！以后你如遇到此种事，切须小心，不可造次。"

那应龙听了这番教训，仿佛非常不服，蓦地展开双翅，飞上天空，盘旋了半晌，霍然再降下来，向文命点首行礼，又和众人都点一点头，重复上升，掉转身躯，竟向南方而去。文命看得古怪，忙再呼唤，应龙置之不理，从此以后，竟不复来了。它后来在南方，专为人民行雨，人民非常敬重它，天旱时，只要将它的形状画了一挂，天就下雨，非常灵验。不过，东海神禺虢因为它任性倔强，所以亦不来助它升天，它就永远住在南方了，闲话不提。且说文命见走了应龙，念它平日屡立大功，非常忠勇，心中时常恋恋不舍，然而亦无可奈何了。

一日，行到儋耳国，仔细查考他们人民的身体，亦未必个个都很强健，独有那两耳都非常之大，直垂到两肩之上，仿佛如挑担一般，所以有儋耳国之名。

过了儋耳国，忽遇到大海，一望茫茫，极目千里，但见无数大鸟，或飞或集，都在海滩边。文命等两条大龙翱翔而来，它们惊得一齐飞起，真是盈千累万，蔽满了天空。因为慌忙乱逃，那卸下的羽翰片片都落下海去。（此地就是现在蒙古沙漠，本名翰海，是群鸟解翮之所也，后来加水旁作“瀚”是错的。）

文命在龙背上和伯益说道：“此地想来就是夸父所说的大泽了，好大呀！”庚辰在旁说道：“已经小了三分之二了，从前某随侍夫人初次走过的时候，着实要大呢。”文命道：“那么是地体变动升高之故。”横革道：“或许是妖魃致旱的原故。”大家互猜了一回，也究竟不知其所以然。郭支问文命道：“现在我们是直跨大泽而过呢，还是绕大泽而走呢？”文命道：“我们此来，以考察为主，自然以绕大泽而走为是，我们先向西吧。”郭支听了，口中作声，那两条龙首径掉转而向西方。

一日，到了一处，只见那里的人民相貌丑陋，其色皆黄。他们的言语虽则钩磔，但尚约略可晓。文命等仔细探问，才知道他们竟亦是黄帝之后。四面邻邦都叫它环狗之国，亦叫犬封国，或叫犬戎国。

文命细细考察他们的风俗，亦与他处无异，不过有两项不同：一项是女子非常敬重男子，对于男子，跪进杯食，仿佛个个都如古贤妇的举案齐眉一般；一项是专用肉食，不用谷食，这两项是特别的。还有一项，他们亦有祭祀之礼，但是所祭的神道是个赤兽，其形如马而无头，名叫戎宣王尸。究竟有何历史，为什么原故要祭它，他们自己亦不得而知，不过是循旧例罢了。

后来又遇到一匹文马，浑身雪白而朱鬣，目若黄金，据说就出在附近一座融父山上，名叫吉量。因为它的颈项有如鸡尾，所以亦叫作鸡斯之乘。据说乘了它之后，寿可以活到千岁，然而非常难捉，所以环狗国的人民竟没有一个骑着过，寿活千岁的话究竟不知道靠不靠得住，亦不过是传说罢了。

一日，再向西走，忽然又遇见一种异人，脰颈上并生两个头，又有四只手。大家看了诧异，后来细细打听，才知道他们叫作蒙双氏之民。在颛顼高阳氏的时候，他们的老祖宗，兄妹两个，不知如何发生了恋爱，变成夫妇。颛顼帝知道了，说他们渎伦伤化，将他们两个赶逐到北荒之野来，叫他们和环狗国人同居，庶几气谊相同，共成一类。

哪知这两兄妹受不住北方之苦，又和环狗国人格格不入，相率逃到此地，举目无亲，生计断绝。两个人相抱着痛哭一场，双双晕厥而死，但是两个尸体还是互相抱住。后来有一只神鸟飞过，看到他们如此情形，又可怜，又可恨。可怜的是他们的痴情至死不变；可恨的是他们毫无羞耻，至死不悟。于是想了一个方法，飞到仙山上去，衔了许多不死之草来，将两个尸体密密盖住。过了七年之后，那两兄妹居然复活了，但是两个身体已合而为一，只有头和手没有合并，所以他们有两个头、四只手。后来又居然能够自己和自己交合而生殖，而且生育亦甚蕃，据一处所见，已不下数百人。

文命等听到这个新闻，大家遂相与谈论，都说这只神鸟可谓神了，使他们死而复生，是可怜他们的结果；使他们合而为一，罚他们极不自由，而且人不像人，是可恨他们的结果。这个处置可谓恰当了。文命笑道："神鸟的取草盖覆，有哪个看见？神鸟的可怜可恨，有哪个知道？这种传说，只好听听罢了，哪里可尽信呢！只有'兄妹为婚被颛顼帝所逐’或者是真的。”大家听了，都以为然。

一日，文命等正向西走，从龙背上下视，只见下面树木丛密，料想必有都会，降下来一看，但见左右前后一片都是桑树，别无房舍。文命道：“难道这些尽是野桑，无人经营的么？”横革在前，忽然叫道：“每株桑树上都有人呢。”大家仔细一看，果然，桑树上都有一个女子跪在那里，有些在吃桑叶；有些呆着不动；有些竟在那里吐丝，丝从口中吐出，绕在手中，乙乙不断，如纺丝一般。

大家看得奇怪，不免上前去询问。哪知这些女子没有一个来理睬，问了十几处，都是如此，好像没有看见听见似的。大家没法，议论蜂起，有的说她们是妖怪；有的竟说她们是蚕类，不是人。伯益道：“某听见说，西方某国有一个学者，用卉草的纤维加以化学的作用，制成一种丝，叫作人造丝，颇能畅销于各国，但是究竟似丝而非真丝。如今所见，真所谓人造丝了。”大家看了一回，觉得留此无益，只得再向前进，将这个地方取名叫欧丝之野。

一日，行到一处住下，但见乱山丛丛，洞穴无数。在洞穴之外，地上躺着一个死尸，两手各一处，两股又各一处，胸腹一处，头一处，齿牙一处，共分为七处。大家看了，都以为是被仇家或暴客所害的人，不胜惨然。文命道：“古之王者，掩骼埋胔。现在此尸暴露在此，我们既然遇到，应当为之掩埋，亦是仁心。”说罢，就叫地将等动手，将他移入洞穴中掩埋。

七员地将答应，章商氏便先来扫除洞穴。哪知刚到洞口，陡闻里面一阵怪叫之声，惨而且厉，随即一阵拍拍之声，飞出无数怪鸟。章商氏出于不意，吓了一跳，倒退几步。大众站在外面，亦有点惊怪，恐遭不测，各拿兵器，预备抵敌，有些人赶来保护文命和伯益。

哪知这批怪鸟出洞之后，东冲西突，到处乱集，仿佛没有眼睛、不知方向似的，早被众人打死了几只。文命、伯益等见了，都不知道它是什么鸟儿。兜氏道："这是枭鸟呢，它在昏夜之中飞起来，连蚊蚤都能看见，但到了白昼，虽丘山亦不能见，所以如此乱扑。"

伯益道："某从前在一种书上见过，说枭是不孝之鸟，和兽中之獍并称，枭始生还食其母，獍始生还食其父，不要就是这种鸟么？这是我们中华所没有的。"

郭支道："某想中华一定有的，假使没有，古书上何以有记载？古先王何以有殴灭枭獍之令呢？某从前浪迹江湖，仿佛听见民间传说，今上圣天子即位之后，不知是第几年，有一天，忽然各地的枭鸟齐往北飞，从此各地就不再见有枭鸟，或者就是逃到此地来了。"文命道："这个传说某也听见过，圣天子当阳，恶鸟远避，这也是当然之理，但是此刻无从证明。闲话少说，且掩埋这个尸体吧。"

卢氏、犁娄氏听了，就来拿这尸体之两手；鸿濛氏来拿头；章商氏来拿胸腹；乌涂氏来拿齿牙；陶臣氏、兜氏来拿两股。哪知刚刚拾起，随即脱手而去，仍归于原处；再来拾起，亦是如此。大家感到有点古怪。文命道："不要是妖怪么！妖怪幻以祟人，往往有此现象，非除去他不可。"说罢，便叫天将等去寻觅柴草，以备烧化。

天将等正要动身，忽见山阜后走出一个人来，径向文命行礼。文命问道："汝是何人？"那人道："某乃守护此尸之神也。此尸名叫王子夜，当日亦是天上鼎鼎有名的大神，因为联合了无数恶党，要想革天帝的命，结果战败，被天帝擒获了，碎尸在此，令他不得复合，亦不令其销毁，特令小神负此责任，请崇伯原谅。”

文命道：“这王子夜虽然背叛为逆，然而碎死七段，又听他暴露，也未免太残酷了。不给他复合，且不令其销毁，又是何故？”那守尸之神道：“王子夜神通广大，形解而神仍连，貌乖而气仍合，假使一给他复合，他就能复活，必定想报仇，那么天上又从此多事了。至于不许销毁他的原故，想来是天帝好生，不为已甚，待过多少年之后，或得到一个相当机会，仍许他复生，亦未可知呢。”文命点首无语。那神刚要告辞，伯益忍不住，指着许多枭鸟问道：“这种鸟是向来产生此地的么？”这神人道：“此地向来无人，更无鸟兽，此鸟是中华圣天子在位七载的时候，由中华逃来的，如今已七十余年。”众人听了，方始恍然。

那神人隐去之后，大家重复起身，又经过三个小国。

一个是一目国，它那人民只有一只眼睛，生在面部的当中，其状甚怪。考究它的历史，据说是少昊帝之后，姓威，以黍为食。

一个是深目国，两眼凹进里面。据说姓盼[1]，以鱼为食。文命等行过时，正见他们在大泽之旁捕鱼而生啖之。

一个叫作继无民国，其人民亦如柔利国人一般，有肉无骨。但是柔利国人还有种种耕田等工作；他们却舒服多了，所食的是空气，终日偃息在地上，或居土穴之内，不动不行，饿则张口吸气而咽之，即

1. 盼：音fēn。

以果腹。偶然在大泽旁边捕鱼而食，亦是有的。问他们的年龄，总在百岁以上，据说是任姓。

文命叹道：“古人说得好：‘食水者善游而耐寒，食土者无心而慧，食木者多力而奰，食草者善走而愚，食叶者有丝而蛾，食肉者勇敢而悍，食气者神明而寿，食谷者智慧而夭，不食者不死而神。’我看欧丝之野的那些女子，将来一定化蛾传种，不过她们的蛹究竟如何，可惜不能看见。至于这继无民国的人，假使仅仅食气而不食鱼，那年寿恐怕还要长呢。”文命且说且行，在半空中龙背上颇觉逍遥。

一日，正在前进，忽见下面有一只大兽，疾行如飞，从西南向东北去。因为自上望下，相去太远，且其行甚速，看不清它的形状，但觉所过之处风沙滚滚，草石一切都随之而起。黄魔看了，飞身下去就是一锤，但是不能近它身上，它早已走了。顿然之间，空中呼呼风响，狂飙漫天盖地而来。地面之沙为风所卷，尽行刮起，布满天空，将天遮得墨黑。文命等在龙背上骑不住了，然而要降下去亦恐有危险，一时不敢。陡然又是一阵狂飙，其势之大，拔山倒海。两条龙把持不住，竟随着风势悠悠扬扬，如断线风筝一般摇荡而去。幸而郭支对于两龙驾驭有方，庚辰等七员天将又是有神力的，在文命等左右前后刻刻保护，方始无事。

这一场风吹了不知多少时候，将文命等直送到几千万里之外。等到风势定了，文命等从龙背上渐渐降下，不知此地是什么地方，但觉天气温和骀荡，颇觉宜人。四面一望，一片尽是平阳，不但树木一株不生，就是细草也一株没有，真可算得是不毛之地，但细细考察它的地脉，又非常膏润，并非沙碛之比，大家都觉诧异。这时人困龙乏，大家吃些干粮，略略休息，又叫郭支解放了两龙。那两龙受了半日的狂风，亦颇不自在，一旦解放，遂相率上天，自由自在而去。

这里大家计点人数，只有七员地将不知下落。文命就吩咐天将等分头去寻，自己却带了伯益等向北行去。远远望见一座高山，地势亦渐渐向着山高上去，但是走了半日路，不见一鸟一兽，不见一树一草，并不见一人，大家尤觉稀奇。文命道：“我们且到山上望望吧。”于是大家就向高山而行。

第一百二十三回

终北国之情形 · 禹至无继国

文命等正走之间，那高山已渐渐近了，忽见远处有物蠕蠕而动。郭支眼锐，说道："是人，是人！"大家忙过去一看，果然有无数人散布在一条长大的溪边。但见男男女女、长长幼幼，个个一丝不挂，或坐或立，或行或卧。除出卧者之外，那坐的、立的、行的都在那里携手而唱歌，或两男一对，或两女一对，或一男一女成对，或数男围一女，或数女牵一男，嬉笑杂作，毫无男女之嫌，亦无愧耻之态。细听那个歌声却和平中正，足以怡颜悦心，而丝毫不含淫荡之意。四面一看，竟无一所房屋，不知这些人本来住在何处，从何处来的。

大家看了迷惑不解，正要去探问，哪知这一大批男女看见文命等，顿时停止了他们的歌声，纷纷前来观看，霎时将文命等包围在中间。文命等细看他们的状貌，但觉有长短而无老少，个个肤润脂泽，如二十岁左右的人，而且身体上都发出一种幽香，如兰如椒，竟不知是什么东西。然而，无数男子赤条条相对，已经不雅观之至；无数女子赤条条地立在自己面前，更令人不敢正视。然而人数太多了，目光不触着这个，就触着那个，大家都惶窘之至，怀惭之至。但细看那些女子，却绝不介意，仿佛不知有男女之辨似的，瞪着她们秋水盈盈的眼睛，只是向文命等一个一个、上上下下的打量，看到文命，尤其注意。文命此时倒有点为难了。

国哀上前，拣了一个似乎年龄较大的男子，问他道："某等因风迷途，流落在贵处，敢问贵处是什么地方？"那些人听见国哀说话，似乎亦懂他的意思，顿时七嘴八舌，窃窃私议起来，其声音甚微，听不出是什么话，仿佛觉得说他们亦是人类，不是妖怪的意思。只见那人答道："敝处就是敝处，不知足下等从什么地方来。"

国哀道："某等从中华大唐来。"那人沉吟了一回，说道："中华大唐？我不知道。"又有一个人排众而前，说道："中华地方，我知道的，是个极龌龊、极野蛮、极苦恼、极束缚的地方。"言未毕，又有一个人傀着问他道："怎么叫作龌龊、野蛮、苦恼、束缚？"那人道："我亦不知道，我不过听见老辈的传说是如此。据老辈传说，我们的上代老祖宗亦是中华人，因为受不过那种龌龊、野蛮、苦恼、束缚，所以纠合了多少同志，逃出中华，跑到此地来的。所以刚才这位先生说话，我们还能懂得，可见从前同是一地的证据。"

国哀初意，以为说是中华大唐来的，料想他们必定闻而仰慕，即或不然，亦不过不知道而已，不料他竟说出这轻藐鄙夷的话来，心中不觉大怒，但因为现在走到他们的境土，身是客人，不便发作，便冷笑一声，说道："你既然不知道龌龊、野蛮、苦恼、束缚的意思，你怎样可以随便乱说？"那人道："我并不乱说，我不过追述我们老辈传下来的说话。他的意思我实在不懂。现在你足下如果知道这意思，请你和我们讲讲，使我们得到一点新知识，亦是于我们很有益的。"

国哀一想，这个人真是滑稽之雄，自己骂了人，推说不知道，还要叫人解说给他听，这是什么话呢！然而急切间竟想不出一句话去回答他。

正在踌躇，只见文命开言问他们：“请问，贵处的人何以不穿衣服？”那人呆了半晌，反问道：“怎样叫穿衣服？我不懂。”文命就拿自己的衣服指给他看。这些人听说这个叫衣服，都是见所未见，闻所未闻，大家逼近来看，有些竟用手来扯扯，一面问道：“这些衣服有什么用处？”文命道：“衣服之用，一则遮蔽身体——”大家刚听到这句，都狂笑起来，说：“好好的身体，遮蔽它做什么？”文命道：“就是为男女之别，遮蔽了可以免羞耻。”那些人听了，又狂笑道：“男女之别是天生成的，没有遮蔽，大家都可以一望而知，这个是男，那个是女；用这衣服遮蔽之后，男女倒反不容易辨别了，有什么好处呢？”

又有一个人问道：“你刚才说的‘羞耻’，怎样叫羞耻？我不懂。”文命道：“就是不肯同禽兽一样的意思。”大家听了，又稀奇至极，齐声问道：“怎样叫禽兽？‘禽兽’二字我们又不懂。”文命至此真无话可说，忽然想起一事，便问道：“你们没有衣服，不怕寒冷么？”那些人听了“寒冷”二字，又不懂。文命接着问道：“就是风霜雨雪的时候，你们怎样过？”大家听了这话，尤其呆呆地不解所谓。

文命至此，料想这个地方必定有特别的情形，再如此呆问下去，一定没有好结果，便变换方针，向他们说道：“我想到你们各处参观参观，可以么？”那些人道：“可以可以，你们要到何处，我们都可以奉陪。”文命大喜。

那时人已愈聚愈多，几百个赤条条的男女，围绕着文命等，一齐向前行进。走到溪边，但见沿途睡着的人亦不少，有些在溪中洗浴，有些到溪中掬水而饮。文命此时觉得有点饥了，就叫之交打开行囊，取出干粮来充饥。那些人看见了行囊和干粮，又是见所未见，顿时挤近围观，围成一个肉屏风。大家呆呆地看文命等吃，有一个女子竟俯身到文命手上，嗅那干粮是何气味。文命趁势就分一点给她吃，那女子攒眉蹙额，摇摇头，表示不要。

文命问道："你们吃什么？"那女子道："我们喝神瀵。"文命道："怎样叫神瀵？"那女子见问，便推开众人，一径跑到溪中，用两手掬起水来，再上岸跑到文命面前，说道："这个就是神瀵，请你尝尝。"文命一想："这就是大家刚才在那里洗浴的，拿这个水来喝，岂不龌龊？"但是那女子两手已送到嘴边，顿觉椒兰之气阵阵扑鼻，不知是水的香气呢，还是从女子身上发出来的香气。然而男女授受不亲，何况到一个赤身的女子手上去作牛饮，这是文命所绝不肯的。好在此时女子手中的神瀵已快漏完了。

文命慌忙从行李中拿出一个瓢勺来，说道："谢谢你，让我自己去舀吧。"说时，早有真窥走来将瓢勺接去，跑到溪中，舀了些神瀵来递给文命。大家看了，尤其奇怪，只是呆呆地望。文命接了瓢勺，将神瀵略尝一点，但觉香过椒兰，味同醪醴，而且志力和平，精神增长，一勺饮完，腹中也不饥了，心中甚为诧异。

那时，之交、国哀、真窥、横革、伯益、郭支等都有点渴意，拿了瓢勺，都去舀了来饮。真窥贪其味美，所饮不觉过多，渐渐有点醉意，起初还想勉强支持，后来站脚不稳，只得坐下，倚着行囊假寐，哪知一转眼间，早已深入睡乡了。

这时文命正与众人谈天，未曾注意。后来见天色要晚，便想动身，去找个客馆寄宿，回头见真窥睡着，便让横革去叫他，哪知无论如何总推不醒。那些人见了，忙问道："他醉了睡觉，是最甜美的事情，推他做什么？照例他要过十日才醒呢。"文命等听了，不禁大窘，便问道："这是一定的么？"众人齐道："这是一定的，非过十日不醒。"文命问道："你们晚上住在什么地方？"众人道："随便什么地方都可睡，何必选地方？而且地方总是一样的，更何必选？"伯益向文命道："真窥既然醉倒在此，我们绝不能舍之而去，就胡乱在此住一夜吧。"这时夕阳已下，天色渐黑，那些男女亦就在近处倒身而卧，有些嘴里还唱着歌儿，唱到后来，一声不发，个个瞑如死鼠。文命等起初并不惬心，未能落寣；久而久之，亦都睡着。

一觉醒来，红日已高，看那些男女等，有些起来了，已在那里唱歌；有些未醒的，或仰或侧，或男女搂抱，或一人独睡，七横八竖，仿佛满地的难民。文命看到这种情形，总不解其所以然。后来和伯益商量道："据此地人说，真窥非十日不醒，那么我们枯守在此亦是无味，天将等去了又不回来，我看现在叫郭支、横革二人在此陪着真窥，郭支兼可照顾二龙，我和你同之交、国哀到四处去考察一回，也不枉在此耽搁多日。料想此地人民绝无强暴行为，假使天将来了，叫他们就来通知，你看如何？"

伯益非常赞成，于是横革、郭支在此留守，文命等四人沿着溪边径向高山而行。一路所见男女，大小裸体，围观情形都与昨日相同，不足为怪。最奇怪的是，走了半日，遇到的人以千计，但是没有一个老者。后来走到一处，只见一个人仰卧地上，仿佛已经死去，众人正在商议扛抬的事情，但是各人仍是欣欣得意，略无哀戚之容。

文命诧异，就过去问道："这人是死了么？"那些人应道："是刚才死去的。"文命道："贵处人死之后，没有哭泣之礼么？"那些人诧异道："怎样叫哭泣？"文命知道这话又问差了，便说道："你们心中，对于他不难过么？不记念他么？"那些人道："这是人生一定要到的结果，有什么难过？便是刻刻记念他，也有什么效果？难道他能活转来么？"文命觉得这话又问得不对，又问道："看这死去的人，年纪似乎很轻。"那些人道："怎样叫年纪轻？"文命道："就是从生出来到此刻死去，中间经过的日子很少。"那些人笑道："哪有此事，一个人总是活三万六千五百二十四日半，这是一定的，多一日不能，少半日也不会。即如我，已经过去一万八千二百三十五日半了，再过一万八千二百八十九日，亦就要死了，活的日子哪里会有多少的呢？"

文命等听了，尤其诧异之至。辞了众人，一路行去，沿途所见，都是一般模样，并无丝毫变化，连女人的生产、男女的交媾，亦公然对人，毫无避忌。文命等亦学那土人之法，饥时就取神瀵而饮之，饮过之后，不但可以疗饥，并能恢复疲劳，通体和畅，真是异宝。

一日，行到高山脚下，问那土人，才知道这座山名叫壶岭，它的位置是在全国的当中。文命绕着山一看，只觉此山状如甔甀[1]，渐渐

1. 甔甀（zhuì）：瓦瓶。

上去，到得顶上，有一个大口，状如圆环，土人给它取一个名字，叫“滋穴”，穴中有水滚滚涌出，就是神瀵了。据土人说，这神瀵一源，分为四派，向四方而流，由四分为十六，由十六分为六十四，再分为二百五十六，如此以四倍递加，经营一国，没有不周遍之处。本地唯一的出产，只有此一种，真所谓取之无尽、用之不竭了。

文命等走了几日，大略情形已都了了，就和伯益说道：“此国除出人之外，只有水和土两种。土是人住的，水是人饮的，此外什么东西都没有了。没有寒暑，当然用不着衣服；没有风霜雨露，当然用不着房屋；一个人生在世界上，最要紧的是吃，它那神瀵既然普遍全国，人人利益均沾，不必愁食。人生最愁的，就是衣、食、住三项，他们既然不必衣，不必住，又不愁食，则一切争夺之事自然无从发生，何必有君臣？何必有礼法？何必有制度？而且此地气候既然有一定的温度，不增不灭，又无风雨寒暑的攻侵，自然没有疠疫病疾等事。他们所饮的神瀵，纯是流质，绝无渣滓，所以脏腑之中亦不会受到疾病，那么自然都是长寿了。尤其妙在寿数一定总是百年，使人人安心任运，一无营求。而且大地之上，百物不生，种种玩好声色，无一项来淫荡他们的耳目，所见者不过如此，所闻者不过如此，多活几年亦无所羡，少活几年亦无所不足，所以他们的性情都是婉而从物，不竞不争，柔心而弱骨，不骄不忌，这种真是世界上少有的。”

伯益道：“是呀，世界之纷乱，总由于环境之逼迫而生希望心，由希望心之太重而生贪得心。又由人人贪得之故，而物质分配又不均，遂至争夺。智者得逞其谋，强者得逞其力，所以大乱。现在改造环境，使大地上一无所有，所有产业就是水土两种，然而是天生的，不是人力造出来的，智者无所施其谋，强者无所用其力，既无所希望，更无用贪得，假使能如此，人人才无所争了呢！”

正在说时，只见庚辰等已从天而来。文命忙问：“地将等找着了么？”庚辰等道：“某等那日从此地动身之后，因为记得来时所遇之风是西北风，所以尽力向西北走，哪知越走越觉不对了。后来改向南走，仍旧不像。某等想，人世之路虽则不熟，天上之路是向来走惯的，就一直向天而行，问到天上的神祇，才知道此地是世界极北之地，去中国不知道有几千万里呢！某等得了天神的指示，好容易寻到继无民国，又到了那日遇风之地，四处找寻，不见地将等踪迹。

“深恐旷日持久，致崇伯等待心焦，某等就去求见夫人，请夫人指示。夫人道：‘地将失散可不必虑，将来自会遇到；只有崇伯到了终北国去，再回转来很不容易，倒是可虑之事。’某等才知道此地叫作终北国，便求夫人设法。夫人道：‘这也是天数所注定。终北国之地，本来可算是别一世界，与中华人民万万无交通之理。只因一只风兽和一阵大风，就把崇伯送到那里去经历考察，使那边的风土人情传到中华，给中华人民生一种企慕之心，亦非偶然之事。不过此事我现在也无他法，只有去和家母商量了。’夫人说到此，某等就问那个风兽叫什么名字。夫人道：‘它名叫狟狟，一走出来必有大风随其后。那阵飓风名叫䫺𩙥[1]，亦是很厉害的。两者相遇，自然更厉害了，然而竟能吹得如此之

1. 䫺𩙥：音héng zhēng。

耳鼠

丹熏之山
有獸曰耳鼠
狀如鼠兔首麋身
以其尾飛

耳鼠

又北二百里，曰丹熏之山，其上多樗柏，其草多韭薤，多丹雘。

熏水出焉，而西流注于棠水。有兽焉，其状如鼠，

而兔首麋身，其音如嗥犬，以其尾飞，

名曰耳鼠，食之不脎，又可以御百毒。

——《山海经 · 北山经 · 北次一经》

远，是真所谓天数也。’

“当下夫人即率某等径到瑶池，和西王母商量。西王母就取出两颗大珠交给某等，并吩咐道：‘此二珠系从极西的西面一位大圣贤处借来，名叫金刚坚，是从摩羯大鱼之腹中取出，此鱼长二十八万里。人假使握着此珠，毒不能害，火不能烧，心中想到什么就可以得到什么，所以一名叫如意珠。从终北国回到中国有几千万里，崇伯等凡夫纵使骑了龙回来，途中也非常困难。现在将这珠拿去，一颗交给崇伯，一颗交给伯益，叫他们骑上龙之后，紧紧握住此珠，心中刻刻想着要到某地去，那么两条龙自会奋迅而前，达到目的之地，恐怕比那日飙飒风刮去还要快些呢。不过珠是借来的，用过之后，即须归还。’某等受了此珠，随即转身，照这方法想着，果然立刻就到了。”说罢，将两珠交与文命。

文命一看，其珠之大四倍于龙眼，光彩耀目，不可逼视，真是异宝，就将一颗交与伯益，说道：“既然如此，我们回去吧。”

哪知刚刚起身，又被终北国人团团围住，原来他们看见文命之装束已经奇异极了；现在又见七员天将戎服执兵，而且从天而下，尤为见所未见，所以大家呼朋引类，挤过来看，直围得水泄不通，不能溃围而出。文命等再三和他们申说，叫他们让路，但是散了一圈，又挤进一圈，终究不能出去。后来伯益和七员天将道：“他们如此挤紧了看，必是看诸位，请诸位先到原地相等吧，诸位一去，他们必散了。”天将道是，立刻凌空而起，故意缓缓而去。终北国人始则举头仰望，继而跟逐而行，长围始解。然而还有几个仍来问文命何以能凌空飞行。文命告诉他们，那是天神的神术，他们亦莫名其妙，连呼“怪事”而已。

终北人既散，文命等回归旧处，哪知路不认识了。当初文命等探那座壶岭山的时候，原是记着向北行的，后来环山一周，就迷了方向。

原来终北国的地势只有当中一座山可做标准，而那山形又是浑圆，一无巉削窄崿之处可以做记号，又无树木可以定方向，四面一望，处处相同；沿着瀵神之溪走，四四相分，歧之又歧，弄得辨不清楚。问问那些终北国人，又叫不出一个地名，即使问也不能清楚，这是真太窘了。

后来文命忽然想到，就和伯益说道：“我们何妨试试这如意珠呢。”说罢，和伯益两个从衣袋中取出如意珠，紧握在手中，一心想到真窥醉卧之处，随即信步而走，果然不到多时，已见七员天将腾在空中，并两条龙亦在空际盘舞。在他们下面，却又是人山人海，挨挤重重，原来他们既然看得天将等稀奇，又看得两龙稀奇，所以又把天将等裹入重围。后来天将等深恐文命寻找不到，所以又到空中眺望，却好做了一个标帜。文命等虽则到了，但是密密层层的人丛苦于挤不进去。后来二龙渐渐下降，那些人纷纷躲避，文命等方才趁势入内，与郭支、横革等相见。那时真窥早已醒了，计算日期，已在十日之外。文命忙向郭支道：“我们耽延久了，快走吧。”之交等即将行李安放龙身，大家一跨上龙背，那些终北国人重复围绕近来。文命等遥向他们致一声骚扰，那两龙已冉冉升起，终北国人一直望到龙影不见，方才罢休。

且说文命、伯益分跨两龙，天将等夹辅，向南而行。文命等谨遵西王母之嘱，紧握掌珠，念切旧地，果然那二龙行进得非常之快。过了半日，龙身渐渐下降，仔细一看，原来正是前日在此遇风之地。大家都佩服仙家至宝，说道："这个真叫不疾而速，不行而至了。"大众下龙休息，文命一面叫天将等去还珠，一面和伯益说道："某从前听说，黄帝轩辕氏曾做一梦，梦见游历华胥国，那民风淳厚，真是太古之世。现在我们游历终北国，这个民俗比华胥国似乎还要高一层，而且是真的，并不是梦，可以算胜过黄帝了。"伯益道："黄帝梦游华胥，那种情形后人颇疑心它是寓言。现在终北国民俗及一切情形还要出人意外，恐怕后人不信有此事，更要疑为瞎造呢。但愿后来再有人来到此地，证实我们这番情形是真的，那才好呢。"文命道："天下之事，无独必有偶，况且明明有这个国在那里，既然我们能到，安见后人不能到呢？"（后来到周朝的穆王，驱策他的八匹骏马，日行三万里，周游天下，果然亦走到终北国。他贪慕那里民俗好，乐而忘归，一住三年。后来经群臣苦劝，才勉强归去。这就是继夏禹而往的一个人了。）二人谈毕，天将等已归，于是再动身前行。

一日，到了一处，只见那些土人都是穴居，并无宫室田里，所食的尽是泥土。文命等一想，这真是原始时代的人民了。（现在南美洲阿马孙河上流森林中尚有此种食土之人。）后来细细考察，又发现一项奇异之处，觉得他们竟无男女之分，因此邻邦都叫它无继国，就是没有后嗣的意思。既然没有后嗣，又不是长生不老，但是不会灭种，这种原理殊不可解。

后来又给文命等探听出来，原来他们人死后即便埋葬，骨肉等统统烂尽，只有其心不朽，等到一百二十年之后，复化为人，这就是他们不灭种的原因。所以经过之处，道旁坟墓都有标帜立在上面，载明这是某年某月葬的，以便满足年限之后可以掘地而得人。据说，他们附近有一种人叫录民，死后其膝不朽，埋之百二十年而化为人。又有一种人，叫细民，亦是如此，其肝不死，百年而化为人。又有一个三蛮国，它的人民亦是以土为食，死了埋葬之后，心、肝、肺三项都不烂，百年之后复化为人，想来都是同一种类的。真是天下之大，无奇不有了。

第一百二十四回

钟山烛龙·禹至跂踵、无肠、拘缨等国·禹收九凤、强梁·冰中鼷鼠·禹至北海禺强之所·禹至聂耳、大行伯、大人等国·禹至息慎国

一日，文命等行到一处，天色渐暝，正谋休息，忽然一道光芒射遍大千世界，顿然又变成白昼。大家觉得非常诧异。文命道：“某听见从前有个人和人打仗，战兴方酣而日已暮，他心中甚为失意，举起戈来，向太阳一挥，太阳为之退返三舍。这个不过是寓言，现在莫非果然太阳倒退么？”大家细看那光芒，仿佛从北面射来，闪烁动摇，绝不是太阳。隔了一回，光芒忽然收敛，依旧是黑夜。众人虽是猜度，亦莫名其故。正要就寝，哪知光芒复见，顿然又成白昼，众人重复奇怪起来。

文命就叫童律、狂章循着光芒前去探听。隔了一回，回来报告，说道：“这是钟山的神祇名叫烛阴所显的神通。他这神祇人面而龙身，所以亦叫作烛龙，浑身赤色而有一足，住在钟山之下，其长千里，盘曲起来还高过山岳。这光芒就是从他两眼中所发出来的，他眼睛一开，就如白昼，眼睛一闭，便是深夜。某等去时，适值遇着一个旧时伴侣，据他说，烛龙平日不饮，不食，不息，倘使一息气，就起大风。他一

吹气，能使气寒而为冬；一呼气，能使气暖而为夏，真是神物。”文命听了，就叫伯益将此情形记上。那光芒又不见了，大家方各各就寝。（查《淮南子》，烛龙在雁门山；《山海经》则谓在钟山。以理想起来，世界上万万无此怪物，或者地近极北，当日所见的是极光，忽隐忽现，亦未可知。历史上所载日夜出高三丈，大约亦是如此之类。）

次日起来，再向前进，又过了几处。有一个叫跂踵国，它的人民甚为长大，两脚亦非常之大，不过走起路来脚底不着地，但以五趾着地而行。而且他们的脚又是反生的，看他的脚迹，如果南行，脚迹一定向北；如果西行，脚迹倒反朝东。所以邻邦的人亦叫它反踵国，这亦是一种怪状。

还有一国，叫无肠国。他们的无肠与无继国不同。无继国亦叫无𦝫国，𦝫就是肥肠，无𦝫国不过无肥肠，其余小肠等都有的。无肠国则大小肠一概没有，吃起食物来，但从喉间咽入，通过腹中，并未消化，即已从下面泄出。所以他们一次的食物可以分作多数人的食料，大抵以贵贱而分，上等人吃过了，将排泄出来的收藏起来，作为次等人的食品；次等人吃过了，再给再次等人吃，如此辗转下去，直到仅余渣滓而后已。但是这国的人身体又甚长，究竟不知他腹中的组织结构是如何的，可惜不能解剖出来研究研究。不过他们却有一种特长，就是能知往事。无论他们已经知道或未经知道之事，无不知晓。那已经知道的历久不忘，固由其记忆力之佳；那未经知道的，他也能揣测而知，丝毫不爽。即如文命等此次游历，他们一见之后，就能将文命从前的事迹一一举出，仿佛如神仙一般，究竟不知道他们是什么本领。有人揣测，或者是一种魔术，如后世商陆神之类，将商陆的根刻成人形，念上一种咒语，它就能知人过去之事，兼能知人祸福，俗语叫樟柳神是错的。但是当时无肠国人是否如此，并无证据，不敢妄造。

又有一国，叫拘缨国，倒是衣冠之国。但是他们行走之时，必用一手把住他冠上的缨，不知道是何用意。

一日，文命等正跨在龙背上遨游，远远见前面一座大山拔地矗天，阻住去路。文命正要使天将等去探问是何山名，哪知山上忽飞来一只怪鸟，生有九个头，个个都是人面，直向文命冲来。黄魔、大翳察其来意甚恶，急忙上前拦阻。哪知怪鸟势甚凶猛，将大翼连扇两扇，顿时空气鼓动，而且五色光芒闪闪耀眼。黄魔等觉得睁眼不开，立足不稳，刚要退后，狂章、童律早已上前，两件兵器齐向那怪鸟攻打。怪鸟霍地转身，仍飞回高山而去。四员天将一齐追赶，陡见山上一个怪人飞奔而来，虎首人身，四蹄而长肘，口中衔着一条蛇，四蹄上又各操着一条蛇，看见四将赶近，就将四蹄中的蛇一放，四条蛇顿然身躯暴长，如长龙一般飞舞空中，直向四天将猛扑。这时那怪鸟重复回身，鼓动大翼，前来夹攻。黄魔等料难取胜，只得退转，和庚辰等商议。

那时文命等已落在一座小山顶上小憩。庚辰道："狂章、乌木田二君在此保护崇伯，我们再去会会他。"当下五员天将重复前来，见那怪鸟、怪人依旧未退。庚辰便上前喝道："何物妖魔，敢来阻吾等去路！倘不速避，难免诛戮。"那两怪并不回答，一个展动大翅又来猛扑，一个将口中、蹄中的蛇尽数放了出来。于是两边一场恶战，真是厉害。

那五条大蛇出没神化，兵器不能伤它；而怪鸟大翼扇动，光芒四射，令人目眩神骇，因此不能取胜，只得又退回来。

正在没法，忽见七员地将联翩而来，叩见文命。鸿濛氏怀中还抱着一只小兽，其状如狸而白首。文命等皆大喜，忙问彼等别后情形，并问此刻何以能寻到此地，又问此兽何用。鸿濛氏道："某等当日遇到大风之后，地面上沙飞石滚，万万不能行走，只能由地中前进。后来天黑如墨，仰头一望，崇伯等龙驭已不知去向，某等只得暂时停止前进。等风定了，各处寻找，杳无踪迹。正在彷徨，忽然遇到一位真仙，和某等说道：'崇伯此刻已在几千万里之外，汝等不必寻了，即寻亦是无益的。'某等就问道：'那么从此我们与崇伯不能见面么？'真仙道：'不然，离此若干里有一座山，叫北极天柜之山，山上有两个妖神，一个叫九凤，一个叫强梁，都是很凶猛的。将来崇伯归来过此，必定为他们所阻，汝等此刻无事，可先到西方去走一巡。西方一座阴山，山上出一种兽，名叫天狗，形状虽小，善于御凶，能制伏九凤。九凤与强梁同居，两妖狼狈为奸。先制服了九凤，那强梁自然制伏。你们得到了天狗之后，只要在北极天柜山附近等着，就可以遇到崇伯，兼可以收降两妖了。'某等听他的指教，所以在此，不想果然遇到崇伯。"

文命等听了，个个大喜，亦不及问所遇之真仙是何姓名，忙叫庚辰等预备除妖。庚辰道："此刻后方有地将等在此保护，我们全部都去吧。"文命答应。

七员天将抱着天狗，凌空再往，到了北极天柜山，那九凤一见，又鼓起双翅前来猛扑，强梁又把五条蛇齐放出来。庚辰叫黄魔等尽力抵御五蛇，自己即将天狗向天空一放。那天狗看见了九凤，嘴里已是“榴榴”的乱叫；等到放在天空，立刻向九凤扑去。九凤虽大，天狗虽小，然而一物一制，九凤除出戢翼而逃之外，别无他法。天狗扑到九个头上，张口乱咬，早将九凤九个头之中咬去半个，衔了到山上去大嚼。那九凤负痛，狂鸣一声，两翼尽力地扇了几扇，竟被它逃脱，直向南方而去。虽是天狗贪吃，亦是九凤命不该绝之故。后来九凤被咬剩的半个头始终不愈，脓血淋漓，有时飞过，将脓血滴在人家房屋上，其家必遇不祥之事，因此人人恶之，以为不祥之鸟，遇到它来，则效狗叫、捩狗耳以厌之，就是俗语所谓九头鸟是也。

且说九凤逃去之后，强梁的五条大蛇没有五色光的帮助，变化不灵，被天将等统统杀死，天将等便将强梁围住。庚辰大呼：“赶快降伏，否则无生理。”哪知强梁毫无畏惧之色、乞怜之意，依旧拼命抗拒，但究竟支持不住，身受重伤，给天将等擒获了，牵了来见文命。文命责其不应拦阻去路。强梁还不肯屈服，睁着虎眼，大肆咆哮。文命叫天将牵出斩之，繇余正要挥剑，忽见空中降下一位仙女，玄裳玄衣，抱着那只天狗，大呼：“且慢且慢！”七员地将认得是那日指示的那位真仙，就来报告文命。

文命慌忙出帐迎接。行礼之后，问她姓名，那女仙道：“妾乃五方神女之一，北方玄光玉女是也。九凤、强梁虽有阻碍崇伯行路之罪，但他们亦算是个神祇。现在九凤既逃，强梁也不该死，由妾来讨一个情，赦了他吧。”文命道：“太客气了，尊神吩咐，某哪敢有违，何必说讨情呢？”玄光玉女听了，就转身向强梁道：“你名叫强梁，性格亦太强梁。古人说：‘强梁者不得其死。’理应正法，姑念汝平日尚无大过，特赦尔性命，责令尔以后为天下人民驱除瘟疫凶邪，汝愿意么？”强梁将首点点，玄光玉女就抱了天狗，带了强梁，辞了文命，凌空而去。后来强梁果然为人间驱除疾疫。汉朝大傩的时候，有十二种神专食恶魔。强梁和另外一个名叫祖明的，共食磔死、寄生之类，就是他的结果了，闲话不提。

且说九凤、强梁既除，文命等越过北极天柜山再向前进，但见层冰峨峨，极目千里，朔风吹来，冷不可当。行了一程，降在一座雪阜之山休憩。文命四面一望，叹道：“此处可算无生物之地了。”章商氏道：“不然，某等刚从冰下来，里面有大动物呢。”文命诧异道：“什么大动物？生活在冰里？”兜氏道：“大概是一种鼠类，其形如象而较大。”伯益听了，有点不信。犁娄氏道：“横竖我们此刻无事，掘它几只出来看看，亦是好的。”说着，大家就用兵器向冰上乱凿。七员天将亦跟着动手。横革等五人因为坐着身冷，亦来相帮掘冰以取暖。不到多时，掘至数丈之深，果然掘出一只大动物来，但是出外即僵死，想是受不住外面的寒气之故。

伯益用器械撬开它的嘴来一看，口中尚衔有草根树皮之类，想来是在地中做食品的。考察它的身量，大逾犀象，重过千斤。大家无不诧异，因此给它取一个名字，叫鼷鼠。这段事迹，汉朝东方朔作一部《神异经》，就记在上面，大家亦以为是类于神话的一件事。但是欧洲人地理书上说，亚洲西伯利亚勒那河口冰块之下，往往掘出一种犀、象的遗骸。那种犀他们取名叫米克尔犀，那种象他们取名叫莽毛斯象，形状多与现今之犀、象不同。犀的身上长着褐色细毛，象的身上亦长着赤褐色长毛，都与鼠类相似。象之大，身长十八英尺，高十二英尺，和《神异经》上所谓重逾千斤者亦相像。唯西方以此为史前世界动物之遗骸，而口中尚有衔枞叶者。《神异经》则谓在地中生活，食草木之根。二者不同，似乎《神异经》不足信，然亦未始非传闻之讹。至于我国人在上古时已经到过西伯利亚，早经发现莽毛斯象等，则可由此而推定，闲话不提。

且说文命等发现了鼷鼠之后，又向前进，只觉天色渐渐黑暗，其初日间犹有微光，后来竟是长夜不昼（想来已入寒带之故）。文命等并不畏惧退缩，下了龙背，一律步行。那天空的龙由天将轮流照顾，文命则取出赤碧二珪，向前方照耀，居然于光耀之中见到无数人面蛇身的怪物。那人面上只生一只眼睛，看见了光芒，都纷纷躲避。文命因他不为人害，亦不去逼他。后来又走到一处，发现了一些怪人，都是人身、黑首，而两只眼睛却是直生的。他们看见了光芒，亦纷纷逃去。文命料想非我族类，亦不去追究他。后来走到一处，只见前面微有光亮，遂向光亮处行去，愈行愈亮，顿然之间，大放光明，忽然觉天愈高了些，地愈低了些（近日往北极探险的人，都说有此光景），不知何故。

文命等依旧跨龙前进，渐见前面已是大海漫漫，海中岛屿错列。文命要考察何海何岛，就选了一个较大之岛将龙降下。但见岛上田畦历历，粟谷累累，暗想此地竟有务农之人，然而四望却不见人迹，屋舍全无。正在诧异，忽听得有人叫道："文命！汝来了么？汝走过来。"

大家听了，无不骇然，都说这人很骄傲，竟敢直呼崇伯之名，而且叫他走过去，何其无礼至此！然而四顾仍不见有人。后来给乌木田寻着了，原来并不是人，是个人面鸟身的怪物，两耳上珥着两条青蛇，两脚上踏着两条赤蛇。文命一见，就忆到那年开碣石山时禺虢的情状，知道这位必定是北海神禺强了，慌忙过去行礼道：“文命叩见。”

那禺强亦点首答礼，便向文命道：“你这番北行，到此地可以止住，不必再北走，再北走反不妙了。”文命便问他原故。禺强道：“此地已是北极，你不见北极星在我的头顶么。”说着，侧首往上一看，文命等亦一齐侧首向上一看，虽在日间，那北极星果然荧荧可见。

禺强道：“你此番可从北东转到东方，那是顺路，你须记之。”文命等答应着，便问：“刚才某等来时经过暗无天日之地二处，不知是何地方，请尊神指示。”禺强道：“那蛇身的是鬼国，人身的是魅国，鬼魅之地，非人所居。幸汝怀有异宝，彼辈不敢近，否则万无生理矣。”文命稽首辞行。

禺强道：“且慢，我本中土人，来此绝境已数百年，在岛上自耕自给，可谓与世相忘。现在汝等来此，结一面之识，做片时之谈，亦是天缘。区区有点薄物，请你将去，作为纪念吧。”说罢，但见一道青光，在他左耳上的青蛇已倏然不见，转瞬间复来，口中吐出一块玄玉，放在地上。那蛇依旧缩小，盘上左耳。禺强道：“此玉亦无甚稀奇，不过将来史册上记载起来，说道‘唐尧之世，北致禺氏之玉’，这亦是一件难得之事，你代我拿去送给汝天子吧。”文命听了，慌忙拜谢领受，又辞别了禺强，遵命向北东而行，但见积冰积石之山触处皆是，但无人烟。

一日，行到一处，觉得下方岛屿甚多，似有庐舍，就降下龙背。一看，果然是一个国家，但见那人民两耳之大，又与儋耳国不同。儋耳国之耳，不过长到两肩上为止，而此国人的两耳竟垂到臂肩以下，不但长而且大，合将起来，仿佛如大蚌之张其两壳。他们因为走起路来非常不便，所以总用两手抓住。邻邦之人因此叫他们聂耳国，聂耳就是摄耳之意。他们的生活是在海中捞摸，所有吃的、用的、穿的，都是由海中捞摸而来，因为他们所居之地悬居海中。但是有两只斑斓的猛虎供他们的驱使，如牛马一样，不知是哪里得来的。

过了聂耳国，渐渐有树木发现，想见地近东方，已得长养之气了。最初看见三株桑树，其高百仞，而无旁枝。后来又见有一处森林，方广约三百里，皆生在海中浮土之上，海水动起来，树根亦随之而动。文命等看得稀奇，就给它取名叫“泛林”，取海水泛滥中之林木的意思。

后来又到了一国，但见他人民个个手执长戈，仔细考察，才知道是尚武之风所养成，竟有衽金革、死而不厌的状态，因此邻邦之人都怕它，称它为大行伯国。

又一日，走到一处，看见远远有许多人民走过来，生得非常长大。走到面前，文命等都在他们的膝下，要想问话，苦于相隔太远。那些人俯首下来，犹相隔丈余。文命仰面问了他们几句话，才知道他们姓厘，是种黍为粮的，然而大声疾呼，已经很吃力了，料想是个大人之国，亦不再问。

匆匆走出郊外，只见一条大青蛇，头作黄色，身躯之长亦总在五六千丈以上，从东山树林挂到西山树林之中，腹部之粗亦有几丈周围。忽然奔出一只大麈，那蛇见了，就蹿身过去，盘绕一圈，顷刻已将大麈绞死。大蛇张开巨口，慢慢细吞，不到片时，已尽入腹中。

文命等看得清楚，国哀叫天将等过去打死它，说恐怕它害人。文命道："不必，深山大泽，本来是龙蛇所居。现在它在深山之中，又未杀人，无罪而加以诛戮未免不仁。况且此地之人已与寻常不同，体格如此长大，那么别种动物生得格外大些亦是常事，何必杀它呢？"

一日，又走到一座大山之北，人民颇多，但多是穴居。文命要考察他们的情形，便下去问问，才知道这座山叫作不咸山（现在长白山），他们的国叫息慎氏之国（就是满洲人的老祖宗）。文命就问他们道："我看你们此地树木很多，何以不建筑房屋，要住在这黑暗的土穴中呢？"那息慎人道："我们此地实在寒气重不过，一到八月就结冰，必定要次年五月以后表面方才融解，住在地上面是要冻死的，所以只好穴居。"说罢，就邀文命等到他穴中去参观。

文命等欣然进去，但觉穴中纵横不过丈余，一切器具位置亦颇井井然，穴中尚有光线，这是他们平时会客之所。再下还有一层，以梯相接。文命到穴口略望一望，窅然而黑，就不下去。据息慎人说，他们最深的穴，从上面到下面共有九层，那亦可谓深极了。文命看他们所穿的都是兽皮，便问道："你们除兽皮之外，没有他物可穿么？"息慎人道："我们小孩初生，就用野兽的脂膏涂在他周身，起初月涂数次；后来月涂一次；几年之后，就可以保体温而御风寒了。（现在美洲红种人就是如此，亚美两洲相距很近，白令海峡形势尤相连，或者就是一族所分，亦未可知。）穿的物件，除兽皮外，还有一种鱼皮，亦可做衣服，不过宜于夏而不宜于冬。近来新出了一种雒常树，据老辈说，中国有圣帝代立，这雒常树就会生皮，它的皮就可以做衣服。如今几十年来，雒常树果然生皮了，但是其树不多，只有贵族人可以取用，我们还穿不到呢。”

正说到此，只听得穴口有人呼唤之声，那息慎人就领了文命等出穴一看，指着一人向文命道：“这就是敝国的官长。”文命向那人一看，觉得他神采奕奕，颇有威严，而所穿的衣服果与众人不同。那官长先向文命等施礼道：“先生等是从中华上国来的么？”文命忙答礼应道：“是是。”那官长道：“那么请屈驾到敝舍中相叙吧。”说着，就领文命等穿树越林，到一土穴之中，席地而坐。那土穴方广约有三丈，比刚才大得多，想来是他们的华屋了。

坐定之后，那官长就说道：“我们慕中华的文化长久了，近来雒常树生皮，料到中华必有大圣人在位，使我们远方小国无形之中亦受到大圣人的赐，实在感激不尽。”说着，就指指他所穿的衣服道，“这就是雒常树的皮做的。”文命等细看，非绵非卉，似乎非常温暖。

那官长又道：“我们极想到上国来上朝进贡，表一点敬意，因为路远，不知道行程，因此不敢走。请问先生们到此地来走了多少年？”文命道：“不需多少年，只要几个月吧。”那官长道：“先生们到敝地来，有何贵干？”文命就将治水的大略告诉他一番。那官长听了，大为感激，说道：“大国对于远方小国尚且如此关切，小国对于大国敢失礼么？过几年一定要来朝贡。”文命问他有无水患，那官长道：“略略受到一点，后来就退去了。”文命又问他些地方风俗情形，大略的谈了一回，即便兴辞。那官长坚留，文命告以尚须往各地考察，不能久延。那官长无法，只馈送了无数食物，以表敬意。

文命细察他们人民多是腰弓挟矢，穿林入山，以射猎为生，性质勇猛，而仍淳朴，不禁叹赏不置。又看见四翼的飞蛭；还有一种兽首蛇身的怪物，名叫琴虫，非常奇异。

第一百二十五回

鲲鹏变化·禹至劳民、毛民、玄股等国·禹遇雨师妾·架黿鼉以为梁

且说文命自息慎氏国向东而行，渐渐到了大海之边，远望海中，一座大山横亘在那里，自北向南，其长仿佛有几千里之遥，而大海之中则波浪滔天，滚滚不息，似乎有连底翻动的光景。文命刚要叫天将等去探问是何大山，陡见那座大山忽然翻动起来，已不是自南而北，变成自东而西了。

文命等大为诧异，齐说道："莫非就是南极紫玄夫人所说的蓬莱、方壶等五座山？禺强的巨鳌戴不住，又在那里流来流去么？"黄魔在旁说道："不是不是，那五座山某等去惯，不是这样子。"

正说间，那大山又大动起来，本来是横的，此刻竟直竖起来了，觉得岩岈岞崿，高出云表，而山脚下有一个大物，不住的动摇。那时海水震荡得愈加厉害，沿海百里以内都受到它的冲击，幸而文命等稳骑龙背，高出空中，没有受到它的影响。

过了一回，那大山之顶似乎中分，中间仿佛突出一个怪物，久而久之，突出的愈多，那大山亦渐渐沉下。细看那突出的怪物，其长亦有几千里。又过了一回，那突出怪物的旁边又突出极长极大的怪物，

频频动摇，渐渐静止的海水又震荡起来。陡然之间，那突出的怪物腾空而起，直上云霄，向南而去。仔细一看，原来是只大鸟，把苍天遮了半个，顿时天觉黑暗起来。大家又诧异之至，说道："世界上竟有如此之大鸟！可与昆仑山的希有大鸟配对了。但是何以从水中飞腾而出？那座大山又是什么东西？"

伯益道："某从前看见一种古书，上面说道：'北溟有鱼，其名为鲲，鲲之大不知其几千里也，化而为鸟，其名为鹏，鹏之翼若垂天之云，鹏之背不知其几千里也。'据此说来，这个鸟一定是鹏，那座大山一定是鲲，仿佛孑孓在水中化蚊的情形。"

大家听了这话，有点怀疑。郭支就叫二龙渐渐降到海面一看，这时海水已平静异常，但见一大物浮在水面，长亘千里，仔细一看，确系鱼皮，才信伯益之言不谬。真窥道："鱼能化鸟，真是奇事。"伯益道："这是天地自然之理，并不算奇。鹰化为鸠；鸠化为鹰；雀入大水为蛤；蛇化为雉，或化为鳖；鲨鱼化为虎，都是常有之事。有人说，道家的尸解亦就是这个法子。其初是个凡人，饮食起居都是非常之呆滞，一旦修炼成功，脱却了这个肉身，则能餐风饮露，遨游太空，一无拘束，譬如青虫化为蛱蝶，何等逍遥自在，与从前大不相同。这句话是不是真的，不得而知，然而道理则甚确切。"

大家听了，都以为然。文命向伯益道："北方诸国大略都已去过，并无水灾，如今要到东方了。东方诸国都是远隔大海，与中国土地不连，可谓绝无关系，在理可以不去。然而考察一番，知道他们的情形，亦与我们有益，不过只需大略的游一游，不必国国皆到，以省时日，汝看何如？”伯益道是。

当下众人由北而南，第一个到的是劳民国。其人面目手足都是漆黑，远望过去，如铁人一般，以草实果实为粮，而性甚勤，终日劳动，略无休息。因此他们的寿数亦很长，有劳民永寿之称。

第二个到的是毛民国，人民短小，而体尽生长毛，即面上亦然，唯露出两眼。远望过去，几疑心他是一只猪或一只熊，不知道他们竟是人类，而且居然有组织，称国家，种黍而食之，不过穴居无房屋，裸体无衣服而已。据邻邦说，他们姓依，然而言语不通，无可询问。

第三个到的是玄股国，在一座招摇山上。他们人民除出两股尽黑外，其余并无特异之处。亦有一种特长，就是能使鸟类代他做事，如耘田、捕鱼之类。有的一个人驱使两只，有的数人共同驱使两只。鸟之能为人服役，亦是难得之事。其人亦种黍而食之。

有一日，文命等驾着两龙正在前进，渐渐遇到雨了，愈进南方，其雨愈大，龙背上淋漓尽致，有点站不住。远望有一个小岛，郭支就吩咐二龙下降。哪知降到岛上，雨势更是如盆的倾泻，从那急雨之中突然飞出两条大蛇，直向二龙扑去，那二龙亦张牙舞爪与二蛇迎敌，霎时间狂斗起来，从地面一直斗到天空。这时雨势格外大，文命等竟有点站不住。七员天将早飞上空中，去帮助二龙抵敌二蛇。

不期斜刺里又是一条青蛇飞来，径向文命直扑。幸亏七员地将死命地挡住。忽然又是一条赤蛇扑来，上面的七员天将赶快舍去了二蛇，下来抵敌。一霎时妖雾弥漫，咫尺不相见。天地十四将到这时虽有神力，无所用之。幸亏文命身上怀有赤碧二珪的异宝，到这时大吐光芒，各天地将才认明一切，死命地护住文命、伯益等未遭吞噬。然而那二蛇的长舌吐吞伸缩，毒气四射，文命等禁不住了，早向地上而倒；空中的两龙亦受重伤，遁入海中逃去；仅余天地十四将抵住四蛇，那四蛇借妖雾的隐藏，亦死命地屡屡来扑，不肯舍去。

正在危急，忽然一道青光从东方射入，妖雾尽散，雨亦渐止。四蛇到此知不是事，都向南窜去。天地十四将觉得诧异，从东一望，只见云端中立着一位美女子，手持明镜，吐射光芒，环佩之声璆然，兰麝之气四溢。天地十四将知道她必是上仙，忙上前躬身迎接。那仙女看见文命等纵横倒在地上，面色青黑，衣服淋漓，便从怀中取出一个碧色小葫芦，递给乌木田道："崇伯及诸位都中毒了，此葫芦中有灵药，各用一小匙清水灌下，可以回生。"

乌木田接了。十四将顿然忙碌，兜氏、卢氏去取海水，用文命所预制之物放下，变成清水；庚辰、鸿濛氏来灌文命；黄魔灌伯益；章商氏、狂章等分灌众人。不到片时，诸人腹中渐渐作响，居然醒来，个个立起。庚辰就将仙女介绍与文命，并述刚才救护情形。文命和众人都深深感谢，兼请教仙女姓名。那仙女道："某乃东方青腰玉女是也。"

文命道："刚才蛇妖煞是厉害。"青腰玉女道："乃魔神也，这魔神本系上界雨师屏翳之妾，向来亦确守妇德，是个好女子。有一年，上界有许多魔神联合起来要想推倒天帝，夺其宝位。这雨师之妾受了这种潮流之影响，顿然改其常态，投身加入他们的行列中。屏翳知道了禁止不住，就和她脱离关系，听她自去。其初与天帝战争，曾经一度将天帝逐出灵霄宝殿，那时雨师妾非常荣耀，真有不可一世之概。后来天帝勤王兵四集，魔神派大败，杀的杀，死的死，逃的逃，一败涂地。这雨师之妾就遁逃在此间南方一个岛上。天帝虽亦知道她的踪迹，但因为她是一个女子，加以屏翳忠勤有功，所以亦不来追究她。这雨师妾嫁了雨师多年，行雨的方法她都看熟了，所以兴云作雨是她的长技。她逃到此地之后，野心不死，依然与那些失败的魔神密使往来，潜图再举。她又选了无数修炼多年、将要成道的龟蛇加以训练，使它们奔走服役。龟蛇二物相合，是玄武水象，于她的行雨格外适宜。所以这次大雨是蛇的为妖；妖雾弥漫，从龟口中喷出，是龟的为妖，实则都是雨师妾纵使的。”

正说到此，忽然空中无数黑女御风而来。当头一个，一只手操着一条蛇，左耳上盘一条青蛇，右耳上盘一条赤蛇。后面许多黑女子手中各操一个大龟。当头的黑女见了青腰玉女，就骂道：“我与你各住一方，两不相涉，何以要来破我宝物？”青腰玉女道：“崇伯治水，功在万民，凡属神祇，都应该尽力保护。你为什么出来相害，几致使崇伯丧命？那么我自然不能不出来帮助了。”那女子道：“我的宝物看见了龙就要吃，龙本来是它的食品，这与文命何干？他为什么要来打？”青腰玉女道：“龙是崇伯的坐骑，坐骑忽被蛇咬，岂有不救护之理？我看你身犯重罪，逃遁在此，赶快闭门思过，自怨自艾，将来或有出头之一日，千万不要纵妖害人，兴风作浪，自取灭亡之咎。”

那女子听了，勃然大怒，恶狠狠地说道：“你敢小觑我，我与你决一胜负。”说罢，向天一指，大雨如倾，那耳上、手中的蛇一齐放出，又向后面大喝一声，那无数大龟个个口吐妖雾，一霎时又弥天盖地起来。青腰玉女见了，不慌不忙，将那明镜不住地摇动，所有妖雾一时尽敛，但见无数大龟头一齐缩向壳中而去，雨亦旋止；一面又从怀中抽出一柄青锋小剑，长不过数寸，迎风一挥，顿长数丈，将那飞来的四条蛇一剑一条，斩为八段。那女子见不是事，带了众女，转身想逃。青腰玉女又从身畔取出一根五色丝带，向上一抛，早把那些女子个个缚住，捆到面前。

青腰玉女指着刚才带头的女子对文命说道："这个就是雨师妾，其余都是她所胁从的人。"文命等向那些女子一看，个个其黑如漆，其丑如鬼，而雨师妾尤其黑丑得厉害。暗想："天上神仙无不绝色，何以竟有如此的丑妇？雨师屏翳竟愿意纳了这种人做妾，真是奇怪！凡人纳妾，为求多子，神仙纳妾又是什么意思？而这个丑妇又甘心为人之妾，雨师屏翳又无法以管教其妾，都是不可解之事。"

文命便问青腰玉女道："现在这些人怎样处置呢？"青腰玉女道："这些胁从之人当然无罪，赦了她们吧。这雨师妾是个钦犯，妾亦未敢即行处置，拟先带去和雨师屏翳商量后，再奏天帝，现在告辞了。"说罢，将手一指，把那五色丝带上所捆的妇女个个都放了，只剩了雨师妾依旧捆着。文命再三称谢。乌木田将葫芦交上。青腰玉女道："尊乘的两条龙伤重了，现在潜入海底，非休养数月恐不可用，这个葫芦中尚有余药，可以调治，妾不拿去，即以奉赠吧。"文命又再三称谢。青腰玉女即牵了雨师妾凌空而去。

这里郭支拼命地撮口作声，唤那二龙，唤了半日，才见二龙自海中蹒跚而出。细看它们身上、爪上、头上，果然都有重伤，当即将葫芦中的药给它们搽服，然而急切不能就好。文命等行程又不能久待，要想另行造船，但荒岛之中别无林木，即使有林木，亦没有器具，大家不免焦急。繇余道：“崇伯何妨叫了东海神来和他商量，另外有龙，借两条，岂不是好！”大家都道不错。

文命便作起法来，那东海神阿明果然冕旒执笏而至。文命便问他借龙。阿明道：“海中之龙甚多，不过曾受训练而肯受人指挥的很少，恐怕到那时龙性不驯起来，未免闯祸，这个不是儿戏的，某不敢保举。”文命向郭支道：“汝能训练么？”郭支道：“小人能训练，不过非三五月不能成功，到那时这两条龙的重伤也可以愈了，似乎缓不济急。”文命听了，甚为踌躇。

阿明亦沉吟一回，忽然说道：“有了，某家里鼋鼍之类甚多，叫它们来效劳吧。”文命道：“鼋鼍之类有何用处？”阿明道：“某且叫它们来试试看。”当下将手中所执的笏向海中一招，须臾之间，只见海水之中有物蠕蠕而动，愈近愈多，陡见一个大鼋蹒跚着爬上岸来；接着又是一鼍，迅疾地爬上岸来，它的尾巴大半还在水中；后面接续似还有无数鼋鼍拥挤着。文命看那大鼋，足有五丈多周围，那鼍亦有二丈多阔、十几丈长，便问阿明道：“尊神之意，是否叫某等用以代舟楫么？”阿明道：“代舟楫固可，连接起来代桥梁亦可，听凭尊便吧。”伯益道：“在海中不怕涛浪之险么？”阿明道：“不妨事，它们都有抵御之术，绝不为患，某可以保险的。”文命道：“它们能解人言语、听人指挥、认识道路么？”阿明道：“它们都是修炼千年，颇有道行，能了解一切。崇伯如有命令，尽管吩咐它们，它们必能确遵无误。”文命道：“它们共有多少只？”阿明道：“鼋六百只，鼍六百只，总计有一千二百只，大概足够使用了。”

文命大喜，就向阿明致谢。阿明道：“小神等四海各有疆界，此刻在东海之内，是小神所管辖的，所有水族都是小神的部下，它们这班鼋鼍亦无不熟识。假使到了南海，那么另有南海神管理，与小神无涉，此等鼋鼍不能滥入彼境，路途亦不熟悉，到那时请崇伯发放它们归来，另向南海神调用吧。”文命唯唯，再三称谢，阿明即入海而去。

当下文命就聚集大众商议：这些鼋鼍是代替船只呢，还是替代桥梁呢？大家都主张代桥梁，因为海中坐船是不稀罕的事情，海中架桥梁却是从来所无之事，大家想试试新鲜，所以一致主张代桥梁。于是文命就向鼋鼍等说道：“我现在要向东南方前进，不论哪一国都可以，尔等与我架起桥梁来，我们自己走。”那些鼋鼍本来是伏在那里，一听见文命命令，都急忙入水而去，又将身躯大半浮出水面，昂起头来，向前先行，接着又是一个接上去，那头却缩在里面，一鼋一鼍，愈接愈远，直到目力望不见，方才接完。远望过去，竟如大海之中架着一座浮桥。众人看了，都说稀奇之至。

于是文命、伯益陆续地走了上去，之交、国哀等则负糇粮，肩行李，一齐向鼋鼍背上大踏步跨去，仿佛如长征一般。天地十四将则左右前后随时保护，以防不测。郭支则在最后，将二龙纵入大海之中，叫它们跟着前进。这时众人真写意极了，鼋鼍之背既阔且稳，有时虽三四人并行，亦绰有余裕。远看那两边的白浪滔天，汹涌无际，然而一到鼋鼍两旁，十丈内外，即已坦然平伏，因此之故，虽行大海之中，竟有如履康庄之态。

走到半途，真窥忽然大笑起来。众人问他为什么笑，真窥道："我觉到走鼋背和骑龙背各有各的妙处，骑龙背是高旷，走鼋背是壮阔，诸位看我这四个字下得的当么？"众人听了，都说不错。

后来走了半日，大家腿力都有点倦了，但是那条鼋鼍的桥梁还是极目无际。横革又诧异起来，说道："刚才东海神说，只有一千二百只鼋鼍，架起桥来虽则长，总亦有限，何以还不走完？"黄魔大笑道："凡是桥梁，总要两头靠岸的，假使半途断了，不能到达彼岸，算什么桥呢？现在这些鼋鼍，是在那里轮流替换。我们走过了，后面的鼋鼍就赶到前面去接上；再走过了，再调上前去，所以能连续不穷，可以达到彼岸。不然，我们已经走过了半日，那些鼋鼍依旧架着桥梁，等什么人再来走？岂非可笑之至么！"横革听说，将行李从肩上卸下来，往后一望，果然后面已纯是大海，不见鼋鼍桥了。

众人沿路谈谈，随意进些干粮，倒亦很有兴味。但是红日渐渐西沉，前望仍不见涯涘，大家又踌躇起来，都说海中走夜路恐怕不能呢。如此一想，觉得走鼋背又不如骑龙背之安逸迅速了，然而事已如此，无可如何。看看红日西沉，暝色已起，大家只得商量，就在鼋鼍背上过夜。但是大家睡了，这些鼋鼍依旧叫它们呆呆架桥等着，似乎有点对它们不起。文命想了一想，就又向鼋鼍发命令道："天色已晚，不能行路，我们就要在尔等背上休息了。尔等在前面的，可以不必再架桥梁，且休息休息吧。再者，我们今朝就在尔等背上过夜，尔等自问能够彻夜浮在水面上、不怕吃力的可集拢来，让我们休息。"文命的命令发完，那前面的鼋鼍顿时大动，顷刻间，一望无际的桥梁已化为乌有。无数大鼋群聚于众人之侧，而那些鼍多已游开。众人一想，鼍背狭，鼋背阔，睡起来，鼍背万不能如鼍背之稳，这些鼋鼍真能够体谅人意了。

大家仔细计算，聚在旁边以及众人现在所踏之鼋，共二十一只，恰恰供二十一人之用，于是大家各占一只，预备就寝。那时二十一只大鼋，除出文命所占的一只之外，忽然又纷纷移动。众人正是不解，哪知它们仿佛都有知识、认得人似的，本来参差极不整齐，移动之后，竟连成一个大圆形，文命、伯益二只居中，之交、国哀、真窥、横革、郭支五只绕其外，天地将的十四只又环绕其外。大家看了，都称叹不止，走了一日，辛苦极了，除天地将之外，俱各沉沉睡去。

过了多时，忽听得仿佛击鼓似的轰然一声，接着东面彭一声，西面彭一声，共计约有五六百声，其声似乎从水中出来。大家都惊醒了，忙问何事。天地将答道："无事，无事，是海中的动物在那里叫。"文命等一看，星斗在天，鼋身安然不动，遂又放心睡去。

隔了多时，又听得彭彭两声，接着东彭彭两声，西彭彭两声，接连的千余声。文命等又惊醒了，见并没有事，再睡去。隔了多时，只听得彭彭彭三声，接着东三声，西三声，约有一千几百声。隔了多时，又听得彭彭彭彭四声，接着东四声，西四声，总共约几千声，大家都睡不熟了。国哀骂道："可恶至极！不知道什么怪物，如此扰人清梦。"伯益忽然想着，说道："我知道了，这个一定是鼍鸣。我从前看见一种书上说，鼍善鸣，其声似鼓，其数应更，初更时则一鸣，二更则二鸣，三更则三鸣，四更则四鸣，五更则五鸣，我们且听它有没有五鸣。"众人于是屏息假寐而静等，隔了多时，果然彭彭五声，东五声，西五声，约有三四千声。伯益道：“照此看来，是鼍无疑了。东海神说有六百只鼍，当然有这许多声音。”国哀道：“扰人安睡，可恶之至。明朝请崇伯遣去它吧，单是鼋已够了。”文命道：“这话恐不是如此说。古圣人为办事精勤起见，虽夜间就寝，亦不敢过于贪逸，常叫人在那里计算时间，随时报告，过多少时间，则有人更代，所以这就叫更。到了几更，必须起来办事，是所谓励精的制度。我听说前朝有些帝王，制了些铜签，半夜之中，常叫那守夜之人投在阶下，锵然有声，以便惊醒，亦正是励精的意思。现在这鼍鸣正是天然的更夫，应该利用它，以为励精之助，何可遣去呢！”众人听了，都以为然，国哀亦不响了。不到一时，天已黎明，众人亦不复再睡。

第一百二十六回

禹到榑木·扶桑国之情形·禹到黑齿、青丘、君子等国·君子国之情形

天明之后，大家又商议动身，文命道："架桥梁之事，我看不可再行了。大海之广，一步一步走起来不但疲劳，而且旷日持久，不如各人分乘一鼋或一鼍吧。昨日那些鼋鼍，从后面赶到前面，轮流更替，非常迅速，假使叫它单独驮一个人，走起来一定是很快的。"众人都以为然。

于是文命再发命令，向各鼋鼍道："今天我们不愿架桥了，只需二十一只鼋鼍已足，你等愿意驮载我们的留在此地，否则可各自散去，辛苦你们了。"哪知命令发了，众鼋鼍依旧不散。那原旧载着文命等的二十一只则分波踧浪，直向东方行进；其余载沉载浮，紧随不舍，其行之迅速，几不下于二龙。文命等坐在鼋鼍背上，觉得分外逍遥，然而那照人的朝阳亦分外耀眼，并且分外炎热，不知何故。

过了多时，远望前面仿佛似有陆地一线横着。大翳腾起空中一望，仍复下来报告道："到了一个大陆了。"转瞬之间，陆地已甚明显。

到了岸边，许多岩石受涛浪的冲击，澎湃作响。文命等寻到一个港湾，相率上岸，走了几里路，但见密密层层都是树林。那种树似桐

非桐，根下长出许多笋，颜色甚红。大家看了，不知其名。后来遇到土人，仔细询问，才知道这个地方名叫扶桑国，这种树就叫扶桑，又叫榑桑，又叫榑木。郭支道："扶桑之名，我早已听到过，原来名虽叫桑，实则没有一点像桑树。"那土人听了笑道："诸位想是从中华国来的吧。我常听见老辈说，离此地西面二万多里，有一个大国，名叫中华国。他们那里有一种树，名叫桑树，它的叶子给一种小虫吃了，会得吐丝，可以织布织锦，是真的么？"文命应道："是，但是这叫锦，不叫布，布是另外一项东西织的。"

那土人道："敝处这种扶桑树，它的皮剥下来，撕细了，可以织布，亦可以为锦。敝处老前辈要想比拟中华桑树的有用，所以取名叫桑，这是一个原因。还有一个原因，敝处东面有一个海，名叫碧海。碧海之中，地方万里，上有太帝之宫，是天上太真东王父所治之处。他那个地方颇多林木，从前那边的仙人曾经到过敝地。据他们说，那种林木还是贵中国的子孙，在万年以前由贵中国分栽过去的。但是他们的种植却改良多了，将桑与椹分为两树，使它们各遂其生，所以他们那边的桑树、椹树长者数千丈，大二千余围；小者亦高千丈。两两偶生，互相依倚，所以叫作扶桑。敝处听了，又非常羡慕，因此又改名叫扶桑。总之敝国褊小，介在东西两大国之间，起初羡慕师仿西方，后来又羡慕师仿东方，所以名称都是窃取来的，请诸位不要见笑。"

文命道："那边的扶桑树亦可以织布织锦么？"那土人道："没有听说过，但知道那个桑椹是很好的。那边的仙人一经吃了这桑椹，就全体皆变作金光色，且能在空中飞翔行立，神妙变化。据说那种桑椹色赤而味极甘，气极香，不过需九千岁才一生实，甚为难得而已。”

郭支道：“汝等到那边去过么？”那土人道：“没有去过。敝国的面积约一万里，自西到东，费时甚多，而且那碧海之广阔又不可以道里计，据说那边就是日出之地，非常炎热，所以也没有人敢去。”

文命道：“贵处这种扶桑树，除了取皮织布织锦之外，还有别的用处么？”那土人道：“其实如梨而赤，可以为食；其初生时如笋，亦可以为食；其皮还可以为纸，以书文字。”文命道：“贵国有文字么？”那土人道：“有，有。”

当下就邀文命等到他家里去坐，屋舍虽矮，布置却尚精洁。少顷，土人拿出他们的文字来。文命一看，大概都从中国文字变化而成的。文命又询问他国中情形。据土人说，他们无甲兵，不攻战。其国法有南北两狱，罪轻者入南狱，罪重者入北狱，南狱有时遇赦，北狱永远不赦。不赦之男女，互相婚配，生男，则至八岁而为奴；生女，则至九岁而为婢。他们婚姻之礼非常奇异，凡有男子要想娶一女子，先到那女子住的门外筑屋而居，早晨晚间给女子打扫街道及屋宇，如是者一年。假使女子不爱他，那就下令驱逐，不许他住在门外，婚姻就不成功了；假使爱他，就成了夫妇。这种求婚之法是别处所没有的。

文命等辞别了那土人，又到各处游历，只见他们有马车，有牛车，有鹿车，以鹿乳为饮料，民情尚觉质朴。游历了一转，再登鼋鼍之背，向东进发，已到那土人所说的碧海中。那碧海中之水作碧色，甘香味美而不咸苦。

鼋鼍游行，其速度增加，转瞬之间，已见有千寻之木高耸于远远陆地之上，想来就是扶桑了，但是太阳灼烁得格外厉害。渐渐近岸，只见一个太阳在大桑树之上，还有九个太阳在大桑树之下。

伯益看了奇怪，便问文命道：“某闻当年十日并出，经老将羿射下了九个，何以此刻还有十个呢？”文命亦说不出理由。忽然见那岸上一道祥云直迎过来，云中站着一个仙人，大呼道：“慢来慢来，请回转吧。”这时那众鼋鼍亦顿然停止了。那仙人到了面前，举手与文命为礼。文命答礼，便问道：“上仙何人？”那仙人道：“某奉太真东王父之命，特来阻止崇伯前进。此地是扶桑榑木之地、九津、青羌，再过去就是汤池，日之所出，炎热沸腾，极为厉害，于人体不利，所以请回转吧。其实崇伯治水到此，亦可以止了。”

文命拱手道：“承上仙指教，感激之至。但某有一层疑问，当初十日并出，给敝国司衡羿射下了九个，何以现在还有九个？请问天上的太阳共有几个？”那仙人道：“天上的日总名叫恒星，比太阳大的也有，比太阳小的也有，总共不知道有多少，不过普照这个世界的通常只有一个。但是世间人君无道，或有其他原因，则两个、三个乃至十个同时并出，亦是有的。（后来夏朝帝廑八年，十日又并出；夏桀之时，三日并出；商纣之时，二日并出；周武王伐纣大战之时，十日又并出，均见于记载。）司衡羿射落九个，所射下来的不过日中之乌，乌死而羽毛洒遍于众山。至于日的本体顿然隐遁，并未受伤，所以仍然在此。日体之大，一百万倍于地，假使日可以射落，则落下之日在于何处？九日同时落下，地面早早压破了。”文命等听了，方始恍然。于是谢了仙人，拨转鼋鼍之头，更向西南方而行。

一日，到了黑齿国。那国人民的面目身体无不作黑色，口中之齿尤黑如漆，连那舌头都是黑的。文命等不解其故，找了些土人来问问。那些土人看见文命等，个个匿笑，仿佛有轻蔑的意思，隔了良久，才回答道："人生天地间，为万物之灵，最要紧的是与禽兽有别。一个人的牙齿是饮食生命之所系，假使雪白，那么和禽兽有何分别呢？所以敝国有几句俗语，叫：'相狗有齿，狗齿则白。人而白齿，胡不遄死？'贵国天朝，号称文明之邦，何以不将牙齿涅黑而甘心与畜类一例呢？"

文命听到这种话，真是海外奇谈，无理之理，然而亦不和他细辩，便问道："贵国人牙齿用何物涅黑呢？"那土人见问，便从衣袋中掏出一把果实来分递与众人，并说道："这种是新鲜的，请尝尝吧，吃长久之后，牙齿自然会黑，那就美观了。"文命等细看那果实，其大如黑枣，皮绿实松，软如海绵，但是不敢轻尝。那土人苦苦相劝，说："这是某区区一片相爱之意，何妨尝尝，其中绝无毒质。"大家见他如此说，只得各尝了一个，但是味辛而涩，都不觉眉为之皱。文命便问这果叫什么名字。那土人道："名叫槟榔。"说着，就指路旁一株树道，"就是它的果实。"

文命细看那树，高约三丈余，叶为羽状复叶，小叶之上端作齿啮状，果实累累成房而出于叶中，每房簇生数百，形长而尖，正是中土所无之物。文命于是辞谢了土人，又向各地考察，才知道他们嗜槟榔如命，身边恒携一袋，满贮槟榔，饮食之外，常常以槟榔投入口中，非至熟寐不休。自幼至长，无日不如此，以至齿舌尽黑，吐沫皆红，

烛阴

鍾山之神
日燭陰
人面蛇身
赤色長千里

烛阴

钟山之神，名曰烛阴，视为昼，瞑为夜，吹为冬，呼为夏，

不饮，不食，不息。息为风，身长千里。在无䏿之东。

其为物，人面、蛇身，赤色，居钟山下。

——《山海经 · 海外北经》

反以为美观，真是特别之俗尚了。还有一项，他们又嗜食蛇肉，在那吃饭的时候，往往有一赤蛇、一青蛇在其旁，脔割分切而食之，是亦奇异之嗜好。

过了黑齿国，就到青丘国。那里的人民食五谷，衣丝帛，大概与中国无异，但发现一种异兽，是九尾之狐。据土人说，这狐出现，是太平之瑞。王者之恩德及于禽兽，则九尾狐现，从前曾经见过，后来有几十年不见了，现在又复出现，想见中国有圣人，乃天下将太平之兆。文命听了，想起涂山佳偶，不禁动离家之叹，然而公事为重，不能顾私。好在大功之成已在指顾间，心下乃觉稍慰。

一日，行到一国，上岸之后，但觉森林重翳，梧桐甚多。梧桐之上，翔集了几对凤凰，在那里自歌自舞。伯益道："原来凤凰出产在此地。"正说间，只见前面来了一个人，衣冠整齐，手中拿着一柄大斧，而腰中又佩着一柄长剑。那人看见了文命等，便慌忙疾趋而前，放下大斧，躬身打拱，问道："诸位先生不是敝国人，从何处来？敢请教。"文命等告诉了他，那人重复打拱行礼，说道："原来是天朝大邦人，怪不得气宇与寻常人不同。请问此刻寓居何处？"

文命道："某等此刻才到，尚无寓处。某等之来，奉命治水，如贵国并无水患，不需某等效劳，某等亦即便动身，不需寓处。"那人又拱手道："原来诸位先生不远万里，特为小国拯灾而来，那么隆情盛意极可感叹。虽则敝国并无水患，然而诸位先生既然迢迢万里到了此地，万无立即回去之理。某虽是个樵夫，但亦应代国家稍尽地主之谊，不嫌简亵，请先生到寒舍坐坐，再报告官长来接待吧。"文命等察其意诚，就欣然答应。

那樵夫又再三请文命等前行，自己只肯随行在后。又穿过了一个森林，只见又是两个衣冠之人，手中各持着一剑，指着一只死鹿，在那里苦苦相让。一个说："这只鹿明明由老兄捉获，死在老兄之手，当然应归老兄，小弟何敢贪人之功呢？"一个道："虽则由小弟捉获，然而非老兄连斩数剑在先，何能立即就擒？论到首功，还是老兄，小弟何敢幸获呢？"一个道："小弟虽先斩数剑，而鹿已迅奔，若非老兄连挥数剑，早已逃无踪迹，何处寻觅？所以先前数剑，其效已等于零，捉获之功全在老兄，照理应该归老兄无疑。"一个道："鹿是善奔之兽，若非老兄先予以重创，小弟虽欲斩它亦未必斩得着。这全是老兄之功，还请收吧，不要客气了。"两个苦让不已。

文命上前说道："两位真是君子，太辛苦了。某是外邦人，可否容某说一句话？"那两个人看见文命等气度不凡，都慌忙放下手中的剑，整一整衣冠，走过来，恭恭敬敬地作揖道："不敢拜问诸位先生贵国何处。刚才某等在此放肆，惹得诸位先生见笑，如肯赐教，感激之至。"文命道："某是中华人。"刚说得一句，那两人重复作揖，说道："久仰久仰！失敬失敬！"文命还礼之后，就说道："某刚才见二位所说，各有理由。依某愚见，何妨将这鹿平分了呢？"一个道："某问心实在不敢贪人之功以为己有，照例是应该全归那位老兄的。"那一个又如此说。于是又推让起来。

那樵夫道："二位互让不休，既然承这位先生指教，这位先生生长中华礼义之邦，所断必有理由，恭敬不如从命，某看竟平分了吧。"两人听说，才不让了，但拿剑去割鹿时，又互让先动手。后来分割开了，又复互让，一个说老兄太少了，应该再多一点；一个说小弟太多了，应该再少一点，推逊了好一回，方才各携所有，互说“承赐”而去。

文命便问那樵夫道：“贵国何名？”樵夫道：“承邻邦谬赞，都称敝国为君子国。敝国君虽不敢当，但是说道：‘人既以君子相期，我亦不可自弃，就定名为君子国。但求顾名思义，能实践君子之行，以无负邻邦之期望，那就好了。’”文命道：“看到刚才那让鹿之事，真不愧为君子。”那樵夫听了，连称“岂敢岂敢”。

走到一座牌坊边，樵夫抢上前一步，拱手向文命等道：“这是里门了。”文命仰首一望，只见上面匾额大书“礼宗”二字。进了里门，曲曲走过几家，樵夫又上前拱手道：“此地就是寒舍，请诸先生稍待，容某进去布席。”说着，进去；隔一回出来，作揖邀请。

文命等进内一看，收拾颇为清洁。当中草堂又横着一匾，大书“退让明礼”四字。坐定之后，文命正要开言，只听得外面一阵车马之声直到门前，有一人进来问道：“刚才闻说有二十几个中华大贤，在此地么？”那樵夫慌忙站起来答道：“在此地。”陡然进来一个衣冠庄严之人，那樵夫见了，先向之行礼，然后介绍与文命道：“这是敝邑邑长。”那邑长就过来行礼，说道：“中华大贤难得驾临，有失迎迓，抱歉之至。刚才有二人来报告，说因互让一鹿，不能解决，承大贤判断，平允之至。仔细一问，知大贤已在此地，特备车舆前来恭迓，请到小署坐坐吧。”

文命固辞不获，只得辞了樵夫，随了邑长同行。沿途所见里门，上面都有匾额，有的写“德主”二字，有的写“文才”二字，有的写“后己”二字，有的写“先人”二字。

须臾，到了衙署，邑长先下了车，然后请文命等下车。每到一门，必有一番揖让。到了大堂，分宾主坐下，文命仰首一望，只见大堂正中亦有一块大匾额，写着“礼让为国”四个字，上面是年月日，下面有御笔字样，原来是他国君亲手写的。

文命就询问邑长一切风俗情形。那邑长指着匾额说道：“敝国立国的根本就是在这四个字上。这四字本来是从贵中华上国流传过来的。当初听说贵中华上国有一位大圣人，屡次要乘桴浮海到敝国来居住。有人说：‘那个地方太简陋，怎么样呢？’那大圣人道：‘有君子国人住在那里，何至于陋呢！’可见当时敝国的民风已承蒙上国大圣人的谬赞。后来敝国君得到这个消息，朝夕盼望大圣人降临，但是终于没有来。敝国君不得已，派人到上国探问，哪知大圣人已经去世，仅仅求到大圣人的许多遗书。敝国君细细阅读，觉得都是天经地义、万世不刊之论，最妙的，恰与敝国立国宗旨相合。所以敝国君立刻采取了这‘礼让为国’四个字，御笔亲题，颁发各地大小官署悬挂，又采取‘退让明礼’四字，叫百姓制成匾额，家家悬挂，以为训练民众之标准。其余里门、闾门、邑门以及通衢要道，各处均有关于礼让的格言标示着。多少年来，颇著成效，居然小民无争竞之风，这亦是上国大圣人的恩惠呢。”

文命道：“敝国那位大圣人所讲的，不止‘礼让’两个字，何以贵国独采用这两个字？”那邑长道：“一则与敝国宗旨相同；二则一个国家最怕是乱，乱的原由多起于争，能让即不争，就不乱了。”文命道：“凡有血气，皆有争心。贵国用什么方法使他们让而不争？想来绝不是到处贴几张标语就可以奏效的。”

邑长道：“这个自然。‘让’之一字，是要两方互让的，绝不是一方独让的。所以敝国教让之法，第一是使之习礼，平日彼此相接以礼，即使偶有不平之事，自然能相忍，而不至遽出于争。第二是使之明理，理明之后，自然知道让是美德，争是恶德；让是绝不会吃亏的，争是绝没有好处的。终身让畔，不枉百尺；终身让路，不枉百步。货悖而入，亦悖而出；言悖而出，亦悖而入。将这种理由时常和百姓讲说，他们能彻底觉悟，自然好让而不争了。第三是裁判得其平。假使人民发生争执之时，绝不可有所偏袒。对于父，总劝其尽父道；对于子，总劝其尽子道；对于兄，总劝其尽兄道；对于弟，总劝其尽弟道。一切都是如此。因为人性本来是有争心的，导之以让，结果还免不了一个争，倘使再教他们争，那个流弊伊于胡底。况且那对方的人亦岂肯就此忍辱受亏，吞声默尔？其结果，必至勾心斗角，蹈瑕伺隙，无时不在相争之中，非两败俱伤，即纷争不已。国家发生这种现象，有何裨益？人民造成这种现象，有何乐趣？所以敝国政令唯在敦礼习让，自幼养成他们一种礼让之风，偶有相争之事，认为奇耻大恶，不齿于人类。以此之故，几千年来从无乱事发生。未识诸位先生以为如何。还请赐教。”文命等听见这番议论，着实钦佩，都赞扬了一回。

当下那邑长又备筵席，请文命等宴饮，所有肴馔都是兽类之肉，原来他们是专门食兽的。庭前有一种薰华草，甚为美丽，可惜朝生暮死，不能持久，然而陆续发生，也不寂寞。

宴饮完毕，忽然有两只大虎，斑斓狰狞，走到那邑长旁边伏着，仿佛如家养的猫狗一般。文命等看了，不禁骇然，便问那邑长道：“贵国素来豢虎么？”邑长应道：“是。”文命道：“不怕它反噬么？”邑长道：“不会，不会。忠信之至，可孚豚鱼，何况于虎？”文命等又暗暗嗟叹。又谈了一回，那邑长要请文命等见见他们的国王，文命因来往路程需十日以外，遂力辞不去。辞了邑长，仍到海边，驾鼋鼍而行。

第一百二十七回

禹逢巨蟹 · 海若助除妖 · 禹到虹虹国

且说文命等离了君子国，再向西南前进，忽见前面海中涌出一片平原，其广无际，簸荡动摇，直冲过来。那随行的千余只鼋鼍悉数向前过去，仿佛冲锋抵御似的。七员天将一望，大叫：“不妙，妖物来了！”那时坐下的鼋鼍早已转身向西北而逃。庚辰、黄魔吩咐众天地将等：“小心保护着崇伯及众人，让我二人去看来。”说着，已凌空而起。但见那妖物来势甚锐，众鼋鼍抵挡不住，纷纷四散。

庚辰和黄魔商议道：“快些，我们打它一下吧。”说着，举起大戟，奋命向怪物身上戳去。黄魔两大锤亦同时并下，但觉坚硬无比，又觉其中是空心的。那怪物经此打击，虽未受伤，仿佛亦颇受震惊，顿然沉下。而海中又涌起一座大山，山上有两个峰头，能开能合，直向庚辰等刺来，但是太大了，非常不灵便。

庚辰等又在两个小峰上尽力打了几下，那怪物料不能取胜，大山小峰又渐渐沉下，顿时觉得海面上透出一阵雾气，渐渐弥漫四溢，由近而远，咫尺不能相见。庚辰道：“不对不对，崇伯不知如何，我们赶快去看吧。”哪知四望已迷了路程。二将乃升入天空，向下一望，但见沉沉妖雾已将大海笼罩了大半，不觉踌躇无计，按下不表。

且说文命等自从黄魔、庚辰二将去了之后，要想回望他们战斗的情形，哪知坐下的鼋鼍没命的乱逃，转瞬间距离已远，看不见了。忽然之间，渐见一阵大雾直逼过来，将文命等面貌隔绝。伯益觉得不妙，便请文命将赤碧二珪拿出来照耀。哪知黑暗之中，急切寻不到，而波涛汹涌之声则大震耳鼓。鼋鼍身体亦东西颠倒，似有欲沉之势，这都是向来没有的情形。大家知道势已危急，文命忽然想到，急忙作起法来，喝道："东海神何在？"刚叫到海字，只见一道红光从海中直冲上来，霎时之间，妖雾全敛。

陡见一人，长髯白发，青冠紫衣，立于海上，向文命拱手道："来迟来迟，累崇伯受惊，有罪有罪！"那时庚辰、黄魔亦从天空降下来。文命便问那长髯人道："尊神是谁？"那长髯者道："某是海神，单名叫若。"文命道："尊神与东海神阿明、东海君冯修青职位不同么？"海若道："他们是有职位的，某是无职位的，仿佛天上的散仙一般，所以东西南北四海任某遨游，不必一定在东海。"

文命听了，向他深深致谢，并说道："非尊神相救，某等危矣，但不知刚才大怪究竟是什么东西。"海若道："是一只大蟹，其广千里。"大家听了，都诧异至极，说："天下竟有如此之大蟹么？"海若道："海中之大，何所不有？从前某在海游玩，忽见一蟹浮起水面，刚刚有一只大船经过，见它上面林木甚茂，以为是个洲渚，船中之人相率系舟而登，就在那蟹背上烧饭。才烧到半熟，那蟹忽然移动起来，林木渐没于水，那些人才知道不是洲渚，慌忙弃了炊饭，登舟断缆而逃。某当时看得非常好笑，那亦是常有之事。"黄魔道："怪不得，我们刚才所看见的大山，竟是它的螯；那能开合的两峰，当然是他的钳子，幸而没有给它钳着，假使钳着，岂能有命！”

文命问海若道：“此刻那大蟹何处去了？是否已为尊神所诛戮？”海若道：“这大蟹实在不是蟹，是个魔神所变幻。那魔神是个女子，名字叫丑，本来在天上巨蟹宫中（天文家所分十二宫之一，即鹑首之次，于十二辰值未，其略号作♋，当阳历六月二十二日，于时为夏至，太阳行至此宫），很有权威。后来受了天上一股潮流的影响，结合群魔，要想夺天帝的大位。结果群魔战败，这位女丑亦弃了巨蟹宫而逃到此地。天帝叫大将郁仪到东方扶桑汤池之地，借了十个太阳，用纯阳之精来照她。她是女子纯阴，受不过十日之灼烁，就被炙死了。然而她究竟是天上的一位大魔神，虽被炙死，她的魂魄依旧变幻出没，常想作祟。天帝亦恐怕她死而复生，再来扰乱，所以叫郁仪就永远与日同居，以监督着这个女丑之尸。因此郁仪遂成为日精，而女丑之尸其上常有十个太阳照临，不能复活。但她本是巨蟹宫中的魔神，她的魂魄就在海中活动，化为大蟹。海水是阴类，蟹也是阴类，现在被某驱逐，已逃往别处去，某亦无法处死她，只能驱之而已。”

文命听了，又再三道谢。海若道：“现在大蟹虽逃，祸犹未已，前面还有患难，请崇伯戒备而往。”文命忙问是何患难，海若道：“当初与女丑一同从天上逃到此地来的还有两个，一个叫奢比，一个叫犁䰱[1]。女丑既死，那奢比、犁䰱亦为天帝所诛戮，然而他们两个的魂魄亦依旧变

1. 䰱：音líng。

化出没，并与女丑之尸仍在那里相交接。不过他们两个亦不能复成人形，都变了一种人面兽身的怪物。那犁䰠尤其阴险，须要防他。他能幻化，善欺人，好在崇伯行李中自有轩辕氏的十五面宝镜，足以制之；而天地十四将英勇无敌，更足以降之而有余，这是可以放心的。”

文命道：“他们这些妖神是有意和某为难么？”海若道：“不然，女丑之尸化大蟹而来袭，大约为崇伯怀有赤碧二珪，是个异宝，要想来攘夺。刚才吐雾之后，已被她暗中窃去，凑巧为某夺来。”说着，从袖中取出二珪，递与文命道：“敬以奉还，请收藏吧。”

文命接了，又深深道谢。海若又道：“女丑今番吃亏而去，必不甘心，一定去报告奢比、犁䰠共同报仇，所以这番危险是不能免的。”文命道：“那么怎样呢？”海若道：“海中之事由某任之，崇伯不必顾虑。陆上请天地十四将任之。现在某且再送崇伯一程。”

说罢，向海水上长啸一声，只见从前那些纷纷四散的鼋鼍重复聚集拢来。海若道：“刚才若不是这些鼋鼍奋勇当先抵御，崇伯等恐不免落水，惊吓还要受得多。但是鼋鼍等受伤已不少，便是现在诸位坐下的鼋鼍亦都受伤，非另换几只不能走了。”众人一看，果然深黑的海水中已隐隐泛出红色，想来是鼋鼍之血所浸染了。文命慌忙发令，向各鼋鼍道：“哪几个未受伤的鼋鼍前来替换？”只见有二十一只浮到水面。文命等遂各换一只，并将行李一切都安置好，回看那原坐的几只鼋鼍，真是狼狈不堪，慢慢地沉入海中而去。

文命非常过意不去，用好言嘉劳了它们一番，就跟了海若一同前进。海若用手向各鼋鼍指了几指，其行倍速。

须臾，到了一个荒洲，但觉阳光照耀，不可逼视。海若领文命等上岸一看，只见一个女子的尸首，衣着青衣，躺在地上，右手用衣袂遮蔽她的脸面，想来是畏惧阳光的原故，因此她的面貌如何不能看清。海若指道：“这就是女丑之尸了。”大家看了一看，十日在上，光烈甚猛，炎热难当，随即登鼋鼍向西南而进。海若又送了一程，说道：“前面就是犁䰠、奢比所居之地，请崇伯及天地各将预备，某亦到海中去防制女丑了。”文命再三致谢，海若入海而去。文命就从行李中取出十五面轩辕宝镜，十四面依旧分给天地各将，一面自己佩带。

过了片时，远见一块陆地，大众要预备上岸，狂章道：“且慢，容某等先去探望，以防危险。”文命道是。到了岸边，狂章就与乌木田、犁娄氏、陶臣氏各执器械，登陆前进。只见迎面是一座大山，四将飞身径到山巅，四面一望，绝无人迹，并无鸟兽，很像是个荒岛。正要下山，忽觉一道青光直向狂章扑来。狂章忙用长棒一搅，原来却是一条大青蛇，受伤落地，向山下乱窜。四将正要去打死它，但见无数青蛇如飞蝗一般接续而来，向四将乱扑，乱钻，乱咬，乱盘。四将等各持兵器，尽力扑打，虽然打死了几千条，地下已堆积如阜，然而蛇愈来愈多。

犁娄氏、陶臣氏不能抵敌，只能向地下一钻，狂章、乌木田亦腾空而上。哪知这些青蛇偏偏不肯相舍，有些向地下直钻，以追犁娄氏、陶臣氏；有些群飞空中，以追乌木田、狂章，仍是四面围住。凑巧庚辰在海边等待四将，见他们许久不回，腾起空中，四面望望，看见狂章等受困情形，觉得有点奇怪，暗想：“狂章、乌木田二人都是天将，俱有神勇，何至连几条蛇都敌不过？不要就是妖魔么？”想罢，取出轩辕宝镜向空中连晃几晃，只见那千万的青蛇飘飘扬扬，齐向地下落去，仔细一看，何尝是蛇，全是青青蔓草之类。

狂章、乌木田二将正抵挡得大汗淋漓，忽见那些蛇都化成蔓草落下去，颇觉不解。遥见庚辰站在空中，手里拿着宝镜，恍然大悟，齐声叫道："啊哟！我们上当了。"就过来与庚辰会合一处。庚辰问起犁娄氏、陶臣氏，乌木田道："他们钻入地中，此刻想必已回去了。"

三人一同到了海边，刚要下去，只见文命等的鼋鼍已离岸数里之遥，童律、繇余、黄魔、大翳四将则站在水面，与两条大蟒搏战。那大蟒头似山岳，眼如湖泊，长舌吞吐，伸到几十丈以外，身躯之长亦约在几百里以外，一半在陆上，一半浮到海中，仿佛要冲过去的模样。童律、黄魔等则手持兵器，乱砍乱挥，以阻其前进。狂章道："这又是幻术了，我们刚才在山上并不见有这样的大蟒，顷刻之间从哪里来？况且此岛周围亦不过几百里，如此大蟒如何容得下，养得活？"说着，就用轩辕镜一照，倏忽之间，大蟒化为乌有，只剩了两根丈余长的枯木浮在海面。

童律、黄魔等出其不意，倒反吃了一惊。后来庚辰等过去，告诉了他们，方始恍然，大家都狂笑不止，随即一齐来到文命所在的地方，将这番情形报告。文命见犁娄氏、陶臣氏还不回来，颇为惦念，就叫鸿濛氏等赶快去寻，一面发命令，叫各鼋鼍不必后退，再向前进。

庚辰问起刚才情形，文命道："自汝上岸去之后，不过片时，陡然大翳发现说岸上有大蟒来了，那时我们抬头一望，相距不过数十丈，来势极猛。幸亏童律等奋御于前，各鼋鼍勇退于后，否则必受其吞噬矣。"

郭支笑道："这些都是枯枝蔓草幻化所成，绝不能吞噬；即使吞噬，亦不至真有伤害。我们下次遇到，竟随它去，看它如何。”

伯益连道：“不能如此说，不能如此说。某从前听见人说，中国南方有一个什么身毒国，他们的人民极工于幻术。他们那边是多毒蛇的，所以他们的幻术往往欢喜幻作毒蛇之形。他们做起幻术法来，先在人面前或臂上放一根带，或黄色之帛。然后拿出一种乐器，呜呜地吹起来，他的眼睛则注视那所放的物件，仿佛若有所见似的。继而环绕着看的人亦舞蹈起来，忽而趯到左边，忽而趯到右边。他的眼睛注在所放的物件上，更加若有所见似的。久而久之，舞态愈狂，歌声益高，而他的眼睛始终不离开那所放的物件，但是这时候旁人看过去依旧没有蛇。于是那弄幻术的人仿佛甚怒的样子，跑过去将所安放的物件轻轻一捏，又将旁观人的臂膀紧紧一捏，那时旁观人都看见那安放的物件已化为蛇，昂首吐舌，要想吞噬人了。有一个旁观者不相信，以为这是欺人之术、障眼之法，是移易人心的心理作用，大胆地跑过去捉这条蛇，以试验它的真假，哪知竟为这蛇所噬，须臾之间，毒发而死，这是的的确确的事情。

“又有一册书上载着，有一个官长，偶然到郊外去游玩，被一个术士嘲笑轻侮。官长大怒，叫吏役去拿他，哪知一转眼间术士不见了，但见一条大蟒，张牙怒目，要来吞噬。大家都恐惧而逃，独有一个吏役不信，说道：‘这是障眼之法，不用怕的。’大胆迎上前去。大蟒张口一吸，那人竟为所吞，大蟒亦顿然不见。大家转来一看，杳无踪影，忽听得路上有人作牛喘之声，仔细寻觅，声出于大树之中，树老心空，根露一孔，伏地窥之，那个吏役竟倒竖在里面。破开树身，救得出来，已经半死，治救多时才得复活。

“以上二事，都是因为轻看它是幻化所成而轻于尝试，但是重则性命不保，轻亦不免受尽苦楚，何苦来呢！还有一层，以上两种幻化的人，他本来并没有害人之心，不过人自己去触犯他罢了。现在妖物化了这种毒物来侵犯我们，绝不是与我们寻开心，当然有吞噬害我们的决心。幸亏得天地十四将神通广大，所以还抵挡得住。假使藐视轻忽，不去逃避，岂不是自己送死么！还有一层，有种术士能剪纸做人，或缚刍做人，提刀荷剑，暗杀不信己之人，以神奇他的法术。妖魔的本领想来总要比他高强一点。所以这次前进，如果再遇到幻化之蛇，还以避之为是。”众人听了这番议论，都道极是极是。

过了片时，七员地将都回来了。据犁娄氏报告，他们遁入地中之后，万条青蛇仍旧跟踪而至，四面围绕，走到哪里，跟到哪里，打死一条，又添数条，实在无办法。后来陶臣氏偶然抵御稍疏，竟被它咬了一口，疼痛非凡，兵器都几乎舞不动了。正在危急之际，幸鸿濛氏赶到，将轩辕宝镜一照，方才一概消灭。陶臣氏臂上此刻仍是肿痛呢。

文命忙问：“不妨事么？”陶臣氏道：“不妨不妨，某等修炼之士，只需运气一回，就可痊愈。假使是凡夫，给这种毒蛇咬着，早已没有命了。”众人听到这句话，益发相信伯益刚才所说的故事是的确的。这时天色渐晚，文命主张停泊，不要近岸，以防不测。众人都以为然。文命于是发命令，叫鼋鼍浮到离荒岛二十里之外停下。天地十四将除陶臣氏静坐运气消毒外，其余各执宝镜，分布四处，彻夜守备，幸而无事。

到了次日，天气郁蒸之至，似将下雨，然而大众依旧前进。到了昨日所至之地，但觉岸上树木森森，村庐栉比，已不是荒岛了。众人诧异之至，都说走错地方了。庚辰道：“不会走错路，一定仍旧是妖魔的幻术，我们防备吧。”说着，叫七员地将与乌木田、狂章在海中保护文命等，且嘱咐须将宝镜拿在手中，随时乱摇，以防妖魔来袭，一面同了黄魔、大翳、童律、繇余四人，手执宝镜，飞身上岸。

哪知五面镜光所射之处，树木全无，村庐尽杳，依旧是一个荒岛。庚辰道：“原来又是幻化，果不出我所料。但是那妖魔藏在何处？我们今日务必斩草除根，以绝后患。”黄魔等同声赞成，就各处寻找。那时天已下雨，且非常之大。五员天将是不怕雨的，忽而乌木田来叫道：“不好不好，海中有怪。”庚辰等听说，急忙同了乌木田回到海中，但见狂章与七员地将正在那里准备与一条长虹决斗。那条长虹自北而南，弥漫天际，仿佛有两个头，垂入海中，吞吸海水，唧呖有声，然而渐移渐近。狂章等深恐是妖魔幻化作用，用宝镜去照它，它并不退缩消灭，因此胆小，叫庚辰等回来商议。庚辰等亦莫名其妙，只能严加戒备，以观其变。

过了一回，大虹渐渐不见，忽见海若从海中分波而出，问文命道：“崇伯何以不前进而在此停顿？”文命就将遇着大虹、恐是妖魔幻化之故说明。海若道：“刚才大雨，水蒸气弥漫于空中，日光一照，遂呈五彩之形，并非怪异。”文命道：“此等普通之理，某等并非不知，不过刚才那虹能自行移动，又能饮水，且有两头，所以不能不有戒心。”

海若道：“是了，虹是不能为怪异的，但是有鬼物凭借在它上面，亦能成为怪异。离此地北方，君子国的北面，有一个所在，是鬼物集中之所，大家就称它为虹虹国。其人是有两个头的，每到虹出现之时，他就借着虹的光彩出来动作。有时能垂首饮于山涧；有时降于人家的庭院中，饮其釜中的羹汤。供之以酒，亦能吸酒，且能吐金以为报酬。有时人方啜粥，他垂首入室而吸食其粥。有时人方肆筵设席、大宴宾客之际，他亦能自空而下，食尽其肴馔，都是常有之事。甚而至于化为丈夫，淫人之妻，亦是有的。但是杀人害人却从来没有。”

伯益道：“那么与女丑等毫无关系么？”海若道：“毫无关系。”庚辰道：“奢比、犁䰠尽是幻化而不睹其形，究不知躲在何处。”海若道：“岛中右首山下有一个山洞，他们就藏在里面。”庚辰等听了，欣然便要再去。海若道：“天地十四将一齐去吧，他们虽则是灵魂所幻化，但生前究竟是个魔神，未可轻敌。崇伯处自有某在此伺候。”

大家听了，遂一齐上岸，找到右首，不见石洞。后来用宝镜一照，方才发现。陡然从洞中突出两个怪物，都是人面兽身，一个两耳甚大，耳上珥有两条青蛇。天地将见了，哪敢怠慢，一手执镜，一手执兵器，团团围起来。这奢比与犁䰠亦舍死忘生，拼命决斗，然而为十四面宝镜所逼，犁䰠不能变化，且无可逃避，七员地将奋勇从地下起来，将它四脚捉住。奢比心慌，为黄魔一锤打倒，亦捉起来。

文命知道了，与海若上岸来看。海若指着那大耳珥青蛇的怪物道：“这是奢比之尸。”又指那一个道，“这是犁䰠之尸。”文命道：“如今怎样处置呢？”海若道：“此是天帝之钦犯，请交给某，容某告知东海神禺虢，请他去处置吧。”文命道是，并再三致谢。于是海若牵了怪物，与文命作别，入海而去。

第一百二十八回

禹到小人、大人等国 · 南海君祝赤见禹 · 禹到长臂国 · 禹到有蜮山遇蜮

次日，文命等依旧前进。到了一座岛上，只见树木荫翳，山石巉巉，走了许久，不见人影。真窥道："想来是个无人岛了。"言未说完，横革大叫稀奇，飞也似的向前面赶去。大家都莫名其妙，一齐跟过去看。只见横革从林中出来，捉着一物，仔细一看，原来是个极小的小人，眉目口鼻手足无不齐备，仿佛如孩童的玩具一般，估计起来，不过八九寸，然而已不能动了。之交道："且放他在地上，看他如何？"横革依言，将那小人放在地上，然而仍旧不动。文命道："我们且到林中再寻寻看。"

大家到了林中，果然发现了许多小屋，都是用小石小木搭架堆叠，有高有低，有小有大。高大的不过五六尺周围，低小的不过三四尺周围，但是仍无人影。郭支跑到那小屋边鞠躬下去，向那小门中一张，只见有许多小人都躲在里面，仿佛畏惧至极似的。郭支一时好奇心切，就用手将他的屋顶揭开，大家过来向下一看，只见那些小人真畏惧极了，有的伏在暗处，有的躲在小几、小案之下，那几案等却亦制造得非常玲珑小巧。有几个比较长大的人则跪在地上，连连磕头，发出极

细的声音，似乎祈祷的样子。文命看了不忍，便叫郭支依旧将他的屋顶盖好，不要再去吓他们。

一路转出林中，低头细细察看，才知道他们在树林中亦有筑好的道路，更有泄水的沟，还有种植的田亩。后来又发现一柄刀，长不及半寸，是用小石磨成。后来又发现一个储藏食物的器具，是个贝壳，其中盛满着蚂蚁和蚂蚁的子，想来就是他们的食料。走到原处，只见那刚才被捉的小人仍旧躺着不动，大约已经吓死了，大家深为惋惜。

于是重复上鼋鼍之背，向前行进。路上又谈起刚才那小人，伯益道："某从前看过一种书，书上载着，东北极有竫人国，其长九寸。照刚才那些小人看来，或者就是竫人之类，亦未可知。"郭支道："刚才我很想捉他几个，拿回去养起来，倒是一个好玩意儿。"

伯益道："我在古书上亦曾看到一段故事。从前有人飘海，遇到这种小人，居然捉了一个全家回去，照他们房屋的式样造起来给他们住，倒也相安。后来有一天，偶然揭起他们的屋顶来窥探他们的动静，哪知一对小夫妻正在那里行夫妻之事。那人见所未见，就注目细观，不料那一对小夫妻竟走起来双双自杀，仿佛因羞愤而自尽。后来其余的小人亦逐渐死去，不留一个。是否因痛悼，不得而知。然而他们有气性，有情感，一切和我们无异，可以想见了。"

过了一日，大众又走到一处，只见许多白发老翁共乘一船，到海岸之边，刚要上岸。仔细一看，他们生得非常长大，坐在船内时高出于船唇尚在二丈内外，那么站起来想总有三四丈光景。大家暗想："不要又遇到长人国么？"这时船中许多老翁都已上岸，但是他们的上岸与寻常人不同，个个脚下多拥护着白云，觉得云气一动，他们就冉冉而升。后来他们一齐向里面前进，亦但见白云飞动，并不见他们的两脚。大家甚为诧异，国哀竟猜他们是仙人。

那时鼋鼍等亦一齐到岸，大家就登陆跟踪而进。转过森林，只见又有许多白发长人，张弓挟矢，在那里射猎禽兽。细看过去，身材之高大和脚下之白云都与刚才所见者相同。再看他们所挟的箭，仅仅一个铁镞就在七尺内外，殊可惊骇。

文命等再向前进，渐渐见崇宏的房屋，其高度总在三十丈以上，门户之高亦总有六丈以上。再一远望，只见前面一座高山，山上人多如蚁，仿佛甚为热闹。文命等便一径向高山而行，才知道是个商市，百货骈集，衣服器具无不悉有，而无项不大。一个盛羹汤的盘盂可以做寻常人澡身的浴盆，一双吃饭的筷子可以做寻常人晒衣服的晾竿，其他无不类此，真所谓洋洋大观了。

那做贸易的商人都是张着他的两只大耳，蹲踞在地上，以等待买主。最奇怪的是，从上岸到市上，一路所遇的人，男男女女何止千百，然而没有一个不是白发盈颠的。更奇怪的是这些遇见的男男女女几千百人，没有一个见了文命等觉得诧异而来询问的。是否因为生得太高大了，没有看见文命等；或虽则已看见，但瞧不起文命等侏儒，因此不来询问，均不得而知。

然而文命等却忍不住了，找了一个蹲踞在地上的商人，比较低矮，可以谈话些，就问他道："贵国是大人国么？"那商人虽则蹲踞在那里，但是还要比文命等高许多。看见文命等过来问他，便将身子再俯倒些，答道：“我们是大人国，这里就叫大人之市、大人之堂。你们是来买物件的么？要买物件请说，但是我们大人的物件你们小人等用不着呢。”文命连声道：“不是不是，我们从中华大唐万里浮海而来，经过贵国，考求风俗，要请赐教，不知道可以么。”那商人道：“我们大人和你们这班小人谈话，真是吃力不过。前几年有几个邻国人到此地来，我们因地主之谊，不能不招呼他。然而弯腰屈背招呼了一日，个个背痛腰酸，疲乏不胜。后来我们决定，无论何国人来，一概不招待，听其游行自便。所以今日你要问我话，一言两语总可以答复你，多了恕不答复。”

文命听了，只能择要而问道：“贵国人多是老翁，没有少年，是什么原故？”那人道：“你所问的，是形体上的老，还是年岁上的老？”文命道：“是形体上的老。贵国人个个都是白发，没有一个黑头，是什么原故？”那人道：“这亦不知道是什么原故，不过我们这里不但现在个个如此，而且历来如此。据我们老辈到别国去考察过回来说，别国的人在他母亲怀里不到十个月就生产了，我们这里却要孕三十六年方才生产，或者就是这个原故。”正说到此，有人来向他购物，那人就将身躯站起，高不可攀，再问他亦不答了。

文命没法，只能下山。回到海边，刚要跨上鼋鼍之背，哪知这些鼋鼍个个昂首向岸，朝着文命点首。大家不解其意，后来文命忽然醒悟，问道：“是否此地已近南海，汝等不能再过去么？”那些鼋鼍听了，一齐点首。文命道：“那么汝等归去吧，几十日来，辛苦汝等，我甚感激。汝等此次归去，代我向东海神阿明致谢，汝等去吧。”那鼋鼍听毕，一齐没水而逝。

这时文命等群聚海边，无法进行。郭支道：“二龙一路追随而来，似乎身体已有点复原，还是乘龙而去吧。”文命道：“那亦只得如此。”于是郭支撮口作声，那二龙从海中翻波踏浪而出。郭支叫它们伏在沙滩上，细细检查一过，觉得创口还未尽平，然而无法可施，只能试骑骑看。于是大家乘上龙背，腾空而起，下视茫茫，海涛汹涌，与前此稳坐鼋鼍之背又换了一番情形。

过了多时，远望前面有一座海岛，文命吩咐就在岛上降下，一则恐二龙创未大愈，不胜劳苦；二则乘龙与乘鼋鼍不同，鼋鼍背上在海中可以随处度夜，龙背则不能。文命深恐大海漫漫，一时寻不到止宿之地，因此就叫降下。哪知南方炎热多雨，这个岛上绝无人烟，当中一座高山，正在氲氲氤氤，喷发云气。忽然之间，大雨倾盆，文命等赶快支撑营帐，露宿了一夜。

次日，雨势未息，而二龙又病。文命至此，真踌躇无计。忽然望见山上山下林木甚多，暗想：“伐取这种林木编成大筏，或者亦可以航行，何妨一学那古时大圣人的乘桴浮海呢？”想罢，就叫天地十四将拿了兵器去砍伐林木。

伯益道：“某看这乘桴浮海，虽说古人有的，但是旷日持久，而且涛浪甚险，恐怕有点为难。前日东海神阿明说，到了南海之后，可向南海神调用，崇伯何妨请了南海神来和他商量。”文命道：“我非不想到，不过向南海神商量，所调者无非仍是鼋鼍之类。我看这二条龙和许多鼋鼍，本来在水中何等逍遥自在，为了我们，受尽辛苦。我们人类呢，为的是救世救民，将来历史上或许都有功名之可言，它们为什么呢？我想了，心中不忍，所以不愿请教南海神。”

伯益说：“那么一面砍伐林木，一面请南海神来商议。假使仍旧是调用鼋鼍之类，那么不妨姑且先造木筏试试看；如果另有别法，岂不甚妙！”

文命一想有理，乃作起法来，喝道：“南海神祝融何在？”喝了一声，不见踪迹。文命大疑，再喝一声，只见一位神君朱衣跨龙而至，向文命行礼。文命作色问道：“尊神是南海神祝融么？何以一请而不至，须某再请？”那神君道：“某乃南海君祝赤是也，南海神祝融有事上朝天阙，由某代表，因此来迟，不识见召有何吩咐。”

文命道：“某奉命治水海外，龙驭受伤，不能乘坐，阻碍行程，未知尊神有援助之方法么。”祝赤道：“这个不难，凑巧这座山上生有良药，只要采些给尊驭一吃，无论何病都可以治好。”文命大喜，便问药在何处。祝赤随手指一种树说道：“这个就是。”那时天地将正要动手砍此树，祝赤慌忙止住道：“快不要砍，这些树木都是难得的良药，砍去甚可惜。”文命细看那种树木，黄本赤枝而青叶，不知叫什么名字，就问祝赤。祝赤道：“它叫栾树，其生颇难。东海中有一种黑鲤鱼，长到一千尺，如长鲸一般，往往喜欢飞到南海来。它死了之后，骨肉皆消，只有胆不消，化为一种石，名叫赤石。这种栾树就生在赤石之上，所以可为良药，无病不宜。天地上下的各神祇、帝者都到此地来采取，因此这树很是名贵。”文命道：“怎样吃法呢？”祝赤道：“无论树枝、树花、树果，都可采来吃。”郭支在旁听了，爱龙心切，早就过去采了许多树叶喂龙。

这里文命又问祝赤道：“此山何名？”祝赤道：“此山多云雨，所以就叫云雨之山。”文命就向祝赤深深致谢，祝赤告辞而退。那两条龙自从吃了栾树叶之后，不到半日，居然痊愈，文命等才相信真是良药。

次日，便又驾龙前进。到了一处，只见无数人散在海边，两手都伸在海水之中，不知摸什么，文命等不免下龙考察。后来看见远远地有两只手从海中伸出，手中各捕着一条大鱼。细看那手，离那人的两肩约有三丈，真是长极。后来又细看那些人，个个都是如此，想来必定是长臂国之民了。

之交道：“人的两臂果然都有如此之长，倒也便利。假使有物件落在地上，不必俯拾，但需一拿就是。或者在高处，或者在远处，都可以如此，岂不甚便！”国哀道：“恐怕不然，远处高处低处的固然甚便，假使是近处的，未免运掉不灵。况且臂膀总只有两节，过于长了，身体近部或有痛痒，反不能搔摸，岂不苦呢。”真窥道：“我看不然，他们有两只手，身体近处的痛痒这只手不能搔摸，那只手必定可以搔摸，绝不至于苦。”横革道：“我看世界上的事情，无非是个习惯。习惯养成之后，无所谓苦不苦，更无所谓便不便。即使有不便之处，亦必有一种方法来补救，绝不会苦的。”大家都说这话不错。

郭支道：“天的生人总是一样，看他们的身体亦与我们差不多，并无两样之处，何以两只臂膀会长到如此？”

伯益道：“大概人的四肢五官都看它的用法，假使各项平均使用，那就平均发育，如若专用一官，那么到得后来，那专用的一官必定特别发育，这是一定之理。盲者专于用耳，所以他的两耳特别聪亮。匠人专于用手，所以他的两手比较常人粗大。北方有一种人，穴居野处，天气既寒，得食极不容易，所以终日的生活就是东张西望，寻觅鸟兽，可谓专用目力，因此他们的目力特别的锐，日间能望见天上的星，平地能识远山上之兽，就是这个原故。这种长臂国的人民，他的生计想来除鱼之外一无所有，而又无别种器械可以捕捉，专用他们的两手，年久之后，变为遗传，成为种性，所以臂就长了。某想起来，大概如此。”

文命道：“这话极是，四肢五官专用起来，固然特别发展，不用起来，亦可以使它渐渐消失。上古之时，人体亦遍身有毛，以御风寒；自衣服之制备而无需长毛，所以毛亦消失了。人身上之皮，本来亦自能抖动以驱蝇蚋，如马一般；后来有手可以随处爬搔，所以那皮的抖动力亦渐渐消失了。至于心思，亦是如此，人为万物之灵，所灵的就是这一颗心。明义理，辨是非，识利害，察得失，都是心的作用。心思愈用则愈灵。圣人贤人所以超出乎常人者，就是专用其心，使他的心思特别发达，所以特别灵敏；假使不去用它，必定日渐愚蠢。古圣贤说：‘山径之蹊间，介然用之而成路。为间不用，则茅塞之矣。今茅塞子之心矣。’又说道：‘饱食终日，无所用心，难矣哉！不有博弈者乎？为之，犹贤乎已。’这种就是说心思万万不可不用。专用两臂，可以成为种族，可以维持他们的生计；专用心思岂不是更好么！”众人听了，都说极是极是。大家谈了一回，见长臂国一切简陋，无可观览，遂又驾龙而行。

一日，到了一处，那人民状貌奇异之至，个个生三个头，大家都很诧异。第一要考察的，就是他三个头上的五官，是同时动作的呢，还是不同时动作的呢。考察的结果，知道是不同时动作的。譬如一日三餐，第一个头食早餐，第二个头食午餐，第三个头食晚餐。说话视物，都是分班轮流，在那不动作的时候则双眸紧闭，仿佛沉睡的模样，而那个当值的头则双目炯炯，精神焕发，真是非常可怪。

庚辰道："昆仑山有一株服常树，所结的果实名叫琅玕，形似明珠，是一种至宝。天帝颇爱惜它，怕为凤凰之类所窃食，所以特派一个三头人在树上伺察，三个头迭起而迭卧，以伺琅玕与玗琪子，不想这里竟有三头国。"文命道："是的，从前大司农到过昆仑，见过三头人，某亦曾听他说过。那个三头人或者是这个国里得道之人，或者竟是这个国里叫去的，都未可知，大约总是他们一类吧。"大家谈了一回，乘龙再向前进。

傍晚，望见一个大岛，即便停下。那停下之处是一片海滩，海滩之内都是些蔓草茂林，茂林里面是什么地方，因为暝色迷离，已望不清了。好在文命等是露宿风栖惯的，亦不选择，就在沙滩上支起行帐，以备住宿。

这时一轮明月正在东方，习习清风自海中吹至，将日间炎热之气一概洗涤。大家吃过晚餐之后，就在沙滩休息，或围坐闲谈，或踏沙散步，或水边照影，约到二更时分方才归寝。哪知一觉醒来，红日已高。大家急忙起来，但是不知不觉都有点病意，有的说头痛，有的说身热，有的说发冷，除出天地十四将之外，大概没有一个不如此。文命就说道："南方暑热潮湿之地，我们来此偶然生病，本在意中之事，但亦需渐渐而来，绝无一夜中同时生病之理，我看其中必有古怪。此地究系何处？我们既然有病，不能出去考察，请天地十四将中哪个去查一查吧。”

黄魔、大翳、兜氏、卢氏四将答应而去。过了多时，回来报告道：“此地名叫有蜮山，有一种怪物，名叫蜮，一名短狐，又名射影，又名射工，又名水弩，非常为患。据说是生长在水中的，但是亦能上岸，而且善于变化，极不容易发现。它最喜在暗中害人，害人之法有两种：一种是以气射人，人的皮肤上给它的气射着，即生疥疮，所以此地之人虽则炎热亦绝不敢裸体跣足；一种是含沙以射人之影，人的影子中着它的沙，非死即病，所以此地的居民不敢依水而居，都住在山上。有日有月的时候亦不敢轻易走到水边，就是防着暗中有蜮之故。昨夜我们在明月之下闲谈了许久，虽则没有裸体跣足，但是影子中着它的沙恐怕不能免。大家同时生病，不要是这个原故么？”

众人一想，果然不错。之交道：“我们今朝仍旧住在水边呢。天气大晴，太阳又烈，假使再给它的气或沙射着，那么岂不是要病上加病么！我们还是搬到山上去吧。”大家一听不错，于是忙忙地收拾一切，抱着病，勉强向山上进行。一路看见田亩甚多，所种的都是黍，才知他们是以黍为食。又看见有人弯弓搭箭，在那里打猎，但是远望过去并不见有禽兽，颇为诧异，不知射的是什么。到了山麓，四面一看，并无水流，文命等亦实在走不动了，就选了一处地方，支起行帐，依旧住下。

那时本地土人看见了都渐渐集拢来探问。文命力疾和他们谈话，才知他们都是姓桑。那些土人见了文命等的病状，都说是中了蜮射的沙了，而且不止中了一次，病势都非常危殆。文命问他何以知道不止中了一次，那土人道："这个从眼圈四面看得出，中一次的四圈色青，中二次的色红，中三次的色紫，中四次的色黑。如今诸位有的色紫，有的色黑，所以知道不止中了一次了。"

文命等听了，不免心惊，便问道："那么怎样？你们这里向来有医治的药么？"那土人道："没有没有，我们受到短狐之害，除出听死之外，别无他法。"伯益道："你们难道竟甘心听死，不想补救之法么？"那土人道："已病之后，实在无法可想。我们补救之法，只能在平时捕捉得勤，捕捉一个，那就少受一个之害。"文命道："你们能捕捉么？用什么方法捕捉？"那土人道："我们用弓箭射，可是很难，它能变化，有时已捉到了，它又化作鸣蜩的模样欺骗人。"伯益道："它本来的形状如何？"那土人道："它本来的形状似鳖而三足。"文命道："你们捕到的现在还有么？"那土人道："我们射到之后，立刻杀死吃去，哪里还可养虎贻患呢！"

大家听了，都甚诧异，说道："如此毒物，可以吃得么？"那土人道："可以吃，而且其味甚鲜。"文命道："你们什么时候去捕捉？"那土人道："总在阴天，没有太阳的时候。"文命等听了不语。后来又和那土人闲谈，问刚才看见人射箭，却没有禽兽，又并非练习，究竟射什么。那土人道："是射黄蛇，这种黄蛇之肉甚美，可以供肴馔。"又谈了一回，土人才散去。

第一百二十九回

翳逸廖救蜮疫·禹到歧舌、百虑、白民等国·禹到沸水山

到了次日，文命等病势更加沉重，竟有神昏谵语的样子。天地十四将商议，只有去求云华夫人了。庚辰刚要动身，忽见前面海上一乘龙车，车上端坐一位女子。庚辰等料想是个神祇，忙过去问道："尊驾是何处神祇？是否来救崇伯的病？"那神女道："妾乃南海君祝赤之妻翳逸廖是也，闻崇伯在此困于水蜮，特来施救。"天地将大喜，忙请她到山麓中去救治。翳逸廖道："不必，贱妾此来，携有丹药三十三粒，请诸位拿去，每人给他们服一粒，连服三次，就痊愈了。"说着，将丸药交出，即便告别，驾着龙车自向海中而去。

这里天地将拿了丸药，就给文命等各灌一丸。隔了多时，再各服一丸，神志顿然清爽。三丸之后，精神复原。文命道："不想在此被困三日，现在病是痊愈了，究竟蜮是怎样一件东西，倒不可不见识见识。今日天阴，土人有否在那里射蜮，我们去看看吧。"天地十四将道："其实不必土人，某等也可以去捉来，不过某等不知其形状。"文命道："是呀，所以我们只好去看土人，好在今日没有太阳，又不是到水边，料无妨害。"

于是大众收拾行李，一齐离山而来。那些土人看见文命等如此重病，不到两日，居然痊愈，非常奇怪，莫不崇拜之至。到了海边，果然有好些土人张弓挟矢，在那里射蜮，手上面上都用布帛包裹，仅仅留出一双眼睛，是防恐它含气射人之故。只听见一个人叫道："啊唷！明明在此地，一转眼就不见了，可恶可恶！"又一个道："我已经射中了，还被它逃去呢。"

过了片时，只听见一个叫道："在这里。"众人看时，只见他的箭已在水中，箭后一条线直连到他手里。他将那线渐渐收起，仿佛拖重物似的，过了一回，果见一物，其形如鳖，连箭拖上海滩。早有一人持刀从他后面过去，将蜮的头斩下，大功才算告成。七员地将道："原来是那样一件怪物，我们去捉吧。"说着，都纷纷入地而去。那些土人看得奇绝：怎样七个人都忽然不见了？个个木立着，一语不发，也不射蜮了。

过了片时，各地将纷纷从海中出来，手中拿着的死蜮约有几十个。七员天将过来，将几十个死蜮的嘴个个扯开，说道："我看你这些畜生的嘴是怎样生的，会得暗里害人。"一语提醒了伯益，便过来拿了蜮的口部细细考察。原来在它喉间有一根软骨，俨如弓形，软骨中间有一根细管，恰好容得下几粒细沙，想起来就是射人的机械。喉闭则入，喉开则出；有沙则射沙，无沙则射气，大约总是这个原故。但是中人肌肤之后能生疥疮或疾病，则还可以说其中含有毒质之故；仅仅中人的影，可谓与人体丝毫没有关系，何以会得生病，甚而至于死，这个道理无论如何总想不出。况且蜮在水中，人在岸上，蜮与人无涉，人与蜮无害，它一定要射人，致人于病，致人于死，又是什么原故？真正是理之不解者。

文命道：“天地间不可解的物理多着呢，依我看起来，南方之人因天气炎热，衣不蔽体，男女无别，随地交合，遗精狼藉，散布于山林草泽之间，自此生出这种异物，一言以蔽之，无非是淫风戾气所钟而已。”大家听了这话，不敢以为然，亦不敢以为不然，只好唯唯答应。

郭支撮口一啸，那潜伏在海底的龙已冲波而出，径来沙滩之上，大家就预备动身。这时这些土人几乎吓死。起初看见七员地将入地，顷刻之间又从水中捉了这许多短狐，绝无妨碍；此刻又见两条大龙应召而来，供众人指使，于是以为是天神下降，纷纷跪拜叩头，直到文命等龙驭远去，望不见了，方才罢休。

且说文命等再向前进，一日，到了歧舌国，一名反舌国。他们那些人的舌头和寻常人不同，舌根在前，舌尖倒向喉咙，如虾蟆一般。再者，他们的舌尖又分为两歧，与蛇相似，时常吐出在口外，舚談[1]怕人，大约是个蛇种。因此他们的言语钩辀格磔，一句亦无从通晓。文命等无从考察，只能再向前行。

一日，又到了一国，他们人民的衣服、饮食、居处、言语、文字等一切都与中土差不多，不过那些人民除出孩童之外，个个面黄肌瘦，恹恹如有病容，而且多半是斑白的老者。最可怪的，在街上行路之时，亦总是垂头盲行，从无仰面轩昂、左右顾视之人，所以常有互相

1. 舚（tiàn）談：吐舌的样子。

冲撞之事。文命等看得诧异，要想考察他的原因，适值路旁有一所大厦，门上榜着“学塾”两个大字，文命就叫大众在门外等候，自己同了伯益连步而入。只听见里面有讲书之声，文命和伯益且不进去，听他讲些什么。但听得一人高声讲道：“所以圣人说：‘人无远虑，必有近忧。’你们后生小子，只知道眼前有饭吃，有衣穿，有屋住，就算好了，其不知道饭是长有的吃么？衣是长有的穿么？屋是长有的住么？假使米吃完了，衣穿破了，房屋坍败了，你们怎样？这种都是应该预先虑到。”

讲到这一句，仿佛有个年轻的人说道：“我们应该在少年的时候练习技能，预备将来自己趁工度日。”那先前讲学的那个人，接着说道：“没有人叫你做工，你怎样呢？有人叫你做工了，你忽然生起病来，又怎样呢？你年老了，做不动工，又怎样呢？即使你预先有储蓄的财产，可以养病，可以养老，但是财产靠得住么？水淹了，怎样呢？火焚了，怎样呢？盗劫了去，怎样呢？贪暴的政府来没收了去，又怎样呢？”这样一问之后，顿时寂无声息。

歇了半晌，文命耐不住了，便与伯益缓步踱进去，只见一间广厦之中，坐着三四十个年幼的生徒，上面却坐着一个须发如银的老教师，大家都是垂着头，锁着眉，仿佛在那里沉思的样子。文命、伯益走到阶下，他们亦竟没有看见。文命不得已，轻轻咳嗽一声，那些师生才如梦惊醒，抬头见了文命等二人，个个惊疑之至。那老教师就站起来，说道：“你们二位，面生可疑，突如其来，莫非有行劫的意思？老实对你说，我是以教读为生的人，最是清苦生涯，无财可劫，无货可夺，只有几卷破书，你们用不着，请到别处去吧。”

文命、伯益连连摇手道：“不是不是。”一面就走进去，和他行礼，将来历告诉了他一番。那教师一面听，一面又细细将文命、伯益看了几回，方才还礼作揖，说道：“原来是上国大贤，刚才唐突，有罪有罪。不过古圣人说：‘虑患贵在未然。’刚才看见两先生之面颇生，又出于不意，所以不得不有此疑虑，尚请原谅。”说着，就请伯益、文命到里面一个小阁中坐下。

文命侧眼看那些生徒所有的书籍，大概都是些深虑、远虑、静虑、尽虑的谈头，非常不解，就问那老教师道：“请问贵国教育以什么为宗旨？”那老教师道：“天生吾人，付之以心，是教他去思虑的。人生在世，无处不是危险之地，所做的事亦无一件不是危险之事，所遇到的亦可说无一个不是危险之人。腹中带剑，笑里藏刀，都是常有的。若不是处处思虑，事事思虑，在在思虑，就走到危险的路上去了。所以敝国的国名叫百虑国，教育的宗旨也就在这个‘虑’字上。古圣人说得好：‘智者千虑，必有一失；愚者千虑，必有一得。’我们这些人，哪里配说到是个智者，假使在幼年时候不养成他们千虑的习惯和功夫，那么成人长大之后，势必苟且轻率，非但没有一得之希望，而且危险败事更在所不免呢。先生是个上国大贤，不知道高见以为何如。”

文命道：“某的意思，处事一切，原是应该审虑的。但是在无事的时候，似乎可以不必劳心。”那老教师听了，大不以为然，便岸然正色的说道：“这句话，我不敢赞成。我听见古圣人说道：‘先成其虑，及事而用之。又说道：‘计不先虑，无以应率。’假使如先生所说，无事

囂

羭次之山
有獸曰囂
狀如禺
長臂善投

嚣

⋮

又西七十里，曰羭次之山，漆水出焉，北流注于渭。

其上多棫橿，其下多竹箭，其阴多赤铜，其阳多婴垣之玉。

有兽焉，其状如禺而长臂，善投，其名曰嚣。

——《山海经 · 西山经 · 西次一经》

……

的时候将这颗心闲空起来，万一变起仓卒，将何以应之？譬如我们坐在这里，假使上面的房屋骤然坍下来，下面的地壳骤然陷下去，都是应该预先虑到、刻刻虑到的。假使不虑到，请问先生，仓卒之间用什么方法来逃避呢？”

文命道：“屋倒地陷，那是不常有之事。万一不幸，不及逃避，亦只可付之天命。时时顾虑，徒然劳心，似乎无谓。”那老教师听到这句话，尤其不佩服，便说道：“事事付之天命，那么人的这颗心是什么用处呢？天付人一颗心，又是什么意思呢？照先生这样说起来，饱食终日，无思无虑，岂不是和猪狗无异么？人生世界，虽则不过三四十年的光阴，但是哪一样不要费一番经营？哪一项不应该先费一番考虑？所以在无事之时，总要常作有事之想，既然要虑到它不能必得，又要虑到它万一或失。未死之先，要虑到我的生计如何维持；将死之时，还要虑到我死后埋骨之地是否稳固，更要虑到我子孙的生计如何维持。既虑其常，又须虑其变；既虑其先，又须虑其后。心不虚设，才能算日不虚度，才能算人不虚生。假使都付之天命，那么何贵乎‘做人’的‘做’字呢？”

文命听到这番话，知道他蔽锢已深，无可解谕，即使解谕，他亦不会服的，于是想离开本题，另外用一种话去打动他。觉得他在言谈之间，有两点很值得注意：一点就是“人生在世，不过三四十年光阴”的这句话；一点是他在谈话之时，屡屡打呵欠。于是就问他道：“老兄的见解高明之至，某极佩服，不过向例人生百二十年为上寿，百年为中寿，八十岁为下寿，现在老兄说人生不过三四十年的光阴，这句话从何说起？”

那老教师道：“先生所说的是上古的话。上古的人禀赋厚，所以有如此遐龄；现在的人禀赋薄，不过三四十岁而止，到了五十岁，大家都要叫他南山老寿星了。先生哪可以拿古人来例今人呢？”

文命道：“那么请教老兄，今年高寿？”那老教师道：“虚度三十二岁，不中用了，眼见得望天的日子少，入地的日子多了。”说着，顿然愁容满面，将头渐低下去，想来又在那里思虑什么了。

文命听到他只有三十二岁，不禁诧异至极，仔细一看，就明白了他的原故，也很觉他们可怜。于是就问他道：“贵国人夜间的睡眠大约需多少时间？”那老教师正在深虑的时候，忽然听见文命的话，打断了思路，但是没有听清楚，再问一句。文命重复说一句，他才答道：“无事之时，大约睡一个时辰；有事之时，我们总是通宵不睡的。”

文命道：“那么日间倦么？”那老教师道：“倦呀，但是上床去睡，却总是睡不熟，至多一合眼而已。”文命道：“人的睡眠是休息日间的疲劳，依某所闻，一个人每夜至少须睡四个时辰，方才可以将日间的疲劳恢复。现在贵国的人睡眠时间如此之少，恐怕于卫生方面不甚相宜，身体的容易衰老，或者原因在此，不尽是禀赋薄的原故吧！”

那老教师听了，似乎大有感动，便说道：“某于此层亦常常虑到，不过上床之后，越虑它睡不熟，却越睡不熟。这种情形在幼年是没有的，到了二十岁左右就出现了，到了三十岁左右更厉害了，不知何故。”

文命道：“某有一句直言奉告，请老兄不要生气。睡眠不足，就是思虑过度的原故；思虑过度，则扰动肝阳，心神不能安宁，如何能睡得着呢？既然睡不熟，则心神体力都没有休息修补的机会，日日如此，年年如此，人的身体即使是金石做成，也容易磨蚀，何况是个血肉之躯呢！敝处讲求养生的人，有几句话，叫作：‘毋劳尔形，毋摇尔精，毋使尔思虑营营，乃可以长生。’这几句话是很不错的。我们做人，为个人生计问题，为社会服务问题，为国家宣力问题，原不能都是绝智弃学，游心于玄默，学那个修炼之士的举动，但是却不可不有一个节制。依某看起来，大约独坐之时，凭虚幻想，空中楼阁，忽而富贵，忽而贫贱，忽而得意欢欣，忽而失意悲戚，这种叫作幻妄的思虑，是万万不可有的。第二是贪得的思虑。人生世上，生计固不能不维持，但是何必孜孜营求，力求满足？广厦万间，所居不过容膝；食前方丈，所食不过适口。千思百虑，多益求多，何苦来？第三是痴情的思虑。终日营营于声色货利之中，固是可笑；就是为子孙后嗣计，亦是痴情。我只要尽我做父母之道，善教善养就是了，儿孙自有儿孙福，他们的生计一切，我代他去思虑做什么？第四是怯弱的思虑。忧病忧死，忧危难，忧失意，忧受人之愚弄，举步荆棘，局地蹐天，无日不在愁闷之中，无处不是畏惧之地，这是最犯不着的。圣人之道，尽其在我。夭寿不贰，修身以俟之。一切意外之变，思虑它做什么？而且果有意外之变，亦不是穷思极虑所能虑得到的，枉费心思，何苦来？以上几种思虑，可说都是无谓之思虑。至于处事接物，却不可不有缜密深远的思虑，但是亦不可过多，多则疑，疑则无所适从，而且畏惧的心思由此而起，弄到后来，事情反而不成，亦是有的。区区愚见，老兄以为如何？”

那老教师听了，似乎有点佩服，便问道：“据先生所说，亦极有道理，但是我们无事之时，要常作有事之想，这个习惯自小早已养成，所以有时候要想断绝那思虑，那思虑总是重重而起，真是苦不胜言。请教先生，有什么方法可以去断绝它呢？”

文命道：“入手之初，可用数鼻息的方法。先静坐下了，调起鼻息来，或者数鼻息之出，或者数鼻息之入，从一二三四数起，数到几百几千，久而久之，自能神明湛然，百虑不干，这个是最便之法。从前敝处有一位大贤，教人看鼻端之法，就是调息的入门。他有几句韵语，某可以写出来请老兄看看。”说罢，见生徒案上有笔牍，就取来写道：

鼻端有白，我其观之。一阖一辟，容与猗移。

静极而嘘，如春沼鱼。动已而吸，如百虫蛰。

氤氲变化，其妙无穷。谁其尸之？不宰之功。

云卧天行，非余敢议。守一处和，千二百岁。

写完，递与那老教师道：“这是调息之方法，老兄倘能照此行之，夜间必能安睡，精神必能焕发，寿命必能长久。还望普劝贵国之人，共行此法，使大家日即康强，同登寿域，某之望也。”

那老教师看了，又思虑了好一回，再问道：“照这个调息的方法做，一定有效么？”文命道：“请老兄不必疑虑。敝处还有一位大贤，作了一篇养生颂，极言调息的功用，某一并写出来，给老兄做参考吧。”说着，取了笔牍，又继续写道：

已饥方食，未饱先止。散步逍遥，务令腹空。

当腹空时，即便入室。不拘昼夜，坐卧自便。

唯在摄身，使如木偶。

常自念言，我今此身，若少动摇，如毫发许，

便堕牢狱，如酷吏法，如大帅令，事在必行，

有死无犯。

又用古语，及圣人语，视鼻端白，数出入息，

绵绵若存，用之不勤。

数至数百，此心寂然，此身兀然，与虚空等，

不烦禁止，自然不动。

数至数千，或不能数，则有一法，强名曰随，

与息俱出，复与俱入，随之不已。

一旦自往，不出不入，忽觉此息，从毛窍中，

八万四千，云蒸雨散。

无始以来，诸病自除，诸障自灭，自然明悟。

譬如盲人，忽然有眼，此时何用，求人指路。

是故老人，言尽于此。

写完之后，递给那老教师，一面和伯益站起身来告辞，说道："荒废馆政，不安之至，再会再会。"那老教师接了文命的写件，正要凝思，忽听文命说要去了，慌忙起身挽留，但是文命等绝不留了。老教师送出大门，方才回转。

文命看到街上的人，仍旧是迷迷蒙蒙、一无精彩地在那里走路，不禁叹息，向伯益道："天下之事，中道最难，然而不是中道，就有流弊。我们于举世争权夺利之中，看到君子国的谦让，真是好极了。但是不知道的人，很疑心他们是有意做作，而且多少的时间和精神消耗于这种无谓的推让之中，岂不是太过么！看到那举世不肯用心之人，或一无计虑之人，能够如百虑国的这种教育，亦算是好的了。但是弄到戕生短命，神气全无，岂不也是太过？所以中道最要紧。"

伯益道："那教师经崇伯这番指导之后，似乎有点醒悟，但愿他们以后能够损过就中，便好了。"文命道："但愿他们能够如此。"二人且谈且行，不觉已到海边，再上龙背前进。

一日，到了一处，叫白民之国，气候炎热异常，太阳正照头顶。日中的时候，万物都没有影子，而且呼叫起来，声音都不甚响，大概是在大地当中的原故。（现在赤道之下是如此的。）因为他们人民皮肤生得甚白，所以叫作白民国。由白民国而南，所过的地方，他那个房屋都是向北造的，因为向北可以得到日光，而向南造的倒反不能得到日光，与白民国以北的情形正相反。所以从北方去的人，给他们取一个名字，叫作北户孙。（照这样看来，我们中国在上古时早有人到过南半球了，这就是证据。）

一日，到了一处，他那些人民脸上都刺着花纹，斑剥陆离，状貌奇丑，而他们自以为美观。（现在新西兰岛上的人民还是如此。）伯益道："从前听说，南方之民有文身之国，有雕题之国。从大江以南都是文身，此地看见雕题了。"文命应道是。大家游历一转，但觉气候温和，物产丰富，如丹粟、漆树等种种皆有。

又游到一处，只见无数小丘，丘上各有大穴，其广数丈，深不可测。从那穴中不时的喷出沸水来，高可十余丈或数丈，有的如蜂窝形一般，蔚为奇观。计算它喷的时间，都有一定，大约隔若干时间而喷，喷若干时间而歇，歇若干时间而又喷。将歇之时，那沸水必起落数次，方才全歇。歇了之后，可以到穴边去观看，初则窈不见底；继而听到穴中隐隐有冲沸之声，那时即速避开，沸水就要上喷了。大家看得稀奇，不解其故。鸿濛氏自告奋勇，请到地中去考察。文命答应，嘱咐小心，鸿濛氏入地而去。

过了多时，出来报告说："某到地下，寻觅那沸水的来源，原来那穴口不是一直下去的，渐渐弯曲，其深无穷。某想一直下去，无奈愈深愈热，到得一百几十丈以下，热得不可向迩，只能退回来。它那喷出来的水，在地下本是极热的，但是不能喷高，一次喷完之后，半中间四面的冷水汇集拢来，和沸水相混，到了相当的水量和热度，然后渐渐腾起，愈腾愈高，就向穴中喷出。这些四面流来的水喷完了，那动作就渐渐停止，要再等第二次四面之水的汇集了。所以它的喷发、停止都有一定时间。"大家听了，方才明白。（现在新西兰岛上那喷沸的间歇泉还是不少，所以在下疑心大禹南至丹粟、漆树、沸水漂漂九阳之山，就是现在的新西兰。）于是重复起身，再向别处而行。

第一百三十回

禹受困于枫林 · 南海君杀祖状之尸 · 禹到裸国

且说文命离了沸水漂漂九阳之山，再向前进，到得一座岛上。但见岛之中央矗立一座高山，山上山下密密层层，多是枫树，却不见有人迹。文命沿着枫林一路过去，但见那些枫树上累累然多有赘疣，有口有眼，颇像人形。

伯益道："某从前读过一种植物书，记得上面载着三段。一段说：枫树，一名欇[1]欇，其脂甚香，可以入药，名曰白胶香，流入地中，历千年而化为琥珀。一段说：枫林岁久，则生瘤瘿，一夕遇暴风骤雨，其赘瘤暗长三五尺，颇像人形，名曰枫人。一段说：枫上有寄生枝，高三四尺，生毛，一名枫子，天旱时以泥涂之，即能下雨，此说甚怪。现在此地枫树有这许多枫人，可惜没有枫子。假使有枫子，便可用泥涂之，试验这话的真假。"繇余在旁听了，便说道："这个很容易。"说罢，便耸身穿入枫林中，去寻那寄生枝。

只见里面虽然黑暗，但尚可辨物，正在仰面细寻，陡然觉得有人用一根极粗的绳索来捆他的身子，顷刻之间，已缠绕数转。仔细一看，

1. 欇：音shè。

原来是一条大赤蛇，那蛇头已向着繇余的头张开大口，双舌伸缩，要想吞噬。繇余是个天将，岂怕一蛇，急忙将身子缩得极小，脱去蛇缠，跳出外边，回身一剑，将蛇砍为数段。待再要寻枫子时，哪知蛇子蛇孙四面而来。

繇余暗想："此地原来是它们的巢穴，我偶尔来来，何必与它们计较？就让了它们吧。"想罢，即腾身而上，超出树表。那些蛇昂起了头，都无法可施。繇余再低头一看，只见树林之内似有许多人在那里行走。繇余想："这些人难道不怕蛇么？还是不看见蛇呢？还是那些蛇的主人朋友呢？"后来看那许多蛇已四面散开，游到那许多人旁边。那许多人对于众蛇抚摸偎弄，很是熟习。

繇余不禁大怒，说道："刚才那大蛇来盘我，不要就是这班人指使的么？待我去问他。"想罢，将身落下。哪知到了下面，那许多人忽然不见，许多赤蛇又纷纷围绕拢来，要想吞噬。繇余大怒，手挥宝剑，将那些蛇尽量的斩杀，足足杀了几百条。忽听得背后有人厉声大叫道："何得伤害我的东西！"繇余回身一看，原来是个方齿虎尾的人，繇余料得是妖魔，便斥责他道："你纵使毒蛇害人，还敢露面么？"那妖魔笑笑说道："你死期到了，不速速忏悔，还敢骂人？"

繇余大怒，以剑挥去，那妖魔闪开，用手向旁边的枫树一指，只见那枫树顿时飞舞起来，直向繇余扑去。繇余出其不意，霎时手上脚上觉得有物捆住，动弹不得，定睛一看，原来那枫树已化为桎梏，桎在脚，梏在手，已让他捉住了。那妖魔取了繇余的剑，正要想取繇余的性命，正在危急，忽见妖魔狂叫一声，丢了宝剑，往后便退。原来是童律、狂章二将，因为繇余去了许多时不见回来，相约前来探访，却好遇着繇余被困。二将哪敢怠慢，也不作声，直向妖魔刺去。妖魔不及防备，身上两处受伤，倒退数步，忽然不见。狂章、童律无暇去寻妖魔，先来救繇余。哪知繇余手脚上的桎梏非常坚固，无论如何也打不开。

狂章等无法，只能将繇余背到文命处来商议。文命等见了，都大吃一惊。那时庚辰、乌木田、黄魔、大翳以及七员地将都来看视，七手八脚，要想把桎梏除去，哪知用尽气力，终于无法。正在踌躇，忽然一阵狂风，无数枫树齐化为桎梏，向文命等套来。庚辰眼快，童律见机，急忙闪起空中，未被套住，其余七员地将及文命等个个锁住，倒在地下。顿然见那方齿虎尾的妖魔提了繇余的那柄宝剑，恶狠狠地跑来，指着文命等骂道："你们这班恶鬼，竟敢动手伤我！今朝管教你们个个都死。"扬起剑，就要来砍。庚辰、童律在空中看得不妙，急忙大叫："妖魔不得逞凶！我们来了。"妖魔仰面看时，庚辰、童律早已下来，一枝大戟、一杆长枪，向妖魔便刺。妖魔略一躲闪，倏又不见，转瞬又是两株枫树化为桎梏而来，庚辰、童律无可逃避，又被捉住。

那妖魔重复出现，指着庚辰、童律二将骂道："原来你们两个倚仗有飞腾的本领，所以敢来害我么？现在我先杀死你们，看你们还有何说。"庚辰听了，呵呵大笑道："你这个妖魔，恐怕不能够杀死我们，你先要自杀呢。"妖魔大怒，举剑来砍庚辰。忽见一道红光，妖魔已经跌倒在地，转眼就是一条小小红龙飞过来将妖魔揿住。庚辰出其不意，回头四望，但见文命等七横八竖，带了桎梏，倒在地上，其余并无人踪，不禁大为诧异，向童律道：“我知道必有救星，但是救星在哪里呢？”

说犹未了，已见南海君祝赤跨龙而至；后面又有一个人面兽身的怪物，脚踏两龙，接踵跟来。庚辰、童律齐声叫道：“南海君，是你来救援我们的么？谢谢你。”那时南海君早已下龙，不及答言，先到庚辰、童律身畔，将大袖向他们手上脚上一拂，桎梏顿时脱落；又向文命等手脚上拂去桎梏，霎时个个都恢复了自由。大家站起来，齐向祝赤道谢。祝赤道：“某之能力不及此。”说着，用手一指人面兽身的怪物，说道，“这都是南海神祝融的指导，若不是祝融用火珠先将此魔打倒，某亦无法制服之。”文命道：“原来这位就是南海神祝融么。”慌忙过来，行礼致谢。祝融亦点头答礼，说道：“此番不是某等救援来迟，实在是崇伯诸位及天地各将合有此魔难也。”

文命看那小红龙还是揿住那妖魔，口中微微吐出些烟火去烧他。那妖魔却已瞑目朝天，除出一条虎尾尚在微微动摇外，其余已寂然不动。便问祝融道：“这是何种妖魔，有如此大神通？”祝融道：“他从前是上界的一位尊神，名叫祖状，神通非常之大。后来与群魔连合，要革天帝之命，天帝几乎敌他不过，费了无数气力，方才将他杀死，弃尸在这座山上，就是祖状之尸了。哪知他阴灵不昧，渐渐修炼，竟复活过来。幸而生前受伤太重，一切未能复原，所以还不能游行星辰，变化从心，恢复他从前的本领。否则某等亦不能制服他了。”

文命道：“枫木能化为桎梏，何故？”祝融道：“此地之山，名叫宋山，当日轩辕黄帝与蚩尤战争，将蚩尤兄弟擒获之后，因他们长大勇猛，不易囚禁，特地运用神力，做成许多桎梏来械系蚩尤兄弟。后来蚩尤兄弟伏诛之后，此等桎梏无所用之，黄帝就叫人拿来统统都抛在这座山里。这些桎梏既然经过黄帝的神力制造，那蚩尤氏兄弟又是取精用宏、奇异特别的伟人，于是那桎梏就通灵起来，年深月久，化为枫林。枫林既老，能化为人，以为人魅。凑巧那祖状之尸又弃在这里，于是他就利用枫林的本质，重复化为桎梏以害人。虽七员天将之神力，对它亦无可如何了。”文命等听了这话，方始恍然。

文命又问道：“刚才繇余看见的那些人，当然是枫树之精，还有许多蛇又是怎样的？”祝融道：“这种赤蛇向生在此山，名叫盲蛇，原不足为稀奇。自从祖状之尸复生以后，枫精赤蛇都变了他的利用品，所以就能为害。如今大憝已除，尽可由它们去吧。”祝融说完之后，转向祝赤道：“祖状此后想不容易再生，你收了红龙，我们回去吧。”祝赤答应，将手一招，那小红龙飞向祝赤袖中，倏然不见。祝融又向文命道：“此地离南极虽远，但是浩渺无边，绝少陆地，崇伯可无需前进，我们再见。”说着，脚下的两龙已凌空而起。南海君祝赤亦驾龙随着，顷刻之间，向南而去，不知所往。

文命等看那祖状之尸仰面躺在地上，面焦身黑。天将等因受其凌辱，要想毁灭他的尸首。文命力阻，说道：“他已不容易复活，何苦行此残暴之事，度量未免太小了，我们去吧。”于是大众一齐上龙，折而西行，经过续樠、孙朴、北朐等国，均无事可记，亦无奇异之处。

一日，到了一地，只见那些人民都在空中飞行，一来一往，如穿梭一般，非常好看，不禁诧异。仔细考察，原来他们背上都生着两翅，有时仍用两脚行路，有时则用两翅飞腾。所以他们所筑的房屋有两层，有三四层，有五六层，都是非常之高，但是都不用梯子，任便到哪一层，总是飞上飞下，有时上下高山亦不步行，总是飞的，非常之便利。不过他们那种飞翔不能甚高，亦不能甚远，大约只在十丈左右，如要飞高飞远，中间总须停顿数次，这是个缺点。

他们人民的状貌，长头、乌喙、赤目、白首，亦颇象鸟形。真窥笑道："古人说：天之生人，与之齿者去其角，傅之翼者两其足。如今这种人有手有足之外，还有两翼，可谓得天独厚了。"伯益道："某从前看见几张外国流传到中国来的图画，上面画着的人总是有翅能飞的，据说都是仙人。照此国的人看来，原来是有这种人的。他们以为仙人，不过故神其说罢了。"

文命道："某听见说，天生万物，逐渐进化。其初世界并无人类，所有高等动物都是由低等动物逐渐进化而成的。我们人类是由猿类变成，这句话是否可信，不得而知。果然可信，那么猿类能够进化为人，其他动物亦何尝不可进化为人，或者另成一种似人非人的物类，亦未可知。我们这番治水，周行天下，所见的怪物甚多，或者就是这个进化过程的现象。蛮荒之处，开辟较中国迟，有些或者还没有变成人形，所以还带着许多禽兽之状。这种羽民，大约就是鸟类进化为人的一种，将来翼膀脱去，那也就是一个人了。"大众听说，都笑道："或者是这原故。"于是文命等离了羽民国，再向西北进。

一日，到了一处，两龙渐渐下降，刚要到地，忽见森林之中跑出许多黑色的动物来，其形状似人，亦似猴，张着口，吐出烈火，向文命等直喷过来。文命等猝不及防，莫不震骇。天地将正要挥兵器打去，那时两龙性发，口中已喷出清水和怪物对抗。那些怪物知道敌不过，仍窜向森林中而去。大家互相猜议，说天下竟有口喷烈火的生物，真是“天地之大，无所不有”了。伯益道：“某闻海外有一个厌火国，生火出其口中，不要就是此地么？”文命道：“既然如此，和他们亦无从亲近，不如到别处去吧。”

于是重复上龙，到了一座大岛的海边降下。只见有两个裸体的人在那水中洗浴，仔细一看，却是一男一女。这种裸体情形，文命等自从到南方以来，看得多，亦不以为稀奇，同川而浴更不足为异了。不料那两个裸体男女看见了文命等骑龙自天而下，大为诧异，就赤条条地跑上岸，对着文命等细看。隔不多时，远处的男男女女又来了许多，都是一丝不挂，将文命等打了一个长围，文命等此时仿佛又到终北国了。

原来文命等到南方来，所见的虽然是裸体的居其多数，但是他那下体总是用布遮围，独有此地竟是赤裸裸的，甚不可解。文命便问他们，此地叫什么国名。那些人呆了一回，才答道：“这里是我们住的地方，你们来做什么？”文命道：“我们特来观光，考察贵处的风俗。”那些人连连摇首道：“不行不行，你们这种模样，走进去，大家不欢迎的。”

文命道：“我们是中土人，装束如此，并无怪异，请诸位原谅。”那些人道：“不行不行。”说着，就有一个人用手来扯文命的衣裳，说道：“要这个东西做什么？你们身边都藏着什么东西？要想来不利于我们，谋害我们么？不行不行，不但不能进去，并且不能在此，请赶快走吧。”文命道：“我们特来考察，毫无恶意，身边亦未藏着什么危险物品，如不见信，可以搜查。”那些人道：“既然如此，你们将这种东西披在身上做什么？”

文命道：“我们怕冷，我们怕受凉。”那些人道：“这个是假话，我们人人都是如此，何以并不怕冷怕凉呢？你们给我去掉了，看他怕不怕冷，受不受凉。”文命一想：“我若再和他们说什么羞耻，说什么男女之辨，他们一定和终北国人一样，不会懂的。”于是就问他们道：“那么诸位的意思是要怎样？”那些人道：“你们若要到此地来参观，这个遮住身体的东西必须剥去，假使不肯剥去，请你们作速离开此地，到别处去吧，就是如此两句话，别的没有什么意思。”

文命听到此句，真是没法。大家商议，有的主张不要去参观了，有的主张袒裼而不裸裎。文命细细想了一想，就说道：“某听见古人说：入国从俗。他们的风俗既然必须如此，我们就依他吧。”说着，首先将自己的衣服脱去，裸身而立，回顾大家说道：“你等如愿意裸身的，可裸了身跟我来；如不愿意裸身，可在此等候。”这时伯益等都愿裸身相从，只有繇余不肯，他说道：“大家跑去了，这一大堆衣裳脱在这里，归哪一个管呢？万一那厌恶我们穿衣裳的人乘我们不在之时，统统给我们拿去，毁坏了，那倒不是个事。所以我不愿意去，我在此地守衣裳和行李吧。”文命听了，亦不相强。

且说繇余为什么不愿去呢，原来繇余虽则是个天将，但是尘心未除，从前在终北国的时候，见了无数裸体的妙年女子，欲心已是大炽，幸而穿着衣服，大家都不觉得。现在叫他裸体游行于裸体男女之中，万一欲念一动，岂不难以为情？所以他不愿去，闲话不提。

且说文命等个个脱去衣裳之后，顷刻之间，一班衣冠的君子都变作裸体的蛮民，大家彼此相顾，亦颇觉有点难为情，然而事实上既然不能不如此，亦无法可想，只好从权罢了。当下文命再问那些人道：“如今我们可以进去参观么？”那些人将文命等周身上下都看了一遍，对于伯益尤看得仔细，因为他年纪最轻，身体最嫩最白。伯益不觉更有点难为情，然而那些人还是不住的看，过了一回，笑嘻嘻的说道：“如今可以去了。”文命等于是迤逦而行，只见男男女女、大大小小，没有一个不是裸体的，其余一切情形也都与中土相同。

后来走到一处，忽见有两个男子在他们的下体上系着一个竹筒，又有几个女子用些树叶遮蔽她们的下身。文命等暗想：“此地的人何以忽然又讲究起来了？”正在看时，适值路旁来了一个一丝不挂的老妇，看见了那些遮蔽下体的男女，又看见文命等在那里看他们，便走近来向文命等说道：“客官们是不是亦觉得他们稀奇么？现在人心不古，世界变了，以前并不是如此的。自从前几十年有几个周身用物体遮蔽的人，据说是什么中华国人，跑到这里来到处演说，说道，天之生人，与禽兽有别，要讲究什么礼仪，要晓得什么羞耻，男男女女，赤条条相对，是没有礼义的，是没有羞耻的。这些少年男女一听了这个话，仿佛是吃了迷药一般，都相信了，从此都要讲究礼仪，顾全羞耻了。于是那些富家子弟就用货财去买了那中国的什么布帛，将全身遮蔽起来；那些没有货财的人，硬要学时髦，没东西来遮蔽，就拿了竹筒树叶来遮蔽。

“你想男子的下身挂了一个竹筒，女子的下身披了许多树叶，不但累赘不便，而且像什么模样？天和父母给我们一个清清白白的身体，生出来的时候并没有一点遮蔽，为什么一定要遮蔽它起来呢？男子的形体是天生成的，女子的形体也是天生成的，我们人并没有多添它一点，也并没有缺少它的一点，赤条条相对，正显得是天然之美，正显得出是男女之别，有什么可耻？偷盗人家的东西，犯了国家的法律，是可羞耻的；自己的身体露出来给大家看，有什么可耻？男子的生殖器给人家看见了，是可羞耻的么？女子的生殖器给人家看见了，是可羞耻的么？人人都是一样的，凡有男子，是人人一样的；凡有女子，亦是人人一样的。既然不是人人不同，又并不是私人制造，而且人类全靠这两个生殖器来配合传种，是很宝贵的东西，如果可羞可耻，难道天之生人，特别给他一个可羞耻的东西，留一个污点么？难道用物件遮蔽起来，大家就不知道他有这件东西，就可以不羞耻么？所以这'羞耻'两个字，无论如何总讲不通。我想起来，他们这种主张，不外乎两个原故：一种是外国人拿了什么布帛之类叫我们遮蔽身体，好叫我们去买，骗我们的财物；一种是少年男女把身体遮蔽起来，使大家辨不出他是男是女，可以到处将男充女，将女充男，便利他们苟且的行为，而且欲念炽盛的时候，有了物件遮蔽，使对面的人可以看不出，可以遮蔽他的丑态，大约不过这两种原故而已。客官！你想我的话是不是？"

文命听了这番话，作声不得，只好含糊答应，暗想："这个真叫此亦一是非，彼亦一是非了。"就问她道："那么，现在遮蔽下身的人多么？"那老妇道："遮蔽下身的人却不多，而那怕羞耻之人却一日多一日。从此地过去约二里多路，有大部的人因为怕羞耻，又没有货财来买那个什么布帛，用竹筒树叶来遮蔽呢，又嫌它累赘不便，弄得来青天白日不敢出门，一切事情只好黑夜出来做。客官！你想，还成个人世界么？变了鬼世界了！”说着，用手指指文命的下体，又指指自己的下体，说道：“客官！譬如你是男子，生这个东西；我是女子，生这个东西，极普通，极平常，人人知道，何必掩蔽呢？”

文命等赤条条的对着一个赤条条的女子，久立谈话，本来心中已是万分不安，给她一指，真觉难堪之至，然而无法回避，只得用话岔开道：“他们黑夜间做什么事呢？”那老妇道：“他们连买卖亦是黑夜做的。”文命诧异道：“那么货物之好坏多少，怎样分辨得出？”那老妇笑道：“不想到这种人自有这种人的本领，他们在黑夜不用眼睛，只用鼻孔。货色的好坏多少、金钱的成色高低，只要用鼻子一嗅，便能明白。这种本领从什么地方学来不得而知，然而岂不甚苦！所以我们现在极恨那外国人，更极恨那用布帛遮蔽身体的人。我们更造出一种谣言，说凡有遮蔽身体的外国人，他们身上必定藏有一种不利于我们的物件，大家务须拦阻他，不许他走入内地，以免再来蛊惑人心。客官！我看你们亦都是外国人，你们倒和我们一样，不用东西遮蔽，真真难得。”说罢，又连连向文命等的下体看了几眼。

文命等至此，才悟到先前那些人一定要他们裸体才许进来的原故，亦无话可说。便辞了那老妇，向她所指的二里路外的地方行去。果然，家家闭户，寂无一人。

这时天已向晚，伯益道：“我们索性等他一回吧，看他们如何夜市。”文命赞成，就在左近游行了一回，天已黑尽，瞑不辨物，果然那些人家渐渐开门出来行动了。文命道：“他们尚且如此，我们白昼裸行，对他们岂不有愧！赶快回去吧，繇余在那里恐怕要等得疑心了。”庚辰道：“那么让我先回去通知他，并拿了诸位的衣裳来，着了出去吧。风俗已考察明白，还怕他们刁难么？”众人称善。庚辰飞身而去，顷刻就转来，大家一齐将衣服穿好，说道：“这种事，真是可一而不可再的。”于是急急循旧路而归，好在时已昏夜，一路并无人拦阻，到了原处，在海滨住宿一宵。

第一百三十一回

禹到寿麻、枭阳、穿胸、身毒等国·埃及国之理想·宛渠国螺舟

且说文命等越过赤道，经过北户孙，南到沸水漂漂九阳之山；回转来，经过裸民之国，再到赤道之下，却是寿麻之国。那寿麻之国非常炎热，亦是日中时正立而无影、疾呼而无响的。据他们人民传说，他们的老祖宗不是此地人，生在南极一个地方，名叫南岳，娶了一个州山氏的女儿，名叫女虔；女虔生了一个儿子，名叫季格；季格的儿子就是寿麻。当寿麻在世的时候，所居的陆地发生变动，渐渐沉没下去，幸亏寿麻那时早有防备，率领了他的家属、亲戚、邻里，乘船向北逃生，到得此地，虽然气候恶劣，但是得保性命，总算是不幸中之大幸了。后来过了几年，再去探访原住的陆地，已不知去向。那陆地上所有的人民亦不知生死存亡，想来都随大陆而沉没了。（现在印度洋中心有来牟尼亚旧国，西人谓为人类发源之初地，自上古时沉没者也。）于是大家佩服寿麻，感激寿麻，就推他做此地之君主，所以叫寿麻之国。

文命既然探得这段历史，又访问那大陆沉没的年份，他们却不能有正确的答复，以时间约略估计，大概与中国洪水发生的时候差不多。

中国有这种大变，海外亦有这种大变，真可谓全世界的奇变了。

文命等从寿麻之国再向西北行，经过两个奇异的国家。一个叫结胸国，那些人民胸前个个有一块大骨突出，从衣服外面一看，仿佛都是怀抱重宝似的。一个叫贯胸国，那些人民当胸开一个洞，直通到背后，所以他们的衣服很特别，前胸后背都有大洞。贵族人出门时不用车舆，就叫两个人拿一根竹木从洞中穿过，抬之而行，真是奇异至极。据他们说，黄帝五十九年，他们的老祖宗曾经到中国去朝贡过，后来又入贡过，久已企慕中国的文化，所以这次对于文命等非常欢迎。文命细细考察，他们的饮食起居一切都与常人无异，有些地方颇有中国之风，想来是羡慕中国，归来仿效的。

文命等接连经过这两个地方，不觉都发生一种感想，就是天的生人太不平均了，结胸国的人胸前何其实，贯胸国的人胸中又何其虚，假使两个互相调剂，岂不是完全无缺的一个好人么！

之交笑道："世界上人的心都是厌故喜新，好奇怪，恶平常。就是大圣人女娲氏，亦免不了这个习气，所以她在那抟土为人的时候，既然已经抟了无数寻常的人，少不得有点厌了，所以就将那些剩下的土随意抟抟，因此怪怪奇奇，无所不有。既然抟了一个极大的大人，当然再抟一个极小的竫人；既然抟了一结胸的人，当然再抟一个贯胸的人。阴阳奇偶、盈虚消息，这是一定之理，无所谓奇怪呢。"说得众人都笑了。

文命道："之交的话虽则滑稽，实则亦有这个理。我看或者还是太真夫人所说恶神派中第三类变的把戏，亦未可知。我们再走过去，怪怪奇奇的人恐怕着实有呢。”

当下大众离了贯胸国，就到交胫国，亦叫交趾国，亦叫交股国。那些人民周身有毛，身长不过四尺，两足之骨无节，卧下之后，非互相扶助不能起立；走起路来，两脚又须曲戾相交而行，非常不便，真是个可怜的人民。

过了几时，又到了一处，但见万山盘郁，林木森森，只见海滩上停泊着几只独木船，船中有许多人正在那里整理无数竹筒，不知他们何用。文命等就过去探问，那船中人答道：“这是捕捉枭阳用的（枭阳就是狒狒）。此山之中枭阳甚多，常要出来吃人，所以我们就叫它枭阳国。捉住了枭阳之后，它的肉既可以吃，又可以为民除害。”文命道：“枭阳是怎样一种猛兽？你们捉它，何以要用竹筒？”那船上人道：“我此刻没有功夫和你们说，你们如果胆大，不怕死，跟了我们去看就是了。”一面说，一面仍整理他的竹筒。

文命不便再问，只好呆呆地看。但见他们将竹筒整理好了，每人两臂上各套一个；套好之后，又屡屡移上移下，大约要使那竹筒光滑之故。那些人既将竹筒各套在臂上，随又打开一个包袱，内中都是钉凿，那些人又各取了些，遂纷纷上岸，一直向山上林中而去。

文命等要观其究竟，都紧紧跟在后面。但见那些人进了林中，把嘴唇撮起，长啸了几声，陡然之间，林木之中蹿出六只怪物来，都长约丈许，披发垂地，似人非人，黑身、人面，浑身是毛，脚是反的，嘴唇拖下非常之长，向那些人直扑过去，顿时每个人的臂膀都给它们捉住。伯益大惊，正要叫天地各将去救，文命摇手止住，轻轻说道：

"且慢且慢，看他如何。"但见那枭阳捉住了人臂之后，并不就吃，先张开大口狂笑起来，似乎极得意的模样。其初口大盈尺，其红如血；笑到后来，长唇翻起，把鼻眼都遮住，直盖到额角之上。那些人乘它不见，急将两臂从竹筒中抽出，立刻用钉凿将它的长唇钉牢在额角上，使它不得翻转，那个手法之敏捷无以复加，想来是向来练习惯的。钉过之后，随即退向林中躲避。这时那些枭阳额上既受重伤，眼睛为嘴唇所遮，不得看见，手中捏着两个竹筒，还当是人，死也不肯放松，急得狂叫狂跳，乱撞了好一阵，有些触着林木而倒，有些力倦而自倒。那些躲在林木后面之人看到它们倦了，就从身上取出一捆大索，上前将枭阳一个一个捆起来，拖了要走。

不料此时山上林中又有一大批枭阳赶到，约有三四十个。那些人见势不妙，丢了捆缚的枭阳，翻身就逃。大批枭阳紧紧追赶，那些人纷纷爬上树木，转瞬直到高处，手脚之敏捷亦是无以复加，想来亦是练习惯的。枭阳赶到树下，仰首而望，望到后来，又哈哈狂笑，内中有几个枭阳手中各拿一个竹管，竹管之中似乎盛着什么水，频频向上洒去。那树上的人见水洒来，个个将头面包住，似乎知道它是很厉害的。

正在相持之际，有一个枭阳忽然回首看见文命等站在树林之后，陡发一声长啸，拼命向前飞奔而来，其余枭阳亦都接着奔来。

天地将见它们来势凶猛，急忙上前用兵器抵御。那枭阳虽然猛悍，怎禁得天地将的神力，顷刻之间已杀死二十几个，其余的翻身就逃，那奔走的速力煞是可惊。天地将正要追赶，文命忙叫："可以不必。"这时那些在树上的人看见如此情形，都从树上下来，向文命等稽首道：

“原来诸位都是天神，有如此大的本领！我们真失敬了。”乌木田道：“这种畜生，你们怕它做什么？”那些人道：“它力气大得很呢！寻常的马，它只要用手一揿，就倒地而死，豺狼虎豹都是它的食品，焉得不怕它？”文命道：“刚才它们拿竹管洒水，你们何以亦怕？”那些人道：“那是雌枭阳，专用竹管盛了毒水洒人，人沾着毒水，就要溃烂生病，所以害怕。”

大家看那死在地上的许多枭阳，身体全是人形，雌雄不一，其口之大，直到耳轮相近，状貌狰狞可怖，那左手拿竹管的果然都是雌枭阳。文命道：“这种动物真是介于人兽之间的一种东西了。”那些人道：“这许多死枭阳，你们有绳索来捆么？没有，我们可以借你。”文命道：“我们不要，你们拿去吧。”那些人喜出望外，又向文命等叩谢，自去理绳索捆枭阳。文命仍回原处，驾龙再向西行。

一日，到了一国，名叫身毒国（就是印度）。文命就和众人说道：“某从前在巫山地方，记得曾和汝等说起，有一个火葬之国，就是此国了。现在既然到了此地，我们可以看看他们怎样的情形。”众人要看那身毒国地势，先乘龙在上面环游一转，原来是四面环水的（当时印度中部大平原尚未出水），仅有东北一部洲渚参差，遥遥与大陆相接。当地人民性情非常和蔼，待文命等极亲热。

文命等问他火葬情形，那土人领到一处，只见一所房屋，用大石砌成，房屋之外，四面又围以墙垣，房屋之中分为数十间，每间都作为焚尸之用。凑巧这时适值有人在那里焚尸，烟气四腾，尸膏流溢，“毕剥”有声。文命等初次看见，真觉惨不忍睹。大家略为一视，就说道："去吧去吧。"

后来细细考察那土人情形，仿佛有两种阶级，一贵一贱。贵者视贱者如奴隶，贱者畏贵者如帝天，殊不可解。仔细探问，才知道贱者名叫达罗毗荼人，是本来此地的土著，向来已有文化，崇奉一种经典，叫作韦陀经典，但是只有口耳相传之语句，并无文字；贵者名叫亚利安人，新从西北方迁来，征服那些土人而占有其土地。（据印度史，亚利安人从中亚西亚西尔、阿母两河之间东南徙越印度河，以达恒河，实在四千年前，适当中国唐尧之世。）那贵者新近有人拟创造一种文字，并且模仿综合旧有之韦陀经典而另造一种宗教，不久就成功了。（按梵书创行于虞舜四十二年，婆罗门教之起源想来亦当在此时。）

文命看了一转，向伯益叹口气道："这国的人民，思想上的能力颇极伟大，将来必能大有贡献于世界。不过天气太热，人民的性质太偏于慈爱，将来难免受强族之欺凌吞并罢了。"

大家离了身毒国，再向西行，又到了一国。刚要从龙背下降海滨，只见下面有一个极大之建筑物焜耀于眼帘，其形四方，下广而上尖，仿佛一个金字。从下面到上面高约五六十丈，每面之广约七八十丈，不知道它有什么作用。后来遇到土人，细细探问，那土人道："这是我们君主的寝室。"文命一想，寝室要这样大，这样高，而且那制度与寻常之房屋大不相同，尤不可解。便又问道："贵国君主每夜必到此间来安寝么？"那土人道："不是不是，敝处人的寝室有两种，一种是短眠之寝室，一种是长眠之寝室。这个寝室，是我们君主长眠之寝室，不是短眠之寝室，哪里是每夜来的呢！"

文命道："怎样叫短眠？怎样叫长眠？"那土人道："一个人日间做事疲劳，夜间休息几个时辰，叫作短眠。几十年做事疲劳了，连续的休息他几百年或几千年，这个叫长眠。"文命道："某有一句触犯忌讳的话，请原谅。敝国所谓长眠千载，就是死的意思，想来贵国人忌讳这个死字，所以叫长眠，是否如此？"那土人连连摇头道："不是不是，禽兽有死；人为万物之灵，绝无死法。敝处因为没有死的人，所以称为不死之乡。先生拿死字来解释长眠二字，未免误会了。"

文命问道："长眠和死有分别么？"那土人道："怎么没有分别？形肉消灭，仅存骸骨，这个叫作死；形体长存，仅仅不饮不食，不热不息，不动作，那仍是睡眠，不过时间较长罢了，过几百年或几千年依旧会醒过来的，哪里可以叫作死！"

文命听了，便又问道："贵处人长眠之后，他的形体自然不会腐烂消灭么？还是要用药去防护它，才不会腐烂消灭呢？"那土人道："当然要用药去防护。因为人生做事几十年，疲劳极了，一旦倒头睡下，与寻常的短眠不同，一切不知自主，所以非别人代他敷药防护不可。譬如有些人，日间疲劳极了，夜间偶尔短眠，冷也不知，热也不知，甚而至于有人推他也不知，短眠尚且如此，何况长眠呢！"文命听了一想，从前所听说用药藏尸的地方，原来就在此处；所谓不死之乡者，原来如此，真是异闻。

当下别了那土人，又到各处考察一回，觉得他们的一切文化的确不错，而且有些地方，如同天文、文字等类，大都与中国相同，真所谓东西万里，不谋而合了。（中国天文学有"黄道十二宫"之说，埃及亦有之。中国文字初为象形，埃及文字亦为象形。）

一日，到了一处，只见一个大城，新而且坚，觉得是建筑不久。后来问之土人，果然造好不过二百年光景。（据埃及史，美内斯创国，设官定制，筑城于门非斯，恰当中国颛顼高阳氏的时候。）后来又走了许多地方，看见那君主长眠的寝室到处都有，不过没有同第一次看见的那个高大。它的制度形式亦不同，有的一层一层而上的；有的顶是圆而不尖的；有的不从平地筑起，而是掘地甚深，将寝宫筑在下面的。大概年代愈近则建筑亦愈高愈大，想见文明渐进而奢侈亦渐增了。

文命等在此不死之乡耽搁了多日，重到海滨。刚要动身，只见有一个圆形的大物，足有十几丈周围，从海中浮水而出。仔细一看，上面虽则布满了海藻、青苔之类，但是还可以考察得出是木质的，是人工造的。然而，为什么能够在水中自行浮出，且能向岸边激进，究竟是什么东西，大家正自不解。只见那大圆物近岸之后，里面似有重物在那里移动的声音，又似有开锁的声音。隔不多时，只见大圆物上面的一块板忽然展开，随即从里面钻出两个大人来。那时大圆物已经傍岸，那两人随即跳到岸上。

文命等细细估量，其身材之高大总在三丈左右，不禁诧异之至，就过去和他们施礼，问道："诸位是此地人么？"这两个大人听见文命说话，忙俯下身来问道："足下要买货物么？"文命道："不是不是，请问二位是何处人？"那大人说："某等是宛渠国人，到贵国来做买卖的，足下要买货物么？"文命道："某在此游历，并非此地人，不要买货物。请问贵国离此地有多少路？"那宛渠国人道："某等这个沦波舟速力不弱，每日可以走一千里，现在已走了十二日余，总在万里以外了。”

文命指着那大圆物问道：“这个是船么？船应该在水面行动，而且形式亦不是如此。刚才某看见它从水底涌出，却是何故？”那宛渠国人道：“某等这个沦波舟一名叫螺舟，是仿照螺蛳的形状制造的。螺蛳在水中，水不会浸入；某等这船水亦不会浸入，所以在水面可走，在水底下亦可走。刚才某等就是从海底下上来。”文命听了这话，尤其诧异之至，说道：“水底可以行船么？”伯益在旁，就向那人要求到船中去参观参观，以广见识。那宛渠国人细细盘问了文命等的籍贯经历，方才答应，不过说人数不能太多，只以五人为限。

文命和伯益当然要去参观的，其余的就由文命指定了真窥、横革和庚辰三个，一同前去。这时那螺舟中早又有三个大人钻出在外。那宛渠国人就招呼文命等登上螺舟，后来钻出的三个大人亦重复钻进去。文命等向下一望，有扶梯靠着，那领导的宛渠国人先循梯而下，文命等便跟了下去。但是宛渠国人长，那扶梯的阶级距离甚远，文命等殊感困难。勉强将扶梯爬完，只见里面乃是一间精室，非常光明。仔细一看，壁间嵌着几颗圆形之物，似珠非珠，那光亮就从此等圆物中发出。伯益便问道：“这是什么东西？”宛渠国人道：“这是鲸鱼之目，在黑暗中能发光明，所以名叫夜光珠。此地船中不能燃烧薪火，只能用此代灯。”文命见四面储积的筐篋甚多，想来就是他们做买卖的物件了。

精室的一端，又是一座扶梯，那宛渠国人又领导文命等再从扶梯而下，但见又是一室，壁间依旧嵌着夜光珠。那人说道：“船中不能举炊，此间储蓄的干粮约可供五个人两月余之用。”

说罢，又领导文命等更下一层，文命等觉得比第二层又狭窄了些，暗想：“这个真是螺蛳形了。”那人忽然从案上取出一物，将壁间所悬挂的夜光珠罩住，室中顿然黑暗。大家吃了一惊，不解其故。只听得那人说道：“诸位请向外看。”文命等向外一看，只见有几处亮光从海水中透进来，原来他那船身上开了几个小洞，不知用什么透明而不渗水的物件嵌住，外面又悬挂着几颗夜光珠，照耀得很亮，海中游鱼都从船旁经过，历历可数，真是奇观。

那人道：“有了这方法，我们在海底潜行，才可以辨得路径。不然，盲走瞎撞，就闹成笑话了。”伯益道：“海中有道路么？”那人道：“虽然没有道路，但是亦有物件可以做标帜。海底之中亦有大山小山，有高原平原，有种种植物。我们经过之处，都给它取一个名字，做一个记号，那就是路径了。”

说着，又引文命等下了一座扶梯，其室更窄，六个人仅有回旋之地，而室之四围都安置着一种物件，不知何用。那人道：“这是此船最重要之机关。”指着一物说道：“这是升降器，将此物一抽进，则海水涌入，船身重而渐渐沉下；将此物一挺出，则排泄海水，船身轻，自能浮上。”又指着一物说道，“这是进退器，将此物左旋，则船向前而进；将此物右旋，则船向后而退。”文命等听他如此说，细细看了一回，亦莫名其妙，只好唯唯而已。

那人忽然道：“这船的大略，想来诸位都已明白，某万里来此，事务极忙，未能久陪，改日再谈吧。”文命等只得向之道谢，跟了他一层一层的爬到船唇。那人将船板盖好，加了锁，和他四个同伴匆匆而去。

这里文命等亦驾龙而行。路上伯益与文命谈起螺舟，极赞其精巧神妙。文命道：“古之圣人，无所不学，师蜂而立君臣，师蜘蛛而制网罟，师拱鼠而制礼，师蚁而置兵。他们这种船，就是从螺蛳和鱼二种学来的。形状如螺，上有甲板，可以使水不渗入；中有升降器具，仿佛如鱼腹中之气鳔，缩之则沉，张之则浮。所以圣人无常师，真是不错。”

伯益忽然有懊悔之状，说道：“刚才有两事没有问他，可惜可惜。人非空气不能活，他们紧紧闷在这螺舟之中，四边不透空气，何以能存活？这是一项。还有一项，那嵌在船身上透明的物件名叫什么？是什么做的？这二项都没有问明白，可惜可惜。”文命亦点头称是。然而相隔既远，绝不能再回转去问他，只得罢了。

第一百三十二回

禹到长脚、扶卢、女子、轩辕、丈夫等国

一日，文命等到了一处，只见那里的人身长总在四丈左右。仔细考察，原来他们身体上截之长不过与寻常人一样，独长了一双脚，大约在三丈以外，所以他们叫作长股国，亦叫长脚国。走起路来，摇摇晃晃，真有举头天外之概，令人可望而不可即，要想同他们说话颇不容易。

文命道："我从前听说黄帝五十九年，长股国人来朝，那时招待他们据说颇费踌躇。一则生得既然如此之长，寻常门户不能进出，这是第一项困难；二则席地坐下之后，他的那一双长脚一直要伸到远处，布筵设席甚不方便；三则相见的时候，一个远在半空，一个站在底下，行礼谈话都觉吃力。后来黄帝和木正赤将子舆商量，特地做了一副假脚，续在自己和从人百官的脚上，务使和长股国人一样的长，朝夕演习行走。（后世乔人之戏叫作踏乔，就是这个典故。《列子·说符篇》："宋有兰子者，以技干宋元……以双枝长倍其身，属其胫，并趋并驰。"则战国时已有之。）又特地造起几个高屋，所有门户都在八丈以上，可以给他出入自由。又因为不能席地而坐，特地做一种可以垂足而坐的高席；又做了些高二丈多的高几，以设筵席。后来长股人到了，宾主

相见，一切礼节总算敷衍过去，没有闹出笑话。现在我们来此，比较起来，在他胯下走进走出亦是绰乎有余裕。要和他们谈话，问他们风俗情形，恐怕难而又难，不如去吧。”

大家看见这个情形，亦知道无望，于是就一齐动身。路上横革向众人道：“长臂国的人两手长了还有用处；长股国人两脚长到如此，绝无用处，只有不便，真可怜。”真窥道：“他走起路来一步可以抵寻常人五六步，奔走甚速，岂不是用处么。”横革道：“平常时候走路要如此之快做什么？叫他们打仗，打败了逃生倒是好的。”国哀道：“长臂国人和长股国人假使合在一起，长股国人背了长臂国人到水中去捕鱼，倒是交相为助的。”伯益笑道：“这是他们做过的事情，从前有人看见，还作几句赞辞道：

> 臂长三丈，体如中人。彼曷为者？
> 长臂之人，修脚是负，捕鱼海滨。

照这几句看起来，岂不是他们早已做过这回事么！”大家听了，都不觉一笑。

一日走到一处，在海滩上歇下，只见波平浪静，风景清和，是历来所到的地方从未遇见过的。大家都说此地很有趣，下了龙背之后，齐向内地走去，绝不见有凶恶的禽兽，但见嘉木异卉分布于山巅水涯，愈觉使人可爱。又走了一段路，只听见远远号哭之声甚厉，大家不解，急急向那有哭声处寻去。愈走愈近，哭声亦愈厉，四周林木都为之振

鸾鸟

女牀山有鳥
曰鸞鳥
狀如翟而五彩文
見則天下安寧

鸾鸟

西南三百里，曰女床之山，其阳多赤铜，其阴多石涅，其兽多虎豹犀兕。有鸟焉，其状如翟而五彩文，名曰鸾鸟，见则天下安宁。

——《山海经 · 西山经 · 西次二经》

动。转过一个山谷，但见素车白马，麻冠缟衣的人不计其数，仔细一看，原来是在那里出殡送葬。许多人的号哭，加之以山谷中的反响，自然益发厉害了。之交道：“这个死者想来是个达官贵人，或者是贤人善士，所以那送葬者有如此之多。”伯益道：“他们的葬礼不知究竟如何，我们何妨前去参观。”文命道是，于是大家缓步跟了他们过去。

只见前面的灵车正在那里慢慢地拖，灵车上面的棺木形式非常奇异，与中土不同。过了一回，到了安葬之地，那边已有一个大坎预先掘好，坎的底里厚厚铺着香草，草上又疏疏落落的放好许多灵芝，坎外地上香草灵芝堆着的也甚多。灵车停下之后，早有十数人将灵柩从车上抬至地上，旋即将棺盖揭开，又将棺木的中段移去，那死者的尸身顿然呈露于眼前。原来那棺木的结构分为三层。下层为底，以卧死者；中一层为四方之木，加于底之上，其高约三尺；上一层为盖。大略和中国棺木相同，唯分为三截而已。那死者须发皓白，年似甚高，就是那孝子和送葬的众人之中，年纪大的亦似乎不少。

这时众人哭声又非常之厉害。哭了一回，那孝子率同数人将尸体扛到坎中，轻轻安置妥帖，随即拿坎外地上堆着的灵芝香草，悉数都铺盖在尸体之上，然后又用细泥薄薄的洒在上面，等灵芝香草看不见了方才住手。大家又聚拢来，朝着坎痛哭不止。哭到后来，那孝子昏晕，栽倒在地，大家救护孝子，才把哭声停住。隔了一回，孝子救醒，一齐拥着上车而去，余众有些步行而归。

文命忙赶过去施礼，请问他道：“这位死者是贵处的达官贵人么？”那人道：“不是，是个寻常百姓。”文命道：“那么一定是大圣大贤、功德巍巍的人了。”那人道：“亦不见得，他不过是个工人罢了。”文命道：“那么诸位都是他的至亲？”那人道：“这位死者亲族很少，某等都是同闾同里之人，并非至亲。”文命道：“那么诸位刚才何以哭得如此之哀痛？莫非从前受过死者的大惠，或和他交情很深？”那人听了，诧异之至，说道：“哭死而哀，人之仁心，难道一定要受过他大惠的人或交情深厚的人才哀痛，其余都不必哀痛么？你这句话某实不解。”

文命自知失言，忙解释道：“某不过随便问问，并无意思，请勿嗤笑。”便又问道，“贵国何名？”那人道：“敝处叫扶卢国，请问大贤等贵国何处？”文命告诉了他，那人听了，拱手致敬道：“原来是中华大贤，怠慢怠慢。”文命又问他道：“刚才那死者年纪似乎很大。”那人道：“并不算大，不过三百岁。”文命等听了，不禁骇然，便问道：“三百岁的年纪还不算大么？”那人道：“敝处之人，年龄都是三百岁，并没有三百零一岁的人，所以并不算大。”文命道：“足下今岁高寿？”那人道：“某虚度二百五十岁，和死者的长子同庚，再过五十年也就要埋入坎中了。”

文命道：“贵国葬法不用棺木么？”那人道：“怎样叫棺木？”文命道：“就是刚才盛尸的器具。”那人道：“敝处向来不用此物，因为敝处的丧礼，父母死后，做子女的即水浆不入于口，直到死者之骨化为尘埃，方才可以饮食。倘使用了盛尸的木器埋在坎中，那么何时骨化尘埃？孝子孝女岂不是要饿死么！”

文命听了，又诧异之至，便说道：“人之身体，腐烂净尽很不容易，骨殖之腐化更不容易，往往有历几千年还存在的。现在虽则掘坎藁葬，但是要等到他形销骨化，哪里有这么容易呢！”那人道：“容易容易，少则两三日，多则四五日，无不化尽了，这是素来如此的。”

文命听了，煞是怀疑，以为他是故意如此说说的，或者那香草灵芝之中藏着腐肉烂骨的药，都未可知，然而又不便向他道破，又不便要求他几日之后掘起那埋葬的尸体来实验一下，也只得就不问了。

正要想告辞，那人因文命等是中华大贤，苦苦的邀到他村庄里去留宿。文命推却不脱，只得应允。那村庄中人家约有几百户，听见文命等到来，个个欢迎，轮流供食，按家分宿。文命等一连住了数日，觉得他们事亲之孝、待人之谦让，真是出于天性，绝无虚伪，不胜叹佩之至。到了临别的那一天，亲自写了一块匾额送给他们，叫“扶老纯孝之国”，于是率领众人上了龙背，再向别处，在龙背上尤是称叹不止。

一日，到了一国，只见那里纯是女子，绝无一男，不觉诧异。那众女子看见文命等到了，亦非常之欢迎，个个围绕拢来，殷殷招待，并且牵牵扯扯，都要邀到她家里去。

文命看她们蓄意不善，本想严词拒绝，后来要想探问风俗，只得婉辞和她们说道：“我们这队人是不能离开的，诸位要谈话，何妨就在此地谈谈呢！”众女子听了，都觉失望，呆呆的立着不动。文命就问她们道：“贵国的男子现在何处？何以一个都不见？某等很想和贵国的男子谈话呢。”那众女子听了，又非常不悦，隔了一回，说道：“男子是有的，不过还小呢。”正说时，人丛中就有一个抱着婴孩的女子挤进来说道：“诸位要和敝国的男子谈话么？请和他谈。”

文命等一看，那婴孩不过生了几个月光景，眉目间颇有男子之概，但是乳臭尚未干，何能谈话呢？便又向众女子陪笑道：“请诸位不要相戏，某等想和贵国年长的男子谈话。”言未毕，又有一个女子，抱着一个大约两三岁的男孩，从人丛中挤过来，叫道：“先生！这个孩子年长了，和他谈话吧。”文命一想：“这事奇怪了，这些女子苦苦与我相戏，不知何故。我在何处开罪于她们呢？”正在踌躇，伯益在旁指指那孩子说：“我要想见见他的父亲，或者他的伯叔，都可以。”女子听到这句话，顿时面色个个发赤，旋即个个叹气。停了一回，有一个女子说道：“也可以，诸位请跟我们来吧。”

当下那女子在前，众女子簇拥了文命等，曲曲弯弯，到了一座大厦之中，正殿三间，当中一间供奉着不知是何神道，转过后轩，只见一所极大的庭院，庭院正中有一个长广三丈的方池，池中正有两个女子赤身裸体坐在那里，不知做什么。

众女子指给文命等看道：“这池名叫潢池，也叫台虺之水，就是小孩子的父亲了。”说完，又带领文命等走到一座偏院，院中一无所有，仅仅有一口大井。众女子又指指，向文命等说道：“这可算就是小孩的伯叔辈了。可是，这池这井说是他的父亲、伯叔固然可以；说是他的祖父、伯叔祖父亦可以；即使说是他的曾祖、高祖、远祖，亦都无不可以。原来我们国家的人类，全是从这两个地方坐一坐、看一看而来的。假使我们国里有男子，何至于要这个池、这个井来做我们公共的丈夫呢！”

文命听了这话，非常诧异，就问道：“刚才两位抱的小孩子，不都是男孩么？待他们长大起来，就有男子了。”众女子听了，又叹口气道："便是我们，亦都存了这一种痴心妄想，所以在这里费心费血地养他们，如不是如此，一生出来早弄死他们了。"文命不解，忙问何故。众女子道："我们生的女子，个个都养得大；若生男子，到了三岁一定死去，岂不是天数么！"说到这里，那抱小孩的女子说道："我这孩子已快要三岁了，不知道养不养得大呢。"一面说，一面竟大哭起来。文命等听了，无不伤心，就用言语去抚慰她们。

忽然间，一个女子竟老着脸皮向文命等说道："我们正苦都是女而无男，现在诸位恰恰到此，不可说不是天假之缘。我想，就请诸位永远住在这里，与我们配为夫妇，岂不好么？诸位都是中华国人，我听见老辈传说，中华国的贵人有夫人，有妻，有妾，一个男子娶一百几十个女子的都有。现在我们人数不多，诸位二十一个人，一个人二百个，分配起来，所余者无几，未知诸位意下如何。我辈绝不会妒忌吃醋，请诸位放心。"

文命听了，暗想："这真是出于意外之事了。"慌忙道："承诸位厚意，非常感激，但是某等均有事在身，且奉有君命，不敢逗留，请原谅吧。"那些女子沉吟了一回，又说道："全体不能，剩几个在此地，总可以吧？"文命等齐声道："我们都有事务，实在不能在此。"众女子听了，陡然个个怒形于色，骂道："既然不能，你们到此地来做什么？害得我们低首下心，陪了半日。"文命忙忙对她们道歉，众女子一个也不来理睬，一哄之间，顿然散去，口中还在那里乱骂，像个很恨的样子。文命等觉得可笑，但是也觉得她们可怜，大家齐循旧路而回，一路走，一路议论。郭支道："某听说，独阳不长，孤阴不生。现在她们尽是女子，竟会得生男育女，煞是可怪。”国哀道：“她们这池水和井水，坐一坐，看一看，就会得育孕，尤为奇怪。我觉得那池水与寻常之水并没有什么两样。”文命道：“天地间不可以常理测度的事情不知道有多少！只可以用‘六合之外，存而不论’八个字了之，不必再去研究它了。”

这时已到海边，大家乘龙再向西北行，只见前面空中有一物，似鸟非鸟，从东北向西南而去。大家看得诧异，说道：“这个不知是何怪物。”狂章听了，脱离龙背，飞身过去，匆匆一望，就回来报告道：“是一辆车子，车上坐着两个人，大约是何处神仙之类。”黄魔道：“绝非神仙，神仙的车子还要华丽，旁边总有彩云拥护，而且着实要走得快，没有这样慢腾腾的。”繇余道：“或者是修道初成、能力浅薄的神仙，亦未可知。”大家议论了一回，也就丢开不提。

过了多时，到了一座大山，但见山的南面屋宇栉比，树木参差，仿佛是一个大聚落，当下就降龙下去小憩。忽然看见一个人从林中出来，形状甚奇，头目面貌和常人不殊，但其身体细圆而长，仿佛像蛇。仔细一看，后面的确还有一条蛇尾，从下面往上直盘到头顶，不知是人是怪。繇余忙上前问道：“贵处是什么国名？”那人道：“敝处叫轩辕国。”文命见他能够人言，料无恶意，遂上前问道：“贵国取名轩辕，是何意义？”那人道：“说来亦可笑，敝处人住在穷山之南，本来无所谓国名，有一年，有一家姓公孙的人家，生了一个孩子，非常聪明，后来跑到东海去，建立一番事业，听说很是伟大，他自己取了一个名字，叫作黄帝轩辕氏。后来四面的邻国都惧怕他了，知道敝处是他生长之地，所以就叫敝处为轩辕国。敝处人听惯了，就承认叫轩辕国了。”

文命一想：“原来我的高祖生在这个地方，今朝到此，不可谓非大幸。”当下便问那人道：“黄帝轩辕氏生在什么地方？此刻遗迹还在么？”那人道：“这个孩子自从到东方去之后，后来亦曾回来一次，据他说已经做了什么中华天子了，护从的人非常之炫赫，但是对于我们这些老辈、长者，倒依旧是致敬尽礼，和他幼年在这里一样。我当时和他家本是邻居，他的母亲附宝是一个很慈祥和善的人，我们常见的。所以这轩辕小孩子我时常抱他，他对于我亦很亲热。那次回来，我曾提了他小时顽皮的事迹问他，他却还记得。自从这次去了之后，没有再来过，后来就听说死去了。这样一个聪明的小孩子，只活到一百岁，便尔夭殇，真是可惜！诸位要访他的故居么？相离不远，请同去看看吧。”说着，转身就走。

文命等一同跟着，大家心里暗想：“黄帝轩辕氏到此刻何止五六百年，他说曾经抱过，而且口口声声叫他小孩子，这是什么话？而且黄帝活到一百多岁他还说是夭殇，这又是什么话？”想到此地，文命便问道：“先生高寿？”那人道：“小呢小呢，小子今年才活到七百八十足岁，正是翩翩少年，先生之称，万不敢当。”文命等听了，都大吃一惊，便又问道：“那么贵国人的寿数最高是多少？”那人道：“亦不一定，大概普通总在千岁以上。先兄幼年多病，大家知道他是不寿之征，后来只活了八百岁，这是很少的了。其余三千岁、五千岁，都是常事。”

正在说时，只见远远一座丘陵，丘陵之上有许多房屋，那人遥指道："这丘上就是了。"少顷，到了丘上，只见那些房屋虽旧而不倾斜，男妇老幼，有许多人住在那里。那轩辕国人说道："轩辕这孩子上次回来时，非常爱惜他的旧居，防恐日久损坏，所以特地请了从前相识的人来居住，以便按时修葺，原说将来再来，而今已无望了。"说罢，不胜叹息。

文命细看那丘形，有一处仿佛如车之轩，有一处仿佛如车之辕，暗想："高祖当时号称轩辕，或者以此得名吧。"后来一想，又不对，"车舆之制是我高祖所创造的，怎样会得以此丘得名呢？或者我高祖会心不远，创造车舆就是依此丘之形状而模仿成功，亦未可知。"

正在想时，只见那人东指西指道："这里是附宝住的，这里是少典氏读书会客之所，这里是轩辕氏诞生之处。"滔滔不绝，说了一回。文命不胜慨慕，徘徊凭吊了半晌，又细问他们的饮食起居，才知道他们是饮露以解渴，吸气以充饥，并不食谷食血的，所以有这般的长寿。后来文命等谢了那人，离了轩辕国，越过穷山，再向西北前进。

到了一处，只见那些人民纯是黄衣黄冠，腰佩宝剑，气概轩昂，看见文命等是异国之人，都跑来询问。文命告诉了他们，他们都羡慕道："原来是中华人，中华是我们的祖国呢！"文命听了，就问他们的国名。那人道："敝国名叫丈夫。"文命绝口称赞道："照贵国人的仪表，不愧丈夫之名。"内中有一个老者，听了叹口气道："何尝是如此呢！敝国纯是男子，绝无女子，所以称为丈夫国。"

文命诧异道："那么贵国嗣续子孙之计，怎样呢？"那老者又叹口气道：“不瞒老兄说，敝国创立至今，不过几百年。从前先祖是中华人，奉了君主之命，到西王母处去采药，哪知迷失路途，到了此间，粮食告罄，同行之人有几十个，只得在此住下，采果实以为粮食，织木皮以为衣。过了多年，大家性命虽得保全，而深怕日久之后一个个都死起来，最后几个无人埋葬，因此颇以无子孙为虑。哪知自此以后，每人的肚皮都渐渐大起来。起初还以为病，但是饮食起居一切如常，并无病象，亦只得听之。不料十月满足之后，个个生产了，男子生产，痛苦异常，然而久之亦成习惯。所以诸位看某等都是昂藏丈夫，不知道到了生产之期，就不能雄飞，只能雌伏，一身兼父母，岂不可痛可耻！”说罢，又叹息不已。

文命道：“生育这件事，虽说自古有一定之道，但是亦有变例。即如某就是从母亲之背而生的，某有一同僚是从他母亲之胸而生的。现在男子产子，当然又是一种状态。”那老者道：“某等产法大约有三种：一种最普通，是从背间而出；一种是从胁间而出；一种是从形中而出，寤寐之中，不知不觉，儿已产出，绝无痕迹，为父母者并不痛苦，但是那种产法最为难得。”

文命道：“此等产生之儿都是男子么？”那老者又叹口气道：“有女子啊，唯其有女子，再加以故老之传说，所以我们才知道世界上除男子之外，还有一种女子，而女子才是正当产儿之人。不然，某等亦变成习惯，哪里知道世界上还有女子，而以男子生育为可耻呢！”文命道：“那么诸位所生的女子，养大来，岂不是男女就可以婚配么？”那老者听了，连连顿足，连连叹气道：“就苦在养不大啊！从来没有养到四五岁的，真是天绝我们呢。”

文命想问他们如何有孕之法，很觉难于启齿，正在寻思，忽听见伯益问道：“小儿初生，必须哺乳，贵国人亦哺乳么？”那老者道：“从前先祖第一次生产之时，苦于无乳。后来一想，男子胸前本来有乳两颗，不过略小而已。既有两乳之形，想上古时必有所用，大约因后来专以哺乳之事付之女子，日久不用，遂致退化，假使再用起来，或者可以复其本能。因此就叫小儿频频吸之，哪知果然有效，不到多时，果然乳汁流出，后来产儿哺乳完全与女子无异了。”

文命道：“令远祖贵姓大名？是中华哪一朝人？”那老者道：“敝远祖姓王，单名一个孟字，是中华何朝人却记不清了。”文命道：“令远祖共生几子？”那老者道：“共产二子。”文命道：“现在贵国全数共有若干人？”那老者道：“共有二千余人，深念生产之苦，常想到别处去寻找几千百个女子来，以成匹配，但是杳不可得。要想舍去此地，重返中华，一则路途遥远，迷道堪虞；二则产业坟墓多在此地，未免安土重迁。现在诸位既然万里迢迢来到此间，务望念同乡之谊，有便时将中华女子无论好丑，多带几个来，敝国人不胜感激之至。”说罢，拜了下去。文命慌忙还礼，一面说道：“容某细细筹划，如可设法，无不竭力。”当下又询问了些琐碎之事，方才别去。

这夜，宿在郊外，大家商议办法，看到女子国人之急与丈夫国人之苦同一缺陷。假使设法使他们两国联合起来，既可使内无怨女，又可使外无旷夫，各得其所，岂不是两全其美！好在他们两国中间只隔一座穷山，路并不远，撮合颇易。

于是文命定计，明日先将这个办法与丈夫国人商议过了，得其同意；然后再遣天将到女子国去，征得她们的同意。假使两方面有一个不允，就不必说；倘使都允许了，那么女子国人都嫁到这边来；还是这边的人都赘到那边去；还是一部分嫁，一部分赘，这都要他们预先商量定的。还有一层，男女老少美丑如何分配法，亦须要预先说定，免得到那时大家争夺起来，佳偶变成怨偶，反致不妙。大家听了，都说不错。

议完之后，伯益笑道：“这个媒人，一做几千对，可算得是千古第一大媒了。从前蹇修氏是个媒氏之官，但一起做这许多人的媒，亦是没有的呢。”大家都笑了。真窥道：“丈夫生子哺乳，真是千古奇闻！”伯益道：“我们中国历史上都有过，不过不多罢了。从前一个朝代，有一卖菜佣，孕而生子。可惜他如何生法以及所生之子后来是否长成，均没有载明。又有一个义仆，他主人合家遭难，只剩了一个新生之幼主，他抱了逃出，躲在山中，苦于无乳，就躬自喂哺，几日之后乳汁流通，居然将这幼主养大。可见这种事亦并非绝无之事。不过第一种大家认为人痾妖孽，第二种大家都以为是至诚所感，不去研究他所以然之故罢了。”一宿无话。

第一百三十三回

禹拟配合丈夫、女子二国 · 夏耕尸为患 · 西海神率禹避难 · 刑天氏之结果 · 禹见屏蓬兽

到了次日，文命等再到国内，将此法告知丈夫国人。他们都感激得不得了，说道："果然如此，诸位对于敝国真是天高地厚之恩。不过茫茫大海，相去千里，如何来往？敝国人绝少航海之能，还请诸位始终玉成其事。"文命道："这个自然。不过某所虑者，女子国那方面是否同意，且待去问过了再说。"那丈夫国人道："她们一定情愿的，这样天地间的大缺陷，难得有诸位大发慈悲，愿我们成了眷属，岂有不答应之理？"文命道："但愿如此最好。"于是回到郊外，就遣黄魔、大翳二天将到女子国去。文命并教他们如何措辞之法，二将答应，凌空而去。这里丈夫国人感激文命等之厚意，送来饮食礼物，络绎不绝。

文命等静待好音，哪知左等也不来，右等也不来，过了大半日，不但文命等怀疑，连庚辰、繇余等天将也疑心起来，说道："此地到女子国，至多不过千余里，照我们飞行的速度，不消半个时辰，何以此刻还不转来呢？"伯益道："女子之性质，多疑而寡断，大约一时决定不下，所以二将只得在那里等候。"大家一听，这话亦有理，就不在

意，且再静等。

哪知等到第二日，仍不见回来。庚辰向文命请命道："某看这事必有古怪，黄魔、大翳二将绝不会如此误事的。即使女子国人一时决不定，亦不妨先回报信，何以似石沉大海呢？容某前去探访一回，何如？"文命答应，庚辰绰了大戟，凌空而去。刚到穷山相近，只见空中站着一个没有头的人，一手拿了一柄戈，一手拿了一张盾，拦住去路。庚辰心细，一想："这个妖魔绝不是好惹的，不要就是太真夫人说的什么刑天氏么？且慢和他角力。"便客客气气地问道："某与足下素不相识，并无仇怨，足下现在阻止某的去路，不知何意。"

只听见那没头的人从他颈腔里发出一种声音道："我姓夏，名耕。请问，你现在到哪里去？"庚辰道："某到女子国去。"夏耕又从颈腔发出声音问道："去做什么事？"庚辰便将原由说了。那夏耕道："我知道你们鬼鬼祟祟，有这种事，所以在此等候。你给我快回转吧，不许你到女子国去。"说着，两手将戈盾一扬，做了一个示威的样子。庚辰此时不禁恼怒起来，但是仍旧按住，再问道："某到女子国去，为她们和丈夫国作合婚配，从此之后，一个无夫而有夫，一个无妻而有妻，亦是天地间一桩美事，不识足下何以反对到如此，特地来拦阻我。"

那夏耕听到此句，似乎非常盛怒，颈腔中发出的声音愈响，说道："这种男女配偶的事情，本来都是狗屁不通的什么天帝弄出来的。当初混沌初分的时候，在天上开了一个会议，商量制造人类的标准。我们这党曾经主张，人类可以制造，但须一律平等，万不能有什么男女之分，致将来有种种之弊。哪知天帝不听，反发出一流邪说，说什么‘天地间有了男女，才有欢爱之情；欢爱之情充满于宇宙，才可以算得一个世界’。岂知弄到现在，欢爱之情变了一种愁惨之气，男子求不到女子，女子求不到男子，因此而幽忧成疾或自杀的不知有多少！男子娶了一个不如意的妻，女子嫁了一个不称意的夫，因此而反目争闹或幽忧致死的亦不知有多少！还有男子已经娶了妻，女子已经有了夫，忽然看上了一个别的男女，又去和他私通，妻之外更有妻，夫之外更有夫，因此而相妒相仇相杀的，又不知道有多少！即使不如此，有了家室就不能自由，妻恋其夫，夫恋其妻，人生多少大事业都牺牲于家室系恋之中，人生多少重负担亦都增添于家室系恋之中。所以家室之味总是先甜而后苦，夫妻之味总是先浓而后淡。假使没有男女之别，就没有了夫妻之制，一切纷扰、纠葛、苦痛统统可以解决，岂不甚妙！所怕的，就是不能生育，人类要断种绝代，如此而已。

“现在我们革命，要将以前的种种旧法一概革除，另易以我们的方法、我们的主义。生育之道，不必用男女交合，自能生育，我们已有相当的试验成绩。天上一位女神，叫作女歧氏，无夫而生九子，就是我们这个主义之能实行者。我们请女歧氏将此方法传播到下界，成立一个女子国；又苦心孤诣弄到了王孟一班人，使他们男子也能生育，成立一个丈夫国，千百年以来，成效都已昭著了。我们正想拿这个方法、主义推行到全世界去，免除人类的纠葛、纷扰、痛苦，让大家看看，是我们的这个方法和主义好，还是狗屁不通的天帝的旧主义好。现在你们倒想设法使他们配合起来，反对我们的政策，破坏我们的主义，我能饶你么？你快给我滚回去，免得讨死。”说罢，又扬起戈盾，示威了一阵。

庚辰听了一想：“他口口声声反对天帝，一定是太真夫人所说天上革命的那位魔君了。果然如此，不可轻敌，且回去再商量吧。”刚要转身，忽然想起一事，又问道：“昨日某有两个同伴经过此地，足下看见么？”夏耕道：“那两个是你的同伴么？可恶至极，一点本领都没有，反庞然自大，问他说话，一句没有回答，兜头就是一锤，举手就是一刀。这种人如此无理，早被我拿下了。你和他们既是一党，料想不是好人，快给我滚吧！”说罢，提戈作欲击之势。庚辰无法，只得退转，将刚才情形和说话统统告知文命。

文命听得黄魔、大翳二将失陷，非常担忧，说道：“那么怎样办呢？”庚辰道：“某看此事重大，只有去求夫人之一法。”狂章、童律等四将听说黄魔、大翳被擒，个个切齿愤激，齐声道：“料想他不过是个无头狂鬼，有什么本领？我们五个先去和他拼，拼不过，再求夫人不迟。”庚辰听了，仍是迟疑，说道：“并非我胆怯，因为太真夫人说过，天帝打平他们尚非易易，何况我们？所以我看总以慎重为是。”

哪知众人正在说时，陡见一个无头而手操戈盾的人已立于面前，颈腔中发出大声道：“哪个敢骂我无头狂鬼？真真可恶已极！”说着，举起大盾，早把狂章、童律、繇余、乌木田四将一卷而擒之，指着庚辰道：“你这个小贼还乖觉，我不来拿你。你要求什么夫人，尽管去求，我对于狗屁不通的天帝尚且不怕，怕什么夫人娘子？”说罢，霎时不见。

文命等这时真怕极了，暗想："在此地说话他怎样会知道？而且其来无迹，其去无踪。天将六员被擒，正不知吉凶祸福。云华夫人那里到底要不要去求呢？"大家都是这般寻思，面面相觑，默默不敢出声。忽然只见东海之上有两个戎装银甲之人，各跨白龙而来。大家更是惊疑，不知他们是何来历，刚要动问，这两人已下龙来，到文命面前行礼，一面说道："此处不宜再住，请崇伯作速动身，跟某等来。"说罢，即忙旋转。文命要想问他是什么人，那两个已跨上龙背，回头连说："快跟某来！"文命等都弄得莫名其妙，但察其意不恶，只得一齐亦上龙背，跟着那两人的龙，浩浩渺渺，直向西去，其激如矢。

约有三个多时辰，到得一座大山，方才降下。那两人重复上前，向文命行礼，一面说道："此地可以倾谈了。"文命问他们姓名，原来一个是西海神，姓祝，名良；一个是西海君，姓句，名太丘。文命向他们道谢，并且问为什么到此地才可以倾谈。祝良道："那边万里之内，纯是彼党的势力范围，如有言谈，必定为他们所听见，深恐误事。到了此地，彼等耳目已不能及，所以可倾谈了。"

文命道："到底夏耕是个什么怪物，神通有如此之大？是否就是天上革命的刑天氏？"祝良道："他不是刑天氏，却是刑天氏的死党。当初天上第一次革命时，他亦是最激烈之一员，然而论到神通，还不及刑天氏，所以刑天氏是首，他还是从。"文命道："刑天氏神通还要大么？那么何以降之？某有天将六员为其所擒，不知有性命之忧否。"祝良道："此刻天帝已饬八方神祇设法兜剿，刑天氏等神通虽然广大，谅来不久即可擒获。天将六人合当受难，谅无性命之忧，崇伯可以放心。”文命道：“某因偶尔好事，要想将丈夫、女子两国配合，以致触彼党之怒，肇此大祸，现在想起来，悔无及了。”句太丘笑道：“这亦非崇伯之故，彼党蓄谋已久，即使没有崇伯此事，亦必另外借端爆发，所差者不过时日问题而已，崇伯何必介意呢？”文命方要再问别事，祝良、句太丘已一齐告辞道：“此刻八方神祇正在那里会剿他们，某等应当前去效力，未能久陪，少刻来报捷音，再见吧。”说着，各上白龙，奋迅而去。

文命等这时惦念着六员天将，个个闷闷不乐，然而亦无可如何。鸿濛氏道：“此地未知何地，此山未知何名。可惜刚才没有问他们，我们且到山上去望望吧。”文命道是。但是山势甚高，徒步万万不能，于是大家乘上龙背，径登山顶。向西一望，只见山后山势嵯峨，两峰矗立，上合下分，仿佛一座极大之门，里面深杳，不知何地。这时日已平西，阳光闪烁，不可逼视。回望东方，则茫茫大海，一碧万里。文命等身体虽在游玩，那心思却仍记念着六将，所以徘徊良久，都默默无语。隔了多时，再向西望，只见太阳已逼近那两峰之间，渐渐竟从天门之中沉了下去，顿觉天色昏暮。大家才悟到这就是日月所入的天门，此地已是极西之地了，于是就在山顶上胡乱度了一宵。

到了次日，只见山上远处仿佛有一个人卧在那里，这是昨日所无的。大家觉得稀奇，一齐过去看视，原来是受伤而死的人，两臂都已砍去；两脚倒转，碰着他的头，情状甚惨，而且受伤身死的时间似乎相离不远。正不知从何处来的，正在研究，忽见句太丘又乘龙而至，向文命说道：“且喜大憝已经就擒，余党肃清在即，目前崇伯可以到那里去观看了。”文命忙问道：“黄魔等六将怎样？”句太丘道：“都已救出，并未受伤，此刻都在云华夫人那里效力呢。”众人听了，皆大欢喜。

伯益指着那无臂之尸问句太丘道：“这是何人？从何处来的？昨日某等并未看见有此尸。”句太丘细细一看，说道：“他名字叫嘘，亦是刑天氏的死党，昨日大战时与太极真人安度明对手，抵敌不住，向西而逃，太极真人挥起两柄飞刀，将他两臂砍去，想来他逃到此地，痛极坠下，足骨跌折而死的。”文命等一面预备上龙，一面问句太丘道：“此山何名？”句太丘道：“名叫日月山，日月都从此山后的天门中进去，所以有此名称，是极西之地，天地之枢纽也。”

当下文命等的龙跟着句太丘的龙从空中联翩东去，但见各处彩云缭绕，异香馥郁，原来都是八方的神祇奏凯而归。庚辰大半认识，一一指点与文命。文命有些知道，有些不知道。约有两个时辰，远望一座山上瑞气缤纷，幢葆环簇，人聚如蚁，不知是何地方。忽见句太丘的龙已向山麓降下，文命等的龙亦即降下，早有黄魔、大翳等六将前来迎接。大家见了，不胜欣喜。

文命正要慰劳他们，陡见句太丘领了一个女子前来行礼，说道：“这是某的妻子灵素简。”文命慌忙还礼，便问道：“尊夫人亦来参战么？”句太丘道：“不是，某妻懦弱无能，不能打仗，不过昨日大战时，西王母、云华夫人、九天玄女、月中五帝夫人暨仙女到的不少，某妻应该前来伺候，所以在此。”文命道：“西王母、云华夫人等都在上面么？”灵素简道：“西王母和九天玄女早去了，月中五帝夫人刚才去的，只有云华夫人尚在上面。”

文命听说西王母已去，不胜怅怅，暗想：“去年陛辞的时候，圣天子叫我见到西王母务必代谢，如今失之交臂，岂不可惜！”后来一想，“我将来专诚到昆仑山去一次吧。”当下就向句太丘道：“那么某去叩见云华夫人。”句太丘道：“好极好极。”于是文命吩咐伯益等且在下面等候，自己带了天地十四将，跟了句太丘夫妇，肃整衣冠，徐徐上山。

刚到半山，只见又是一阵一阵的彩云向空中飞行而去。灵素简道：“八方神祇差不多要散完了，我们快走。”大家依言，急急上山，山势忽然展开，只见一片平阳，东西南北四面围绕着四座高峰，而西面之峰尤其高峻兀突。云华夫人同了许多仙女齐在东面高峰之下。近北面的地方，有大铁索两条，锁着两个没头的人，一个拿戈盾的，认得他就是夏耕；还有一个一手执干，一手执戚，以乳为目，以脐为口，想来就是刑天氏了，看那形状，真是怕人！再过四丈之地，又躺着一个死尸，仿佛是女子，不知何人。文命一面看，一面走，渐渐到云华夫人等所在之地。

云华夫人等一齐起身迎接，说道：“崇伯好多时不见，治水真辛苦了，好在大功指日圆满，请坐请坐。”文命谦逊一回，随即坐下，但是看见许多仙女都不认识。云华夫人一一介绍道：“这位是玉女李庆孙，这位是西方白素玉女，这位是紫虚玄君王华存夫人……”云华夫人挨次指去，文命亦记不了许多，只能一一与之鞠躬为礼。

云华夫人道：“昨日之会，才算大会，仔细想来，帮助的人总在一千以上。如今男的陆续去完了，女的也去了不少，便是家母和家姊、舍妹等亦都有事去了，只有这几位还伴着我。我本来亦要去，因为这两个俘虏未曾安插好，现在正请西海神祝君上奏天庭，请示天帝如何发落。论理，这种俘虏应该献到天上去，因为他们本来是天的魔神，在天上不安分，要革命，所以贬落在尘世，不许他们再到天上，以免污浊紫微，冲犯帝座，所以不将他们送上去。现在西海君去了，尚未转来，我想这种情事亦应该使尘寰之中知道知道，因此请西海君奉邀到此观看。将来崇伯成功之后，归去编起书来，流传后世，亦是好的。”

正说时，西海神祝良已乘龙从天上归来，大家一齐站起来迎接。祝良传天帝之命道：“刑天氏、夏耕两神，既以谋逆而致首领不保，宜如何自怨自艾，敛迹改过，以赎前愆；乃在下界之中，仍复怙恶不悛，联结旧党，狡焉思逞，可谓冥顽不灵，死而不悟。照所犯情形，虽复肢解寸断，俾彼等从此不得复生，亦属罚当其罪，并非过重。但本天帝恢恢大度，何所不包？彼等既已就擒，何必更为已甚？查彼等肇事之地既在西方，自应请西方金母并云华夫人等就近管束，使彼等以后不能再为祸乱，即可使乾坤永远宁静。至于彼等逆党，前次诛戮固已不少，此次亦斩刈多人，但使以后果能革面洗心，则死者可以听其复生，刑者亦可以听其复续，不追既往，咸与维新。苍天之仁，如此而已。”

祝良将天帝大意述毕，云华夫人道：“既然如此，这两个魔神就归我带去。”说罢，和文命作别，道声再见，随即升上香车，早有侍卫将刑天氏、夏耕二魔押在车后，预备同行。其余玉女李庆孙、西方白素玉女、王华存夫人、东海君夫人等亦一齐上车，纷纷四散而去。

后来到了夏朝末年，成汤放桀的时候，那夏耕之尸曾出现于巫山，但并不为患。隔了四千余年，清朝乾隆时候，满洲人诚谋英勇公阿桂攻打西藏、青海之时，在山中打猎，射中一鹿，先已有一箭射中在那里，不知何人所射。正在诧异，忽然有个没有头的人，以乳为目，以脐为口，两手执着弓矢，飞奔而来，两手乱指，腹中呦呦作声，不解何语。揣度他的意思，仿佛说这只鹿他亦射中一箭，应该平分的意思。阿桂就将鹿平分了，那没头人背了半只，欣然而去。照这段故事看来，这个没头人是否夏禹当日所见的刑天氏，或者是刑天氏的子孙，不得而知，想来总是一类罢了。清朝乾隆年间去今不远，书册所载，凿凿可据，可见这种怪异之物的确有的，上古时书籍不尽是荒唐神话了，闲话不提。

且说云华夫人既去之后，祝良、句太丘领了文命游览各处，详述昨日的战斗状况，又指地下躺着的女尸说道："这女子姓黄名姖，亦是刑天氏的党羽，被九天玄女打死的。"文命道："此处何地？此山何名？"句太丘道："此处已在太荒之中，此山总名鏖鏊巨山，亦是日月所入必经之地。东面高峰叫巫山，与云华夫人所居的山同名。北面高峰名叫𨰸山。南面高峰名叫金门之山，因为山中有门，纯含金质，所以亦叫积金之山。西面最高峰中，就是鏖鏊巨山的主峰了。此山一切风景，的确是仙家胜地，可惜刑天氏等占据了之后，不能利用它。"

这时伯益等久候文命不至，亦都到山顶上来了，看见一只异兽，两端各生一个头，祝良道："这个名叫屏蓬，最是无用之物，行路都很艰难。因为世界上各种动物都只有一个元首，方才能够意志统一。即使有不只生一个头的，亦都生在一处，那么可以交相利用。现在这屏蓬兽生了两个头，而又各在一端，意志处处反对。走起路来，一个头想走这边，一个头想走那边，扯来扯去，扯了半日，依旧移不到尺寸之地。遇到食物，离这个头近，离那个头远，于是乎这个头有得吃，那个头没得吃，常在那里自相争斗。”文命听了，叹口气道：“事权不一，心志不齐，一身之中尚难相安，何况其他？世界上竟有主张多头政治之人，吾见其治日之少而乱日之多矣！”

第一百三十四回

禹配合二国失败·禹到淑士国·禹凿方山

且说文命看见屏蓬兽之后，正在大发感慨，那祝良又说道：“此山奇异鸟兽还有两种。”说着，撮口作声，只见一只异鸟，白身、青翼、黄尾、玄喙，飞到面前。祝良用手将它一分，顿时变为两只，每只一目、一翼、一足，在地上跳来跳去，而不能飞翔。跳到后来，两身并拢，立刻振翼飞去。

文命道：“某记得从前在崇吾之山治水，见过此鸟，原来此地也有。”祝良道：“不是，崇吾之山那鸟名叫蛮蛮，见则天下大水，是个不祥之物。此鸟名叫比翼鸟，又叫鹣鹣，是个瑞禽，形状大不相同。古时帝王举行封禅之礼，夸美它的盛德，总说‘西海致比翼之鸟’，就是此物。两夫妻谐好，亦有拿此物来做比拟的。假使是崇吾山的蛮蛮，那是在西山而不在西海了。”

正说时，忽见一只大狗，其红如火，摇头摆尾的从鏊山上跑下来，到那黄姖之尸上各处嗅了一遍，倏地又向他处跑去。祝良道：“这兽名叫天犬，它所到的地方，必有兵革之事。昨日在此地大战，今日它跑来，亦是应兆了。”

大家又谈了一回，文命要想动身，便问句太丘道：“此地离丈夫国有多少路？应该从哪一面去？”句太丘道：“从东南方去，约有千里之遥。”祝良道：“某闻崇伯已经到过丈夫国了，何以还要问它？”文命道：“某曾经允许丈夫国人与女子国之人合并结婚，为之作合，不料因此惹起刑天氏和夏耕之魔难。如今魔难已平，打算重到二国，了此媒妁之事。”

祝良笑道：“崇伯此举，亦是美意，不过依某的愚见，大可以不必。一则，天地间缺陷之事甚多，岂能件件使它美满？二则，女子、丈夫二国之人经夏耕、刑天氏矫揉造作，使他们自能生育以来，亦可以维持到几千年，不忧种类的灭绝。天地之大，何所不有？使他们存在那里，以备一种传代的格式，亦是好的，何必普天之下都使他们一律呢？三则，女子、丈夫二国之人多少年来既然已另有生育之法，则原有的生殖系统和器官当然久已失其能力和效用，即使勉强给他们配合起来，劳而无功，亦复何味？所以某看起来，不如中止吧。”文命道：“尊神之言极是，第三层尤有理由。不过某前已经允许了他们，且受过他们厚渥的供给，万万不能自食其言，只可知其不可而为之了。”当下与祝良、句太丘告别，祝良等自回西海而去。文命率领众人跨上龙背，径到丈夫国，降在地上，天色已晚，就在原处住宿。

到得次日天明，早有许多丈夫国人前来探望。一见之后，就问文命所允之事如何了。文命将夏耕、刑天氏二魔之事说了一遍，并且说道：“某此刻正要派人去呢。”那丈夫国人听了文命这一番神话，非常怀疑，都说道：“原来还没有去说过，前几日我们供给诸位好许多物件，诸位忽然不别而行，我们以为诸位全体去替我们办这件事了，不料两三日来竟还没有去过！”说到这里，有几个站在后面的人低声说道：“照这个情形看来，我们恐怕遇着骗子呢。本来我们祖上传下来的古语，说中华祖国骗子甚多，骗的方法无奇不有，我们须要谨防。”这几句话给文命听见了，真苦得有口难分辩，只得连连说道：“某等此番转来，正是为诸位之事，某岂敢失信欺骗诸位呢！我此刻立即派人前去。”说罢，仍旧叫黄魔、大翳二将前往，并限他们早去早归。

二将领命，凌空而去，不一时，到了女子国，刚刚又遇到前番所见的那几个女子。二将上前施礼，正要开口，那几个女子本来在那里说说笑笑的，一见黄魔等，立刻将脸沉下，仿佛罩着重霜一般，也不还礼，个个将身躯旋转。二将讨了一个没趣，待要开口，也开不来了。不得已，再上前行礼，告罪，刚说得“我们这番”四个字，那几个女子一齐拔脚便跑，一面口中嚷道：“这种无情无义的人，睬他做什么！”二将又讨了个没趣，只得商议。黄魔道：“这几个女子，想来就是上次要留住我们的，我们不肯留，她们恨极了，所以如此。女子国之大，除去这几个之外，想来还有女子，我们再去另寻几个来谈吧。”大翳也以为然。哪知一路行去，所有女子没有一个肯理睬的。二将无可如何，只得归来复命。那时丈夫国的人还有好些等着呢，一见二将，便问事情怎样了。二将摇摇头，将以上情形略述一遍。文命听了，亦无法可想。

哪知丈夫国人到此竟耐不住了，有些冷笑道：“这个明系骗局，理他做甚！”有些人道：“几千里之远，不到半日就能往返，世界上哪有此事？我们上他的当了。这种外国骗徒，到此地来施行他的狡计，若不驱逐他出境，后患无穷。”说着，个个拔出剑来，要想用武。文命等这时无可分辩，只得连声认错，并答应立刻动身。那些人气愤愤地直看到文命等跨龙而行，方才慢慢散去。后来丈夫国人不再见于记载，是否因为生产不便，失天地之正，因此渐渐绝种，或者迁徙别处与他族混合，不得而知。至于女子国，直到南北朝还是存在，中国人曾经到过那里，所以《南史》上面尚有它的记载，亦可见它立国之长久了，闲话不提。

且说文命等跨上龙背，径向西北而行，一路上个个丧气。伯益笑道：“这个真叫‘天下本无事，庸人自扰之’了。”文命叹道：“世间之事，为好翻成怨，大都如此。局外人不谅局中人不得已的苦衷，亦大都如此。吾尽吾心，求其所安而已。”正说时，只见下面已是一座大山，自东向西，横约千里，而广不过百里。文命等降下一看，只见各处都是松树，葱葱郁郁，弥望不尽。各处周历一转，不见居民，大家都觉诧异。

到了次日，再向西北进，到了一国，只见这里来往人民个个都含秀气，而且言动有礼，衣冠颇像中华。文命看得稀奇，遇到一个少年，文命便过去招呼，问他国名。那少年很谦和的答道：“敝国名叫淑士，请问诸位从何处来？贵国何地？”文命答道：“某等从中华来，是中华人。”那少年听到“中华”二字，更恭敬地向大众施礼道：“原来是中华大贤，失敬失敬。敝国君亦出自中华，现在某等所受之教化政治，都是取法于中华的。某等间接能够受到中华的德泽，真是感激不尽。”

文命听他说君主是中华人，便问他道：“贵君主何姓？”那少年道：“姓高阳氏。”文命一想：“高阳氏莫非就是颛顼帝的子孙？果然如此，是与我同宗了。当初颛顼帝的儿子很多，后来有许多不知流落何地，现在此国君主不要是颛顼帝的子孙吧？”想罢，便问那少年道：“贵国京城在何处？离此有多少远？某等想见见贵君主，可以么？”那少年道：“敝国京城离此地很远，不过诸位要见敝国君却亦容易，因为敝国君这几日内就要巡守到此，已见命令了。诸位如能小住几日，就可以相见。”说完，又问文命道，“诸位远来，寓居何处？寒舍即在左近，不嫌简亵，请赏光惠临，何如？”

文命要想考察他们的一切，亦不推辞，便吩咐天地十四将及真窥等在原处守候，自己就和伯益随着那少年到他家里来。只见房屋并不宽大，而陈设极其精雅，书籍之外，乐器尤多。当中一块匾额大书“成人室”三字，旁边悬着一副对联，叫：

高山流水得天趣　六律八音思古人

文命看了，知道这国的人大约是偏重音乐的。

坐定之后，就问那少年道：“贵国教育重音乐么？”那少年道：“是，敝国君教育的宗旨，以为礼乐二事都是做人极重要的事，但是乐比礼还要重要。因为礼是呆的，乐是活的；礼是机械的，乐是天趣的。一个人不习礼，固然不能自立，但专习礼而不用乐去调和它，不但渣滓不能消融，就是连性情亦不能涵养，流弊甚大。所以敝国君教育之法，于礼之外，尤注意于乐。以为礼明之后，不过如一种陶器仅具模型而已。加之以光泽，施之以文采，使之美观，非乐不可。故当初敝国先君立国之初，即定国名为‘淑士’二字。推十合一谓之士，要使某等人民个个读书，明于古今，无论为商贾，为农工，都不愧为士人；淑字的意思，就是礼陶乐淑的意思。一国之人，个个不愧为士，而又个个能淑，这是敝先君所期望的。”

文命道：“贵国的乐歌一切，都是贵国君制造了颁布民间的么？”那少年道：“是的，当初敝先君从中华带来一种音乐，叫《承云》之乐，听说当日中华天子叫什么飞龙氏，会《八风》之音，为《圭水》之曲，以召气而生物，适值遇到地不爱宝，水中浮出许多金子来。那金子如萍藻一般的轻，拿来铸成一钟。用羽毛一拂，那声音就达到百里之遥，取名叫浮金之钟。又拿那浮金做成一磬，不加磨琢，天然可用，取名叫沉明之磬。拿这两项钟磬作成了《五基》《六英》之乐。所以敝国所教的音乐都以此为根本，可谓尽善尽美了。”

文命听到这番话，知道这个君主一定是颛顼帝之后了，便又问道：“贵国君近日到此地来何事？”那少年道：“敝国君宵旰勤民，不遑暇逸，时常到各处巡守省方，问民疾苦。前月早有官长晓谕，说君主就要来临幸，所以知道，并非有特别之事。”

正说到此，只见外面走进几个人来，匆匆向少年说道：“君主大驾已到，我们应去迎接了。”那少年连声应道：“是是。”起身向文命道歉道：“某本应奉陪，奈敝君主已到，礼须往迎，改日奉教吧。”文命、伯益亦站起来，谢过了骚扰，一同出门。那少年和各人匆匆而去。

文命向伯益道：“我们无事，亦过去看看吧。”遂和伯益缓步而行，只见街上百姓纷纷向前，文命等亦跟踪而进。须臾，到得一片广场之上，只听得万众欢呼“君主万岁”，那种热烈的情形都是出于至诚，并无一毫之勉强。接着，里面振铎一声，大众顿然默默，一声不响，不知何故。

隔了好一会，忽然众人纷纷移动，中间让出一条路来，只见刚才那个少年匆匆走出，举头见了文命、伯益二人，不禁大喜，就向文命说道：“某刚才已将二位到此之事奏明敝君主，敝君主立刻就要来奉访，叫某出来先容。不想二位恰在此地，真是巧极了，务请稍待，容某再去奏知。”说罢，又匆匆从人丛中钻了进去。这时万众睽睽，都瞩眼于文命二人。

不多时，众人又复移动，当中让出一条路径，只见那少年侧身前行，后面跟着一个衣冠整肃、气宇轩昂的人，徐徐过来。那少年先抢前数步，向文命道：“敝君主奉访。”又回身鞠躬，奏知那君主道：“这二位就是中华大贤。”那君主一听，就过来行礼，说道：“未知大贤莅止，有失迎迓，甚歉甚歉。请到敝庐中坐坐吧，此地立谈不便。”文命、伯益一面还礼，一面细看那国君，年约五旬左右，衣冠朴素，既无车舆，又少扈从，若非那少年指明，在稠人之中哪里辨得出他是个君主！窃叹其道德之高。遂谦谢道：“观光贵国，极愿晋谒，乃蒙先施，何以克当。”当下谦逊了一回，即跟了那国君向左而行，众百姓尽散，那少年亦自去了。

文命等走不到几百步，只见路旁有三间向南的平屋，简陋之至，当中开着正门，门外站着两个赳赳武士，看见国君走到，一齐举手致敬。那国君就让文命等进去，说道：“这是某的行馆，请小坐，可以请教。”

文命等再三谦谢，然后入内，分宾主坐下。那国君先说道：“某本是中华人，自从先祖流寓于此，已经三世了。回首故乡，不胜眷念。闻说二位从中华来，某如归故乡，倍切欢迎，一切都要请教。敢问现在中华圣天子是哪一位？国中太平么？二位大贤到敝地来，有何贵干？”

文命等详详细细的告诉了他一番。那国君听了，重复起身行礼道：“原来是二位天使，辱临小国，简慢之至，罪甚罪甚！”后来又谈到文命的履历世系，原来同是一家，文命是颛顼帝之孙；那国君是颛顼帝的玄孙，比文命辈行为小，是在从孙之列。那国君尤其大喜。

文命便问他开国情形。那国君道：“先曾祖老童自颛顼帝崩逝之后，即浪游西方，生子多人，又复散居各地。先曾祖后来居于騩山，成为神仙。先祖又到处远游，偶然游到此地，觉得民风美茂，就用中华的礼乐去教导他们，颇蒙国人之推戴，遂做了此地之君主。百年以来，礼陶乐淑，颇有成效。传到某已经三代，某谨守成法，尚无陨越，这是差堪告慰的。”

伯益道：“用中华礼乐改变外邦固是可喜，但贵国君究系中华人，桑梓之邦岂可忘却？况现在圣天子功德震古烁今，贵国君何不入朝修礼，兼省颛顼帝庐墓呢？”那国君道：“何尝不想入朝？无奈路程遥远，约计往返恐非四五年不办。前数年，某曾遣人乘船探测路程，据所报告，仅仅前面一座方山，绕过去，遇着顺风已需半年；倘遇逆风，更难预期。绕过方山之后，到中华还有多少路，需行几日，更难预算，因此作罢了。请问二位到此走了几年？坐的是什么船？”伯益一一的说了。那国君不胜骇异，益发钦佩。

文命道："贵国对于中华固然交通不便，但是对于邻邦亦通聘问么？"那国君道："对于邻邦都相往来，有两处亦是本家，往来尤熟。"文命便问是哪两处。那国君道："一处在敝国西南，上有三山，一名芒山，一名桂山，一名榣[1]山。榣山上所居住的就是先曾祖老童的次孙，名叫长琴。先曾祖老童本来是精于音乐的，发音常如钟声，所以这位渊源家学，亦精于音乐，尤长于琴，所以取名叫长琴。敝处最重音乐，有时前往请教，颇得其益。一处在敝国正西，名叫大荒之山，居住在上面的是先曾祖老童之子，此人已经得道，变更了他本来的状貌，三面一臂，怪不可言。"

伯益一听，便问道："三面一臂，那两面是如何生的呢？少去的是哪一臂呢？"那国君道："少去的是左臂，三面的位置成三角形，所以见了他，任在哪一方都可以和他谈话。"文命道："离此地有多远？"那国君道："并不甚远。"这时天色已不早，那国君就殷勤的将文命等留下住宿，又遣人去招呼真窥等，加以款待。

等到晚间，国君有事他去，伯益向文命道："某看前面那座方山既无人居，又阻塞海道，何妨将中央直辟一条海路，便于西东往来之船，岂不甚妙！"文命道："我刚才亦如此想，此番到海外来，各国差不多走遍了，对于治水工作一点未做，如能将此山凿开，使西方各国由海道到中国的减省不少路程，亦是一种成绩，留个纪念，岂不甚妙！"当下二人议定了，到了次日，就和那国君说知。国君听了，赞成之至，

1. 榣：音yáo。

益加佩服。

文命就率领大众乘龙再到方山，拿出伏羲氏所赐的玉尺测准了高低，勘定了路线，工作之人除由淑士国选派多人外，又叫了祝良、句太丘来，和他们商议，请他们派了龙宫精锐之士，无论虾兵蟹将，凡有能胜工作的，都来帮助。一面由天地十四将指挥合作，务须于最短期间使其成功。自此之后，方山之上丁丁啄啄之声响彻云霄，日夜不绝。文命与伯益等则乘龙来往于淑士国与方山之间，指督一切。

闲暇的时候，又和伯益等到榣山去访长琴。伯益与长琴叙起来是同堂兄弟，那长琴对文命、伯益亦非常亲热。文命见他室中四壁都挂着乐器，长长短短的琴尤其多。文命本来是闻乐不听的人，在此无事，又兼为联络亲谊起见，就请长琴弹奏一阕。长琴亦欣然答应，取了琴，盘着膝，安弦操缦，慢慢地弹起来。

倏见有五彩之鸟三只飞翔集于庭中，伯益认识一只是凰鸟，一只是鸾鸟，一只是凤鸟。弹到后来，那三鸟亦展翅而舞，引吭高鸣，与琴声如相应和。长琴曲终，那三鸟亦停止鸣舞。文命等看了不胜稀奇，当下齐劝长琴回归中华。长琴仰天笑道："二位是建功立业之人，某是世外之人，久已无志于富贵。一归故乡，不但尘俗之气不可耐，而且难免于富贵逼人，那时再逃避，真是何苦！还不如在此空山之中较为清净。"文命等听了，深叹其高尚。后来又谈了一回，文命等告辞，长琴直送到海边。

路上遇到一只异兽，其状如兔，又如猿，自胸以下颜色纯青，不能见其裸露之处。伯益便问此兽之名，长琴道："此山异兽甚多，某也

乘黄

白民之國有獸
曰乘黄
背上有角
乘之壽二千歲

乘黄

……

白民之国在龙鱼北，白身被发。

有乘黄，其状如狐，其背上有角，乘之寿二千岁。

——《山海经 · 海外西经》

……

不能尽识，不知道叫什么名字。”

过了两日，文命和伯益又到大荒山去访求宗族，果然遇到一个三面一臂之人，三面都能言语。文命和伯益立在两面和他谈话，他两面同时对付，从容不迫，还剩着一面仍是空闲。文命问他变形的原故，他说：“我感到人生的应事接物非常困难，顾了这面，往往顾不到那面；顾了前头，往往顾不到后头。所以我添出两面，那么面面顾到，可以不致疏忽了。还有一层，人生在世，最不好的是妄做妄取。我去了一臂，使一切动作非常不便，那么自然不至于妄做妄取了。”文命听他的话都是愤时嫉俗之谈，也不和他多说。后来又问了他几句，才知道他工于吐纳导引之术，已可以长生不死，料他隐居遁世，绝不愿再回中华，所以亦不劝他。

一日，文命和伯益又游到一处，只见一座大山，山的石缝中处处露出一种黑的丹药，不知何用。山的南面一片平阳，树木甚多。中间有一大池，周约数十丈，池的四周砌以条石，工程伟大，显见是人工所成，但是环山细寻，不见一个人迹，唯见异鸟翔集，有青的，有黄的，内中最怪者是一只五色之鸟，人面而有发，可怕之至。

文命回到淑士国，将此山情形与淑士国君谈及，国君道：“这山名玄丹之山，青鸟名叫青鸾[1]，黄鸟名叫黄鷔[2]，那五色人面之鸟不知其名。从前先祖初到之时，带了几个知己的朋友同来，有一个姓孟名翼的，

1. 鸾：音wén。

2. 鷔：音 áo。

才略很好，辅佐先祖成立淑士国。后来又乘船往各处游览，曾经到过这个玄丹山，看到那地方有山林，有平原，地势甚好，所欠缺的就是淡水，于是和先祖商量，派遣人夫到那边去凿一大池，以备将来殖民之用，取名叫颛顼池。因为这孟翼亦是颛顼帝的臣民，虽在海外，不忘旧君，所以将池取这个名字。后来大家叫起来，又添了几个字，叫作'孟翼之攻颛顼之池'。池凿成之后，移过去的百姓亦不少。一日先祖往访三面一臂的那个本家，和他谈起这件事，他很不赞成。他说这个地方虽好，但是有青鸾、黄鹜等，都是不祥之鸟，其所集者其国亡，劝先祖不要去住。先祖拿这话告诉孟翼，孟翼绝对不信，说道：'国之兴亡，在政治，在道德，在教化，与鸟何干？迷信之谈，不必听它。'先祖拗他不过，只得听他前去经营。哪知隔不多时，疾疫大作，死者不少，孟翼也一病不起。大家怕起来，想起不祥鸟的话，赶快一齐搬回，所以成为空地了。"

文命听了，方始恍然。过了几日，方山凿通，船只往来路程可以省三分之二。后人因为两山夹峙，中如门户，所以叫它门户山。

第一百三十五回

禹到三身国·禹到奇肱国试飞车·禹到一臂国·青鸟使迎禹·槐山遇老童

且说文命自从凿通方山之后，就与淑士国君告辞，乘龙更向西北而行。一日到了三身国，其人民一首三身，举动异常不便，言语亦不可了解，遂不多留，再往西行。

远处空中又看见那似鸟非鸟的车子，伯益道："这个东西非常可怪，究不知是什么东西，我们跟过去，看它一个下落吧。"大家赞成。郭支口中发出号令，两条龙就掉转方向，径跟那飞车而行。走不多时，那飞车渐渐降落，两龙亦跟了降落。文命等一看，原来是个繁盛之地，庐舍廛市弥望相接。那时飞车已降在地上，仿佛旁边还有无数飞车停在那里。

文命等之龙太长大，降不下来，只能再转向海滨空旷之地，然后降下。刚下龙背，陡听得机声轧轧，又有两座飞车凌空分道而去，接连又是一座翱翔而来。文命等无不诧异，就叫郭支等守住行李，独与伯益、黄魔、鸿濛氏、之交五人缓步入其国境。沿途所见人民，都只有一只手，而眼睛却有三只，一只在上，两只在下，成品字形。又遇到几个同样之人，各骑着一匹浑身雪白而朱鬣、目若黄金的文马。伯益认识，就指给文命看道："这个就是从前在犬封国看见的骑了之后可以活到千岁的吉量马，难道此地之人都是长寿不死的么？"

正说时，只听得路旁树林之内劈拍一声大响，按着又听见兽嗥之声，大家吓了一跳，仔细一看，陡见两个猎户从外面奔进林内去，原来已捉到好几只野兽了。文命等跟进去一看，只见里面设着一种机关，有三只野兽关住在内，亦不知是何名字。

那两猎户将三兽一个一个捉出捆缚，依旧将机关张开，然后将野兽扛之而行，自始至终，两个人只有两只手，但毫不觉其吃力费事。文命等看得稀奇，就上去问他们道："请问贵国何名？"那猎户道："叫奇肱国。诸位远方人，要探听敝国情形么？某等苦不得闲，从此地过去几十步，有一间朝南旧屋，屋中有一个折臂的老者，他闲着无事，而且到过的外国不少，请诸位去问他吧。"说着，竟抬兽而去。

文命等依他的话，走到一间旧屋，果见一老者坐在里面，看见文命等走到，先站起来问道："诸位是中华人么？难得到此，请进来坐坐。"文命等入内与之施礼。那老者道："老夫病废，不能还礼，请见谅，请见谅。"文命等坐下之后，就问那老者道："老先生曾经到过中华么？何以知道某等是中华人？"那老者道："老夫久仰中华是个文化礼义之邦，但是无福，却不曾到过。前几年在别个国里遇着中华人不少，现在看见诸位服式相同，所以知道是中华人。不知诸位到此是做何种买卖，还是为游历而来。"

文命道："都不是，都不是。"因将看见飞车、特来探访的来意说明。那老者听了诧异道："敝国飞车每个时辰走四百里，诸位乘的是什么船？竟能追踪而至，亦可谓极快了。”文命道：“某等坐的不是船，是龙，所以能追得上。”那老者听了，益发诧异道：“龙可以骑么？究竟是中华天朝，有这种能力，敝国飞车算得什么呢！”文命道：“敝国骑龙不过偶尔之事，并非人人能骑。贵国飞车乃人人所用，且系人力所造，所以某等极愿研究。”那老者道：“既然如此，待老夫指引诸位去参观吧。”说着，站起身来，往外先行，文命等跟在后面。

走约一里之遥，只见一片广场之中停着飞车不少，这时正有二人向车中坐进去，忽然用手指一扳，只听得机声轧轧，车身已渐渐上升；升到约七八丈之高，改作平行，直向前方而行，非常之稳。那老者邀文命等走到车旁，文命细看那车的制造，都用柴荆柳棘所编成，里外四周都是轮齿，大大小小，不计其数。每车上仅可容二人，所以方广不到一丈。座位之前又插着一根长木，那老者指点道：“这飞车虽则自能升降行动，但如得风力，其速率更大，这根长木就是预备挂帆布的。”又指着车内一个机关说道，“这是主上升的，要升上去，便扳着这个机关。”又指着一个道，“这是主下降的，要降下来，便扳着这个机关。”又指着两个道，“这是主前进的，这是主后退的。”又指着车前突出的一块圆木板说道，“这是主转向的，譬如船中之舵一样。”文命等且听且看，虽莫名其奥妙之所在，但暗暗佩服他们创造之精。

正说时，又听得机声轧轧，仰天一看，只见又是一座飞车从空降到广场之上，车中走出两个人来，向他方而去。文命又问那老者道：“这种飞车是贵国政府所有的呢，还是人民所有的呢？”那老者道：“敝国上等之家都自备飞车；中下等人家无力备车者，可到此地来雇用，所以这种都是商家营业之物，每日来雇用的颇不少。”

文命道：“贵国飞车是在国内用的呢，还是到外国去才用呢？”那老者道：“在本国亦用，因为敝国人为天所限，只有一臂，做起事来万万不能如他国人之灵便，所以不能不爱惜光阴。来往较远之地，乘坐飞车可以节省时间，并非为贪安逸之故。”文命道：“贵国人到外国去，究竟何事？”那老者道：“大概多为经商。敝国所制之物非常灵巧，外国人极为欢迎，所以常常获利，敝国人所恃以立国者唯此而已。”文命道：“贵国人虽只有一臂，而眼睛却有三只，比别国为多，想来总有特别用处。”那老者道：“敝国人三眼分为阴阳，在上的是阴，在下的是阳。阳眼用于日间，阴眼用于夜间，所以敝国人夜间亦能工作，无需用火，这是敝国人的长处。”

那老者一面说，一面走，领了文命等仍到他的家中。文命道：“老先生游历外邦甚多，不知道到过几国。”那老者笑道：“老夫从二十几岁坐飞车出门，游历外国，到此刻足足有四十多年。所到过的，近者如长肱、轩辕、女子、丈夫，远者如裸民、贯胸、厌火、歧舌，最远者如跂踵、聂耳、犬封、深目，足足有几十国，偏偏没有到过中华，这是生平所引为深恨的。上次又乘飞车远行。刚出国境，不料空中似有神仙在那里战斗，被龙风一刮，顿然坠下，幸喜落在地上，不曾堕入海中，然而一臂已经折断，从此一切需人，再想远游是不能的了。”

伯益道：“犬封、深目等国远在极北，而且苦寒，老先生到那边去做什么？”那老者道：“从前听人传说，犬封之国有一种良马，名叫鸡斯之乘，骑了之后寿可千岁，不过甚难捉获。敝国人民听了，非常欣羡。商贾经业本来是敝国人的生计，用机械猎取禽兽亦是敝国人的特长，所以就议定，派十辆飞车，备了货物，带了机械，寻到那边，居然被某等捉到二牝一牡，这就是某到犬封国的原因了。”

伯益道：“这马骑了果能寿长千岁么？”那老者道：“敝国捉到这马不过二十多年，究竟如何，且看异日，此刻殊无把握。”文命道：“老先生游历既多，就近之地必多到过，请问贵国之西还有几国？”那老者道：“西面都是神人所居，无可贸易和游历之地。距此西面约一千余里，名叫西海渚，那个神人人面鸟身，珥二青蛇，践两赤蛇，据说名叫弇兹。距此西南数百里，有一片平野，名叫栗广之野，有十个神人，横道而处，名叫女娲之肠。据说是中华上古一位圣君女娲氏的肠所化，未知确否。又距此地西北一千余里，有个神人，名叫石夷，据说是司日月之长短的。那面有一只五彩有冠之鸟，名叫狂鸟，此外无可观览，请诸位不必去吧。”文命道：“贵国北边呢？”那老者道：“敝国北面是一臂国。再往东北，纯是西海。西海之北，不周山、天山、钟山、三危山自东而西，连绵不断。”

正说到此，外面有几个人进来，说有要事和老者商量，文命等只得告辞出来。时候尚早，又到各处游览，只见各处捕捉禽兽的机械甚多，多是百发百中，巧妙无比。又见有一种异鸟，两头赤而黄色在其旁，不知何名。当下回到海滨，住宿一夜，空中飞车声时有所闻，想来他们能用阴眼，不怕天黑之故。

次日晨起，文命和伯益商议道：“据老者说，西方都是神人所居，无可游览，此话谅必可信，我们向北走吧。”伯益道：“是。”于是大众径向北行。不多时，到了一臂国，只见那人民生得怪极，不但手臂只有一只，连眼睛也只有一只，鼻孔也只有一个，下面亦只有一只脚，仿佛一个人直劈作两半一般，所以平常不能行路，只能一脚趯趯的跳，必须两人联合起来才能好好的走。大家都看得稀奇，说道："这也是鹣鹣、蛮蛮之类了。"

后来又看见一匹黄马，满身虎纹，只有一目，前蹄亦只有一只，行路甚为艰难。伯益道："想来此地风土偏而不全，所以人物都有这种现象，正是天地间缺陷甚多，无可补救的。"

过了一臂国，果然是茫茫大海，虽有岛屿，人迹甚稀。两日之后，才见一座大山阻在前面。降下一看，风景甚熟，原来已是不周山。文命道："既然到得此间，我们绕四海一周已经差不多了。当初陛辞的时候，天子曾吩咐我亲见西王母致谢。如今西去就是西主母所居，我想去见西王母，如何？"众人听了，无不赞成，于是径向昆仑玉山而行。

过了峚山，就到钟山，其间四五百里，本来尽是大泽，渐见干涸，奇鸟、怪兽、奇鱼非常之多，然而多不知其名。再过去是泰器之山；山下有水，名叫观水；水中有鱼，其形如鲤而有鸟翼，苍纹而白首、赤喙。大众正看得稀奇，庚辰道："此等处某等可谓熟游之地，但是虫鱼鸟兽之名记不得这许多，所以虽是见过，亦不知其名。"

正说间，只见空中有三只青鸟联翩飞来，童律等齐声叫道："好了，西王母来迎接了。"文命等正是不解，只见那三只青鸟堕落地上，羽衣脱下，顿化为人，将羽衣折好，上前向文命行礼。黄魔过来向文命介绍道："这就是西王母的三只青鸟，这位叫大鵹，这位叫少鵹，这位叫青鸟。”文命慌忙还礼。大鵹道：“敝主人知道崇伯打算惠临，所以特遣某等前来迎接。”

文命极道感谢，便问此地离昆仑近么，大鵹道：“差得远呢，敝主人深恐崇伯沿路有困难，或有所咨询，所以命某等早来伺候。”文命听了，尤为感激，便问他水中之怪鱼是什么名字。少鵹道：“这鱼名叫文鳐鱼，能游，亦能飞，常从这面的西海游到那边的东海。它的飞总在夜间，叫起来声如鸾鸡，是个祥瑞之鱼。它出现之后，天下年岁必定大丰。现在崇伯大功告成，从此四海安宁，丰年大穰是不成问题，所以它出现了。它的肉亦可以吃，味酸而甘，食之可以已狂。”三青鸟使陪了文命等，将沿途所见且谈且行。

一日，到了槐江之山，刚要到山顶，陡见一匹怪马，人面而鸟翼，遍身虎纹，从上面半飞半跑的迎上来，和文命点首为礼。文命不解，青鸟介绍道：“这位是本山的神祇，名叫英招。”文命听了，慌忙答礼，便问他本山所有的出产。那英招神一一对答。文命道：“某治水已毕，将谒西王母，经过贵山，并无他事，请尊神不必相陪。”那英招神听了，答应一声，再将头一点，展开两翼，直向北方而去。

文命看他去远，便问大鵹道：“这位神祇住在山北么？”大鵹道：“他时常周游四海，不一定住在山上。此刻向北而飞，恐怕又到别处去呢。”这时大众已到山顶，四面一望，只见西面是大泽，南面是大海，东、北二面都矗立着大山。少鵹指着北面的山向文命道：“这座山叫诸毗之山。”又指着东面的山道，“这座山叫恒山，共有四重，其高无比。”

文命道：“这两座山上都有居民么？”少鵹道：“都没有人。诸毗山上只有一个槐鬼，其名叫离仑，专管世间的鸷鸟，可以说是鹰鹯等类的窟宅，所以没有居民。至于那恒山更是鬼窝，上面有穷鬼无数，大概可分为晦气鬼、倒运鬼、饿杀鬼、短命鬼四种。这四种鬼各以类聚，每一重山上住一种。而那四种鬼之中又分出五种作弄人的事业：一种使人文穷，一种使人学穷，一种使人智穷，一种使人命穷，一种使人交穷。假使有人遇到它们，它们就到处跟着你，无论你是什么人，一定困苦颠连，处处荆天棘地，有求生不能、求死不得之苦。从前有一个大文豪，人亦正直，但是不幸，这个穷鬼跟着了他，竟弄得跋前疐后，动辄得咎。后来备了糗粮舟车、一切行李等等，并且作了一篇文章，要想送它回去，但是它一定不肯回去。这种穷鬼是万万不可惹的，因此这座山上人都不敢去住了。”

之交在旁听了，笑道：“那么，这座山不必叫它恒山，竟可以叫鬼山了。”少鵹道：“亦不然，这座山上还住着一个天神，不过这天神亦不是一个吉祥之神，他的形状如牛而八足，二首而马尾，声音如勃皇。他出现了，地方必定有兵灾，所以亦不是吉祥之神。”

文命等再向南望，只见一片浩渺，尽是大海，但是海的南面，仿佛有高大之山横在那里，但觉其光熊熊，其气魂魂，祥云万叠，瑞霭千重，愈看愈觉明显。文命等周游海内外，历遍了千山万岭，觉得没有遇到这种景象过。大家看得稀奇，便问大鵹。大鵹道：“这个就是昆仑啊！”文命道：“那么我们应该向南走了。”大鵹道：“不是如此，这次崇伯要亲到昆仑拜访敝主人，无非为治水功成要归功于敝主人。但是敝主人何以克当呢！这次大功之成，纯是天意，敝主人万不敢贪天之功为己功。所以特遣某等前来，一则是欢迎领道；二则请崇伯先到蓬莱山叩谢上帝，归功于九天，然后再到昆仑与敝主人相见，这是敝主人所嘱咐的。”

文命道：“天帝是住在蓬莱山么？”大鵹道：“天帝在下界的居处并无定所，即如昆仑山亦是帝之下都，有时亦常来，不过此刻却在蓬莱。”文命道：“此地离蓬莱山远么？”大鵹道：“远得很呢！但是无缘者远，有缘者亦无多路。”说着，用眼将伯益、真窥、鸿濛氏一看。文命会意，便问道：“他们都有缘么？”大鵹笑道：“此时不能预知，到那时自见分晓。”

大众本来想仗着文命之福，上昆仑，见王母，游览仙景，饮食仙品。听大鵹说还要登蓬莱，观天帝，那更是难得之遇了。不想大鵹又说出“有缘”“无缘”的话来，而又不肯即时说明，究竟自己是有缘呢，无缘呢？有得去呢，没得去呢？想到此际，都不免纳闷，一路跟了文命，一路各自寻思。

下了槐江山，越过泑泽，到了天山，看见一个怪物，其形如黄囊，其赤如丹火，六足四翼，浑敦而无面目，大家诧异之至。青鸟道：“这是此山之神，名叫帝江，一切不知，但识歌舞。”横革有点不信，说道：“他耳目俱无，何能识歌舞呢？”青鸟道：“你不信，可试试看。”横革唱了一个歌曲，又舞蹈一回，那帝江果然应声合节的飞舞起来；等到横革曲终舞罢，他亦停止不动，才相信青鸟的话是真。

过了天山，又到騩山，只见山上到处都是洁白，并无一块顽石，大家又觉稀奇。过了山峰，但见山后已是茫茫大海，一望无际。文命忙问少鸳道："这是何处？"少鸳道："这就是所谓蓬莱弱水三千里，水的那一面就是蓬莱了。"文命道："我们可跨龙渡过去么？"大鸳道："人是凡人，龙非天龙，不能渡此弱水。"文命道："那么怎样呢？"大鸳道："到海边自见分晓。"这时众人都注意如何渡此弱水，一切都不注意，但见走过之处，成群结队的无非是蛇，大小苍黄，到处蠕动而已。

到得山脚，忽见一个老翁坐在一块大石之上，他旁边停着一乘跷车，其制甚小。文命细看那老翁，须发虽白，颜如童子，知道他必是一位仙人，遂和伯益上前施礼。那老翁但将头点点，并不起身还礼，说道："文命、伯益！汝等来了么？昨日天帝已有跷车一乘送来，叫我招呼你们，但是仅文命一个有缘，其余除天将等不算外，都是无缘，只好留在此间，陪我游玩吧。"这几句话说得响亮而柔和，仿佛如钟磬之声，大众都不知道他是什么人。文命自从受了云华夫人的宝册符箓，能够驱使鬼神，以后到处神祇见了他都是恭敬客气，从没有像这老翁的大模大样，又听说连伯益都无缘，不能同去，不胜惊讶。当下文命就请教那老翁的姓名。那老翁道："我名叫老童，你的父亲鲧就是我的胞弟。"文命听了，急忙倒身下拜，说道："原来是伯父，小侄放肆失礼了。"老童道："彼此都没有见过，无所谓失礼。不过你的心思我亦知道，无非想伯益也同去，但是做不到。你们看这乘跷车，不是只有一个人可容么？"

文命等至此只好打消同往的意思，伯益尤怅然失望。只见老童从袖中取出一张物件来，递与文命道："这个亦是昨日天帝交来的，叫你佩在身上，才可以渡弱水三千，否则虽有跷车亦不中用。"文命连忙拜受，展开一看，只见上面都是些宝文大字，无从认识，更不知道说的是什么，只得谨敬佩在身上。老童道："你上车吧，可以去了。他们都有我在此做伴，不必记念。将来仍旧回到此地，和他们一同归去。"

文命一一答应，跨上跷车，不及和众人作别，那跷车不假人力，自然凌空而起。三青鸟便取出羽衣披在身上，倏然化为三青鸟，飞往前导。七员天将亦凌空而起，在跷车的左右前后簇拥护卫。那跷车前进，其速如矢，众人在下面不胜艳羡，直到看不见踪影，方才罢休。

第一百三十六回

禹乘跷车到蓬莱·蓬莱山之情形·禹到钟山觐上帝·天上之情形·禹到昆仑住黄帝之宫·禹见西王母

且说文命乘了跷车，径渡弱水，低头下视，但见涛浪滚滚，无风而洪波百丈，真可谓险极。不一时，到了蓬莱，跷车降在海边，只见其水很浅，水中有细石，如金如玉，极为可爱。大鹜道："这是仙者服食之一种。"文命下车之后，和七员天将及三青鸟使径向山中走去，但觉和风丽日，淑景韶光，说不出的一种仙界气象。最奇怪的，一路飞禽走兽所见尽是白色，不知何故。大鹜道："这座蓬莱山，一名防丘山，亦叫云来山，高约二万里，广约七万里，属于西方，所以感受金气，尽成白色，但是里面也不尽如此。"

正说之间，文命忽见对面山上金雾弥漫，金雾之中，楼台宫殿，窗户洞开，不可胜计。隔了一回，金雾减歇，房屋依然而窗户皆不见，仿佛如房屋之后面一般，甚不可解。大鹜道；"此地名叫郁夷国，是蓬莱山之东鄙，群仙居于此者不少。在山上所筑的房屋皆能浮转低昂，忽而朝南，忽而朝北，忽而高，忽而低，没有一定，亦是仙家行乐之一法。"文命道："此山共有几国？"大鹜道："只有两国。此地东方叫郁夷国，山之西鄙还有一个含明国，此外没有了。"文命道："国中有君主么？”大鹜道：“不过一个名目，如下界之某乡某邑而已，并非一个国家，无所谓君主。”

又走了一程，只听见远远有钟磬之音，夹着笑语之声。文命举头一望，只见前面又隐起云雾，云雾之中隐隐都是大竹，那钟磬声、笑语声似从竹中出来。文命走到竹丛之中，只见有许多道者在那里拍手笑乐，穿的衣服都用鸟毛缀成。细听那钟磬之声，原来是风吹竹叶，互相撞击而成。竹的枝叶有的直垂到地，地上有砂砾，其细如粉，风吹过来，叶枝翻起，将那细沙一拂，细沙扬播，扑面沾身，远望过去，如云如雾，实则并非云雾。有几个仙人当风定的时候，故意将那叶枝推动，拂起细沙，弄得各人身上都是沙尘，因此以为笑乐。神仙游戏大类儿童，亦不可解之事。看见文命等走近，大家方才止住。文命细看那大竹，叶青茎紫，有子累累，其大如珠，无数青鸾集于其上。少鹜道：“这是仙竹，名叫浮筠之簳[1]，非凡间所有。”

出了竹林，大鹜告诉文命，刚才那些仙人都是含明国人。他们缀鸟毛以为衣，承露而饮，常常登高取水，与此地郁夷国的仙人不同。他们的房屋以金银苍环、水精火藻造成，亦比此地富丽得多。文命道：“那鸟毛华丽之至，是什么鸟？”大鹜道：“有两种异鸟。一种名叫鸿鹅，其色似鸿，其形如秃鹙，腹内无肠，亦无皮肉，羽翮皆附骨而生，雌雄相眄则生产。还有一种在南方，名叫鸳鸯，其形如雁，常飞翔于云际，栖于高岫，足不践地，生于石穴之中，万岁而一交，则生雏。

1. 簳：音gǎn。

雏生千岁，衔毛而学飞，以千万为群，推其毛长者高翥万里。假使下界国君圣明，天下太平，它们就到他郊中来翱翔一转。这两种鸟的毛，仙人最宝贵，所以缀而为衣。”

文命道：“此外奇异的动植物想必甚多。”大鵹道：“多着呢，有一种大螺名叫裸步，背了它的壳而露行，气候一冷，它就仍入居壳中。它生下之卵，碰着石头则软，人去拿则立刻坚硬。下界如有明王出世，它亦会浮到海滨来献祥瑞。又有一种葭草，其色殷红，可编为席，温柔异常，仙人榻上多用之。”

正说到此，忽见一个道者上前向文命拱手道：“足下是下界的崇伯么？”文命慌忙答应道：“是。”那道者道：“此山乃太上真人所居，某奉太上真人之命，说足下要觐见天帝，如今天帝已往钟山，请足下到钟山去，不必前进了。”文命听了，唯唯答应。那道者亦不多谈，飘然而去。

青鸟向文命道：“既然太上真人如此吩咐，我们就往钟山去吧。”文命道：“某记得钟山在峚山之西，从前先帝曾经去求道过的，那么我们须回转去了？”大鵹道：“不是不是，那个是下界的钟山，这个是上界的钟山，大不同呢。”文命道：“上界的钟山在何处？”大鵹道：“在昆仑之北、北海之子地，隔弱水之北一万九千里，我们向北去吧。”于是文命再上跷车，天将和青鸟使伴着，向北而行。

足足走了半日，忽见前面高山矗天，少鵹道：“到了到了。”一声未了，跷车已渐渐落下，降在平地。文命下车，四面一看，只见此地景象又与蓬莱不同。蓬莱纯是仙景；此山则幽雅之中兼带严肃之气，玉芝神草、金台玉阙，到处皆是。但是天帝在何处呢？正在踌躇，有一羽士过来问道：“足下莫非要觐见天帝么？尘俗之人，凡骨未脱，天帝不可得见。天帝赐汝宝文大字，令汝到蓬莱，又到此地，早已鉴汝之诚。汝此刻总算志愿已达，一切容某代奏吧。”

文命听了，不胜怅然，便恳求道：“有上仙代达愚忱，固属万幸，某不胜感激，但是某数万里来此，天帝虽然不可得见，而仪式却不可不备。请上仙随意指定一个地方，令某得举行一个仪式，那么区区之心，才算告尽，不识上仙肯允许否。”那羽士笑道：“天帝之灵，无所不照，凡是世间人的一念一虑，天帝无不知之，本不在表面的仪式。但汝是凡人，以仪式为重，我就带汝去吧。”说着，在前先行，文命等紧紧随后，渐渐上山。

那羽士向文命道：“此山高约一万三千里，最高处名叫四面山，方七千里，周围三万里，是天帝的宫城，天帝就住在上面。四面山的四面，各有一山，东面叫东木山，西面叫劲草山，南面叫平邪山，北面叫蛟龙山，这四山都是钟山的支脉，合拢来总名叫作钟山。如登到四面山上，钟山全个形势都可以看见，但是汝辈凡夫不能上登。我听说，汝辈世间人君以南面为尊，臣子以北面为敬，现在我引你从南面平邪山上去，益发合你们尘世的仪式，你看如何？”文命极口称善。

又走了多时，但见真仙之人来来往往，非常之多。他们看看文命，都不来招呼。文命一秉虔诚朝帝之心，且无一认识，亦不便招呼他们。正走之间，忽然路转峰回，东南面发现一个石穴，穿过了石穴，豁然开朗，遥见一座金城，巍巍耸峙，光彩夺目，不可逼视。那羽士道：

“这就是钟山北阿门外，你要举行仪式，就在此地吧，天帝在上面总看见的。”

文命听说，慌忙止住了天将等，整肃衣冠，趋进几步，朝着上天，恭恭敬敬的拜了八拜，心中默默叩谢天帝援助治平水土之恩。拜罢起来，刚要转身，只见上面飞下一个金甲之神，向文命说道：“天帝传谕文命：‘汝的一片至诚，朕已鉴之，现在命汝一事。汝归途经过疏属山，山上有一个械系的尸身，汝可在左近石室中藏之，勿令暴露，但须仍如原状械系，勿得释放，钦哉毋违。’”文命听了，忙再拜稽首受命。那金甲神忽然不见。文命这才回身，仍由那羽士领着，带了天将，回归旧路。

那羽士问道：“刚才拜的时候，看见天帝么？”文命道：“某秉诚拜谒，实未曾见，唯见天上一片青云，青云之中隐隐有红云而已。”那羽士道：“这就是天帝了，你能看见，根基不浅。”文命听了不解。那羽士道：“天帝所居，以青云为地，四面常有红云拥护，虽真仙亦罕见其面。你们见的青云红云，岂非就是天帝么！”文命方始恍然，便向羽士道：“上仙在此，名位必高，常见天帝么？”那羽士道：“某无事亦不能常见天帝，唯四面山上和天宫城内可以自由来往而已。”

文命便问他天宫城内的情形。那羽士道：“天宫城内，有五百零四条陌，陌就是世间之所谓街道，条条相通。其中除仙人所居外，有七个市：一个是谷米市，一个是衣服市，一个是众香市，一个是饮食市，一个是华鬘市，一个是工巧市，一个是淫女市。”文命听了，非常不解，便再问道：“天上神仙，一切嗜欲应该已经净绝，与凡人不同，何必要设这许多市？而且既是神仙，具有广大法力，即使有所需要，自可以无求不得，无物不备，何必还要设起市来做买卖呢？第七个淫女市尤不可解，难道神仙亦纵欲么？难道天上神仙亦如人世间腐败的国家，有卖良为贱之事么？”

那羽士笑道：“你只知其一，不知其二。未成神仙之时，想成神仙，要绝嗜欲；既成神仙之后，根底未固，道行未纯，还要绝嗜欲；到得根底既固，道行既纯，无论如何不怕堕落，那么一切饮食男女之事都与世人无所分别。你听见说过神仙宴饮的情形么？不是龙肝凤髓，就是玉液琼浆，若不是仍有饮食的嗜欲，何必奢侈至此？西王母是你所知道的，若不是仍有男女之欲，何以儿子女儿生了这一大批？你这次从蓬莱山而来，看见那面的华丽么？又看见此地的华丽么？若不是仍有嗜欲心，何必如此？所以平心说一句，天上的神仙与人间凡夫差不多，不过一个在上，一个在下；一个得志，一个不得志罢了。若要真个绝嗜欲，除非更上一层，到无色界天中的非想非非想处天中去不可，那又谈何容易呢？”

庚辰在旁插口道：“是啊，无色界天中某曾去过，其中真是一无所有。一无所有，当然没有嗜欲了。”那羽士道：“此处是忉利天，是欲界十天中之第六天，亦名三十三天。既然是欲界，当然免不掉嗜欲。”文命道：“一个凡人，要登忉利天，容易么？”那羽士道：“很容易，只要不杀，不盗，便可以登忉利天了。”文命道：“那么神仙法力广大，有什么用处？”那羽士道：“那是一时救急之用，或者是幻景，或者是从别处移来。幻景不能当作实用，从别处移来的亦只可暂用而不能常用，且须归还，否则便是盗窃了。”文命道：“据上仙说，神仙仍不能无嗜欲，但是淫女公然设起市来，未免太不像样！况且一夫一妻已够了，何必设市？难道天上亦有荡子么？”

那羽士道：“男女之欲是天地化生之本，何处能绝？何时能免？亦无法可禁。设起市来，可以有一个分别，清者自清，浊者自浊，庶几不会混淆，比那鬼鬼祟祟、暗昧不明的，总要好些。天上虽无荡子，但是以此为修炼根本的神仙亦甚多。譬如从前一个容成子，以阴阳采战之法得成神仙，现在下界还有他著作的一部书，叫《容成御女术》，流传各处。你看他既然以此道而成仙，成仙之后，难道他就肯决然舍去么？还不是仍旧要干这个勾当。天上神仙如此者岂只容成一人？淫女市之设，正是为这班人呢。”

文命道：“那么众香市、华鬘市又是什么意思？”那羽士道：“这七个市，除出米谷、衣服二市之外，都可说是奢侈淫乐之市。众香市所陈列的无非是什么龙涎香、百合香之类，华鬘市所陈列的无非是女子、男子珠玉金翠装饰品之类，饮食市陈列的无非是奇珍异味之类，工巧市陈列的无非是奇器异械之类。大概天上神仙最是逍遥无事，既然逍遥无事，便竭力从这个奢华淫乐上去讲求，所以有这种现象。你们下界凡人，终日劳劳碌碌，担忧怀恐，茹苦含辛，到头来还不能长久，因此羡慕天上的神仙，真是难怪的。”

正说时，已到原处，文命还有许多问题，无可再问，只得与羽士作别，跨上蹻车，率了天将，向昆仑而行。远远望见一柱矗天，大司农从前到昆仑的那册日记文命是看过的，知道这柱就是昆仑铜柱了。

渐渐下望，已见陆地。

过了些时，陡见一座金色的大城，炫耀眼前，大鵹说声“到了”，那跷车已徐徐落下。文命一看，只见那城门之大，两面不见其端。城门上面有一块横额，大书“阊阖”二字，每字足有十丈周围。少鵹道：“这是昆仑山的下层，名叫增城，这个城门是西门。”正说时，只见城里有无数仙人道士整队而来，大鵹知道是西王母遣来迎接的，就通知文命。文命忙趋前几步，向那为首的两个说道：“某奉圣天子之命，来到此地，专为叩谢西王母一事，乃蒙西王母遗诸位先来迎接，何以克当？请诸位带领某前去叩见，不胜万幸。”那两人道：“西王母有命，崇伯风尘劳顿，今日请先到馆舍中暂憩，明日再相见吧。”

文命不敢固请，只得从命，说道：“既承西王母体恤厚爱，自当于明日晋谒，今日请诸位代达微忱，不胜感激。”说罢，与众人深深行了一个礼。那为首两人向三青鸟使道：“王母懿旨，叫汝等陪崇伯到行宫中去休息，即便同去。”三青鸟使答应，那班欢迎的人亦随即回去。

三青鸟使领了文命及天将等另向别路而行，但见那街道之广阔，两面相距总在半里以外，路上纯以白玉铺成，光滑无比。房屋参差，并不整齐，但均极高大，金门玉壁，富丽不可言状。房屋之外，瑶林琼树，弥望皆是，中间杂以仙草奇花，真是上界胜地。来往的真仙亦甚多，或则步行，或则骑鸾骖鹤，见了文命，都拱手为礼。文命亦一一答礼，但不知他们是什么人，便问大鵹。

大鵹道：“这座山上，所有仙人不下几万，便是某等亦不能一概认识。”文命道：“他们有职司么？”大鵹道：“有些有职司，有些并无职司，不过是散仙之类，每于一定时期朝拜天帝，随同行礼而已。”文命道：“他们为什么没有职司？”大鹜道：“大概都是新近得道、功行浅薄的人。他们对于天帝，虽然没有职司，可是都有他们应该伺候之人。”文命道：“已经成仙，还要伺候哪个？”大鹜道：“此间虽说都是神仙，然而亦分等级，等级卑下的，对于等级高上的应该伺候，仿佛如人世间仆役的伺候主人一般。刚才来欢迎崇伯的一班人就是伺候王母的人，不过能够伺候王母已经是最难得了，其他所伺候的神仙名位并不高，但是须伺候，且非常辛苦，这是一级压一级，无可逃避的。所以下界有些修仙之人知道这种情形，不急急于上升，而情愿在下界多住万年八千年，就是要避免伺候达官贵神的原故。”文命听到这话，益发觉得天上神仙真与俗世无殊了。

又走了一时，但见前面一座中华式的房屋，比各处的房屋高大不到一半，而且极其朴实，纯是木质造成，绝无金玉雕刻等奢侈气象。青鸟道：“到了到了，敝主人吩咐，请崇伯在这里住。”文命一听，合了平素俭朴的本心，得意之至。走到里面，只见一切器具无不齐备，但亦都是朴素无华，尤其合了心意。后来一想：“此地上界，四面都是极华丽的，何以此处独如此？难道王母为我特造的么？看看木质无不崭新，的确是新造的，然而刚才那班人明明说是行宫。行宫是天子所居，绝不会拿来待我，那么当然是旧有，不是新造了。”种种想来，不得其解，便问少鹜。少鹜道：“这是令高祖黄帝轩辕氏造在这里的，是他的行宫，后面还有他的肖像呢。”文命一听，方才恍然，就问画像在哪里。大鹜等引到后面，果然挂有黄帝画像，文命慌忙上去，拜了八拜，又问青鸟道："既然是先高祖所造的，现在已几百年了，何以如新造一样呢？"青鸟道："此地的风叫祛尘风，即使衣襟上已经沾了尘污，被风一吹，便如洗濯，何况本来没有尘埃，何由得旧呢？"文命一想不错，大司农日记上是说过的，当下又问道："西王母不住在城里么？从前敝国大司农来，是否到过此处？"大鹙道："敝主人住在龙月城，离此地远呢。从前贵国大司农来时，亦是某等所领导，从山下经过，未曾入此城中。"当下文命就在黄帝行宫中住了一夜，大鹙等都到王母处去复命。

到了次日，大鹙等又来向文命道："敝主人有请，但是诸天将且留在此。"诸天将答应。文命跟了三青鸟使出了行宫，只见已有一辆车子停在门口，大鹙请文命升车。文命上车之后，顿觉车子下面云气蒸腾，将车子拥着升上去，愈升愈高。过了一重大城，又是一重大城，共总过八七层，陡然见一片平阳，无数琼楼玉宇掩映于眼前。云车到此止住，文命下车之后，大鹙等引导到一处宏大无比的宫殿里，从南面看到北面，几乎看不清楚，以意估计，大约周围总在百亩左右，屋宇之高亦总有几百丈，然而里面光明洞达，一无黑暗之处，亦不知道那亮光从何处来。

文命正在揣度，忽然里面走出一个女子，向大鹙等道："主人有命，请崇伯后面坐。"大鹙等齐声答应，就领了文命，随了那女子穿过大屋，只见后面是个极大的花园，足足有几百亩大，园中奇禽异兽处处飞行，瑶草琪花处处开放，文命目迷五色，亦无暇细看。遥见前面又有一所极高的宫殿，珠帘银幕，或垂或启。正面阶前则站着无数的神仙，一见文命走近，大家一齐鼓掌，高叫“欢迎”。

文命细看，男男女女，骈肩叠背，约有几百，有些认识，有些似乎见过而不认识，只好疾趋上前，躬身行了一个总礼，说道：“文命不才，承诸位尊神上仙如此优待，何以克当！文命此来，奉圣天子之命，专诚向王母拜谢。现在王母不知在何处，文命候见过西王母之后，再向诸位拜谢。”文命说完，只听得人丛中有一人高叫道：“主人主人！崇伯要先见你，谢你呢，快请出来。”陡见一个妙年女仙排众而出，向文命行礼道：“崇伯已到钟山，归功于九天了，家母不过奉天帝之命，略效微劳，何功之有？哪里敢当这个谢字？请不要说谢，家母自然出来了。”

文命一看，认识是王母第四女南极王夫人林容真，便说道：“大功之成，全由王母，这是圣天子所吩咐的，文命何敢委天子之命于草莽？还请夫人代达下情，使文命不辱君命为幸。”林容真依旧代王母固辞，文命又固请，相持了好几回，忽然人丛中又有一人高声叫道：“主人太谦，客人太至诚，固然都是美德，然而害得我们为难了，站在这里，既没得吃，又没得坐，又没得谈话，我看我来做个调人吧。俗语说：‘恭敬不如从命。’现在宫殿里面筵席都已备齐，并无行礼之处，崇伯见了主人，只要口中多说两个谢字，不要行那个跪拜大礼，那么主人之心既安，而崇伯归去亦可以复命于天子，崇伯以为如何？”文命无奈，只能说道：“既然如此，文命敢不遵从？”众人方才散开，让文命进去。

第一百三十七回

群仙大会庆成功·说梦·禹游昆仑

且说文命走进殿内，只见那殿宇之高大，与刚才走过的那一座差不多，不过四面开敞，光明洞达，又是一种景象。殿内筵席果然都已摆好，足有几百席。那时西王母已笑吟吟的迎上来，林容真介绍过了，文命刚要致谢，王母已先说道：“崇伯！你们君臣两个太多礼了，这次大功之成，纯是天意，哪可以归功于我呢？”说着，又回头向着一个顽皮满脸、白须鬖鬖的老头子责备道：“都是你信口胡闹，所以惹出这种事来！”那老头子只是嘻嘻地笑着，也不答言。文命看了不解，王母就介绍道：“这位就是洪崖老先生，那年圣天子南巡，忧心水患，遇到了他，他就随口说，只有我能够治水，于是圣天子相信了他的话，先则叫大司农来，后来自己又要来，现在又叫崇伯来，这种事情，岂非都是他弄出来的么！”

文命道：“洪水之平，虽则天意，但是一切指导帮助之功都是王母，所以应该归功到王母，洪崖先生的话是不错的，文命君臣等岂有可不代表人民致谢之理？”说着，就向王母行礼，深深致谢。一瞥眼，看见云华夫人站在王母后面，又忙过去向云华夫人行礼，深深致谢。王母连声说道：“算了吧！算了吧！不要再多礼了，我们快坐，我们快坐。”

众人听说，一齐就近坐下，三人为一席。文命恰与南极王夫人同席。另外一个男子非常面善，但是叫什么姓名、在什么地方见过，总想不起。正要想请问他，忽听见王母问道："今朝我请来的这许多嘉客，有好些都与崇伯见过，崇伯还能认识么？"

文命仔细一看，最触眼的是东海神禺虢、北海神禺强、南海神祝融、风神飞廉；其次如日中五帝圆常无、丹灵峙、浩郁将、澄增淳、寿逸阜五个；又有二十八宿及五岳神君、庐山使者、霍山潜山两储君；又有云师、雨师、滕六、巽二；又有西海神祝良、东海神阿明，及东海君冯修青、朱隐娥两夫妇，南海君祝赤、翳逸廖两夫妇，西海君句太丘、灵素简两夫妇，北海君禹张里、结连翘两夫妇；此外又有西城王君、海若、青女、东方青腰玉女、南方赤珪玉女、西方白素玉女、北方玄光玉女、中央黄素玉女、王华存夫人、玉女李庆孙；此外认识的就是王母的女儿紫微夫人王愈音、云林右英夫人媚兰、太真夫人婉罗和玉卮娘了。

原来文命天赋高、记忆力强，一见之后，无不认识。有好许多没有见过之人，则不知道他们是什么神仙，于是离席起身，向那认识的一一招呼，行礼致谢。忽然有五个绝色女子，衣服分青、黄、赤、黑、白五种颜色，齐走过来，向文命说道："崇伯！如今贵显，不认识我们了？"

文命仔细向她们一看，觉得面貌非常之熟，然而在何处见过、叫什么名字，无论如何总想不起。只得告罪道："某记忆力弱，一时实在想不起，有罪有罪，请原谅吧。"那五个女子听了，都和文命笑了一笑，一个穿赤衣的女子指着文命同席的那男子道："这位先生，崇伯总应该认识。"那男子亦向文命拱手道："崇伯！多年不见，不认识我么？"

文命再仔细一看，始终想不出，便问道：“上仙贵姓？”那男子笑道：“某姓宋，名无忌。”文命陡然想起，就说道：“某从前曾经做过一梦，梦见先生引导向月中经过，见到月中五帝夫人，不要就是诸位么？但是那个是梦境，并非真的，岂竟实有其事？”宋无忌哈哈笑道：“崇伯以为是梦么？我们都以为是真的呢。”

正说到此，只听见众人一齐叫道：“秦先生！秦先生！为什么来得这样迟？”文命转身一看，原来是巨灵大人秦供海。但见那秦供海一路进来，到处向众人拱手，说道：“对不起！对不起！累诸位久待。”文命忙过去相见。

仔细一想，从前治水帮忙过的人，差不多都在这里了，刚如此一想，只听见王母又说道：“从前帮忙过的人还有几位呢，崇伯未曾看见，所以不认识，待我来介绍吧。”说着，即向左首中间两席上一指，说道，“这五位是五帝之神，穿青衣的是苍帝灵威仰，穿赤衣的是赤帝赤熛怒，穿黄衣的是黄帝含枢纽，穿白衣的是白帝白招距，穿黑衣的是黑帝协光纪。”又指着中间右首席上的一个女子道，“这位是九天玄女。那日收伏刑天氏的时候，他们都在场出力。崇伯到时，他们都已散了，所以不曾看见。”文命听了，即忙与他们招呼行礼。

后来大家坐定，文命只见席上每人面前各放一个碧金的酒杯，铸成鹦鹉的形状；杯旁安放一个白玉的酒勺，雕成鸬鹚的形状，心想真是奢华啊！忽听王母高声说道：“菲酒无多，诸位请啊，不要客气。”文命听了，刚要用手去拿那个鹦鹉杯，哪知杯已凌空而起，径送到自己嘴边。文命大骇，只得一饮而尽，杯就渐渐放下。旁边的白玉鸬鹚勺也随即自动起来，将杯中添满，仍复放下。文命细看同席的诸位无不如此，并不动手，欲饮则杯自举，杯干则勺自挹，方叹仙家妙用。后来肴馔纷呈，每人一簋，亦都不用人搬送，大概自空中自然而至。吃过之后，那残碗自会凌空而去，接着又是一碗热气腾腾的新馔凌空而来，依旧放在原处。

这时全殿中共有几百席，所以室中常有几百个碗盏之类来来往往，连续不绝，如穿花蛱蝶一般。各位神仙对于这些是见惯的，所以绝不在意，依旧各人谈各人的天。文命是初次观光，殊觉见所未见，暗想，从前大司农来的时候并不如此，他的日记上并没得记着。现在我来了："他忽然显出这个神通，必定有一个原故，绝不是故意弄给我看。"后来突然悟到，"禺虢、禺强、飞廉等都是人面兽身之神，并无两手，何以能持杯？所以只好用这种器皿；既然有几个人用这种器皿，自然大家一律都用这种器皿了。"

文命正在思潮起落，只听宋无忌问道："崇伯当日游月宫的情形，还记得么？"文命道："记得记得，但当时确实是梦，何以竟实有其事？"宋无忌道："大凡人的做梦，共分六种：一种叫正梦，是无心所感之梦；一种叫噩梦，是奇怪不祥之梦；一种叫思梦，日之所思，夜则成梦；一种叫寤梦，似醒未醒之时所成之梦；一种叫喜梦，因喜悦而有梦；一种叫惧梦，因恐惧而成梦。这六种梦，有人说其实不过三种：一种是致梦，凡思梦、喜梦、惧梦都是因思之所致，所以叫致梦；一种叫觭梦，凡噩梦、寤梦都是因为心情不宁、念虑纷繁，或凶兆将至所致，所以叫觭梦；还有一种叫咸陟，就是无心所感之正梦了。一个人平日如思虑繁多，神魂不宁，绝不能有正梦，或者反有畸梦。假使是个正人，他的思虑当然纯一，他的神魂自然宁静，待他睡时，或者如至人之无梦；假使有梦，那个梦一定是非常之灵验。所以令高祖黄帝当时做了一个梦；梦见大风吹天下之尘垢，尘垢尽去；又梦见一人，手执千钧之弩而驱羊数万群。醒了之后，就知道天下必有姓风名后和姓力名牧的两个贤人，后来访求起来，果然得风后于海隅，得力牧于大泽，用以为将相而天下大治。这个岂不是梦之灵验么！还有一个圣君，梦见天帝赐他一个贤人，醒后将他的形象画出来，到处去寻，用以为相，果然是个贤相。这种梦不必推详，实实的在梦中看见这个人，岂不是尤其灵验么！”

文命道：“这种理由某亦知道，但是那圣君虽则梦见贤相，那贤相究竟没有看见圣君。现在某梦见诸位，而诸位竟实实看见某，岂不奇怪！”宋无忌道：“这个理由不难解说，那贤相是凡人，某等不是凡人。凡人自然不能见人梦中之神魂；某等神仙则不但能见人梦中之神魂，并且能和他的神魂讲话游宴，这是常有之事。譬如常人往往梦其祖先或亡故的亲友，托梦非常灵验，就是这个原故。鬼尚能如此，何况某等神仙呢？”

文命听了，恍然大悟，又问道：“那么人当睡熟之时，他的神魂一定飞扬而他去么？”宋无忌道：“亦不必如此，有的只在它躯壳之中辗转来往，亦能梦见许多人物。因为人身百体，无不有一个神在那里管理。如同发神就有两个，一个名叫寿长，一个名叫玄华。耳神一个，名叫娇女。目神也有两个，一个叫朱映，一个叫虚监。鼻神亦有两个，一个叫勇卢，一个叫冲龙王。舌神亦有两个，一个叫始梁；一个叫通命，号叫正伦。脑神叫觉元。齿神叫丹朱。肾神叫玄冥，号叫育婴。这种名目，一时亦说不尽。当一个人入梦之际，神魂游行于百体之中，遇到什么神，就领导他去游行什么脏腑或什么肢体，那个梦就奇妙新鲜了。还有一种人，入梦之后，他的神魂只在离脑际数尺之地盘旋来去，做出许多离合悲欢奇怪变幻的梦，这种梦大概是三梦之中的致梦为多。假使遇到一个有道之士，能够见人生魂，就知道他日间在那里想什么事，做什么事，因此就可以判断他这个人的善恶，这亦是常有之事。所以做梦也有一个梦神，梦神的名字叫趾离，如若就寝的时候叫了他的名字，祝告一番，那么做起梦来一定平安清吉，亦是个厌胜的方法。至于崇伯那日神魂同某偕游月宫，不过是做梦之一种罢了。”

宋无忌正在滔滔聒聒的谈梦，忽听见王母高声说道：“今日请诸位嘉宾莅止，开一个盛会，有三个意思，可以说三会并作一会。怎样的三会呢？一个是欢迎会。崇伯离开此地，到下界去建功立业，普救众生，屈指已近三十余年。今日难得重来，旧雨变成今雨，亦是一段佳话。我们欢迎他，应该多敬他一杯。”大家听了，一齐拍掌，都说：“赞成赞成！欢迎欢迎！饮一杯饮一杯。”那时黄金鹦鹉杯早似蝴蝶般联翩飞来，络绎不绝。文命听了王母的话，虽则大半不解，但不便问，只好接连的饮了无数杯。

接着，王母又说道：“这次下界劫运，大家公推崇伯下凡主持，虽则我们也小小效劳，帮他的忙，但是万种艰巨可说都是他一个人任的。你们看他年纪不过三十，腓无胈，胫无毛，两足偏枯，不能相过，颜色黧黑，形容臞瘠，辛苦到这个样子！非得重重慰劳他一番不可。所以今朝这会，又叫慰劳会，请崇伯再宽饮几杯。凡我同人，曾经下山帮助过他的，亦多饮几杯。其余的朋友，未曾帮忙过的，亦替我多敬他们几杯，多陪他们几杯。”众人听了，又齐声说道：“是是，应该敬，应该敬。”霎时，各席上的鹦鹉杯又来来往往，忙个不了。文命只得又饮了多杯，大家亦各饮了一杯。

只听得王母又高声说道：“自从近百年以来，上界闹政变，下界闹洪水，真可以说是天昏地暗，神人不宁。幸而得仗天帝的大力，旋乾转坤，上界的恶神刑天氏等业已降服，料来四五千年之中不至于反复；而下界的水患亦次第平定。从此以后，天清地宁，宇宙上下同享升平之福，这是极难得的。所以今朝这个会亦可以叫庆祝会，我们大家站起来，各饮一杯，共同庆祝天上，庆祝地下，诸位以为如何？”大家听了，又是一回拍掌，一回欢呼，站起来齐饮一杯，方才坐下。

忽然那洪崖老先生又站起来说道：“诸位请听，前数年我在下界游戏，偶然遇到了唐尧圣天子，他因为水患渐深，恳我设法，我当时知道天意未回，严词拒绝。后来圣天子恳求不已，我才说出‘西王母’三个字，当时原是可怜圣天子忧民之心太切，不忍使他绝望，所以才说这三个字，并非有意泄漏天机。今朝阿母竟埋怨我，说一切事情都是我惹出来的。诸位想想，是我这个老头子惹出来的么？治水之功，帮助崇伯的人固然不少，但是总以阿母为第一。因为一切遣将、请神、设法，都是阿母为首。所以今朝既开慰劳大会，我们敬过崇伯之外，还应该多敬阿母几杯，诸位赞成么？”言未毕，大家一齐拍手道：“赞成赞成！”

只见西面席上又有一个女仙站起来说道："阿母帮助的功劳固然不少，但是云华夫人帮忙的功劳亦不算不多，依我看，她们母女两个都应该重重敬她们几杯。"大家听了，又重复一齐拍掌道："赞成赞成！不错不错！"于是鹦鹉杯飞来飞去，又忙了一阵。

这时宾主极尽欢娱，忽然空中又飞下一只只翡翠之盘，盘上盛着一个桃子，光明洞澈，仿佛水晶所做。文命不识，正在细细赏玩，南极王夫人道："这桃名叫玉桃，是本山的土产，平时坚硬之至，刀斫不入，只要用玉井泉水一洗，就酥软可食了，崇伯何妨尝尝呢。"文命依言，吃了，果然香美之至，这亦是大司农日记上所没有的。仙境珍奇，正不知有多少呢！

过了一回，酒阑席散，众神仙骑龙跨凤，纷纷向王母告辞而去。文命多饮了几杯，有点醉意，亦向王母告辞。王母叫三青鸟使护送云车，到行宫里，住了一宵。

次日，文命酒醒，想起昨日王母"一别三十年，旧雨变今雨"以及"公推下凡"等话，非常可怪，想来自己总是天上的神仙下降，然而究竟是什么神仙呢？无从探问，不免纳闷。忽然西王母那边又有人来请，文命依旧跟着三青鸟使乘车而去，此次却不是上升而是平行。不一时，进了龙月城，过了琼华阙，到了光碧堂，王母已在那里等候，便是云华夫人、玉卮娘、南极王夫人等王母的几个女儿亦都在那里。王母见了文命，先说道："昨日客多，招待不周，请原谅。"文命慌忙谦谢，并要告辞。王母道："崇伯难得到此地，何妨再住一日呢？"文命道："一则天子盼望；二则同伴在魏山等候，未便久留。"云华夫人

猛豹

南山有獸
曰猛豹
似熊而小
毛淺食銅鐵

猛豹

……

又西百七十里，曰南山，上多丹粟。

丹水出焉，北流注于渭。兽多猛豹，鸟多尸鸠。

——《山海经·西山经·西次一经》

……

道："再留一日不妨，我们去游玩吧。"文命听了，只好答应。当下大众先到瑶池及五层十二楼各处游玩，大概与大司农日记上所载的相仿，文命亦不甚措意。

后来王母等又备了云车，与文命出了龙月城，从增城而上，过了昨日宴饮的地方，再升上去。文命向上一望，只见上面仿佛都是城阙。后来升到一处止住，只见太阳、月亮都在下面，东西南北四面之风一齐而至，文命觉得寒气凛冽，颇不可耐。王母亦觉得了，便道："崇伯犹是凡胎，罡风恐怕耐不住，四面尤不可受，我们下去吧。"说着，那云车已渐渐低下，文命回望山巅，驾鹤骖鸾在那里游戏的仙人颇不少。

不片时，已降到昨日宴饮的那一层止住，王母道："昆仑三层，最下一层叫增城；这层是第二层，名叫凉风，亦叫阆风；最上一层叫悬圃，以金为墉城，其方千里，城中有金台五所、玉楼十二，城中最高处叫昆陵之地，这种地方都是不容易到的。这层阆风，道行较深的人就可以到。昨日崇伯仅到了一个倾宫，现在可以各处走走了。"说罢，驾了云车，各处游历一转，真是说不尽的富贵华丽。最后到了一间房室，尤其精美。忽见云华夫人用手将壁间一物扳了一扳，顿觉得天旋地转，那房室就移转起来，渐渐的绕了一周。王母道："这就是此地著名的旋室，我因为看得好，所以在我那里亦依式造了一间。上次大司农来，曾经请他在那里宴饮。"文命一想："不错，日记上是有的。"

大家在旋室中谈了一回，重复乘云车降至第三层。文命记得大司农日记上还有疏圃一段载着，便问疏圃在哪里。王母等又领文命到疏圃一看，果然纯是蔬菜之畦，四面浸以黄水。王母道："昨日席上所用的菜，就是此地所出呢。”出了疏圃，一路言谈，不觉已到阊阖门。

文命只见阊阖门外极远之处，有一座高山正对阊阖门。文命便问那是何山。王母道：“那座山名叫须弥，正对七星之下，矗立在碧海之中，但以地势而言，仍是昆仑山的一个支阜，所以通常亦可以叫它昆仑山。”文命道：“那山上想来亦是仙灵所居？”王母道：“是的，那山和此地之增城差不多高，亦分为九层，中多奇物。第五层有一个神龟，长一尺九寸，有四翼，已历一万岁，能升木而居，亦能作人言。第六层有一株五色玉树，荫翳五百里，夜至水上，其光如烛。第三层有大禾，其穗一株可以满一车；有一种瓜，其味如桂；又有一种柰，生于冬天，色如碧玉，拿了玉井之水洗而食之，能使人体骨轻柔，可以腾虚。第九层山形狭小，但是上面也有无数芝田蕙圃，都是仙人在那里种植。旁边有十二个瑶台，各广千步，都是用五色玉筑成基址。最下一层有流精霄间，直上四十丈，四面又各有奇异之景物。东面有风、云、雨、师。南面有丹密云，望之如丹色，丹云四垂周密。西面有螭潭，多龙螭，都系白色，每千岁而一蜕其五脏。潭的左侧有五色之石，都是白螭之肠所化成，此石中有琅玕璆琳之玉，煎之可以为脂。北面有珍林，上面都是珍玉，从旁道别出一干折枝，终日在那里相扣，音声和韵，非常可听。山下更有九河分流，南有赤波红波，隔千劫而一竭；再过千劫，水乃更生。所以论到须弥山，有无穷的灵异。崇伯愿去游玩么？”

文命道：“承王母及诸位夫人伴游一日，已觉不安之至。现在时已不早，某归心如箭，倘有仙骨，或有福缘，且俟将来吧。”王母等听了，亦不相强，即令三青鸟使仍送文命回行宫。

第一百三十八回

老童偕伯益等游山·禹结束危神·尧沉璧于洛·禹觐尧告成功·繇余受封

到了次日，文命刚要到西王母处去辞行，忽然大翳来报说，西王母及云华夫人都来了。文命慌忙出去迎接。王母道：“我知道你今朝一定要去，所以特来送行。这番回去，务请代我向圣天子处道达感谢。我在上界久了，颇想到人世间来走走，不过几时来却不能定，总要看机会。另外有些土货，请你带回去送给圣天子；还有一包是送你的，你不要见笑，收了吧。我这里并没有别样新鲜的东西，无非是蟠桃、黄中李等等，想你亦听厌了，昨天又刚才吃过，不过带回去送送人亦是好的。”文命听了，慌忙再拜致谢道：“连日承王母优待，现在又承厚赐，某至此亦不敢再说那何以克当的话，只好先代圣天子拜领拜谢，然后自己再拜领拜谢罢了。”王母连说道：“不要多礼，不要多礼。”

这时跷车已驾，三青鸟使前导，刚要起身，庚辰忽向云华夫人说道：“某等前奉主人之命，追随崇伯，治理洪水，如今水患已平，某等可以不必再同去了。”云华夫人道：“现在还不能，你们尚须送崇伯归去。天下之事，总须有始有终，岂可半途而废？况且尔等送崇伯归去之后，圣天子还要论功行赏，尔等数年之中颇能不辞辛苦，倘使圣天子封赏尔等，尔等如果愿意的，亦不妨拜受，去享一享人间的繁华；如不愿意，那么仍旧再到我这边来。各随心志，无所勉强。尔等知道么？还有七员地将，他们自从改邪归正之后，追随崇伯，亦颇能尽力，此刻不在此间。尔等可将我意传述给他们听，愿意受圣天子之封的，尽可以受封，无须客气，更不必有所顾忌，否则我将来自有超度他们的方法，尔等可去向他们说知。”

七员天将听了，一齐答应，独有庚辰心中非常怀疑，暗想：“我们七个人之中还有贪人间富贵而不愿做天上神仙的人么？是哪两个呢？且看吧。”这时文命已跨上跷车，王母和云华夫人齐说一声再会，那跷车已渐渐升起。七员天将拥护着，电掣风驰，霎时已渡过弱水，径到䰢山。文命下了跷车，三青鸟使就向文命告辞，文命劳谢了他们一番，三青鸟使带着跷车自回昆仑而去。

且说文命和天将等四面一望，不见伯益等踪迹，不免生疑。文命道：“莫非此地不是䰢山么？”乌木田道：“青鸟使绝不会弄错，况且此地的确是䰢山，我们认识的。”正说时，忽见繇余用手指道：“那个不是章商氏么？”众人一看，果见章商氏从远山之麓狂奔而来，接着陶臣氏也来了。文命忙问伯益等在何处，章商氏遥指道：“他们在后面，不久就到了。”文命问道：“汝等这几日在何处？”陶臣氏道：“崇伯去后，某等只跟了老童先生到处乱跑，直到昨晚，老童先生说：‘崇伯明日必转来，我们回去吧。’又恐怕崇伯记念，所以遣某等二人连夜跑来，不想崇伯果然已回。”

正说间，只见前面长空中，蜿蜒夭矫，两条龙直向䰢山而来，渐渐相近，但见龙背上跨着许多人，转眼之间，已到前面落下，原来果然是伯益等一干人。文命大喜，待他们降下之后，文命就问伯益：“老童先生何在？”伯益道：“他刚才送我们上龙之后，就说有事不能奉陪，叫我们见到崇伯代为致意。我再向下一看，哪知他已不见了。”

文命听说，怅怅不已，就问伯益：“这几日在什么地方？刚才从何处来？”伯益道：“那日崇伯去后，老童先生就向我等说道：‘崇伯此去，大约非数日不能回来。我们在此株守，岂非无味？有现成的龙在此，我们骑了到各处去游玩吧。’某等听了，无不赞成，于是大家骑了龙，由老童先生指导前去。

“第一日，越过流沙，到了一座嬴母之山，遇到一个神祇，名叫长乘，他的状态如人而豹尾。据老童先生说，他管辖此山，是天之九德所生，宇宙内善神之一。

“第二日，又到了一座长留之山，据老童先生说，是少昊金天氏所居的地方。他住的宫殿叫员神魂氏之宫，员神魂氏就是少昊帝成神后之别号。少昊帝在此专管太阳，太阳西入，则影反东照，少昊帝在那里司察。我想去拜谒，凑巧少昊帝不在里面，只得罢休。这座长留山上，有一项特别的，就是兽皆文尾，鸟皆文首，与别地不同。

“第三日，到了章义之山，怪物甚多。有一种兽，其状如赤豹，五尾而一角，其音如击石。据老童先生说，它的名字叫狰。又有一种鸟，名叫毕方，其状如鹤而一足，赤纹青质而白喙。它的性格非常不好，时常衔了火到人家家里去作怪，所以此鸟如若出现，则此地必有讹火，它的鸣声亦是‘毕方’二字，大约是个不祥之鸟。

“又一日，到了符惕之山，颇多怪雨。据老童先生说，此山是风云所出的地方，有一个神人，名叫江疑，住在里面，但亦没有见到。后来又到泑山，西面一望，已看到太阳落去的地方，突然红光一闪，显出一个神人，人面虎身，右爪执着一柄钺。据老童先生说，就是西方蓐收之神，住在此山，专管日入之事，因为他出来必见红光，所以一名又叫红光。

“又一日，到了翼望之山，据老童先生说，这座山上有一兽一鸟，都是有益于人之物。兽名叫讙，其状如狸，一目而三尾，其音能作百物之声，畜养起来，可以御凶，食其肉可以治瘅病。鸟的名字叫鵸鵌，其状如乌，三首六尾而善笑，服之可以使人睡时不着魔，亦可以御凶。

“又一日，到了中曲之山，遇着一神兽，其状如马而白身，黑尾一角，虎爪虎牙，其音如鼓音，据老童先生说，名字叫驳，喜食虎豹，养起来可以辟刀兵之祸。又有一种树木，其状如棠而圆叶，赤实，实大如木瓜，名作櫰木，食之使人多力。

“昨日，又到了一座山，名叫崦嵫之山，其上多丹木，其叶如谷，其实大如瓜，赤符而黑理，据老童先生说，食之亦可以治瘅病，种之则可以御火。又有两种古怪的鸟兽。兽状马身而鸟翼，人面而蛇尾，据老童先生说，它最欢喜跑过来抱人，将人举起空中，胆小之人往往给它吓死，它的名字叫孰湖。鸟状如鸮，人面蜼身而犬尾，它的名字老童先生亦不知道，但知道它亦是个不祥之鸟，出现之后，地方必定大旱而已。以上所说，就是某等近日游踪的大略了。”

文命道：“这许多神物，想汝已都将他画出记出了。”伯益道是。

文命道："我等现在游历已完，即须归去，汝数年来所记所画的已裒然成帙，将来归去后，可以辑成一部书，传之于天下后世。这部书的名字就可以叫《山海经》，汝以为如何？"伯益道："某亦如此想，某所画所记的固然不少，但是从前夔及伯夷诸位听说亦有许多图记着，将来合并起来，当可说是洋洋大观了。"

当下伯益问起文命到蓬莱之事，文命亦详细的述了一遍。说到疏属之山藏危之尸一事，大家都猜度不出天帝是何用意。以天帝之能力，藏一个尸首何必借手于凡人，殊不可解。这日夜间，大家就住在騩山。文命的意思，以为騩山是老童的住地，到晚他或者归来。哪知杳无踪迹。

次日，只得动身，径向东行。寻那座疏属之山，访问多处，方才寻到。大家一看，果然有一个尸首，反转了两手，再加之以梏，并桎其右足，又将他的头发连了手系在山木之上，形状甚为凄惨。大家暗想："他不过弄杀了两只窫窳，既然抵了命，亦可以歇了，还要如此对待其尸，并不准我们加以解放，这个原故真不可解。"然而天帝既如此吩咐，只能遵照。就在左近寻到一个石室，遂由天地十四将等动手，将尸首移到石室之中，外面再用大磐石掩住，不使人看见，这事总算告一段落。

后来到得汉朝宣帝时候，叫人到上郡（现在陕西省北部）去发磐石，这个石室陡然发现，里面有这么一个裸跣、披发、反缚、械一足的人，大家看了惊骇异常，奏明宣帝。宣帝遍问群臣，都不知道，只有一个刘向说道，这是贰负之臣危的尸首。宣帝问他怎样知道，他就拿《山海经》来做证据。于是从此之后，人人争读《山海经》，这部

《山海经》方才大重于世。从这段故事看来，《山海经》这部书传自夏朝，大家都说它荒唐奇怪，没有人去相信它，直到刘向引证之后，方才见重于世。由此推想起来，纯然是石室中尸首发现之故。那么天帝当日吩咐文命掩藏，也许就是要《山海经》上记载这件事情，使后世得知，使《山海经》这部书得以流传，亦未可知，闲话不提。且说文命等掩藏过尸首之后，就和众人乘龙一齐向帝都而回，路上绝无耽搁，暂且按下不表。

且说帝尧自从文命到海外去后，心中对于水患已无所忧愁，所忧愁的就是自己在位已八十载，年纪已近百岁，万一一病呜呼，这个天下付给何人呢？太尉舜这个人，前此已想禅位于彼，但是他只肯摄政，而不肯登大宝，一切政事，重要的仍旧前来禀命商量。倘若自己死之后，舜依然谦逊起来，一定要让给朱儿，岂不是枉费了多年之苦心么！还不如趁此刻先做出一个明白的表示，使大家知道，后来自不会改变。主意已定，到了次年二月，就带了群臣往洛水而来。到了洛水，帝尧先已用一块白璧，上面刻了许多词句，大约总是说天命应该禅舜的意思，在洛水之旁筑起一个坛来。

这日正是二月第二个辛日，帝尧率领群臣向洛水谨敬行礼，礼毕之后，取出那块璧来，向群臣宣言道："朕早已想将这君主大位禅给太尉舜。舜既再三推逊，而有些疏远之臣或者反疑心朕不爱亲子而爱女之夫。虽则前年龙马负图出河，那图上已明明说出舜当受天命，但是有些人或许以为是偶尔之事。所以朕今日秉着虔诚向洛水之神祝告，假使前次河图的事情是偶尔出现的，那么朕这块璧上所刻的话语就不足为准；假使是一定的，不是偶尔的，那么朕这块璧沉下去，洛水之神必与朕以征兆，尔等其试观之。”言罢，亲自奉了那块璧，坐了船，到洛水中流，恭恭敬敬地将它沉了下去，然后回到岸上，率领群臣，静以待命。

直到下午，不见影响，帝尧颇有失望之色，暗想：“这事倒反弄糟了。”哪知又过一回，忽然看见洛水之中透出一道红光，从那红光之中，水波蠕蠕而动，陡见一个大玄龟浮水而出，背上似乎有一件大物驮着。后来大龟爬到岸上，直到坛场，将身一侧，背上之物落在坛中，那大龟依旧回入洛水，曳尾而逝。帝尧忙率群臣过来，谨敬将那大物拾起，原来是一册书，书的两面都是龟背之甲做成的。展开一看，赤文朱字，大略都是说应当禅舜之意。帝尧遂向群臣说道：“汝等看如何？朕的话不错吧！”群臣都再拜稽首，说道：“帝的至诚足以感动上帝，哪有错之理呢？”只有太尉舜依旧竭力固辞。帝尧道：“天意如此，非朕一人的私见，汝何必固辞呢？”然而舜哪里肯答应。帝尧道：“现在不必多说，且回都再议吧。”

当下帝尧率领群臣回到平阳，正要提议那禅让大典，忽报崇伯文命从海外回来了。帝尧大喜，即刻就宣召入见。文命行礼之后，就将在海外经过情形大略陈述一番，又将王母所送的物件送上。帝尧深深慰劳，说道：“汝多年在外，辛苦极了，汝之部下诸人亦辛苦极了，那些天地将仍旧同回来么？”文命应道：“是，不过他们就要去的。”帝尧道：“汝暂留他们一留，朕尚有后命。汝此刻且出去休息，迟日朝会时，所有随行之人均可令其同来，朕将亲自慰劳。”文命唯唯，稽首退出。

过了一时，太尉舜亦来见帝尧，奏道："文命已经从海外归来，这次大功告成，非常可喜，对于彼等应如何封赏酬庸之处，臣不敢专擅，所以特来请帝示下。"帝尧道："朕刚才亦如此想，文命、伯益等俱系在朝之臣，稍缓不妨；只有那天地十四将，刚才听文命说就要归去。他们是神仙中人，对于人间爵禄原不稀罕，但是多少年来，为国宣劳，一旦竟听他们自去，对他们绝无表示，未免歉然，所以正想和汝商量。对于彼等究竟如何，汝有方法否？"

舜道："臣意，酬庸是国家大典，受不受是彼等之自由，不妨各尽其道。酬报他们而他们竟受，固然是好；就是他们必不肯受，那亦是他们的高尚，国家对待他们的恩礼已经尽了。帝意以为如何？"

帝尧道："汝言甚是，但如何酬报他们呢？"舜道："臣意酬报的方法无非是封爵锡土，与诸臣一律。因为他们如果肯受，当然仍是国家的臣子，应当尽臣节，不应因他是神仙而特有所殊异。譬如柏成子高，亦是个神仙，帝从前封他做一个诸侯，岂不是一样么？"帝尧点首称是。当下君臣两个就细细的拟定了一种酬庸大典，并定明日即行发布，然后太尉舜方才辞帝归去。

到了次日，帝尧亲御外朝。这是一个隆重大典，帝尧自从叫舜摄政以后，久已不曾举行。偶然召见群臣，总在内朝或路寝。这次因为大功告成，为优礼文命等起见，所以举行这个隆重的仪式。这日平明，帝尧冕旒执笏伫立，太尉舜、大司农弃、大司徒阏以及八元、八恺等大小臣子咸在。文命带了伯益、真窥、横革、之交、国哀、郭支及天地十四将等，都在外面听候传宣。

隔不多时，帝尧召见，文命率领大众一齐入觐。文命手执两块玄玉，一块是禺强嘱他转献的，一块是临洮神人所给予的，向帝尧行礼，就将两块玉献上，一块转致禺强之命，一块作为自己的贽礼。帝尧答过礼，受了玉，又向众人答礼，着实慰劳一番。然后向天地十四将道："朕闻汝等即须归去，未免太速了。汝等为国家人民出此大力，建此大功，国家人民对于汝等应有感谢酬报之礼，汝等何妨暂留在此呢！"

庚辰奏道："某等奉云华夫人之命，替崇伯效劳，如今水土既平，某等已无事可做，理应归去复命。况人间富贵某等也无所用之，圣天子厚意，某等非常感激，谢谢吧。"鸿濛氏亦奏道："某等七人本已堕落，流为妖类，造孽不少，承崇伯饶恕，追随奔走，以效微劳，不过稍赎前愆，哪里敢说功绩。如今水土既平，某等拟遁迹名山，修仙学道，冀异日或成正果，圣天子隆恩某等实在不敢当，敬谢敬谢。"

帝尧道："汝等高尚之志，朕极佩服，不过以神仙而在人世间做官的自古亦很多，如同黄帝时代的宁封子，先帝时代的赤松子，从前有赤将子舆亦在朕处做木工，现在还有柏成子高仍在那里做诸侯。汝等如在人间享几年富贵，料亦无妨，使国家人民对于汝等亦稍尽微心，汝等以为如何？"

庚辰等听了，刚要开言，文命先说道："圣天子一番盛意，汝等不可辜负，但亦看汝等志愿。如果汝等志愿坚决，圣天子亦绝不能勉强，倘使可以勉从圣天子之命，亦不妨暂留。前日夫人岂不是和汝等说过么？享享人间繁华亦自无伤，各随心意，无所勉强，亦不必顾忌，汝等其再思之。各人只说个人的志愿，不必替别人代表。"

当下天地十四将互相商议一回，个个都说不愿，只有繇余独说：“我是无所不可的。”众人知道他心恋尘世，都道：“那么你在此吧，亦可以稍慰圣天子之望。”繇余听了也不言语。帝尧看见繇余答应，不禁大喜，便道：“有一人肯留在此，亦好，汝等不愿在此的朕亦不敢勉强，不过汝等归去，务希代朕向云华夫人道谢，至要至要。”六员天将均唯唯答应。帝尧又向七员地将道：“汝等能一心向善，修仙学道，将来一定能得正果，朕敬为汝等颂祝。”地将等听了，个个拜谢。当下帝尧又和文命等商议了些事情，遂宣告散朝，大众一齐退出。

后来，六员天将追随云华夫人，个个名列仙籍。就是七员地将，隐居名山，苦心修炼，云华夫人念其功绩，嘉其笃行，予以济渡，亦均名列仙籍。独有繇余，因未能忘情于嗜欲，留在世间，受帝尧之封，在吴地（现在江苏吴县）做个诸侯，享尽人世声色富贵之乐，但是到头来不免于死，死后就葬在吴地。到了宋朝的时候，有苏州节度使钱元镣的侄儿文炳精于风水之术。开宝五年，他的妻子丘氏逝世，他在报恩禅院的旁边访求吉地，僧人常泰很疑心古松之中有古人坟墓，以为不可去惊动它。文炳看此地风水甚佳，执意不从，督率工役去掘。果然发现一个墓道，有板石数重，棺木已经化为灰烬，只有一具骸骨置在石上，长逾一丈，单是胫骨已有二尺长，颜色光泽如黄金。胫骨之上束一个铜铛，旁边镂着青花。西面壁上挂一口宝剑，剑匣已经破坏，唯有一玉环在剑靶之上，莹然精白，极为可爱。文炳大喜，止住工役，独自一人跑到里面，要想去拿这个环。忽然一个黑蜂，大如球丸，从剑下飞出，直扑文炳。文炳猝不及防，右边眉间给它螫了一下，大痛闷倒。工役闻声入视，将他抬回去，不到一日，就死了。次日，文炳之子知玄正在哭泣，忽然跌倒，冥然如梦，梦见一个丈夫，道貌古野，身长丈余，穿的是鱼鳞之甲，足色如金，赤了双脚，挺了一口宝剑，向知玄说道："我是帝尧之臣，名叫繇余，从前与陶臣氏、乌涂氏佐禹治水，以功封于吴，后来就葬在此地。从前此地正是大海东渐之山，请篯铿替我查勘，风水甚好，我住在这里很安适。不料尔父如此刚愎，不听人言，发掘我的板石，这已经不对了，还要想偷我的玉环，实属岂有此理！现在给我击死，他的魂魄就归我管束。我在阴司大有主治，尔父倘能服从我之命令，绝无所苦，尔不必再悲悼了。"知玄醒来，将这话告诉人，人才知道繇余之坟就在此地。后来有个姓钱名希白的，还给作了一篇记，这就是繇余的结果了。

第一百三十九回

尧作《大章》乐·皋陶做象刑·分九州为十二州·大封群臣·尧居于城阳

且说文命退朝之后，回到私第，顿然有许多同僚前来拜访。文命和他们谈谈，才知道治水期间朝廷中曾经做过两桩大事。

一项是作乐，大乐正质制作，夔从旁参酌。乐的大要极为简单，仍旧是从前山林溪谷之音，推而进之，再用麋辂[1]蒙在缶上，敲起来；又用许多浮石拊击起来，以象上帝玉磬之音；又用几个瞽目的乐师，将五弦之瑟合拢来，作为二十五弦之瑟，如此就算成乐了。大家公拟了一个名字，叫《大章》之乐，也叫《大唐》之乐。它的歌词传到后世的，只有四句，叫作：

舟张辟雍，鸧鸧相从；八风回回，凤凰喈喈。

后来享上帝的时候，奏起这乐来，百兽蠢蠢，相率而舞，可见乐的感物全在至德，不在于制作之繁简了。这是一项大事。

1. 辂（luò）：生皮。

还有一项大事是制刑，是皋陶提议的。皋陶自从到南方见了三苗那种残酷之法，深深有所感动，所以回到帝都之后，便提出一种意见。他的意思，以为用刑之道是国家出于万不得已，所以用刑的原因有两种，一种是要本人自己知过而改悔，一种是要使人人以此为鉴诫而不敢犯。但是这种都是治标之策，不是根本的办法。根本办法首在教化，使人人知道善是当做的，恶是不当做的，那么何至于尚有犯法之人？刑罚可以废而不用，岂不甚善？然而这一层岂易办到？其次则不能不用刑罚，但是与其使他们以受刑罚为可畏，不如使他们以受刑罚为可耻，使他们畏怯。但是，胆小者畏，胆大者竟不畏，你又奈何了他？即使大家都畏法了，亦不过是不敢犯法，并非是不肯犯法，仍旧不是根本解决之道。况且对于犯法的本人而言，要他改悔，那么必先给他一条可以改悔之路。假使如三苗的方法，杀的杀，刖的刖，劓的劓，黥的黥，宫的宫，死者固然不可复生，刑者亦岂能复续？即使他要改过自新，其道无由。因此这种刑罚岂但残酷至极，简直是岂有此理。

所以皋陶的提议，第一个是象刑。仿照三苗的成例，有墨刑、劓刑、剕刑、宫刑、大辟之刑等等，但是不用实做，而都用画像。如犯墨刑的人，头上给他蒙一块帛；犯劓刑的人，身上给他穿一件赭衣；犯剕刑的人，膝上给他蒙一块帛而画出来；犯大辟的人，给他穿一件没有领的布衣，这么一来，他肉体上并无痛苦，而精神却是痛苦不堪。走到这里，大家都指而目之，说道“罪犯来了”；走到那里，大家亦都指而笑之，说道“罪犯来了”，由精神的痛苦而生出愧耻之心，由愧耻之心而生出改悔之意。他果然能够改悔，只要将这种衣服脱去，依然完完全全是一个好人，并没有一点形迹看得出，所以这种象刑确是一种顶好的方法。但是到了后世，羞耻之心唯恐其不打破，而且用刑亦不能确当，那么这种刑罚自然用不着了。

第二个是流刑。这个人的罪状已经确凿，无可赦免，但是考察他犯罪的实际，或是出于不识，或是出于无心，或是出于遗忘。此等人如一定要按罪用刑，未免有一点冤枉，所以定出一种流刑，按照他所犯事实之轻重，将他逐出去，远则边外，近则国外，使他于精神上痛苦之外，更增到一种起居饮食不安适的痛苦，亦是警诫他的意思。

第三个是鞭刑。在官的职员，有懈怠玩忽、贻误公务的，用蒲草制成一鞭，拿来鞭他。蒲鞭并不痛，这个亦不过是耻辱的意思。

第四个是扑刑。在学校中之生徒，有不肯率教者，用榎、楚二物扑之。榎用稻草做，楚用荆做，扑是小击，亦不甚痛苦，亦不过是激起他羞耻之心的意思。

第五个是赎刑。他的本意甚善，而结果倒反害人，这种罪允许他拿出金银来赎。譬如邻人生病，我拿出药方去给他服，岂知药不对症，因此丧命。说他是有罪，他明明是一片好心；说他是无罪，一个人明明因他致死。这种案件是很难断，所以准他拿出金银来赎，就是罚他不小心的意思。

以上五条刑条，分开来说，亦可以叫作九刑，就是墨、劓、剕、宫、大辟，外加流、鞭、扑、赎四项。还有两种罪必须赦的：一种叫作眚，名为妖病，就是神经病，虽则犯罪，应该赦免；一种叫作灾，出于不幸，不能自主，譬如我拿一柄刀想去砍树木，忽然为他物所撞击，因而杀人，这亦是应该赦免。还有两种犯罪的人必须严办，万万不可赦免。一种是倚靠势力而故意犯罪的，譬如天子之父，仗着他的儿子做天子，以为我虽犯了罪，你们无可奈何我，这种名叫怙，有心犯法，可恶至极，所以一定要照法办。一种是犯了又犯，始终不肯改悔。这种人羞耻之心已死，无论如何也激发他不起来，他的为恶要终其身了，所以这种罪名就叫终，亦非严办不可。

皋陶当时将这种大意提出于朝廷之上，经太尉等细细商酌，通过之后，奏知帝尧，然后公布施行，到如今将及一年，颇有效果。当下同僚等将这种情形与文命谈及，文命听了佩服之至。

过了一日，太尉舜来访文命，向文命道："我昨日细细考查你的奏报，觉得九州区域大小太不平均，我想改一改，你看如何？"文命道："太尉之意，如何改法？"舜道："冀、青、雍、梁、扬五州范围太大，我看每州都分作二州或三州，或者将兖、豫、徐、荆的范围扩大起来，亦未始不可。"

文命听了，沉吟一回，说道："太尉之言亦颇有理，不过某看，雍、梁、扬三州地方偏远，现在水土初平，交通未便，即使再分开来，亦仍旧是照顾不到，不如随它去，暂事羁縻，且待将来再议吧。至于青州北方，从前本与南方相连属，自从给某凿了碣石山，开了逆河之后，地势上已与南方不连，孤悬海外，仍旧叫它属青州已是不妥，而且与州字的名义亦属不符，单独改为一州最为不错。还有冀州之地，北面直连朔漠，地方实在太大，好在密迩京都，控制极易，即使改为三州亦无妨害，这是某的意思。"

舜听了，亦颇以为然。当下二人又商定了新分三州的名字，青州东北分出一州，名叫营州（现在辽东半岛及其以北之地），取“一切还要费经营”的意思。冀州东北部分出一州，名叫幽州（现在河北省北部、辽宁省辽河以西及热河省之地），取“北方冬日甚短、幽暗”的意思。冀州北部分出一州，名叫并州（现在山西省北部及察哈尔省之地），取“现在虽分，将来或仍需合并”的意思。二人商量定了。

又过几日，帝尧大飨群臣，论功行赏。崇伯文命当然是个首功，除从前已经受封在夏邑（就是河南禹县）之外，将前日觐见时献帝做贽的那块玄圭仍旧赐了他，以旌显其功。又锡他一个姓，因为文命之母是吞薏苡而有孕的，所以锡他的姓就是姒字。帝尧又记得上古之世有一个大禹，是女娲氏第十九代的孙子，享寿三百六十岁，后来入九疑山，成仙飞去。他在世时，亦能平治水土，拯救人民，其功甚大，到得帝尧之世，相隔已经三千六百年了。帝尧以为文命治水之功不下于古时候那个大禹，所以再赐给文命一个名字叫禹。自此之后，崇伯改为夏伯，不称文命，改称禹了。禹再拜稽首，向帝尧恭谢。

帝尧又说道：“前几天太尉舜和朕说及，拟改九州为十二州，据云已和汝商过，朕亦以为然。但既分为十二州之后，每州须分置一个州伯，共为十二部，方才有一个统率。还有四方土地以山为主，既分为十二州，每州应各分表一座有名之山，以为一州之镇，有起事来，一州的诸侯亦可以在那里集议，汝看如何？”禹道：“帝言极是。”

帝尧道：“那么此事仍需辛苦汝，汝再去巡阅一转，先将新分的疆界划清，每州再择一山以为之镇。各地诸侯中汝再选择贤德的人，举他为一州之伯。朕现在就命汝统领各州州伯，以巡十二州，汝其钦哉！”禹听了慌忙稽首固辞，说道：“驰驱奔走之事臣愿任之；至于统领各州之伯，臣实不敢当。”帝尧不答应，太尉舜等又从旁相劝，禹只得顿首受命。

第二个受封的是弃，因为他的母家是有邰氏，洪水横流，国已不存，姜嫄亦早死，临终的时候，殷殷以母家为念，所以帝尧就封他在邰。又因为他是帝喾在世的儿子中最年长的，直接黄帝这一系，所以赐姓姬氏。第三个受封的是阏，赐姓子氏，封地在商（现在陕西省商县）。第四个受封的是伯夷，那时羲仲、羲叔、和叔等告老的告老，呜呼的呜呼，四岳之官甚难其选，所以并作一官，就是他一个人充当，数载以来，其绩甚著，因此这次亦封他一个大邑，其地在吕（现在河南新蔡县）。因为他是神农氏之后，所以赐姓姜氏。第五个受封的是益，因为他上有父亲皋陶，不便独立一国，所以不封他土地，单单赐他一个姓，是嬴氏。五个人封过了，其余八元、八恺、皋陶、夔、之交、国哀、真窥、横革、昭明、郭支等都赐以官职，并大章、竖亥亦都有赏赐。篯铿虽无大功，但是多年随侍奔走，亦著辛勤，所以亦封他一个国土，其地在彭（现在江苏省铜山县，古时叫作彭城）。

当下众人皆再拜稽首领受，独有郭支不受。文命问他原故，他说志在游历宇内，不愿服官。禹道：“方今圣明之世，上下草木鸟兽皆需设官管理，汝既有大功，况又善于豢龙，理应在此辅助郅治，岂可轻自高尚，悠然世外？你看繇余是个天将，尚受帝命，汝何妨暂时就职呢？”郭支道：“夏伯之言固然不错，但是某的意思，觉得居住在此总不如遨游四海的爽快，真所谓士各有志，连某自己亦不知道是何心肠。至于圣明之世，豢龙固然亦是要事，好在董父现在研究得很精，技术已不下于某，有他在此，尽可以点缀太平，不必再用某了。”禹见他说到如此，不好再强，只得替他转奏帝尧，准其辞职。郭支便驾着两龙翱翔而去，后来不知所终。

且说帝尧分封群臣之后，过了几日，又想举行那禅让大典。太尉舜又竭力固辞，就是臣下亦都向帝尧劝谏说：“现在舜已摄政多年，一切事权已与天子无异，何必再争此虚名？假使一定要禅位与他，在臣等固然知道是圣天子谦恭之度，但是到了后世，读史的人看见上古之世，有一个‘臣子忽变为人君、人君忽降为臣子’的事迹，他以小人之腹推测起来，必定疑心是舜有什么篡窃之心，帝有什么逼迫之辱，都是说不定的，岂不是好事反成恶意么！还有一层，即使帝一定要禅舜，亦尽可等到万岁之后，假使舜果然天与人归，那么天下当然是他的。如果现在就禅位与他，恐怕后世要发生两项流弊。一项是轻率庸妄的君主，贪禅让的美名，不管臣子的才德如何，随便拿君位来禅让，国家人民不但不受其福，反因而大乱（后来战国时候燕国的君主哙，让国于其相子之而国大乱，几乎给齐国灭去，就是证据），此一层是要防到的。还有一种，是权奸凶悖的臣子要想篡夺天下，硬逼君主禅位给他，而表面上反说是君主自己情愿的。（后世三国、六朝一直到隋唐，差不多都是如此。）这样看来，岂不是又将好事变恶例么！所以臣等的意见，帝现在万万不可让位，叫舜摄政就是了。假使帝万岁之后，那么且再看天意，且再看人心，未知帝意如何。”

帝尧给他们这样一说，倒也无可再说，只得将这禅位之心打消，但是他那个舍去天下之心终是耿耿不释。后来忽然想到一法，道：“哦！是了！我在这里，舜虽则摄政，但是一切政事仍旧要来禀命，出去对臣民发布时还是说我的意思。这个固然也是他的恭敬，然而我太麻烦了，而且未免掠美了，不如走开了吧。”主意打定，恰好次日舜与禹同来见帝。

舜为的是改组官职之事。因为大乐正质因病出缺，而司马一官本来是大司农弃兼任的，水土既平，一切农事亟待筹划，无暇兼顾，所以舜的意思，要想自己兼司徒之官；阏调任大司马；禹任大司空；弃任大司畴；夔任大乐正；倕任工师；伯夷做秩宗；皋陶任大理；伯益掌山川之事；九子分任九职，各治其事，庶几容易奏功。帝尧听了，当然允许。

禹为的是奉命出巡之事，明日就要动身，所以特来请训。帝尧道：“朕少时受封于陶，立国虽不久，但那边的风土人情直到此刻犹觉恋恋。吾母当时亦极喜欢住在那边。从前天下未平，朕不敢作逸乐之想；现在幸而大功告成，朕付托业已得人，打算趁此耄年，再到那边去游玩几年。汝此次各处巡行，倘到那边，可为朕觅地筑一所游宫，以为朕休息之地。不过有两项要注意：第一，不可伤财，愈俭愈妙；第二，不可扰民。万一那边人民稠密，土地开辟没有相当隙地，即使远一点亦不妨。”禹听了，稽首而退。

次日，禹依旧带了真窥、横革、之交、国哀及大章、竖亥等动身，周行天下，考察一转。到徐州的时候，更替帝尧在城阳地方筑了一座游宫，房屋不多，且不华美，亦不高大，不过在旁边辟了一个花园，养些花木虫鱼禽兽，以为游观之用，如此而已。筑好之后，归朝复命。他那选择的十二州州伯究竟是哪十二个诸侯，古籍失传，不敢乱造。就是他所封十二州的镇山，后世所知道的亦只有九个：扬州是涂山（浙江会稽山），荆州是衡山，豫州是嵩山，青州是沂山（现在山东，一名东泰山），兖州是泰山，雍州是华山，冀州是霍山，幽州是医无闾山（现在辽宁省锦县西北），并州是恒山，还有营州、梁州、徐州都无可考。以理想起来，营州镇山一定是不咸山（就是现在的长白山），梁州镇山一定是岷山，徐州镇山一定是蒙山（现在山东省蒙阴县南），不过没有证据，不知道究竟是否。又因为幽、冀二州之间分界颇难，就选了一座山，山上立一块大石，做个标帜，后人就叫它尧山（现在河北省曲阳县南二十里），闲话不提。

且说禹朝见帝尧，先将选伯、分山两大事奏过了，然后又将做游宫于陶之事说了一遍。帝尧大喜，过了残冬，这年正是帝尧在位九十载的春天，帝尧率领群臣到泰山上行了一个封禅之礼，封的是泰山，禅的是云云，与帝喾一样，天子的责任至此总算告终。然后将政事一切尽行交付与舜，自己带了几个家人，一径向陶地而来。到了禹做的游宫，只见那建筑朴而不俗，简而不陋，非常满意，从此就一径住下，不再回平阳。帝尧天性至孝，虽则此刻已经一百多岁，但是对于他的母亲庆都仍是思慕不已。隔了几时，又在游宫附近之地替他母亲造了一座庙，挂设遗像，朝夕瞻恋。庙后，又假设一个庆都的坟墓，时常去省视。庙的前面，天生一个大池，池中游鱼无数，清可见底。

一日，帝尧正从庆都庙中走出，临池观览，偶然看见一尾大鱼，心中暗想：“吾母生时颇喜食鱼，如今杯棬冷落，要想再拿此鱼以献母亲，何从献起？真正所谓终天之恨。”既而一想，“吾母虽则逝世，在天之灵垂念孤儿，或者仍旧来往于我的左右亦未可知。古人说：事死如事生，事亡如事存。我何妨将这大鱼取来，到吾母像前供祭一番，岂不是尽了我不忘死母之心么！”想罢，就叫从人取网，将那大鱼捉起，用器皿盛着，亲自捧了供在像前，然后走到下面，默默叩拜。

拜毕起来，向那大鱼一望，忽然发现异事，原来那鱼的两颊上都有朱红的钤记，仿佛如盖过印一般。帝尧疑心这个鱼本来有这种印记，刚才没有注意，未曾看见，但据那捉鱼的从人说，刚才捉起时的确没有的。帝尧深以为异，暗想：“莫非吾母果真来享我的供奉么？鱼颊上的印记或者是吾母给我的一个征兆亦未可知，我且再捉一尾来试试看。”于是叫从人再捉起一尾，细细看过，颊上并无朱印，然后仍旧亲自供上，再默默的叩拜暗祝：“如果是吾母来享，仍乞与以印记。”拜罢起来，一看，果然两颊又都有朱印，帝尧才知道他母果然来享他的供祭，不禁心中大为感痛：“母子至亲，幽明路隔，咫尺不相见，能享受我的祭品而不能和我晤对笑谈，岂非极可伤心之事么！”想到此际，不觉掉下泪来。过了一回，叫从人将两尾鱼依旧放在池里，哪知后来这两尾鱼竟别成一种，所产的小鱼两颊间无不有印记，于是大家就给它取一个名字，叫作尧母印颊鱼，直到后世，此种鱼仍在，亦可见帝尧的大孝诚格鬼神了。

第一百四十回

董父豢龙于雷夏泽 · 尧作龟书 · 尧崩，葬于谷林 · 舜避丹朱 · 舜遇晏龙

且说帝尧的游宫所在地城阳（现在山东省濮县东南）在陶邑北面，近着雷夏泽，地势平旷，洪水既退，居民渐多。帝尧除了到庆都庙中去瞻谒外，总在他的花园中看那些从人莳花种木，饲兽调禽。有两只仙鹤，羽毛纯白，翩跹能舞，每当秋高露下、月白天空的时候，它们往往引颈长鸣，声音嘹亮，响彻四近。帝尧很爱它们，有时放它们飞出园外，或翔步于水边，或飞腾于云表，到得夕阳将下，它们就联翩归来，甚为有趣。

那雷夏泽中又有两条大龙，是董父在那里豢养的。原来董父自经伯禹荐给了舜之后，舜就叫他在帝都西南一个董泽之中（现在山西省闻喜县）豢龙。后来帝尧做宫城阳，一切花木禽兽观赏之品禹都给他备齐。舜想起龙也是帝王所畜的一种，变化腾跃，亦可以娱乐心目，因此叫董父携了两龙到此地来豢养。所以帝尧于仙鹤之外，又有这一项悦目之物，亦时常来观看。有时他亦往来郊野，看百姓耕种工作，亦颇有意味。如此闲适的生涯，不知不觉在游宫之中一住十年，这十年可算是帝尧做天子后最舒畅的时日了。

当初西王母说，洪水平后，还有二十年太平之福可享，这句话到此已应验。然而帝尧在这种闲适的生涯之中却创造了一种文字，就是龟书。这创造龟书的动机远在那年洛水中灵龟负图来献的时候。当时帝尧看见那龟甲上的纹理斑驳错落，极为可爱，因而心中想起：“从前伏羲氏得到景龙之瑞，就创造一种龙书；神农氏因上党地方嘉禾生了八穗，就创造一种穗书；高祖考轩辕黄帝因卿云呈现，就创造一种云书；少昊帝因凤凰来仪，创造一种凤书；颛顼帝曾创造一种科斗书，虽不知道为什么原故，但总亦必有一个动机。现在我何妨也创造一种呢？”但是当时虽如此想，终究因为政治事务之牵制，不能分心。自从到了城阳之后，一无所事，趁此就把前数年所立的志愿再鼓舞起来，殚精竭思，不到一年，居然制造成功。当时太尉舜等知道了，纷纷呈请将这个龟书颁布天下，令人民全体学习，就作为大唐朝的国书，以为统一文字之用。但是帝尧以为这个不过是遣兴游戏的东西，哪里就可作为不易之楷模，一定不肯答应。这也可见帝尧之谦德了，闲话不提。

且说这年正是帝尧在位的第一百年，帝尧已经一百十七岁了。自夏秋以后，筋力忽觉稍衰，倦于行动，渐渐病作。那时丹朱和其他几个兄弟早已前来伺候，娥皇、女英亦来服侍。便是舜、禹等大小臣工，亦轮流的前来问候。就是远近各州百姓，听见了这个消息，亦个个担忧，替帝尧向天祈祷，祝帝尧长生延寿。

无奈帝尧年纪太大了，药石无灵，帝尧平日又看得那养生之事极淡，从来不学那服食导引的神仙生活。（自黄帝到夏禹，历代帝王中不成神仙的只有尧一个。）因此支持不住，到了立冬之后，竟呜呼殂落了。这时九男二女、大小臣工无不赶到，悲伤哭泣，固不必说，最奇怪的是这个消息传布之后，天下百姓无不痛悼，罢市巷哭，如同死了他们的父母一般。后来三年之内，普天下的百姓不奏音乐，以表哀痛，这个真可谓难得至极！

阅者诸君听着，在下是从专制时代过来的人，从前君主或当什么首领的人，在他死了或奉安落葬的时候，要强迫人民服他的丧，并且禁止人民的娱乐奏乐及婚嫁等等吉礼。他们的意思，一半固然是表示他们的排场，显显他们的威风；一半亦是因为《书经》上有两句说尧的，叫作"百姓如丧考妣，三载四海遏密八音"。他们以为这个是很难得的，不可以不学它一学。但是百姓对于他们的感情，不但不能及尧，简直得到一个反面，哪个肯替他服丧？哪个肯替他遏密八音？他们也知道做不到，只有用强迫之一法，或者派几个人到处劝导、发起；或者定一个刑罚，不如此的要怎样怎样的严办。那些臣民为了这种利害关系，无可奈何，只得服丧，只得停止音乐娱乐，试问他们的心里是真个悲悼么？不要说被强迫的人绝不悲悼，并且还要咒骂，就是那天天穿素、日日哭临的人，试问他心里果然悲悼么？亦不过虚伪而已矣。照这样看起来，只要有威权，有势力，就可以做得到，何足为稀奇！

帝尧那时候的百姓，却是出于真心，所以真叫难得。何以见得他们真心呢？有二层可以想到：一层是四千年前，人心尚是古朴，这种狡诈无理的虚荣心，能欺自己而不能欺人的事情当然没有，当然不肯做；一层是百姓如果不是真心，这种举动殊属无谓。帝尧死了，如果丹朱是袭位的，还可以说巴结死的给活的看。现在帝尧既以天下让舜，出外十年，大家都知道天下已是舜的，巴结已死的尧有什么好处？而且还有一层，如果是舜、禹这班人强迫百姓如此的，那么舜死之后、禹死之后，当然仍旧抄这篇老文章，这个故事必定奉行，何以并没有听见？所以从种种方面看来，当时百姓的确是出于真心，并非虚伪，亦绝无强迫。史书上记载尧的至德，说他“其仁如天，其智如神，就之如日，瞻之如云，存心于天下，加志于穷民，仁昭而义立，德博而化广，故不赏而民劝，不罚而民治”，照这几句看起来，当时百姓之所以如此，真是必然之事了，闲话不提。

且说尧崩之后，薄海同悲，尤其是舜。舜的对尧，不仅是因为翁婿之亲，也不仅仅是君臣之义，最感激的是知己之恩。舜本来是一个匹夫，沾体涂足，困在草莽之中，尧独能赏识他，叫自己的九个儿子去养他，将两个爱女嫁他，后来索性连天下都让给他，这种虽说不是尧之私心，但是遇到这种知己，能无感刻？所以众人同是悲哀，而舜为伤心，思慕至极，竟有一刻不能忘的光景。后人记载上说，舜自从尧死了之后，随处都看见尧。吃饭的时候，看见尧在羹汤之中；立在那里的时候，看见尧在墙壁之上。以情理推想起来，这种情形大约是有的。

一日，帝尧刚要举殡，舜率领群臣进去哭奠，又不觉过于悲哀。大家恐怕他成疾，就拉了他到游宫外的花园里去散散心。这时正值隆冬，天气奇寒，为从来所未有，雪花飘舞，已经下了一日，然而还是搓绵扯絮的下个不止。举头一看，大地河山、房屋树木，无不变成白色，仿佛天地亦哀悼帝尧，为他挂孝似的。园林之中，草木凋谢，黯淡无色，那禽兽亦都畏惧这股寒气，潜伏深藏，不敢出来。

大众走到一处，忽听得一声长唳，其响震耳，接着又是一声，仔细一看，原来是两只鹤在那里叫。守园的人向大众说道："先帝在时，日日来看它们，有时且亲自喂它们。自从先帝病后，没有来过，它们听见人声，就引颈长鸣，仿佛盼望先帝再来的样子，很可怜的！"大众听了，无不凄然。舜就向二鹤说道："你们还记念先帝么？先帝已晏驾，从此再不能来看你们了。"二鹤听了，仿佛似乎知道，顿时哀鸣不已，引得大众格外泪流，呆呆的立了一晌，方才回去。（后来到晋武帝太康二年冬天，又值大雪奇寒，南州人看见两只白鹤立在桥下对语。一只说道："今年天寒，不减于尧崩的那一年。"一只应道："不错。"南州人走过去一看，二鹤已冲天而去。不知道是否就是这两只鹤。如果就是这两只鹤，那么它们的寿已在三千年之上了。）

次日，灵车发引，百官恭送，直到谷林地方（现在山东东平县）安葬。那谷林地方的左右，是个极热闹之所在，但是群臣仰体帝尧爱民的厚德，一点不铺排，一点不骚扰，谨谨慎慎的就将帝尧之柩葬好。所以后世有两句记事的史文，叫作"尧葬谷林，市不改肆"。比照那后世之人，一无功德于民，而安葬的时候却拆民房屋，占民田地，毁人坟墓，弄得人民流离失所，愤怨自杀，那个仁暴真有天渊之别了！闲话不提。

且说葬事办好，百官回到平阳，最要紧的，就是这个君主继承问题，大家都属意于舜，不过此时正值居丧，不忍提及。细细考察舜的言语举动，除出悲悼帝尧之外，一切无异于平时，究竟不知道他的心思对于这君主大位是有意呢，是无意呢？亦不好探问。

忽忽三年，帝尧丧毕，大家正要提议这桩事情，伯益适因有事到舜那边去商量。舜的家人回复道："太尉昨日亲自背了包裹出门了，不许我们跟随，说是要到一个地方去转一转就来，临行时有一封信交出，说如有政府里的人员来，可将此信交与他。"从人说罢，将信呈上。伯益听了，大为诧异，展开一看，原来信上的大意说道："某受先帝特达之知，以匹夫荐升至摄政。某感激先帝之知遇，又慨念先帝之忧勤，所以不惭愚鲁，不辞僭妄，毅然担任斯职，下以济百姓之困穷，上以释先帝之忧虑。自古以来，天下大宝必传子孙，或传同族，从无有以匹夫而继承君位者。某何人斯，敢膺非分？好在此刻元子丹朱谅阴之期已满，可以出而秉政。某谨当退避，尚望诸位同僚上念先帝之恩遇，协力同心，辅佐少主，则某虽去国，犹在朝也。"

伯益看完，非常惊慌，即来报告于他的父亲皋陶及弃、离等。大家商议一回，没有办法。梼戭道："既然太尉如此居心，我看他一定深居潜藏，要去寻他亦未见得能寻到。即使寻到，亦断不肯决然就这个君位。我看恭敬不如从命，我们竟拥戴丹朱做天子，如何？"

大司畴弃道："这个万万不可。先帝以为天下是个公器，不是私物，所以在位几十年，忧心不解。得到太尉之后，其忧方解。先帝虽崩，我们仍当以先帝之心为心。假使我们拥戴丹朱，那么先帝几十年欲禅位太尉之苦心，岂不尽付流水？我们何以对先帝？况且丹朱庸才，先帝深恐他以为君而招祸，我们如果拥戴他，更何以对先帝呢？”

叔达道：“大司畴之言固然极是，但是太尉既然不肯就天子位，假使一定要去强迫他，势必至于潜藏隐遁，终身不出，那么国家之损失很大。我看不如权推丹朱即位，再访求太尉，请他出来辅政，岂不是两全其美！”

大司马阏道：“汝言虽有理，但是丹朱心傲，肯不肯专心听从太尉，是一个问题。况且丹朱漫游之习惯至今未改，太尉虽系元勋懿戚，到那时君臣的名分一定，又将奈之何！万一将来失德累累，遭诸侯百姓之叛弃，岂不难堪！先帝不传子而传贤，一半亦因为这个原故，我看还以慎重为是。”

大司空禹道：“照理而论，先帝既屡有禅让之议，我们应当推戴太尉。但是以人情而论，太尉受先帝殊遇，与丹朱又系至亲，应该让给丹朱。两项都是说得过去的。但是还有一层，天下诸侯及百姓之心究竟如何，我们应该顾到。仅仅我们几个大臣说拥那个，戴那个，恐怕不对呢。”

大家听了，都以为然，于是议定，一面到处去访寻太尉，一面仍旧同心协力，维持这个无君的政府，对于君位问题只好暂且不提。凑巧帝子丹朱此时亦忽然觉悟了，他心中暗想：“父亲当日既然苦苦的要拿天下让给舜，舜三十余年的治绩已深入人心，天下诸侯的心理都向着他，我如何与他争得过？现在他虽说避开让我，但是我哪里可以挨在这里呢？不如我亦避开了，试试天下诸侯的心。倘使天下诸侯因为寻舜不着而仍旧找着我，那么我当然名正言顺的做天子。否则我避开在前，亦可以博一个能承先志的美名，又可见我之能让，岂不是好？”想罢，便将此意和大司畴、大司马两个伯父商量，二人非常赞成，于是丹朱也避开了。他避的地方就是房（现在湖北省房县），按下不表。

过了几日，忽报东方有几十个诸侯来了，秩宗伯夷忙出去迎接招待。那些诸侯向伯夷问道：“某等此来，专为贺太尉登极而来，未知太尉何时登极，某等可以预备朝觐。”伯夷便将舜避丹朱、不知所往的情形说了。那些诸侯道：“太尉亦未免太拘泥了，这个大位是先帝让给他的，弃而不受，何以仰副先帝在天之灵？况且四海百姓无不仰望太尉早登大宝，现在如此，百姓亦都失望。既然太尉出亡，某等在此亦属无谓，暂且告辞，等太尉即位时再来吧。”说着，一齐起身。伯夷无法，只得听他们自去。过了几日，南方诸侯到了，亦如此说。后来西方、北方的诸侯到了半途，听说舜不即帝位，纷纷都折回去。大司畴看到这种情形，就和大家商议道：“照此看来，太尉这个帝位真叫天与人归，恐怕万万逃不脱。不过他现在究竟隐在何处，我们须赶紧设法去寻才好。”于是就各人意想所及，猜了几个地方，是舜所一定要去的，派了几个精干之人分头去找，按下不提。

且说舜有意避丹朱，在那举丧三年之中，蓄心已久，预备已妥。一到丧毕，料想大家要提到这事，所以不谋于妻子，不告之朋友，悄悄的背了包裹，独自出门。三十年养尊处优、身操国柄的舜，又恢复了他从前冲风冒雨、担簦徒步的生涯。他出门向东南走，逾过王屋山，渡过大河，直向帝尧坟墓而来，在帝尧墓前叩拜一番，默默地将苦衷祷诉，请尧原谅，然后就向近旁南河之南（现在山东濮县有偃朱城，相传即舜避丹朱处）的一个地方，暂时住下，以探听帝都消息。如果丹朱已践大位，那么自己就不必远扬，尽可归去，侍奉父母，尽人子之职，享天伦之乐，岂不甚好！哪知消息传来，丹朱并不即位，而且已远避到房地方去，大司畴等正派人四处在那里寻找自己，舜料想此地不可久居，于是急急的再向南而行。

这次舜微服易装，扮成老农模样，又将口音变过，处处留意，所以一路行来，竟没有人识被。过了沛泽，又逾过淮水，前面一望，渐见大江。回想当年从此经过之时，洪水滔天，海波冲荡；而今则处处耕耘，人人乐业，文命之功真是不小呢！独自一人正在且行且想，忽然前面迎上一人，向舜注视了许久，陡然叫道："仲华兄！你为何作这等装束？现在要到哪里去？我听说你就要践天子位了，何以不在帝都而反在此？"舜大吃一惊，仔细一看，原来是续牙的兄弟晏龙，从前曾经见过的，忙向他招呼，且叫他不要声张，便将此次避位情形告诉了一遍。晏龙道："照先帝的遗志遗命，这个天下当然是仲华的。就是依现在百姓的心理看来，亦应该是你的，你还要推让做什么？"

舜道："百姓的心理，你何以见得呢？"晏龙道："你一路来，听见童谣的讴歌么？哪一处不是歌你的好处？哪一个不是讴歌你的仁德？何尝有人讴歌丹朱！可见得你的功德入人已深，所谓天下归心了。你还要避让做什么？"舜道："这个不过偶然之事，何足为准？"晏龙道："恐怕不是偶然之事，处处都如此呢。"舜听了，默然不语。晏龙又问舜："此刻到何处去？"舜道："我是汗漫之游，萍踪浪迹，绝无一定。"晏龙道："那么也好，我现在闲着无事，就跟着你走，和你做

狰

章莪之山
有獸曰猙
狀如赤豹
其音如擊石

狰

又西二百八十里，曰章莪之山，无草木，多瑶碧。

所为甚怪。有兽焉，其状如赤豹，五尾一角，其音如击石，其名曰狰。

——《山海经·西山经·西次三经》

伴，免得你寂寞，你看如何？”舜听了大喜，两人遂一路同行。

舜问晏龙：“三十年不见，你一向做什么事情？”晏龙道：“我的嗜好你是知道的，不过研究音乐，访求琴瑟。十年前总常跑到仰延那边去，和他讨论讨论。后来仰延死了，颇觉寂寞，想找你的老师纪后，又找不到，现在正无聊呢。”

舜听见仰延已死，纪后又不知下落，眷怀师友，真是不胜感慨。后来又问起续牙等，晏龙道：“家兄此刻听说在雍州，恰亦有好多年不见了。他那个性情太高尚，前几年在豫州遇到他，我说：‘你和仲华兄如此交情，仲华兄正在那里物色你，你何妨就去见见他，叙叙旧？’他听了笑笑不语。后来听说仲华兄代天巡守，要到豫州来，他就想跑。我又劝他说：‘朋友自朋友，做官自做官。你固然不屑做官，但是和那做官的旧朋友谈谈亦是无妨，何至于就玷污了呢！’他听了依旧笑笑不语。过了两日，仲华兄你没有来，他对于我竟不别而行，又不知到何处去了。所以揣测他的性情，竟是以与富贵人结交为可耻似的，岂非过于高尚么！”

舜听了，嗟叹一回，说道：“先帝和伯奋、仲堪等都是他的胞兄。先帝在日，何尝不寻访他？就是伯奋、仲堪等亦何尝不寻访他？然而他始终隐遁不出。他对于手足至亲尚且如此，何况朋友！”说罢，又嗟叹几声。

后来又问起雒陶、秦不虚、东不识、灵甫、方回、伯阳诸人，晏龙道：“他们的性情也和续牙家兄一样，绝人逃世，入山唯恐不深。近几年来，这六个人我亦好久没有通音信。方回比较圆通些，偶尔还到各处走走，近来听说在泰山左近居住。”

二人且谈且行，不觉已到江边，晏龙道：“现在怎样？我们渡江不渡江？”舜道：“此地离苗山不远，我有三十多年没有来了，想再去望望旧日的俦侣，不知他们现在如何。”因将那年求医遇风、溺海遇救及受当地人民如何优待之事详细说了一遍。晏龙听了，对于那些土人的义侠非常佩服。

第一百四十一回

舜重到会稽·百官迎舜·舜即位，分命百官·定都于蒲坂

当下二人渡过大江，又逾过震泽，到了东江下流的南岸，就是当年雒陶等寻着舜的地方，访求那些同甘共苦的居民，一个也找不到。原来水土一平，他们都搬回去了。舜与晏龙就沿着江岸直到苗山之下。那些土人看得两人来历古怪，都来聚观。

舜正在访问的时候，有一个老者向舜问道："尊客莫非就是虞仲华先生么？"舜向老翁一着，原来就是从前一个相识的同伴，不禁大喜，便说道："哦！原来是你，长久不见，从前你没有须，现在你须竟如此之长！怪道我一时不认识，你好么？"那老者知道真个是舜，欣喜之至，也不及再和舜问答，就和在旁观看的那些人说道："这位就是我从前常常和你们说起的虞仲华先生。他说将来一定再来，今朝果然再来，真是个信人。你们赶快去通知东邻伯伯和西溪边的叔叔，叫他们快些来欢迎，他们亦盼望死了。"

那些人飞驰而去，那老者才问舜道："仲华先生！你一向好么？在什么地方？为什么一别三十年之久，直到今朝才来？今朝想来有便事过此吧？我们真要盼望死了。"又指指晏龙问道，"这位是令亲么？"

舜道：“不是，是朋友。”那老者道：“好好，现在先请到我家里去坐坐。”当下舜和晏龙就一直跟到他家里，大家坐定，正要开谈，只见一大群人拥着一个拄杖的龙钟老翁慢慢而来。那老者一见，就说道：“西溪边的老叔叔来了，老叔叔！虞仲华先生在这里呢。”舜等忙站起来，只听见老叔叔巍巍颠颠的喘着，说道：“仲，仲华兄！你们难得竟来看看我们……”说到这里，似乎气喘，接不上气。舜看见，忙扶他坐下。接着，东邻伯伯又来了，一见面，就过来握着舜的手说道：“你一去不来，真想杀我们了。前几天，我们还在这里提起你呢。西溪老叔叔还说，只怕今生没有见你的日子了。我道：‘难说的，仲华先生是个有信义的人，如果可以来，一定来的。’”说时，向大众看了一转，续说道，“怎样？是不是给我说着，果然来了么？”

这时那老叔叔气喘已止，便问道：“仲华兄！你令尊大人、令堂大人都好么？令尊大人的目疾怎样了？”舜见问，忙改容恭敬的答道：“仗你老先生的福，都好都好，家父目疾亦痊愈了。”那老叔叔道：“恭喜恭喜！我记得你上次说起，尊大人比我小几年，今年大概已有九十外了，耳目牙齿和步履，一切都还好么？不瞒你说，老夫痴长了几岁，今年一百零三岁，但是种种都不中用了。仲华兄！你今年几岁？”

舜道：“某今年六十二岁。”那老叔叔向大家说道：“怪不得，当初仲华兄到此地的时候只有二十几岁，正是年富力强；而今鬓毛都已斑白，难怪我这老夫不中用了！”东邻伯伯问道：“仲华兄！你一向究竟在哪处？”舜一时不好实说，只能用权辞答他道：“一向亦不常在家中，随便在各处做做事。你们从什么时候迁回此地的？”

那老者道：“自从那年天子叫崇伯前来治水，水逐渐退去，我们记念着祖宗的坟墓，所以大家商议，仍旧搬回来，有一部分更迁到海滨旧处去。不过我们两处相离甚近，时常来往。仲华兄！你既然来了，且在此多住几日，将来再到那边去看看。那边的人亦非常记念呢！”

舜想起从前相聚之人及共患难之人，一一问及，谁知有好些都下世了，不胜叹息。现在看见的四十岁左右的人，在那时都是孩提；三十岁左右之人在当时均未出世。回头一想，三十余年的光阴，迅若激矢，人事变迁，新旧代谢，不禁感慨系之。

这日晚餐，大家公备了酒肴，请舜等宴饮。席间谈起国事，帝尧逝世，大家无不叹息，说道：“真正是圣天子，我们大家都替他服三年之丧，刚才除去的。”老叔叔道：“听说那位圣天子晚年精力不足，将天下之事交给他一个女婿，叫什么太尉舜。这个太尉舜的行政，亦是至仁至德，我们老百姓亦着实感激他。听说圣天子崩逝之后，已将这个君位让给他，不知道是不是。二位从北方来，知道太尉舜已经即位了没有？”

晏龙听到这句，忍不住说道：“他哪里肯即位，已经改装逃走了。”大家一听，都直跳起来，齐声说道：“为什么要逃走？为什么要逃走？”晏龙刚要开口，舜忙抢着说道：“我想他不能不逃，天子大位应该传给儿子的，他姓的人哪里可以继续上去！而且这个太尉出身很微，受了圣天子莫大的恩典，照良心上说起来，亦不应该夺圣天子儿子的君位。再加之以太尉和圣天子的儿子又是甥舅至亲，夺他的君位，于人情上怎样说得过去？所以他不能不逃了。”

那东邻伯伯听了，揎袖露膊的说道：“照你这样说来，这个太尉的确是个好人。如不是好人，这几十年来亦行不出这许多仁政。他这回子的逃，是应该的。但是我们小百姓只盼望得到一个圣君，不管他应该逃不应该逃，我们总要他出来做天子。假使换一个别人，我们誓不承认。”那老者道：“照仲华先生这样说来，太尉亦不必逃，仍旧请圣天子的太子即位，这位太尉仍旧在那里做官辅佐他，亦甚好，何必逃呢？”

舜道：“这位太尉恐怕不逃之后，大家都要像东邻伯伯那样一定要他做天子，那么怎样？岂不是始终推让不脱么？所以不能不逃。”东邻伯伯道：“他会逃，我们会寻。寻着之后，一定要他做天子，他怎样呢？”西溪老叔叔道：“你们放心，不怕他飞到天外去，一定寻得着的。不要管他，来，来，我们再干一杯。”说着，举起大杯，一饮而尽。晏龙忍不住，屡次要想实说。舜用眼睛止住他，他才不说了。酒罢之后，各人散去，舜和晏龙就住在那老者家里。

次日，两人又到舜从前躬耕的地方看看，只见那口井依然尚在，旧地重游，不胜感慨。过了两日，舜记念从前落海遇救的那个地方，就和晏龙同着几个旧友到那边去。那边的旧友亦有好几个还在，看见舜到，又是一番热烈的欢迎，不必细说。舜等住宿几日，到前时上岸的地方看看，只见那些峭峻的岩石还在，不过水势既平，离海边已很远了。从前所耕的田与所凿的井亦依然尚在。晏龙好事，取过钻凿来，在那井旁石上凿了“舜井”两个字。众人不识字，忙问道：“这个是什么意思？”舜防恐晏龙实说，便道：“这个表明记念我的意思。”幸喜众人亦不深究。（现在余姚县历山下，“舜井”二字尚在。）

又过了一日，舜要动身，众人苦苦相留，正在相持之际，忽然有人飞奔前来，报告道：“西村来了几个贵官，口口声声说是来寻太尉的。我们问他太尉是什么人，他们说就是这几天新到你们这边来的这个人，太上圆首、龙颜、日衡、方庭、大口，眼睛有重瞳子的。我们回复他说：‘只有一个虞仲华先生初到此地，状貌是如此的，并没有什么太尉。’那贵官道：‘虞仲华先生就是太尉了。’立刻叫我们领了他来，此刻已在外面。”

舜没有听完，就暗暗顿足，说道：“糟了！给他们寻着了。”刚要设法，只见外面已闯进几个人，原来是伯虎、季狸、仲容、叔达四个，一见舜，便说道：“太尉何以自苦如此？竟避到这里来！现在请回去吧。”舜道：“元子朱即位了没有？”叔达道：“他怎样能够即位呢？”说着，就将四方诸侯来朝的情形说了一遍。伯虎道：“后来还有两路诸侯，有讼狱之事，来求朝廷评判的，听见说太尉不肯即位，亦就转身而去，宁可不要辨别曲直。我们看起来，非太尉即刻归去践位无以餍天下之望，太尉千万不要推让了。”

这时许多士人已经知道仲华先生就是太尉舜了，连那东邻伯伯、西溪老叔叔等一齐都来，大家高兴得了不得，力劝舜去践天子位。季狸亦劝道：“天下属望，都在太尉一身，如果不肯答应，则天下无主，何以对天下之人？假使硬要立丹朱为天子，恐怕将来倒反使他受辱。爱之适以害之，又何以对得住先帝呢？”舜听了，非常感动，就说道：“既然如此，我就去。”大家听见舜已答应，都非常欢喜。东邻伯伯这时知道舜就是将来的天子，不觉为名分所拘，不敢如以前心直口响的乱说，但是背地里仍旧悄悄的和那些村人说道：“你们看，如何？我说一定要他做天子的嘛！”西溪老叔叔亦说道：“我说一定会寻得着，不怕他飞上天去，现在岂不是寻着了！”

不提众人纷纷窃议，当下仲容说道：“太尉既然答应我们，就去吧，诸侯百官都在前面伺候迎接呢。”舜听了，慌忙起身就走，又和晏龙说道：“你肯和我同去辅佐我么？”晏龙答应，于是一同前往。

那些村人，无论男女，悉数来送。到了一处，远远见前面车马旌旗，人聚如蚁，伯虎遥指道：“那边就是百官在恭迎太尉了。”（现在浙江上虞县北、曹娥江边百官镇，就是以此得名。）那些百官遥见舜来，都慌忙上前迎接。舜一一与之答礼。百官请舜升车，舜回转身与众村人话别。众村人见舜要去了，一齐跪在尘埃，东邻伯伯、西溪叔叔，有的竟哭起来。

舜慌忙还礼，并叫他们起来，说道：“你们记念我，我亦非常之记念你们。不过现在答应去做天子，做了天子之后，绝不能再如从前之自由。要再来望望你们，如此千山万水，恐怕有点难了。但是我总记念你们，假使遇到巡守之时，或有便，可以再来。否则，我寻到一个贤者，将天下让给他，亦可以来。再不然，我的几个儿子，叫他们之中的一个到这里来，和你们一起居住，亦表明我不忘患难贫贱之交的意思。你们亦须好好的做百姓，父慈，子孝，兄友，弟恭，夫和，妻柔，勤俭谋生，和气度日，这是我所希望的。”大家听了，一齐说道：“太尉的话是金玉之言，我们没有不听从的。太尉做了天子，四海之内都受到太尉的恩泽，岂但是我们呢？能够多再来看看我们，固然是我们的幸福，即使不来，我们亦感激不朽了。”

当下舜就升车，由百官簇拥，一径北上。路中问伯虎道：“汝等何以知我在此地？”伯虎道：“大司马料定太尉所到地方不过是从前耕稼陶渔的几处，就派了大章、竖亥二人去寻访。他们回来报告说，太尉和一个人渡江而南，知道一定是到此地来了。”舜所了，方始恍然。

走了多日，到了平阳，大司畴等率百姓郊迎，大家都是欢天喜地。后来择了一个即位的吉日，是十一月初一日。这日适值是甲子日，于是就以这个月为正月，以这一日为元日。（这个名目叫作建子，后来周朝亦是用此。）到了这日，舜穿了天子的法服，乘了天子的法驾，到文祖庙里来祭祀，从此以后，太尉舜就变成帝舜了。自古以来天子总是贵族或诸侯做的，以一个耕田的匹夫而做到天子，舜要算是第一个。

且说舜即位之后，第一项政令就是改国号。舜本是虞幕之后，从前受封于虞，后来又变了虞姓，现在就改国号叫虞。

第二项政令是安顿丹朱，使他得所，所以改封他一个大国，地名亦叫丹渊（现在山东省临朐县东北），叫他敬奉尧的祭祀，一切礼乐使他齐备，待之以宾客之礼，以示不臣。丹朱此时尚在房地，帝舜派人前往，加以册封。丹朱听了亦大喜，就带了他的家属到丹渊去就国。

第三项政令是任命百官。帝舜意中虽是有人，却不先发布。

一日视朝之际，问百官道：“汝等试想想看，有哪个能够使先帝之事办得好的人，叫他居总揽百官之职。”大家都说道：“只有伯禹，正在做司空，是他最好。”帝舜道：“不错。”就向禹道：“先帝之事，无过于治水。汝有平水土之大功，汝可以总百官之职，汝其勉之！”禹听了，再拜稽首，让于稷、离、皋陶三人。帝舜道："汝最相宜，不必让了。"禹只能稽首受命。弃的大司畴仍旧原官不动，不过将司畴改为司稷。原来稷是秋种、夏熟、历四时、备阴阳的谷类，所以最贵，而为五谷之长。司稷与司畴、司农、司由名异而实则同，司畴、司由以地而言，司农以人而言，司稷以物而言。《书经 · 舜典》："汝司稷，播时百谷。"与上文司空、下文司徒同一体例，不过"司"字与"后"字一正一反，形状相似。后人因为周朝追尊弃为后稷，把后稷二字看惯了，因此抄写《舜典》之时，将"司稷"二字误为"后稷"，以致于文理弄得不通，而生出后人多多少少的疑问。其不知《舜典》命官每个官职之上多加一个动词，除司空、司徒外，如士曰"作"，虞亦曰"作"，工曰"共"，秩宗曰"作"，乐曰"典"之类皆是，断无有对于弃独称"后"者。既非官名，亦非人名，万万讲不过去。在下想当然耳，以为是写错，或许有点道理，闲话不提。

且说帝舜改司畴为司稷之后，又将离仍旧改任大司徒，司马一官暂且不设，又将皋陶的士师之官改称一个"士"字，三人总算都是原官，并无更动。

帝舜又问道："如今大司空既然总揽百揆之事，公务甚繁，那个司空本职的事情恐怕不能完全顾到，朕打算划出一部分来，恢复从前共工之官，汝等想想看，何人可以胜此任务？"大家不约而同的说道："只有倕可以，他是五朝元老，经验学识都极丰富的。"帝舜道："不错，倕！汝做共工。"倕听了亦再拜稽首，辞让道："老臣精力已衰，未能肩此重职。老臣部下殳、斨、伯與三人随老臣多年，才干均优，请帝择一而用之。”帝舜道：“不必，汝做吧，他们未必肯僭你。”倕亦只好再拜受命。

帝舜又问道：“哪个能够使我的上下草木鸟兽安顺？本来隤敳是上等人物，但是他病久了，一时未能痊愈，此外何人适宜呢？”大家齐声道：“伯益周历海内外，于草木鸟兽研究甚精，是他最宜。”帝舜道：“不错，汝做朕虞。”伯益亦再拜固辞，说道：“朱、伯虎、仲熊、罴四位，随隤敳宣力有年，勤劳卓著，请帝选择用之。臣年幼望浅，实不敢当。”帝舜道：“不必让了，还是汝相宜。”伯益亦只能稽首受命。

帝舜又问道：“哪个能掌管朕的天地人三种典礼？”大家齐推道：“只有伯夷于礼最有研究。”帝舜道：“不错。伯夷！朕命汝做秩宗。”伯夷听了，亦再拜稽首，让于夔和晏龙。帝舜道：“不必，汝去做吧。”伯夷亦再拜受命。

帝舜叫道：“夔！朕命汝为典乐之官，并命汝去教导胄子，汝好好去做。”夔亦谨敬受命。

帝舜又叫晏龙道：“龙！朕命汝做纳言之官，早早晚晚，将朕之言传出去，传进来。汝是朕之喉舌，汝须谨慎，不可弄错。”龙亦再拜稽首受命。

帝舜又说道：“从前黄帝之时，仓颉为左史，诅诵为右史，记载国家大事和君主的言行。这个官职非常重要，万不可缺。现在朕命秩宗伯夷兼任史官之职，汝其钦哉！”伯夷听了，又慌忙稽首受命。

帝舜又道：“朕在先帝时，摄政二十八载，承诸位同僚竭诚匡佐，朕深感激。诸位之忠、诸位之功，非对于朕一人之忠之功，乃对于先帝之忠之功，对于天下百姓之忠之功，所有诸忠臣、诸功臣的姓名事迹，朕已制有银册，一一书于其上。现在伯夷做史官，这亦是史官之事，朕就将这银册交给汝，汝作史之时亦可作为根据。”伯夷听了，又再拜稽首。

当下任官已毕，其余小官由各大臣自行荐举委任，帝舜也不去管它。

第四项政令是建都。照例换一个朝代是一定要另建新都的，帝舜择定了一个地方，名叫蒲坂（现在山西省永济县）。此地在大河东岸，从前帝舜曾在那里做陶器，后来娶帝尧之二女亦在此地，君子不忘其初，所以择定在此，而且近着大河，交通很便，离老家又近。便叫大司空、秩宗、共工三人率领属官工匠等前往营造，一切规模大致与平阳相仿。

四项大政发布之后，帝舜暂时休息。一日，忽报隤敳死了，帝舜听了，着实伤感。回想从前在野时，八元八恺之中第一个认识的就是他，如今我新得即位，正想深加倚畀，不想就此溘逝，实属可叹。当即亲临其家，哭奠一番，又从优叙恤，这都是照例之事，不必细说。

后来各地的百姓因为他随禹治水之时，驱除猛兽、鸷鸟及毒蛇、害虫等，功绩甚大，立起庙宇来祭祀他，给他取一个号，叫作百虫将军，亦可谓流芳千古了。但是他姓伊，名益，号又叫柏翳，与皋陶的儿子伯益声音相同，并且掌管草木鸟兽，其职司亦同，后人往往误为一人，不可不知。

第一百四十二回

封弟象于有庳·设立学校·以玉女妻伯益·养老尊师·西王母献《益地图》

一日，舜退朝后在宫中，他的妹子敤首忽然跑来说道：“二哥！前日你用天子之礼去朝见父亲，父亲乐不可支，说道：‘有你二哥的这样大孝，自然应该享这样的尊荣，这真是吾家之福呢！’哪知母亲听了这话，心中有点不自在，说道：‘阿哥固然好了，兄弟没有出息，做阿哥的亦没有体面。我想舜儿做了天子，大权都在他手里，今朝封那个人的官，明朝拜那个人的爵，弄得烈烈轰轰，但是自己的嫡亲兄弟何不封他一个官爵呢！’母亲在那里如此说，便是三哥也有点气愤愤的样子。我看如此情形总有些不好，二哥你再想想看。”舜问道：“后来父亲怎样说呢？”敤首道：“父亲说：‘舜儿对于兄弟是极友爱的，他不封兄弟，必定有一个不可封的道理，或者还要迟几日亦未可知。’母亲听了这话，才不言语。”

舜听了，默默良久，方说道：“我岂不想使三弟富贵，但是有两层为难。一层是三弟对于国家百姓并无一点功劳。土地爵禄是崇德报功之物，是天下的公器，并非天子一人之私物，可以随便滥用。第二层，三弟对于治民经国之道素来一点没有研究，即使封他一个诸侯，他明朝竟暴虐起来，或者刑政废弛起来，必定受百姓之反对，或者受朝廷之贬黜，岂不是倒反身败名裂么？所以我正在这里想，想不出方法。”敷首听了，亦连连点头，说道：“不错，那么，只好且看吧。”

哪知过了一日，帝舜去朝瞽叟，他的后母亦在旁边。帝舜问安已毕，瞽叟忽然说道：“儿啊！自古说得好，兄弟如手足，同气连枝，是一样的。现在你做了天子，可谓富贵之至，但是兄弟象依然是个匹夫，似乎相形之下太觉难堪。你有法可以给他想么？”帝舜未及答言，他后母就接着说道：“兄弟从前待你是不好的，但是你是有名的仁人，我虽不曾读过书，然而亦听见有两句道：‘仁人之于弟也，不藏怒焉，不宿怨焉，亲爱之而已矣。’兄弟从前纵有万分的不好，望你总看我们父母面上，不要记他的恨，好歹给他想一个办法吧。”

帝舜听了，惶恐之至，便将前日和敷首所说的两层意思更加委婉地向父母说了一遍。瞽叟听了，叹气道：“是啊，我知道你是个极友爱的人，不封兄弟，必定有一个原故。既然如此，象儿亦不必再妄想了。”那后母道：“且慢，舜儿！我知道你是向称大智的人，什么事情你办不了？如今虽则有这两层困难，但是我想，你必定有办法可以斡旋。你是亲爱兄弟的，再想想看吧。”

帝舜至此，只得说道：“办法是有一个，不知道兄弟愿不愿。待儿去问了他再说。”那后母道：“同我说就是，你且说来。”帝舜道：“第一项，路的远近计较不计较？”那后母道：“你这个问题的意思，就是说，近地不可封，远地可以封了，是不是？”帝舜道：“是。”那后母道：“近地与远地有什么分别？难道近地天子不得而私之，远地可以私用么？”帝舜忙陪笑道：“不是，不是。近地人人所贪，必以待有功，如封兄弟于近地，为众人所注目，易启物议；远地人之所弃，容易使人忽略些。还有一层，近地难于见功；远地逼近蛮夷，易于树绩。现在三弟一无功劳，儿封他一个地方，虽则近于私情，但是几年之后如成效卓著，那么就可以解释，不受人之指责了。”

那后母道：“你刚才不是说，象儿不知道政治么？边地远方，逼近蛮夷，人地生疏，哪里会得有成效呢？”帝舜道：“儿所以还有第二层要问三弟，不知道三弟仅是要富贵尊荣呢，还是兼要那刑赏政治的权柄呢。兼要刑赏政治的大权，儿有点不放心，恐怕吃不住，弄糟了倒反为难。如其只要富贵尊荣，那么儿有办法。三弟尽管去做那边的诸侯，居这个爵，享这个名，由儿另外派遣精明强干的人去代治那个国家，一切赋税等等统归三弟，岂不是富贵尊荣都齐全了么？”

那后母听到这话，正在忖度，尚未发言，那象本在后面静听消息，等到这个时候，觉得万万忍不住，直跳的跳出来，叫道：“二哥！好的，好的，就是这样吧，我横竖不知道什么治民理国之道，我只要富贵尊荣便罢了。”帝舜听了大喜，过了几日，就发布命令，封弟象于有庳（现在湖南省道县），但是象不必一定在那国里，仍旧可在家伺候父母，来往极为自由，亦算是幸运之至了。

一日，帝舜视朝，向群臣道：“从前洪水为灾，百姓流离荡析，艰衣鲜食，生命尚且不保，当然谈不到‘教育’二字。如今水土平治已经二十余年，大司稷播时百谷，成效卓著，天下百姓大约都可以算小康了。但是人心容易为恶，饱食暖衣，逸居而无教，则近于禽兽。古人说的话一点都不错。大司徒历年播教以来，教他们亲睦，教他们谦让，效验亦已大显。不过朕的意思，对于成人而施教化，收效较难，因为习惯已成，成见已深，一时不容易改转，不如先就童蒙教起。古人说：‘蒙以养正，圣功也。’所以朕拟大规模地设起几个场所来，无论什么人家的子弟，都叫他来学。这个场所的名字就称作‘学’。学有二种，一种是学些技能及普通的知识，一种是学做人。有了技能和知识，将来长大之后，就不至变为游民，可以得到一个相当的职业，以维持其生计。知道了做人的道理，将来长大之后，到社会上去，就是一个善人。人人都能如此，国家岂不是就大治？刑罚岂不是就可以不用么？古人说：‘移风易俗，莫大于教。’朕的意思如此，汝等以为何如？”

大司徒道：“帝之言甚是。臣的意思，教固然要紧，育尤其要紧。人之初生，没有不善的，所以不善，就是为习俗所染。譬之一根丝，染于苍则苍，染于黄则黄，近朱则赤，近墨则黑。所以如能够另辟一个场所，订定一种教法，造成一个环境，使他左右前后、所见所闻，无非是个正人，无非是个善事，那么就是他天性本恶，亦可以化而为善，何况本来是善的呢！所以帝的主意甚是，臣以为可行。”

帝舜道：“那么有两项要先决定。第一项，教育的宗旨究竟如何？朕的意思，最好定一个极简极赅的字，做一个标准，然后依了这个标准去做，自然容易达到目的。”

于是大家一齐思索，有的主张用“让”字，有的主张用“仁”字，有的主张用“孝”字，纷纷不一。帝舜道：“朕看起来，用‘孝’字最妥当，孝为百行之原。先帝当日就最重‘孝’字。但是百姓识浅，以为‘孝’字是专对父母而言；对于常人应该如何，他就不知道了。所以朕拟于‘孝’字下再加一个‘弟’字，使百姓知道，对于父母固然要孝，即使对于常人中年纪比我长的亦要恭敬，那么不但家庭安宁，就是社会上亦不会纷扰。”大家听了，都以为然，于是就通过教育宗旨，是“孝弟”二字。

帝舜又道：“第二项，是教育的科目。这种科目，包括知识、技能和做人之道三种均在其内，怎样定法呢？”秩宗伯夷道：“依臣意见，礼是立身之本，当然是一科，不可不学的。”大司稷道：“我国以农立国，农业不可不学，当然也是一科。”伯益道：“依臣看来，草木鸟兽与人的关系很密切，用处亦最大，博物的人古称为君子，当然要算一科。”共工倕道：“古之圣人制器用以前民，利溥万世。即使自己不能够发明，寻常日用的物件自己能做亦很便利。臣想起来，当然亦要列一科。”乐正夔道：“声音之道与政治相通，而且可以变化人的气质，功效甚大。臣的意见，音乐亦应该列作一科。”

帝舜道：“汝等之言皆甚有理，可按照童蒙的年龄和程度之浅深，编制教科书等，以便诵读、学习。但朕还有一种见解，书本上的教育是形式，不是精神。形式上的效用浅，精神上的效用深。怎样叫精神上的效用呢？师长做一个榜样，弟之从而效之，这才叫学。那么教育之精神全在于师长了。师长的学问才识，尤其是道德人品，的确项项可以做弟子的模范，那么弟子观之而感化，无形之中收效自然甚大。否则学问才识不足，甚至‘夫子教我以正，夫子未出于正’，那么书本上的教育尚且弄不明白，何以使弟子率教呢？所以朕的意思，兴学之后，择师是第一要事。择到良师之后，一切接待师长的典礼要非常隆重，然后师尊。师尊然后道重。

“即使一时选择未精，误延不良之师，但对于他亦只可婉言微讽，使他自去，万万不可以加之以处分或撤换等字样。因为学中之师是国家或官吏所延请的，国家和官吏既然延请到不良之师，误人子弟，那么国家和官吏先应该自己引咎，处分自己，岂可将所延不良之师处分撤换，显显自己的威风，就此了事？要知道世界上的事都是一种偶像。大家说要尊敬，就尊敬；大家说不要尊敬，就立刻可以不尊敬。师长是教弟子的，要使弟子尊敬的。弟子能够尊敬师长，才肯听他的训诲，学他的榜样。假使师长可以处分，可以撤换，那么弟子对于师长就有轻视之心了。虽则那不良之师长的确可以处分，的确应该撤换，但是一笔写不出两个师字，此也是师，彼也是师，师之尊严既然动摇，教育之根本就有大半失败。

“尤有一种弊习万不可犯，有些知识浅薄的人，看见桀骜不驯的子弟在那里攻击师长，他不责子弟之桀骜，反而责师长之无能，甚且助子弟去驱逐师长，这个真是怪现象。果然如此，以后这个学中除非不再延师，假使延师，有气节的哪个肯来？来的一定是为衣食问题。为衣食问题而来的师长，其中并非没有学问、才识兼全的人，亦并非没有热心教授的人，但是他既以自己的衣食为前提，那么有些地方就不能不圆通，不能不敷衍，不能不迁就，绝不敢再抗颜而为师了。既然有一个被驱逐的覆辙在前，生怕再惹起弟子反抗，兜头一想，何苦来！彻底一想，何苦来！立刻变成好好先生。那种教育，还有价值么？所以朕的意思，要讲教育，必须讲精神上之教育；要尊师，要严师，才可以显得出教育之精神，而收效大。汝等以为何如？”

大家听了，都极以为然。退朝之后，就分头前去预备办理，不提。

且说帝舜自从娶了娥皇、女英之后，忽忽三十余年。娥皇无所出；女英生一男一女，男名叫义均，女名叫玉，这时年龄都在二十以外。帝舜因看得伯益少年英俊，且治水功绩甚大，有心相攸。一日，叫伯奋、季仲去执柯，皋陶父子自然一口答应，于是六礼齐备之后，玉女就嫁了过去。当那嫁的这一天，帝舜封伯益一块土地，其名叫费（现在山东省费县）；又赐他一道册命，上面写着：

帝舜曰：咨，尔费，赞禹功，其赐尔皂游，尔后嗣大出。

这次婚礼，虽则一切简朴，不尚奢华，但是却亦忙碌得很。等到婚事完毕，恰好大司徒等奏称建学已成，一切教科章程统统拟定，请帝察核，择日开学。帝舜将章程看了一遍，大致均甚完美，就定了一个吉日，行开学礼。

帝舜先行斋戒沐浴，到了这一日，帝舜率同群臣亲自视学，先向西郊而行。原来当时设立的学校有两个。一个是小学，在国都之中，专收童蒙程度低浅的人。因为他们年龄幼稚，寄宿不便，所以设在国中，以便出入。一个是太学，设在西郊，专收年龄长而有小学根底之人。这种人都系研究专门学问，设在城市之中容易分心，所以设在郊外，使他们能够屏弃一切，专心向学。

这日，帝舜等到了太学，那些聘请的教师和招收的学生都在门外迎接。帝舜看见，连忙下车与各教师行礼，又向诸学生答礼，然后揖让入门。只见那门内是一片广场，广场的居中有一所极大的房屋，房屋四周都环以水，作一个大圆形，东西南北四门。帝舜等从正南桥上过去，只见那房屋轩然洞开，四面明敞，里面宽广，约可容数百人。外面阶下陈列的钟鼓等乐器不少。房屋正中供奉的是历代先圣先师的遗像，下面陈列着许多俎豆并各种祭品。

帝舜至此，就请各教师对先圣先师行释奠礼。各教师哪里敢占先，一定谦让。帝舜道："不然。今朝假使在朝廷宗庙之中，诸位是臣子，当然事事以朕为先。如今在国学之中，诸位均系师长，当然是诸位为先了。朕是治百姓的，诸位是教百姓的，职任相同，而诸位又系朕以礼聘请而来的人，名分是师，亦是宾，朕哪里敢僭宾师呢？"各教师听了，不得已，只能序齿的分班向先圣先师像前行礼释奠，室外乐声大作。然后帝舜率领群臣再向像前行礼释奠，乐声又大作。奠完之后，乃叫各学生亦向像前行礼。然后帝舜亲自延请各教师至上首西向而立。众多学生在下首，北面行谒师礼，各以束脩为贽。礼毕之后，众学生退向下方，各教师一一都有训勉之语。语毕，帝舜又与各教师稽首行礼，口中说道："一切费心。"然后退出，视学之礼总算完了。

纳言晏龙乘间问帝舜道："刚才帝在学中，对各教师未免太客气了。"帝舜道："朕想应该如此。如此隆重师长，在各师长知道他自己身分之高，自然不敢稍有苟且溺职；在众弟子见之，自然更觉应尊敬师长了。朕闻古时帝王命将出师，必亲自跪而替他推毂，曰'阃以内我做主，阃以外你做主’。文武虽然两途，理由不过一个。学校之中，当然以师长为主，这是朕所以客气的意思。”晏龙听了，方才明白。

过了几日，帝舜视朝，又和群臣说道：“朕从前说学校教育以精神为主，精神的发生以躬行表率为先。现在教育方针既然定了‘孝弟’二字，那么怎样孝，怎样弟，不可不立一个模范给众弟子看看。所以朕拟定了一个养老的典礼，凡年老的人，在学宫里奉养他起来，使众弟子见了，知道天子之尊对于老者尚且如此，那么他们自有所观感而兴于孝、兴于弟了。所以太学亦可称为上庠，小学亦可称为下庠，庠就是‘养’的意思。汝等以为何如？”

大司徒道：“帝言极是，臣从前早已计划过。大概一国百姓的风俗，第一要使它厚，而不可使它薄。因为厚则相亲相爱，各安其分，自然无悖乱之事发生。风俗一薄，则相诈相争，纠纷日多，流弊不可究诘。臣闻古时有一个外国，他们的政策专以尊少为主。他们的意思，以为时代是有变迁的，世界是日日进化的，年老的人，他的思想已不合于现在的潮流，所以应该付之淘汰，才不会阻滞进化，甚至有年过四十可杀去之说，按照‘四时之运，功成者退’的话，似乎也有点理由，然而未免太刻薄了。年老的人，经验既多，学识自懋，岂是那种后生小子所可及？即使说他的思想已与时代不合，但他在年富力强的时候亦曾经为国宣劳，为民尽力，应该仍旧加以隆礼，优予报酬。假使因为他年老而轻率之，鄙贱之，甚之于杀之，试问与杀功臣何以异？天下最不平的事情无过于此！此风一开，倾轧排挤何所不至？民风民德不可问矣！所以臣已与大司稷商酌，请他于羡余的米谷储蓄项下，每年划出若干，另行存储，专为养老之用，尚未就绪，不意帝已先行想到，真是极美之事。”帝舜道：“那么，这种米谷就在每个学宫之旁另筑一廪，储藏起来吧。”大家都以为然，这事总算通过了。

后来又讨论老人之年龄和他的资格。讨论结果，年龄当然以七十岁为最低标准。资格分作四种：一种是有德行的人，一种是他的子孙死于国事之人，一种是已致仕之大夫，一种是寻常之老者。四种之中，前三种都请他到太学里来养老，后一种在小学中养。

后来将第一种细细讨论，又分为“三老”及“五更”两种：三老推年纪最高之三人充之；五更亦叫五叟，推年高而更事最多之五人为之。假使凑不足这数目，就以一人为三老、一人为五更亦可。决定之后，群臣就依了这四个标准到处去访求，居然十有余人。

于是帝舜就择了一个日期，到太学中来。那时这班老者个个是庞眉皓首，鲐背鲵齿，一齐排班在太学桥边迎接。帝舜步行过桥，与诸老行礼，遣从人扶掖彼等升堂。三老南向坐，每人一席；五更西向坐；其余诸老东向坐，皆按年岁之长幼为上下，亦每人一席。年在九十以上者，菜用六豆；八十以上者，五豆；七十以上者，四豆。稍待一刻，庖人奉牲而至，帝舜解去上衣，露出臂膊，亲自取了刀，一块一块的割在碗中，又一个一个亲自献上去。献毕之后，庖人又送上酱来，帝舜又一碟一碟亲自送过去；然后又拿了酒壶，每位老者面前都去斟过一杯，方才退到下面自己席上，坐着相陪。原来帝舜养老用的是燕礼，所以一献之后，就坐而饮酒了。

这时学中各弟子以及国中众百姓听说有这样一个盛典，大家都跑来，在桥的外面围住了观看，何止数万人。看到帝舜亲自献馔斟酒，大家都非常感动，那种孝弟之心自不禁油然而生，回家之后，都要想去效法了。古人说得好：“以言教者重，以身教者从。”这话一点不错的。燕礼既完，休息一时，然后召集在学的弟子，一齐来参见诸老，诸老个个都有训词。礼成之后，帝舜辞别诸老归去。从此以后，每到秋天，必定举行养老之礼，岁以为常。

一日，帝舜正在视朝，忽报西王母有使者前来。帝舜听了，忙叫秩宗伯夷、晏龙前去招待。过了一回，二人领西王母使者已到阙下。那使者虎头人身，乘的是白鹿之车，手中捧着一包不知何物。二人直领到朝上，那使者向帝三鞠躬，帝舜答礼。使者道：“敝主人闻圣天子践位，非常喜悦，想亲自前来道贺，适因有事，未能如愿，特遣某来代达。另有《益地图》一册，系敝主人从大荒之国得来，谨以奉献，伏乞哂纳。”说着，双手将包件送上。帝舜也双手接着，不便立刻打开来看，只能先说道：“敝国承贵主人大发慈悲，援助救治洪水，敝国人民同深感激。某以薄德，蒙先帝付托，勉缵大业，罪戾是惧，何敢当贵主人之贺，更何敢当贵主人之赐！但是却之不恭，只能谨领。请贵使者归去，代我重重致谢，费心费心。”说着，向使者深深行礼，又向使者慰劳一番，又问他现在所任之职司。那使者道是西方白虎之神。帝舜方才恍然。使者告辞，帝舜叫伯夷等授馆授餐，那使者都道不要，出了殿门，上了白鹿车，腾空而去。

第一百四十三回

大司稷逝世 · 渠搜国献裘 · 南浔国贡毛龙 · 豢龙 · 敫首画扇 · 舜作《南风》歌 · 舜做衣裳

且说帝舜之世，号称无为而治，但是帝舜可以端拱无为，帝舜的臣子却不能袖手不做事。自从西王母献《益地图》之后，有一年，大司稷弃又为农田水利之事要亲往西北考察。帝舜见他精力太差，再三阻止，但是大司稷以为职守所在，不肯偷安，决计上道。

先到了他的封国有邰地方一转，带了他的次子不窋同行。那条路正是从前帝喾同了简狄到有娀国去的路，过了有娀国遗址便是不周山。父子两个凭吊古迹，谈谈讲讲，倒也并不寂寞。那西面的稷泽，从前是汪洋无际的，此刻已经干涸，变成一个都广之野。

哪知大司稷到了此地忽然病了。年纪已经一百四十多岁的人，跋涉山川，蒙犯霜露，当然支不住，病不多日，渐趋沉重，医药无效，竟呜呼了。不窋哀悼毁伤，自不消说。一面饬人星夜驰奏朝廷，一面遵从大司稷遗命，就葬在此地，表明他以死勤事之意。这个地方本叫稷泽，现在大司稷恰恰葬在此地，亦可谓凑巧了。自从大司稷葬在此地之后，所有黍稷百谷都天然会得自生自长，更有鸾鸟飞来自歌，凤凰飞来自舞，而且灵寿宝华及各种草木群生丛聚，将一个都广之野变成名胜之区，真所谓人杰则地灵了，闲话不提。

且说帝舜得到不窋的奏报，知道大司稷薨逝，大为震悼，辍朝七日，一切饰终典礼备极优隆，自不消说。到得这年冬天，忽报渠搜国又遣人来进贡了，所贡的是一袭裘衣，份值颇昂。帝舜虽不尚珍奇，但是他万里而来，而且所贡又只此一物，不便推却，只得受了。那使者传述国王之意，感谢中国从前援助他的大德，又称颂平治水土之功。帝舜慰劳他一番，又优予供给，重加赏赐，叫他回去道谢。过了多日，那渠搜国使者去了。

忽报南浔国又有使臣来进贡。那南浔国素来未与中国相通，上次伯禹周游海外，亦未至其国土，但是他们却亦怀德慕义而来。帝舜命秩宗伯夷优加款待，定日朝见。哪知南浔国这次所贡的却是两条毛龙，只好安放在郊外，不能携以入朝。到那朝觐之时，使臣先将他君主向风慕义的话说了一遍，然后又说："敝国僻处海中，无物可以贡献，只有雌雄二龙，很具神化，所以捉来奉贡。想圣天子德及禽兽，四灵为畜，必能俯赐赏收。"

帝舜听了无法可施，只能收受，一面道谢，一面就问他南浔国情形，并问他龙的出产。那使者道："敝国四面皆海，国中有洞穴阴源，其下直通地脉，中有毛龙，时常蜕骨于广泽之中，鱼龙同穴而处。龙类不少，以这种毛龙为最难得。得到之后，豢养教导，令知人意，尤为难得。这两条龙都是久经训练，上能飞腾，下能潜伏，唯人指挥，无不如意。所以敝国君主不敢自私，特来贡献。"帝舜听了，又称谢一番，然后令伯夷引就外舍，重加赏赐。那南浔国使者去了。

帝舜以为南浔国既献两龙，不可不有豢养之处，更不可不有豢养之人，因而想起董父，便教他携了所养之龙，舍了雷夏泽，仍旧到董泽来，并且在董泽之旁筑了几间房屋，就取名叫豢龙之宫，连这两条毛龙亦一并叫他豢养。

一日，帝舜无事，跑到董泽来看毛龙。董父忙出来迎接，接着伯虎亦出来迎接。帝舜就问伯虎道："汝也在此处么？"伯虎道："臣对于豢龙之道很喜研究，时常向董父求教，所以在此。"帝舜道："汝大略已能了解么？"伯虎未及开言，董父代答道："他的学力颇能精进，此刻已不下于臣。臣历来在此豢养，深得其助呢。"帝舜大喜道："那么好极了。"说罢，即向豢龙之宫而行，董父、伯虎在后随着。

进了豢龙宫，到得一间向南的室中，推窗一望，但见董泽之水浩浩万顷，极目无际，泽的东岸隐隐见一个怪物，昂头水外，不知在那里做什么。董父撮口一嘘，只见那怪物顿时跃水而出，腾空而起，盘舞空中，夭矫蜿蜒，长约数十丈，鳞甲耀着太阳，闪闪夺目，向帝舜点首者三。这时董父又连连撮口，那潜伏泽底的龙一齐飞向空中，排列整齐，齐向帝舜点首，约有十几条。两条毛龙亦在其内，特别长大；还有一条紫龙亦很特别。那群龙向帝舜点首之后，齐向空中盘舞为戏，或上下升降，或互相纠结，或作相斗之状，或口喷云雾而隐藏其中，东云出鳞，西云露爪，极离奇变幻之致。

忽而见空中有数根长丝飘飘而下，董父忙叫人过去取来。帝舜问是何物，董父道："是龙之髯，非常可宝。"帝舜道："有何用处？"董父道："臣将数年来所积蓄的龙髯已做成几个拂子，其用甚大。"说着，就叫人去取了两个来，献于帝舜。帝舜一看，其色紫黑，如烂的桑椹，长可三尺。董父道：“夏天将它放在堂中，一切蚊蚋都不敢入；垂到池中去，一切鳞介之属无不俯首而至，这是最有用的。”帝舜道：“此外还有什么用处？”董父道：“此外都是游戏之事。在那风雨晦暝的时候，将它放在水里，沾湿了，能够发生光彩，上下动摇，奋然如怒。假使将这拂子引水于空中，可以成为瀑布，三五尺之长，不会中断。倘使拂起来，作一种声音，则附近的鸡犬牛马听了无不惊骇而逃去。假使用燕子肉烧了熏它，它就能勃勃然如生云雾。这几种都是臣试验过的，虽说游戏，但是其理甚奇，所以臣说它是个至宝。”

帝舜是不宝异物之人，对于这两个拂子本待不收，后来一想，父母年高，夏日的蚊蚋殊属可畏，此拂子既有辟蚊蚋之功，就收了献与父母吧。这时群龙在天空已游戏多时，帝舜又问董父道：“南浔国毛龙一雄一雌，哪条是雄？哪条是雌？龙的雌雄如何辨别？”董父听了，又撮口向空连着响几声，只见那群龙纷纷潜入大泽之中，独有那两毛龙昂着头浮在水面。董父就指给帝舜看道：“这条是雄，那条是雌。大凡雄龙，它的角浪凹而峭，目深，鼻豁，鬣尖，鳞密，上壮，下杀，朱火熠熠，这是雄龙。雌龙的角往往垂靡，浪平，目肆，鼻直，鬣圆，鳞薄，尾壮于腹，这就是雌龙。”

帝舜细细一看，果然不错，又问道：“既然有雌雄，必能生子。汝豢龙多年，见过它生子么？”董父道：“龙之子未必成龙，龙不必定由龙而生。大凡龙之来源，有四种：一种是胎生，一种是卵生，一种是湿生，一种是化生。但是以化生为最多。如现在龙门山的鲤鱼化龙，就是化生之一处。又南方交趾之地，有堤防龙门，水深七八百尺，大鱼登此门则化成龙，不得登者则曝腮点额，这又是化生之一处。此外人所不知不见者，正不知道有多少！至于龙所胎生或卵生的，往往不能成龙，而别为一类。以臣所知道者，大概有九种，而各有所好。一种名叫蒲牢，最喜欢叫，所以臣的意思，应该将它的形状刻在钟纽上。一种名叫囚牛，最喜欢音乐，所以臣的意思，应该将它的形状刻在琴上。一种名叫蚩吻，最喜欢水，臣的意思应该将它的形状刻在桥梁上。一种名叫嘲风，最喜欢冒险，臣的意思应该将它的形状刻在殿角上。一种名叫赑屃，最喜欢文字，臣的意思应该将它的形状刻在碑碣上。还有一种名叫霸下，最喜欢负重，臣的意思应该将它的形状刻在碑座上。还有一种名叫狴犴，最喜欢争讼，臣的意思应该将它的形状刻在狱门上。还有一种名叫狻猊，最喜欢坐，臣的意思应该将它的形状刻在庙中之神座上。还有一种名叫睚眦，最喜欢杀戮，臣的意思应该将它的形状刻在刀柄上。这九种龙子的形状、性格，臣都细细考察过，所以臣有一句话，叫'龙生九种，种种各别'。但是能够像龙那样神灵变化的真是少见，所以圣贤的儿子不见得都是圣贤，可见人与物竟是一理的。"

董父这句话本来指着丹朱而言，哪知帝舜听了不禁非常感叹。原来舜的长子义均亦是个不肖之人，虽则没有和丹朱那样朋淫傲慢，但是也丝毫说不出一点好处。帝舜为了此事，正在忧心，如今给董父拿龙来一比，自然怅触起来了。但是董父信口而谈，哪知帝舜的心事，他又兴兴头头地叫人去拿了他所画的《龙生九子图》来给帝舜看。帝舜细看那九个形状，果然个个不同，但其中亦个个有些微像龙之处，或有鳞，或有角，或有爪，或有鬣，或深目，或阔鼻，可见它本来是个龙种。

后来再细看，觉得董父绘画的颜色很好，赤色尤佳，便问道：“汝这种颜色是哪里来的？叫什么名字？”董父听说，指指伯虎道：“这是伯虎所造的，果然甚好，尚未给它取名字。臣等普通就叫他作龙涎罢了。”帝舜道：“是龙涎做的么？汝怎样能发明这种颜色？”伯虎道：“臣从前听见人说，先帝朝堂中生了绘实仙草一株。当初赤将子舆曾说过，如同龙涎磨起来，是很好的颜料。臣出入先帝朝堂二十年，见那绘实仙草尚在，就将他所结的实随时收起来，现在用龙涎来试试，果然甚好，所以这种颜色并不是臣发明的。”

帝舜道：“那么龙涎怎样取来？”伯虎道：“是那条紫龙的涎做的。龙性最喜吃烧燕肉，臣拿了燕炙去引它，又故意不给它吃。紫龙闻到这股香气，俯首而来，馋涎下垂，臣用器皿去盛，每日可得一合，这是臣偶然想出来的。”

帝舜道：“此刻汝处此种颜色尚有么？”伯虎道：“有，有，有。很多很多。”帝舜道：“朕妹敤首颇喜绘画，尝恨没有好的颜料。所以朕拟向汝乞取少许，以贻朕妹。”伯虎道：“臣处很多，明日谨当奉献。”于是君臣又谈了一回，帝舜就回宫，将龙髯拂献与父母。这时正当夏令，果然蚊蝇远避，瞽叟夫妇非常喜欢。次日，伯虎献上龙涎颜色，帝舜即送与敤首。敤首得到了亦非常欢喜，她那个画法自然格外精妙了。

一日，帝舜朝见父母，退下来和敤首谈谈，只见敤首拿着一柄扇，正在那里画。帝舜一看，所画的正是应时的朱果，用的就是龙涎的颜料，非常鲜艳，不禁大为称赏。敤首道："二哥！你看这画，还过得去么？"帝舜道："岂但过得去，竟是神品呢！"敤首道："二哥不要胡乱奖饰，妹子这柄扇，画了是要献给父亲的，还要画一柄献给母亲，就是诸位兄嫂处，我亦想各画一柄送送。如果画得不好，我想再画过。二哥！你总要老实批评，不可胡乱奖饰。"帝舜笑道："的确好极，我何必同你客气。"看官，要知道敤首是千古画学的祖宗，她有创造的天才，无师自通，一切规矩法门都是她发明出来，后世称她为画嫘，所以舜的称赞她真个不是客气的，闲话不提。

且说帝舜又和敤首谈了一回，便回到自己宫中，暗想："我现在虽然尊为天子，富有四海，可算得能以天下养父母了，但是所有养父母的物件都不是自己亲手劳力做的，表面虽然好看，实则不过浮文，反不及我妹子，自己画了去娱悦亲心，真是惭愧。"后来一想，"现在正是夏天，需用扇子的时候，妹子能画扇，我何妨做几柄扇子去献给父母呢？"主意打定，即刻叫人去预备材料，就动手来做。

原来舜是个微贱出身，一切工作都有经验。从前作什器于寿丘，靠此谋生，他的技艺之精可想而知。现在又有娥皇、女英帮忙，不到两日，已做成数柄，忙来与敤首商量，叫她画上画儿，变成兄妹合制的物件，以便献与父母。敤首见了大喜，即刻画好，便去献上瞽叟夫妇。瞽叟夫妇果然大喜，因为是儿子、女儿亲手做的，觉得比寻常的珍奇尤为可宝，因此常常携在手中。这亦可见舜能悦亲之一端。

且说舜自从做扇献父母之后，那材料还有很多，于是又运用心思，创造一种扇，名叫五明扇，分赐群臣。这五明扇的式样早已失传，无从悬揣。那“五明”二字的取义，大概是为政之道，取其明白如日月星辰，不可壅蔽，如后世所说广开视听，求贤人以自辅，就是这个意思了。

一日，舜退朝之后，在宫中穿了一件单衣，娥皇、女英在旁边侍立，闲着无事，就取过一面五弦琴来弹弹，以消此永昼。原来舜本有五弦之琴，后来帝尧给加了两条，以合君臣之恩，就变为七弦琴。如今尧既殂落，而舜自己又做了天子，所以于七弦琴之外又造了一面五弦琴，以复其旧。这日，天气酷暑，南风习习吹来，虽稍解炎热，然终有点暑意。舜弹了一回，忽然想起早间上朝时大司徒所奏的话来了。

那大司徒所奏的话，就是京城蒲坂之东有一个大泽，方五六百里，本来是山海极东的一个最洼之处。山海宣泄，因此变成一个盐湖。（现在山西省安邑县、解县之间。）四围居民就拿这湖水来晒盐，每到夏天，南风大起，则出盐甚多。唐虞之世，盐利并没有收归官有，任百姓晒取买卖。大司徒因见连日南风大盛，盐出甚多，所以报告帝舜。帝舜非常欣悦。这时正在弹琴，吹着南风，不禁想到，遂作成一歌，谱入琴弦之中，弹起来，其词曰：

南风之薰兮，可以解吾民之愠兮！

南风之时兮，可以阜吾民之财兮！

弹完之后，汗流竟体，那件裤衣已渗湿。女英就忙去拿了一件来替舜更换。娥皇看见那件衣衫将有破象，就说道："这衣快要破了，再换一件吧。"帝舜道："不妨，今日已不出外，且待明日再换。"女英笑道："帝的俭德，可谓和先帝一样。先帝当日在宫中，夏日布衣掩形，冬日鹿裘御寒，敝了不轻改作，亦是如此的。不过到祭祀的时候和朝觐大典的时候，那衣冠却是非常华美。现在帝连祭祀朝觐的衣冠仍是朴素，未免太俭了。"

帝舜道："汝言甚是，我亦正在此计划。不过究竟如何一种式样，现在尚未确定，因此迟迟，将来一定要做的。"娥皇道："先帝那件冰蚕茧衣服实在华丽珍贵，此刻由丹朱拿去了。听说这种冰蚕出在什么东海员峤山上，路虽则远，但是大司空和董父等都有骑龙御风之术，何妨叫他们去求呢？为宗庙朝廷礼制所系，并非为一己的嗜好奢华，想来亦无妨于君德。"帝舜忙道："这个不行，一则此种琐事乌可以烦劳大臣？二则，员峤山是仙山，无缘之人岂能辄到？三则，衣服以行礼为主，但求华美，不必贵重，更不必与前朝一律，只要合礼就是了。"二女听说，亦不言语。

过了几日，舜果然将一种衣裳的式样想好，叫二女剪裁成功之后，就去寻敤首，叫她作画。敤首一看，账上开列要画的共总有十二项：一项是日，一项是月，一项是星辰，一项是山，一项是龙，一项是华虫（就是雉鸡），一项是宗彝，一项是藻，一项是火，一项是粉米，一项是黼，一项是黻，不禁笑道："二哥这件衣裳做成之后，穿起来，真可谓华丽极了。想来这许多拉拉杂杂的东西凑在一起，二哥必定有所

鸟身龙首神

洞庭山
諸神
狀皆鳥身
而龍首

鸟身龙首神

……

凡洞庭山之首，自篇遇之山至于荣余之山，

凡十五山，二千八百里。其神状皆鸟身而龙首。

——《山海经·中山经·中次十二经》

……

取义的，请先和我讲明了，我好画。”

帝舜道：“这个不难明白。愚兄忝为天子，天子上法乎天。日、月、星辰三项，就是取他高高在上、照临无私的意思。天子一举一动，关系天下匪浅，所以最好多静而少动，庶几能镇压得住。静而能镇，莫过于山，所以用山。天子喜怒一切不可让臣下能够窥测，以致有揣摩迎合的弊病。龙是飞腾神灵、变化不测的动物，所以要用这个龙。华虫的羽毛五彩俱备，非常美观，用华虫，就是取它的文采。这六项在衣上，都是画的。”

敤首道：“龙我没有看见过，画不来。”帝舜道：“不打紧，董泽地方的龙，我改日和你去看吧。”敤首指着宗彝问道：“这是什么东西？我更没有看见过呢。”帝舜道：“宗彝就是蜼，形似猕猴而尾甚长，鼻孔向上。天将下雨，它恐怕雨入鼻中，就用尾将两鼻孔塞住。出在鬼方。”（现在贵州省思南县有山名叫甑峰，形如甑，故以为名。其山盘亘数百里，人迹不易到，相传宗彝就出在此山。）

敤首笑道：“那么何所取义呢？”帝舜道：“它是个孝兽，他们种类多巢于树林，老者居上，子孙以次居下。老者不常出，子孙居下者出，得果，即传递至上。上者食毕，传递至下，下者乃敢食。我用宗彝，就是取它的孝。”敤首道：“原来如此，但是没有实物看见，我怎样画呢？”帝舜道：“大司空《山海经》上或者有图，我去借来看吧。否则想象画亦好，何必一定确肖呢？”

敤首道：“粉米甚难画，画在那里不像个东西，像一撮什么似的。”帝舜道：“亦不打紧，只要像而已矣。好在画了之后还要绣，绣起来或许好看些。”敭首道：“还要绣么？”帝舜道：“这六项在裳上，都是绣的。”敭首道：“什么取义呢？”帝舜道：“藻，是水草，取其清洁。火，取其明而利用。粉米，取其养人。黼，只要画一柄斧头，取其有决断。黻，是写两个大‘己’字，一正一反，东西相背，取其有辨别。这十二项的用意就是如此了。”敭首听了，点头无语。

后来帝舜同敭首去看了一回龙，又向大司空处借了宗彝的稿本来，那极华丽的衣裳居然画好、绣好。帝舜穿了郊天祭地，以后遂成为定制。

第一百四十四回

孝养国来朝 · 夔作乐 · 改封丹朱

有一年，正是帝舜在位的第三年，忽报孝养国之君执玉帛来朝了。帝舜忙问群臣孝养之国在何处，从前曾否与中国相通。大司空禹奏道："孝养国在冀州之西约有二万里，臣从前治水西方，曾听人说过。当时因为路途太远，所以没有去。"大司徒契奏道："臣稽查历史，从前蚩尤作乱之时，孝养国人曾经与蚩尤抗战。后来黄帝诛灭蚩尤，将那助蚩尤为凶暴之国一概灭去，独表此国为孝养之乡，天下莫不钦仰。从这一点看起来，当然与中国早有交通，而且他的人民风俗一定是孝亲养老，很善良的，所以黄帝加以封号。也许这'孝养'二字之国名还是黄帝取的呢。"帝舜道："既然如此，且又二万里而来，应该特别优待。一切典礼请秩宗去筹备吧。"伯夷受命，自去招待不提。

隔了两日，帝舜延见孝养国君，礼成之后，设宴款待，百官都在下面相陪，孝养国君与帝舜在上面分宾主坐下。大家初意以为孝养国君必定是个温文尔雅的态度，或者是个和平慈祥的面貌，哪知偏偏不然，却是高颡、大面、虬髯、虎须、长身、修臂，拳大如钵，仿佛孔武有力的样子，大家都觉诧异。又看他的衣服亦很怪，不知是什么质料做的。

酒过数巡，帝舜先开言道：“承贵国君不远万里而来，敝国不胜荣幸。敢问从前敝国先帝轩辕氏的时候，贵国曾有人到过敝国么？”孝养国君道：“从前先父受蚩尤的逼迫，幸得圣天子黄帝破灭蚩尤，给敝国解围，又承加恩赐以孝养之名。当时圣天子黄帝巡守西方，先父曾经朝见，至于中原之地却未曾来过。”

帝舜听了这话，诧异之至，就问道：“令先君去世多少年了？”孝养国君轮起大指一算，说道：“二百二十四年了。”帝舜道：“那么贵国君今年几岁？”孝养国君道：“小臣今年二百七十五岁。”帝舜道：“如此高寿，可羡之至！”孝养国君道：“敝国人并无有寿不寿之分，大概普通总是活三百岁。”

帝舜听了，觉得他这个国与寻常不同，就再问道：“那么贵国君生时离蚩尤作乱还不远，对于蚩尤氏情形，父老传说，大概总有点知道。朕闻蚩尤氏兄弟八十一人，个个铜头铁额，飞空走险，以沙石为粮。如此凶猛，贵国人竟能抵抗，不知用何方法。”孝养国君道：“敝国当时所怕他的，就是呼风唤雨，作雾迷人，引魑魅以惑人，这几项实在敌他不过。至于论到武勇，敝国人民可以说个个不在他之下，所以是不怕的。”帝舜道：“贵国人民如此骁勇么？”孝养国君道：“不必敝国人民，就是某小臣，年纪虽差长，还有些微之力，天子如不信，请拿一块金或一块石来，当面试试看。”

帝舜听了，要验他的能力，果然叫人去拿一块大金、一块大石来。孝养国君拿来，放在口中一嚼，顿时碎如粉屑。大家看了，无不骇然。但是在他那张口闭口之时，又发现一桩怪事，原来他的舌头与常人不同，舌尖方而大，里面的舌根倒反细而小，殊属可怪。后来他又说道：“敝国人的气力，大概八九千斤重的东西总可以移得动，所以敝国那边从地中取水，不必用器械掘，只须以手爪划地，则洪波自然涌流。蚩尤氏虽勇，实非敝国人之敌也。”帝舜道：“原来如此，殊可佩服。”

后来又问他国内的风俗，孝养国君道：“敝国风俗，最重要的有两项。一项是善养禽兽。凡是飞禽走兽，一经敝国人养过，就能深知人意，都能替人服役。所以敝国人死后，葬之中野，百鸟衔土，百兽掘石，都来相助造坟，这是特别的。还有一项，是孝养父母。人非父母无以生长。父母的配合，原不必一定为生儿育女起见，但是既生育儿女之后，那种慈爱之心真不可以言语形容。莫说在幼小时代，随处爱护，即使已经成人长大了，但是他那一片慈爱之心仍旧是丝毫不减。归来迟了，已是倚闾而望；出门在外，更是刻刻挂念；偶有疾病，那忧虑更不必说。父母爱子既然如此之深，那么人子对父母又应该怎样？所以敝国人民不但父母生前竭力孝养，即使父母死了，亦必用木头刻一个肖像，供在家中，朝夕供养，和生前一般。秋霜春露，祭祀必诚必敬。水产、陆产、山珍、海味，凡力量能够办得到的，总要取来，以供奉养祭享之用。即如小臣，忝为一国之君，亦有一个圜室。平常时候，叫百姓入海取了那虬龙来，养在里面，到得奉养祭祀之时，屠以供用。其余禽兽草木更不必说。这就是敝国特异之点了。”

大众听了他这番议论，无不佩服。帝舜道：“贵国能如此，真是难得之至。贵国四邻见了贵国这种情形，想来当然能够感化了。”孝养国君听到这句，不住的摇头，说道：“不能不能，敝国西方有一个国家，他们正与敝国相反。”帝舜忙问道：“莫非不孝么？”孝养国君道：“他们亦不是不孝，是不养。他们的风俗却亦奇怪，他们的意思，以为人亦是万物之一，万物都有独立性。譬如老马，绝不靠小马的奉养；老鸡亦绝不靠小鸡的奉养；为什么人为万物之灵，倒反要靠儿女的奉养呢？所以他们的人民深以受儿女的奉养为大耻，说是失去人格了。因此，他们对于儿女亦不甚爱惜。幼小时没有办法，只能管他养他，一到六七岁，做父母的就拿出多少资本来借给儿女，或划出一块地来租给他，教他种植或养鸡、养兔。将他所收入的几分之几作为利息或租金，其余替他储蓄，就作为子女之衣食费及求学费等。他们说，这样才可以养成子女的独立性及企业心。一到二十左右，有成人的资格了，就叫他子女搬出去自立门户，一切婚嫁等等概不再去与闻，仿佛是两姓之人了。就是他所有的财产亦不分给子女，为子女的亦深以受父母之财产为可耻。因此，子女更无赡养父母之义务，偶然父母向他子女商借财物，亦必计较利息，丝毫不能短少，岂不是奇怪的风俗么！”

帝舜听了，诧异道：“世界上竟有这等事！那么贵国和他邻近，不可不防这种风俗之传染。”孝养国君道：“说也奇怪，他们亦防敝国风俗传到那边去呢。因为敝国的风俗宜于老者，所以他们那边的老者无不羡慕敝国之风俗而想学样。他们的风俗宜于青年，所以敝国的青年亦无不羡慕他们的风俗而想学他。将来正不知如何呢！”

帝舜道：“这是什么原故？”孝养国君道：“父子同居共产，固然是极好的，但是既然同居，既然有父子的名分，为父母的对于子女之言行一切，不免有时要去责备他，要去干涉他。即使不如此，但无形之中有这么一重拘束，青年人的心理总以为不畅意，所以不如早点与父母分居，高飞远走，既可免拘束，又可无奉养之烦，且可以博一个能独立不倚赖父母之名，岂不是面面俱好么？所以近今敝国青年往往有醉心于他们，以为他们的风俗是最好的，不过现在还不敢实行罢了。

“至于老年人的心理与青年不同，他们精力差了，倦于辛勤，一切游戏的意兴亦渐减少，而又易生疾病，所盼望的就是至亲骨肉常在面前，融泄团聚，热热闹闹，享点家庭之乐便是了。但是照他们那种风俗是绝对不能。在那年富力强的时候，有事可做，尚不觉寂寞，到了晚年，息影家中，虽则没有饥寒之忧，但是两个老夫妻爬起一对，跌倒一双，清清冷冷，无事可做，一无趣味，仿佛在家里等死一般，岂不可怜呢！万一两个之中再死去一个，剩了一个，孤家寡人，岂不尤其孤凄么？起初他们习惯成自然，虽则孤凄寂寞，倒也说不出那个苦之所在。后来敝国有人到那边去，寄宿在一户两老夫妻的人家。那老夫妻有儿子三个，女儿两个。儿子一个做官，两个做富商，女婿亦都得意。但是每年不过轮流来省视父母一二次，就已算是孝子了，要是几年不来，亦不能说他不孝。敝国人住在那里，看得两老夫妻太苦，遇有暇时，常邀他们到各处游玩，又和他们说笑解闷，那两老夫妻快乐之至，感激之至。后来他们问到敝国情形，敝国人告诉了他敝国人家庭的乐趣。那两老始而羡慕，继而感叹，后来竟掉下泪来，说道：‘可惜，不能生在贵国。’从这一点看来，可见他们的老者醉心于敝国，以为敝国的制度是最好了。”

帝舜听了，不禁太息道：“照贵国君这样说，将来贵国的风俗一定为他们所改变的。”孝养国君问道：“为什么原故？”帝舜道：“老者是将要过去的人，没有能力的了，青年是将来的人物，能力正强。青年的主张既然如此，老者如何支持得住呢？”孝养国君道：“敝国也防到这层，所以常将他们老年人所受的苦楚向敝国青年演讲，叫他们不要轻易胡为，免得将来作法自毙。”帝舜叹道：“这个恐怕不中用呢。大凡人的眼光，短浅者多，但顾目前之畅快，哪里肯虑到将来？如果人人肯虑到将来，那么天下就平治一半了，恐怕无此事呢。”孝养国君道：“依他们的风俗，最可恶的就是他们亦能持之有故，言之成理，所以能荧惑一班青年。”

帝舜道：“是啊，这个就所谓似是而非，但要去指驳他们却亦并不繁难。譬如，他们说人为万物之灵，何以不能独立如禽兽？要知道人为万物之灵，必定要高出于禽兽，才不愧为万物之灵，并非事事专学禽兽，和禽兽一样而后已。老年人的要子孙养，做子孙的应该养父母，这个正是人与禽兽不同之处，正是人灵于万物之处。因为人的异于禽兽，不仅仅是言语智慧等等，而尤在那颗良心。良心就是恩情，就是仁爱。天下人民以亿万计，俨然是一盘散沙，全靠‘恩情’‘仁爱’四个字来粘连起来，才可以相安而无争夺。父母养子女，子女还养父母，就是恩情仁爱的起点。良心在其中，天理亦在其中。子女尚且不肯养，父母尚且不肯养，那么肯养哪个？势必至人人各顾自己了。人有合群之性质，只有禽兽才是各顾自己的。照他们这种说法，是否人要学禽兽呢？人不如禽兽的地方多得很呢，兽有毛，禽有羽，都可以温其体，人为什么要靠衣服来保护体温？兽有爪，禽有喙，都能够攫啄食物，人为什么要靠器械来使用？禽兽生不几时，就能自由行动，寻取食物，为什么人要三年才能免于父母之怀？可见得有些地方，人不如禽兽之处，正是胜过禽兽之处，哪里可以拿禽兽来做比较呢？大凡世界上，不过天理、人欲两条路。我们要孝养父母，是讲恩情，讲仁爱，可谓纯是天理。他们不知孝养，是专以个人的便利快意为主，可谓纯人欲。天人交战，事势之常，将来必有大分胜负之一日。究竟孰胜孰负，不得而知。但是我们不忍抹杀这颗良心，不忍自同于禽兽，当然是要维持推重这个孝养的，贵国君以为如何？”

孝养国君听了这番议论，倾倒之至，连说“不错不错”。当下又闲谈了一回。帝舜看见他的服饰与中华不同，又细问他，才知道他们人民都是织茅为衣的。过了几日，孝养国君告辞归去，帝舜重加赠赐。又因为他执礼甚恭，处处谦让，又特别封他为孝让之国。那国君拜谢而去，按下不提。

且说一日，帝舜视朝，大司徒奏道：“臣闻古之王者，功成作乐，所以历代以来都有乐的。现在帝应该饬令乐正作乐，以符旧例。”帝舜道：“作乐所以告成功于天，现在朕即位未几，何功可告？以先帝之圣，直到在位七十七载方作《大章》之乐。朕此刻就作乐，未免太早吧！”大司徒道：“帝的功德，不从即位以后起。从前摄位三十载，治平水土，功绩早已著明了。况且现在南浔之国、孝养之国都不远万里而来，可见帝德广被，是前代所少见的。如此还不算功成，怎样才算成功呢？先帝因洪水未平，所以作乐迟迟，似乎不能拿来做比较。”

帝舜听了，还未答应，禁不得大司空、秩宗等一齐进劝，帝舜不得已才答应了，就叫夔去筹备。大家又商量道："帝德荡荡，帝功巍巍，非多选几个精于音乐之人互相研究，恐不足以胜任。"帝舜道："可以不必，一个夔已足够了。"大家再三申请，夔也这样说，帝舜不得已，遂叫伯禹总司其事。但是禹是个闻乐不听之人，怎样能知音乐呢？不过挂名而已。后世有"禹兴《九招》之乐，以致异物凤凰来翔"的话，正是为禹曾经挂过这个名义之故，闲话不提。且说当下帝舜既然派定了禹，禹亦不能推辞，只得与乐正夔一同稽首受命，自去筹备。

一日，帝舜视朝，有使臣从东方来。帝舜问起丹朱在国的状况，那使者道："丹朱自从到国之后，旧性复发，专喜漫游，又和一班小人在宫中昼夜作乐，不理民事。"帝舜听了，非常纳闷。大司徒在旁奏道："先帝早知道丹朱之不肖，又教导他不好，所以只好放逐他到外边去，不给他封地，就是防他要贻误民事，如今果然不对了。从前先帝和他是父子，父子之间不责善，所以有些也只能听他。如今他是诸侯，对于帝有君臣之义，务请帝严加教导劝诫，不使他养成大恶，庶几上可以慰先帝之灵。不知帝意如何。"帝舜道："朕意亦如此，不过还想不到一个善法。"皋陶道："依臣的意见，先办他的臣下。臣听见古时候有一种官刑，哪个敢有恒舞于宫、酣歌于室的，叫作巫风；哪个敢有殉于货色、恒于游畋的，叫作淫风；哪个敢有侮圣人之言、逆忠直之谏、疏远耆德、昵比顽童的，叫作乱风。这三种风、十项愆，假使做卿士的犯着一项，其家必丧；假使做邦君的犯着一项，其国必亡。但是做臣下的不能去匡正其君，这个刑罚叫作墨。如今丹朱有了这种失德之事，他国中之臣下何以不去匡谏？这个就可以加之刑罚了。

一面再叫了丹朱来京，剀切劝导他一番，然后再慎选贤才，为之辅佐，或者可以补救，未知帝意以为如何。”

帝舜听了，连声道是，于是就叫人去宣召丹朱和他的大臣入都。丹朱听了，以为没有什么大事，或者娥皇、女英记念手足，要想见见他而已，所以毫不在意，带了他的一班匪类及大臣等向西方缓缓而行，一路仍是游玩。一日，到了一处，正是上弦的时候，他觉得这个地方风景一切好极了，日里玩得不尽兴，又想夜游。禁不得那班匪类小人又献殷勤，想计策，怂恿丹朱在此地造一个台，以便观赏。丹朱听了，非常欢喜，立刻雇起人夫，兴工建筑。那个台高约十丈，周围二百步。造成之后，恰恰是望日，一轮明月皎洁澄清，四望山川，俨似琉璃世界，那个景色的确不坏。于是丹朱君臣得意之至，置酒酣歌，载号载呼，直到月落参横，方才归寝，如此一连三夜。还是帝舜使臣催促不过，没奈何只得上道。（后来这个台就叫作丹朱夜游台，在此刻河南省内黄县北二十里蒵[1]阳聚。）

到了蒲坂之后，使者复命，将沿途情形一一报告。帝舜听了，闷闷不乐。次日视朝，先召了那些大臣来，切切实实的责备了他们一番，竟用皋陶之言，将他们定了一个墨刑。原来那墨刑本应该在脸上刺字、涅之以墨的，所以叫作墨刑。现在帝舜用的是象刑，并不刺字涅墨，不过叫他们戴一顶皂色的巾，表明墨字的意思而已。但是那些大臣都愧耻之至，大家从此都不敢出门了。帝舜一面又将那班匪类小人

1. 蒵：音xī。

流窜的流窜，放逐的放逐，驱除净尽。然后再叫了丹朱到宫中来，恳恳挚挚的加以申警，又叫娥皇、女英痛哭流涕地向他规劝，又选了好些端人正士做他的辅佐，又想到他本来的封国民誉大坏，不可再去了，还不如那个房地，从前丹朱逃避时百姓因为他有让国之德，声誉尚好，就改封他在房，亦可改换他的环境。那丹朱自从经过这番的挫折，到国之后，亦渐渐自知改过，这是后话不提。

第一百四十五回

奏《韶》乐，舞百兽·郊天，以丹朱为尸·舜有卑父之谤

一日，帝舜视朝，大乐正夔奏道："臣奉命作乐，已告成功，请帝临幸试演。"帝舜答应，就率领群臣前往观察。原来乐正夔作乐之地是在郊外，取其空气清新，风景秀丽，无尘俗烦嚣之扰。东南面连接雷首山，却是帝舜辟出的一个园囿，其中禽兽充斥，百种俱有，非常蕃孳，有时麋鹿獐兔等到园囿之外随地游行，也是常有之事。

这日，帝舜和群臣到了，先看过了各种乐器，极称赞琴、磬二种之佳，问乐正夔道："这二种的材料是从何处取来的？"原来帝舜精于音乐，所以于乐器材料的美恶一望而知。乐正夔道："琴的材料是峄山（现在山东省峄县北）南面的一株孤桐所制成。磬的材料是泗水旁边的浮石所制成。"帝舜将琴轻轻地抚了一回，又将磬轻轻地敲了几下，点首赏叹，说道："琴的材料固然好，磬的材料尤其好，真是难得。"

各种乐器看完，乐正夔一声号令，那些乐工一齐动手，吹的吹，弹的弹，鼓的鼓，摇的摇，乐正夔亲自击磬。那回乐的节奏共有九成，帝舜从第一成听起，直听到第五成，专心静气，目不旁瞬。正在觉得八音谐和、尽善尽美之际，忽见两旁群臣的视线一齐移向外边，不觉

自己的视线亦向外面一望，但觉无数野兽飞禽之类也在那里应弦合拍的腾舞，不禁心中大大纳罕。但是究竟听乐要紧，急忙收心，依旧听乐。直到九成终了，玉声一振，乐止声歇，再向外面一望，只见那些禽兽依然尚在，不时昂首向里面窥探，仿佛还盼望里面奏乐似的。帝舜一面极口称赞乐正夔制作之精，一面又问道：“刚才那些禽兽能够如此，是否平日教导过的？”乐正夔道：“并未有心去教导它们。当初臣等在此演乐，这些禽兽都跑来听，以为不过偶尔之事，禽兽知道什么音乐。哪知后来他们竟有点知音了，每逢臣击磬拊石之时，那些禽兽都能相率而舞，真是怪事。”说着，又将磬石连击几下，外边的禽兽果然又都腾舞起来。

大家看得稀奇之至，都称赞夔这个乐制作得精妙。当下帝舜就将这乐取一个名称，叫《韶》乐。乐正夔又问帝舜正式奏乐的日期。帝舜道：“现在离冬至不远了，朕即位数载，尚未郊天，且待冬至之日，举行郊天之礼，再正式奏这个乐吧。”乐正夔听了唯唯。

帝舜刚要转身，忽然想起一事，重复问乐正夔道：“汝这个乐可谓制造得精美，但是朕打算在各种乐器之外再加一种乐器，不知可使得么。”乐正夔道：“乐以和为主，只要其声和谐，能协于六律，总可以加入的。请问帝打算加入什么乐器？”帝舜道：“朕从前在历山躬耕的时候，看见许多大竹，偶然想起从前黄帝叫伶伦取竹于嶰溪之谷，制十二筒以象凤凰之鸣，雄鸣六，雌鸣六，遂为千古律吕之祖。朕因仿照他的方法而加以变通，用竹管十个，其长三尺，密密排之，参差如凤凰之翼，吹起来音调尚觉不差，朕给它取一个名字叫箫，未知可用否。朕尚有几个留在宫中，过一回取来，请汝斟酌。如其可用，就参用进去。朕之《韶》乐中有朕亲制之乐器，亦可以开千古国乐之特色，传之后世，亦是佳话。”乐正夔听了，又连声唯唯。帝舜回到宫中，取了几个箫，又附一张说明书，饬人送给乐正夔，夔自去研究制造，加入《韶》乐之中，不提。

且说帝舜定制，诸侯分班每年来朝见天子一次，这时适值南方诸侯来朝，丹朱亦在其内。帝舜大喜，就留住各诸侯赞助郊天大典。又因为丹朱是先朝嫡胤、以天下相让的人，所以待遇他的礼节特别隆重，称他作虞宾而不当作臣子，并且打算在郊天的时候请他做一个尸。

看官要知道“尸”是什么东西呢？原来古时候各种祭祀，必定有一个尸来代表所祭祀的鬼神。譬如子孙祭祖父，就叫一个人服着他祖父生前穿过的衣冠，充作他祖父的样子，然后由主祭者用极恭敬的礼节迎接他到庙中，请他坐在上位，向着他进馔，献爵，拜跪。那个尸不言不语，端坐不动如木偶，生生地享受，仿佛如演戏一般。所以尸就是后世的神像，不过一个是画的，一个是活人罢了。通常儿子祭父亲，做尸的总是所祭者的孙子，也就是主祭者的儿子。《礼记》上说，君子抱孙不抱子，因为孙可以为王父之尸，子不可以为父尸。但是子做父尸亦是有的，《孟子》上说：“弟为尸，则谁敬？”照这句话看来，祭父的时候，如自己还没有儿子，或有儿子而年纪尚小，不能做尸，那么兄弟亦可以做。这种礼节，在后世人眼光中看来非常可诧，或则非常可笑，因为自己亲生的儿子忽然叫他扮作自己的老子，叫他上坐，向他拜跪供养，等到礼节一完，出了庙门，又依旧是自己的儿子，颠倒错乱，岂不是可笑至极！但是古人所以造出这种礼节，亦有他的理由。因为画像供起来，虽则确肖，然而究竟是假的。古人祭祀最重要的是以神相格，神的所以能够感格，实因为一气之能相通。子孙的血流传自祖宗，用他来做尸，一气相生，精神自然容易感通，这是一个原故。还有一层，在他儿子面前做出一个恭敬孝养父母的式样来，给他儿子看，使他儿子知道人子的事奉父母是要这样的，所谓示范感化，就是这个道理。但是这种方法终究未免近于儿戏，而且就实际上说起来，做儿子的高高上坐，看他的父母在下面仆仆亟拜，受他父母的供养，问心亦总觉不安。所以后来二千年之后，这种礼节亦不知不觉的改去了，变为栗主，变为画像，这亦是文明进化之一端，闲话不提。

且说帝舜郊祀叫丹朱为尸，可见唐虞之世不但祭祖父有尸，连祭天亦有尸了。那丹朱是个专好漫游之人，对于各种典礼向未经意，而且尤怕受它的拘束。现在忽然听见帝舜叫他做尸，不禁惶恐之至，连忙稽首固辞。帝舜以为他是谦让，哪里肯准。丹朱没法，只得来和娥皇、女英商量。娥皇道："天子叫你做尸，因为你是先帝的后裔，隆重你的意思，你何以如此不知好歹？"丹朱道："我岂是不知好歹，实在我于各种礼节丝毫不懂，答应了之后，万一有失仪之处，惹人笑话，岂不是求荣而反辱么？"女英道："不懂可以学，不妨赶快学起来。"丹朱道："现在向何处学呢？且为期已迫，临阵磨刀，恐亦来不及了。"娥皇道："既然如此，我们替你向天子说说看吧。"

丹朱去后，这日晚间，娥皇、女英就将丹朱的苦衷告诉帝舜。帝舜道："原来如此，这件事情极容易，绝不怕失仪的。并且到那时自有引赞的人在旁边指导，引赞的人怎样说，就依怎样了做就是了。好在做尸的人完全是个傀儡，除坐坐之外，没有别的事情，更无所用其学。”女英道：“可否先准丹朱到那边去观览一回，使他熟一熟那边的道路门户？”帝舜道：“可以可以，只要叫他去问秩宗伯夷就是了。”二女大喜，就饬人通知丹朱，丹朱就去访伯夷。

伯夷问明来意，就领他到郊祀之所去参观。原来那郊祀之所在南门之外，前面尽是山冈，连接东面的苑囿，树木参天，禽兽充牣。那郊祀之庙建筑在大广场上，四面并无墙垣。丹朱随着伯夷进入庙中，这时离郊祀之期不足七日，执事人员已都在那里布置。一切乐器亦都陈列整齐，有好些乐工和舞生正在那里演习，丁丁冬冬，翩翩跹跹，非常好听好看。丹朱对于乐律亦从未研究过，除出钟鼓琴等知道外，其余竟有许多不知其名。适值乐正夔矜踔而来，见了丹朱，慌忙行礼，说道：“难得大驾光降。”丹朱还礼之后，不知措辞，信手指着一个木所雕成、形如伏虎、背上有二十七个钼铻的乐器，问道：“正要请教，这是什么东西？”乐正夔道：“这个名叫敔，背上的钼铻刷起来能够发声。奏乐之时，敔声一起，乐就止了。”丹朱拿来试了一试，觉得“杀辣杀辣”的声音非常难听，便不再问。

忽然看见一面小鼓，鼓下有柄，两旁有两根细线，线上各坠着一颗珠子。他就问这是什么。乐正夔道：“这个是鼗鼓。”说着，拿起柄来一搓，两旁的珠子飞起来，打在鼓上，不绝的“毕剥”有声。丹朱看了大喜，取过来搓了好一回才放手。

又指着一个漆筒问道：“这是什么？”乐正夔道：“这个叫柷，所以起乐的。柷声一起，乐声就合起来了。”说着，将筒一摇，筒中有椎，震动起来“祝祝”有声。丹朱觉得无甚好听，亦不取来看。

随即信步登堂，伯夷和夔后面跟着，但见堂上乐器亦不少。丹朱忽然指着一张瑟问道：“这张琴的弦线何以如此之多？”乐正夔道：“这是瑟，不是琴。琴只有五弦、七弦两种；瑟最多的有五十弦，最少的五弦。”丹朱听了也无话可问，瞥眼看见旁边悬着许多玉磬，觉得有趣，便拿了椎，丁丁冬冬个个敲了一回，又向上走，就是神座了。

当下伯夷就指引他道：“将来郊祀的时候，君侯为尸，从那里进来，就坐在此地。”丹朱指着前面问道：“此地摆什么东西？”伯夷道：“下面陈列牲牢、礼斝、笾豆、铏羹之类，再下面，就是天子和群臣行礼之地。”丹朱道：“天子向我行礼么？”伯夷道：“是。”丹朱道：“我在何处答礼呢？”伯夷道：“不必答礼，只需坐受。”丹朱一想：“舜是天子，他拜我，我不必答礼，真是难得之事，我可以吐这口气了。”想到这里，不禁欢喜起来，便不再问，又到各处参观一转。但见这庙共有五殿，当中是祀天之所，左右、旁边、上下各有两个神座，供奉的是什么神，丹朱亦不去细看，就匆匆地辞了伯夷和夔归去。伯夷、夔等见丹朱如此纨绔傻气，都佩服帝尧不传子而传贤的主意实在不错，相与嗟叹，按下不提。

且说帝舜郊祀之所，当中祀天，旁边左右四个神座究竟供的是什么神祇呢？丹朱虽不去细看，编书的人却不能不叙明。原来古帝王祀天，旁边必定有几个配享的神。这配享的神大抵取前代帝王功德巍巍的人来做。但是自帝尧以前，帝王往往出于一家，所以他那个配享的就是他的祖宗。至于帝舜，崛起草茅，他的祖宗乔牛、敬康、穷蝉等等并没有什么功德著名，就是他的始祖虞幕，功德亦很有限。照后世帝王的心理看起来，我既然做了皇帝，我的祖宗当然已经尊不可言，即使一无功德，亦要说他功德如何如何的伟大，叫他来配天似乎是极应该的，但是帝舜是个大圣人，他的心理以为天下是公器，不是一家一姓之私物，况且郊祀之礼又是国家的大典，为民祈福，为岁求丰，为国家求治安，都是在此时举行，与寻常追远尽孝的祭祀迥乎不同。所以他不敢存一点私心，不拿自己的祖宗来充数，另外选择了四个人：一个是黄帝，一个是颛顼，一个是帝喾，一个是帝尧。《礼记·祭法篇》有一句说“有虞氏禘黄帝而郊喾，祖颛顼而宗尧”，就是说这件事情。闲话不提。

且说郊祀之期既已渐近，帝舜即率领群臣斋戒。到了郊祀前一日夜半，帝舜穿了欶首所绘画刺绣的那件斑驳陆离的衣裳；头上戴着一顶画羽为饰的冕旒，名称叫皇；手中执着玉圭；坐了一乘华美而有铃的车子，名称叫鸾车，亦是帝舜特别制造的。到得郊外，已是五更，随即与群臣入庙，恪恭将事。省牲之后，继以迎尸。那时丹朱冕服整齐，由赞礼者引导，从庙门外的别室中直至庙中神座上坐下。

这时乐声大作，堂上之玉磬声、琴瑟声与堂下之管声、鼗鼓声、柷声、敔声遥遥相答，中间更杂以悠扬的笙声与洪大的镛声，正所谓八音克谐、六律不愆了。一成既毕，帝舜向尸献爵，陪祭的群臣相揖相让，以次的各执其事。奏乐二成，数十个乐工抗声而歌，所歌的诗词无非是颂扬赞美。接着，堂下的舞生执着羽翟，舞蹈起来，舞节与乐声高低抑扬无不合拍。在这个肃雍壮穆之中，凡是与祭有职司的人，随着帝舜，固然竭恭尽敬，毫不敢懈怠失仪，就是那百姓来观的盈千盈万，亦都屏息敛气，一声不敢喧哗。听到乐声极盛的时候，仿佛庙堂之上灵旗飒飒，阴风往还，的确有鬼神祖考来格来享似的。

再看坐在上位的虞宾丹朱，平日虽以傲慢著名，但到得此际，在这种庄严大典之下，亦只能恪恭祇敬，一动也不敢动。所以可见古圣制礼以教百姓，改变气质，范围群伦，的确有一种极神妙极伟大的作用在里面。就是后世宗教家要宣扬他的大法，亦必有一种极庄严的仪式，才能够使人信仰，大约这个理是一样的，闲话不提。

且说初献之后，继以亚献，乐已奏到六成了。将到三献的时候，下面忽然抬上一只大镬来，供在当中，随即又有人扛了一盂沸水来倾在镬中。然后帝舜过来，恭恭敬敬的将那俎上陈列的牺牲浸在汤中，这个名叫焖。原来有虞氏的祭祀以气为尚，鬼神所以能够来享的不过气而已矣。沸汤血腥，蒸腾四溢，庶几神明可以享到，是这个意思。

三献既终，天已大明，祀事将毕，《韶》乐已奏到第九成。大家只听得乐器之中凭空似又添了一种声音，悠悠扬扬，缭曲清越，如鸾吟，如凤鸣，刚而不激，柔而不随，庙内庙外，人人听得快乐之至。忽然天空之中一阵鸟翼之声，原来来了无数凤凰栖在庙外树上，对着庙门一齐引吭长鸣，那鸣声与乐声高低应节，一样悦耳。过了片时，燔柴送尸，祀事遂毕，乐声既止，凤亦不鸣。

这时庙内外观看的百姓闻所未闻，见所未见，个个乐不可支，手舞脚蹈，极口称赞帝舜的盛德。有一个老百姓道：“我小的时候，听见父老说，帝喾高辛氏祭祀作乐，亦有凤凰、天翟飞来歌舞，不过凤凰只有一对，没有现在的多，而现在却没有天翟。想来盛德的君主所感召的休祥亦不必尽同的。”有一个百姓说道：“刚才最后的那个乐器非常好听，难说这些凤凰还是它引出来的呢。”有一个道：“我仿佛听见说，这个乐器名字叫箫，是圣天子亲自创造的。”一个问道：“你看见过么？”一个道：“我没有看见过，不过我和乐正府中一个乐工相熟，知道有这一件乐器。假使不是圣天子亲手所制，哪里有如此好听，哪里能够引出这许多凤凰来呢！”

众人正在一路归去、一路问难之时，忽见前面有一个衣服华丽的白发老者，由许多人扶掖着，上车而去。百姓之中有认识他的，一齐嚷道：“这个不是天子的父亲瞽叟么？”大家一看，正是瞽叟，他因为听说今日举行郊祀大典，又奏《韶》乐，非常歆羡，不给帝舜知道，乘夜私自坐车出城，杂在众多百姓之中入庙观看。如今归去，却被众百姓看出了。

一个老百姓就说道：“圣天子的行事我项项都佩服，便是他的大孝我亦很佩服，不过他既然做了天子之后，对于他的父母，应该加上一个尊号，才是尊重父母之意。譬如今朝这样的大典，如果他父亲已有了一个尊号，那么在祭祀之中就可以派到一个职司，可以堂而皇之在里面观看，不会像我们百姓那样在堂下庙外挤挤望望了。况且他对于兄弟尚且封他一个诸侯做做，独有他的父亲仍旧是个庶人，未免太卑视他的父母了。我所不佩服的，就是这一点。”

内中有一个老者道：“我想圣天子素来大孝，他的不加父母以尊号，必有一个理由，我们不知道罢了。”那人道：“我想有什么理由，无论如何，身为天子，父为匹夫，总是说不过去的。”

不提众多百姓一路议论纷纷，且说帝舜祀事既毕之后，在别室休息，大家以凤凰来仪之祯祥都归功于帝舜所做之箫，于是那个《韶》乐以后就叫作《箫韶》，亦叫《韶箫》。帝舜因为乐正夔制作有功，亦封他一个地方，就是现在四川省奉节县，从前叫夔州府，因乐正夔的封地而得名。后来帝舜又叫夔制造各种之乐，以赏赐有功的诸侯；又叫他做主宾客之官，以招待远人，这都是后话不提。

第一百四十六回

舜巡守审乐·石户之农逃舜入海·舜三到会稽·舜到武夷山·盘瓠之结束·彭祖修道之法

且说帝舜定制，五载一巡守。郊祀礼毕，转瞬新年，帝舜就预备出行。朝中之事自有大司空伯禹和百官主持。秩宗伯夷、乐正夔均随帝同行。到了动身的那一天，帝舜先到父母处去拜辞，计算路程，足有大半年的离别。帝舜看见父母的年纪大了，不胜依恋，然而既做了天子，为国为民，极为重要，岂能以私情而废公事？当下亦只能含忍着，辞了父母，一面嘱咐娥皇、女英及弟象、妹敤首等小心奉养伺候。娥皇等都答应了。帝舜行出南门，早有大司空率百姓在那里恭送，一切自不消说。

且说帝舜巡守，照例是先到东岳的，所以径向东行，经过诸冯山、王屋山、濩泽、姚墟等地，都是从前桑梓钓游之地。缅想当年，忽忽已数十载，从前如此之艰苦，今日已如此之安乐，不禁感慨系之。到了泰山之后，东方诸侯毕集，帝舜率领了举行柴望大典。在柴望的时候，奏起《箫韶》之乐给诸侯观看，使他们知道帝德之盛。

朝觐礼毕，帝舜吩咐东方两伯，各贡献东方之地所有的乐。那时第一个伯是八伯之长，号称阳伯，就将乐贡上来。乐正夔细细审定，知道他的舞是《侏离》；他的歌声比余谣，名叫《皙阳》。第二个是仪伯，又将乐贡上来。乐正夔细细审定，知道他的舞是《鬯[1]哉》；他的歌声可比大南，名叫《南阳》。看官！要知道帝舜为什么要两伯贡乐，叫乐正夔去审定呢？原来古时候看得乐是很重要，审声可以知乐，审乐可以知政，一切民风民俗的美恶厚薄，从乐上都可以看得出，这就是贡乐的理由。

且说两伯之乐贡过之后，诸侯无事，逐渐散去。帝舜偶然记起他的老友石户之农，遂屏去舆从，独与伯夷步行往访。路径帝舜是熟悉的，不用寻访，到得石洞口，只见风景依然，不过旁边另添了两间茅屋，屋中有些妇女在那里操作，想来是他的邻人。

那石户农的妻子正在洞外，向着太阳缝纫。帝舜虽则有三十多年不见，她的身材规模尚有一点认识，知道不误，遂上前躬身行礼道："老嫂！多年不见，石户兄此刻在何处？"那石户农的妻子向帝舜仔细看了一看，才起身还一个礼，说道："客官贵姓？我不认识你。"帝舜道："某就是虞仲华，老嫂不认识了么？"石户农的妻子说道："说起虞仲华先生，从前是有一个的，常来舍间谈谈，不过那是农夫，和客官的装束大不相同。不知道就是那个虞仲华，还是另外还有一个虞仲华。"说到此处，回头向洞中叫道："儿呀！出来。"说声未了，只见洞中跑出一个赤足短衣的青年来，手中还拿着炊具，年纪约在三十左右，眉目很是清秀。石户农的妻就向他说道："这个客官说是寻你父亲的，

---

1. 鬯：音chāng。

不知道有没有弄错，你领他到父亲田里去认一认吧。”那少年躬身答应，将炊具递与母亲，一面说道：“既然如此，请母亲进去照顾炊爨，儿去去就来。”那石户农妻放下缝纫，接了炊具，入洞而去。

那青年才转身向帝舜、伯夷二人行一个礼，说道：“家父在田间工作，二位请随某来。”说完，自向前行。帝舜等在后跟着，一面走，一面和他攀谈。哪知这少年学问极其渊博，议论也极超卓。帝舜暗想，这个真是家学渊源了。后来又想到自己的长子义均，年纪与他相仿，实在不成材料。现在看了石户农之子，相形之下，真是令人又羡又愧。后来又想：“人之贤愚，半由天赋，半亦由于教育。我历年来以身许国，政事之多，一日二日万几，没有可以教子的时候，实在也有点耽误他。从前先帝有丹朱的不肖，亦是犯着这个弊病。可见人生在世，这个政治生涯是干不得的，这个天子大位更是不可以担任的。”后来又想到，“父母如此高年，风中残烛，我却抛撇了他们在外边乱走，定省之礼缺乏，犹其次之；万一有点意外，我之罪岂不大！我的悔哪可追呢！”想到此地，万分不安，恨不得立刻将这天下让给他人，自己可以养亲教子。

正在一路走一路想，忽听那石户农子说道：“二位且在此稍待，容某去通知家父来。”帝舜听了，猛然抬头，只见远处田间有一个农夫，举起锄头正在那里掘地，正是石户之农，不禁大喜，不等石户农子来邀，就和伯夷一同过去。到得田塍边，石户农子正在通报，帝舜已经举手高叫道：“石户兄！久违了。”石户农转眼一看，也说道：“原来是仲华兄，难得难得。”说着，便弃了锄头，过来相见，又与伯夷相见，问了姓名。

石户向舜道："听说仲华兄已贵为天子，到此地来做什么？"帝舜就将巡守路过、思念故人、特地奉访之意说了一遍。石户农道："承情承情，不过此地田间没有坐处，恐污了你的衣服，我们到上面去吧。"说着，就让舜等先走，自己在后面跟着。他的儿子携了锄头，又跟在后面。帝舜道："从前弟在此相见的时候，兄尚未抱子；如今世兄已这样大了，而且英才岳岳，可羡之至。"石户农道："乡野痴儿，承蒙垂誉，惭愧得很。"

正说时，路旁有一块大石，石户农道："就在此坐坐吧。"当下大家坐下。石户农吩咐儿子先回去，然后与舜叙述旧情，倾谈了不少时候。后来帝舜渐渐劝石户农出仕，而且露出要以天下让给他的意思。石户农道："出仕之后，果然能有益于百姓，那么我亦甚愿，即使天下让给我，我也愿受。不过这个出处，是人生之大节所在，一时不能答应，且待我细细忖度一番，三日之内给你回信如何？可以答应，此番就和你同去；如不能同去，请你亦不要夺我的志愿，预先说定。"帝舜道："那个自然。"后来又谈了一时，日影早已过西，石户农道："仲华兄为国为民，必定很忙，现在时候不早了，本待想和从前一样邀到舍间去午饭，不过贱妻脾气有点古怪，知道仲华兄做了天子，必定局促至极，所以不敢奉邀，两日后再见吧。"说着，立起身来告别。帝舜、伯夷看他上山，直到看不见，才找别路而回。

过了两日，帝舜和伯夷再到石洞访石户农，哪知邻人说道："石户农前日归来，立刻督率妻子，将所有紧要的家具都收拾起来，次日天微明，夫负妻戴子驮，都下山去了。我们问他为什么原故，他们不肯说；问他们到何处去，亦不肯说，真是怪事！”有一个妇人说道：“那石户农回来，到了他家里，夫妻谈天，我仿佛听见石户农说一句‘卷卷乎后之为人，葆力之士也’，下面的话就听不清楚。又听见他的妻说一句道：‘这种人装作不认识最好。’下面的话又听不清楚了。不知他们究竟为什么事。恐怕就是二位前日来，有事要逼迫他，所以他们要逃呢。”

帝舜听了，亦不分辩，暗想：“石户农这句话正是骂我德行不足。他的妻子不认识我，原来是假的，亦真不愧为高人之妻。但是不答应亦不妨，前日明明约定在前，何必要逃呢？”正在纳闷，伯夷在旁问那邻人道：“石户农在他处有亲戚么？”邻人道：“不听见说有。”伯夷又问道：“石户农曾离开此地到他处去过么？”邻人道：“亦不常有。只有一次，洪水平了，泰山东北面脚下听说发现一个什么古迹，有什么古人写的字，他们夫妻两个曾经到那里去看，过一个多月才回来，此外竟不大出门。”伯夷又问道：“那日石户农动身，诸位知道他们从哪一方面去的？”邻人指指道：“正是从这面东北去的。”伯夷听说，谢了那邻人，就向帝舜道：“依臣看来，石户农一定到那古迹地方去躲避了，帝何妨到那边去寻找呢？”帝舜道：“人各有志，他既然如此，即使寻到亦岂能相强？况且未见得能寻到呢。”伯夷道：“如果寻到，可以将不强迫之意表明，使他可安于故居。倘寻不到，顺便访访那古迹亦是好的。”

帝舜听了颇以为然，于是回到行宫，带了从人，径向泰山东北麓而来。先访问古迹，果然一访就着，原来那古迹在一个石室之中（现在山东寿光县东北），有二十八个大字刻在石壁上。洪水之时为水所浸没，所以大家不知道，水退之后，才发现出来。帝舜和伯夷、夔进去一看，读它的文义，大约是仓颉氏所刻，的确可贵，遂吩咐当地之官吏加以保护。后来此地土人就叫它藏书室。到了周朝，文字改变，那石壁上文字竟无人识得。孔夫子听见了，亦曾经去访过，所以又叫孔子问经石室，通常总叫仓颉石室。到了秦朝，李斯识出了“上天作命皇辟迭王”八个字；到得汉朝，叔孙通又说识出了十三个字，究竟错不错亦不知道，这是后话，不提。

且说帝舜访过石室之后，就访问石户农踪迹。果然据土人说，三日之前，有两个老夫妇和一个壮年男子，搬着家具，由此地经过，往东北浮海去了。帝舜听了，怅怅不已，只得起身，带了众人径向南方而行。这时不过二月下旬，帝舜暗想：“此刻到南岳为时尚早，我从前和苗山朋友有约，假使巡守有便，去望他们的，现在何妨绕道去望他们一望呢？”想罢，就吩咐众人，先向苗山而来，一路无甚可记。

到了苗山，那些老朋友如西溪叔叔、东邻伯伯等人一番热烈欢迎，自不消说，但是究竟因为贵贱悬殊，名分隔绝了，言谈之间不免受多少的拘束，不能如从前那样的爽利。住了五日，帝舜要动身，他们亦不敢强留。临行时，东邻伯伯拿出两个桔子、两个柚子来，献与帝舜道：“这是出在闽海里的东西，在帝看来，或者不稀奇，见得多呢，但是在我们却很难得。去年有几个朋友从闽海中回来，送我每种十个。我每种吃了一个，家里的人又分吃了几个，剩下这几个舍不得吃，虽则有点干，幸喜还没有烂，恰好敬献与帝，以表示我们百姓的一点穷心。”帝舜道：“那么你留着自吃吧，何必送我，我现在正要到那边去呢。”东邻伯伯哪里肯依，帝舜只得收了，别了众人上路。伯夷问道：“如今往南岳去么？”帝舜道：“现在时候还早，朕闻瓯闽二处之地本来都在海中，自伯禹治水之后，渐渐成为陆地，与大陆相接，所以桔、柚这种果品渐渐输到内地，想系交通便利之故。朕拟前往一游，以考察那沧海为陆的情形。”说罢，就命众人再向南行。

越过无数山岭，到了缙云山，便是从前帝尧在此劝导百姓之地。从前前面尽是大海；此刻已经成为陆地，只有中间蜿蜿蜒蜒的几条大水（就是现在浙江南部瓯江的上源）。帝舜等再向南行，已到瓯闽交界之处，但见万山重叠，枫树极多，所有人民服式诡异，言语侏离，出入于山岭之中，行步矫捷，往来如飞。帝舜要考察他们是什么人种，便叫侍卫去领他们几个来问问。哪知这些人民看见侍卫走到，都纷纷向山中逃去，好不容易才找到一个，领来见帝。这时正当初夏，南方天气炎热，那人又是裸着上体，帝舜未及和他谈话，只觉他两腋下狐臭之气阵阵触鼻，非常难闻，只得忍住了，问他道：“你是什么人的子孙？”那人摇摇头，不懂。帝舜又问道：“你的老祖宗是谁？”那人又摇摇头，嘴里叽哩咕噜说了好些话，帝舜亦不懂，只可听他自去。

过了一日，帝舜正在前行，忽然遇到十几个商人，却是中原人。帝舜就问他们，那些土人的历史可曾知道。那些商人对道：“说来很奇怪，小人们往来瓯闽等地，和他们做交易，懂他们的话，据他们自己说是盘瓠的子孙，但不知道盘瓠是什么人。他们在岁时祭祀的时候，所供奉的画像就是盘瓠。据他们说，他们拿盘瓠做祖宗和我们以盘古为祖宗是一样的，盘瓠就是盘古呢。据他们说，盘瓠晚年出猎，坠崖而死，他们子孙用了极隆重的仪节将他葬在龙凤山，坟墓甚大，据说周围可三百里。龙凤山据说在南海地方。”帝舜听了，恍然大悟，也不再问。那些商人辞别而去。帝舜向伯夷和夔道：“原来高辛氏时候的那个盘瓠有这许多蕃衍的子孙，竟想不到。”伯夷道：“臣听说那盘瓠之子一部分在衡山之西，一部分在苗山东南的海中。如今沧海为陆，或者此山之土人就是犬封氏之后呢。”帝舜道：“大约如此。但是自此以西都是南山（现在的南岭，古时通称南山），峰岭相接。爬山越岭，到处移殖，亦是他们的长技，或者是从西方迁来亦未可知。”

君臣讨论了一回，翻过山岭，便是闽境。只见那东南一带山岭之中沮洳颇多，其水质尚带卤性，想见沧海为陆时间尚属不久。西南一带，山势嵯峨，风景甚佳，帝舜便到西南山中望望。但见一道泉流从山中下来，汩汩奔腾，极可赏玩，帝舜等就沿了那泉流而上。每过一个曲折，风景一变。接连过了八个曲折，地势愈高，风景愈美。帝舜君臣都觉有趣，都想直穷其源。

到了第九个曲折处，忽然见有两间茅屋掩映在修竹之中。乐正夔道：“我们从山下来，一路并无人迹，此处忽有茅屋，想来不是野人，必是隐君子了。”帝舜亦以为然，遂一同过去，渐渐闻得丝竹之声。帝舜道：“一定是隐君子。”说罢，走到茅屋之前，只见里面坐着两个少年，年纪都不过二十左右，面如傅粉，唇若涂朱，颇觉美秀。一个在那里鼓瑟，一个在那里吹竽，见帝舜等走来，就抛了乐器，站起来问道："诸位长者，从何处来？"帝舜道："请问二位，贵姓大名？为何在此荒凉寂寞之区？"一少年答道："某等姓彭，某名叫武；这是舍弟，名叫夷。志愿求仙，所以来此。空谷之中无足音久矣，不想今日遇见诸位，请问诸位长者贵姓大名？来此何事？"

当下伯夷就一一告诉了。武、夷二人慌忙伏地，稽首行礼道："原来是圣天子，适才失礼，请恕罪。"帝舜亦还礼答道："公等是世外之人，何必拘此世俗礼节呢？"彭武道："不是如此，臣父与圣天子从前是同朝之臣，所以论到名分，圣天子是君主；便是论到世谊，圣天子亦是父执。在君主之前、父执之前，岂可失礼！"帝舜忙问："尊大人何名？"彭武道："上一字錢，下一字铿，在先帝的时候受封于彭，所以臣兄弟就以彭为姓。"帝舜道："原来如此，尊大人久不在朝了，现在何处？"彭夷道："家父虽受封于彭，但志不在富贵而在长生，因此到国不久，就舍去了，到处云游，访求道术。起初因为淮水之南出产云母，所以在淮水之滨住了多年。（现在安徽省凤阳县东南四十里云母山，即彭祖采药之处。）后来在南面又发现一个石洞，在那洞里又住了多年。（现在安徽省含山县南八十里，白石山下有洞，洞口初极狭，俯偻而入，约十步，乃渐高广，莫知远近。又有二石龙，鳞甲皆具，又有石钟乳，常有石燕飞集。此洞一名彭祖石室。）如今到梁州去了。"

帝舜道："那么二位应该随侍前往，何以抛却严父，独在此地？"彭武道："家父子孙众多，不必某兄弟伺候。就是某兄弟得便亦常往省视，亦并非弃而不顾。"帝舜道："此刻尊大人究住在梁州何处？有何人随侍？"彭夷道："住在岷江中流一座山上，那山有两峰如阙，相去四十余步，家父看那个形势好，就此住下。因为家父所居，就将那山取名叫天彭山，那两峰之间叫彭门（现在四川省导江县）。到那边一问，无人不知道的。现在随侍之人除众兄弟多人外，尚有一个女孙，系某等长兄之女，对于长生之术极有研究，家父最所钟爱，是以各处随着家父云游，从不相离。”（现在四川彭门县有彭女山，是彭祖女孙随祖修炼得道之处。山上有礼拜石，有彭女五体肘膝拜痕及衣髻之迹，深有数寸。）

帝舜听了，不觉悠然遐想，原来这时已动飞升的念头了。当下就问彭武兄弟道：“朕与尊大人虽同朝日久，但因勤劳国事，刻无暇晷，而尊大人又性喜寂静，往往杜门不出，所以聚首畅谈的时候很少。偶然遇到，所谈者亦无非国家治术、民生利病而已。朕那时对于神仙长生之术亦绝不注意，所以一向未曾谈起。现在听二位世兄说起来，尊大人修炼方法竟是从服云母入手。从前朕有一个朋友叫方回，亦是服食云母的。但是朕问他服食的方法，他说朕将来总须为国为民做一番事业，不应该和山野人一样着这个长生的迷，所以绝不肯明白告朕。此刻此人已不知何处去了。现在尊大人服食云母之法世兄可知道么？”

彭武道：“向承家父指示，并与方先生服食方法相比较，亦略略知道一二。大概方先生服食云母的方法，是用云母粉五升，煎起来；等到它要干了，再加松脂三升，和它相拌；又加崖蜜三升，合并蒸起来。从早晨直到晚上，不管天冷天热，它都会凝结。凝结之后，搓成弹子大，每日三服。服后别项东西都不能吃，但可饮水，或服大枣七枚，这就是方先生的方法了。家父服食方法，是用赤松子的古方，用云母

葱聾

符禺之山
有獸曰葱聾
狀如羊
赤鬣

葱聋

又西八十里，曰符禺之山，其阳多铜，其阴多铁。

其上有木焉，名曰文茎，其实如枣，可以已聋。

其草多条，其状如葵，而赤华黄实，如婴儿舌，食之使人不惑。

符禺之水出焉，而北流注于渭。其兽多葱聋，其状如羊而赤鬣。

——《山海经 · 西山经 · 西次一经》

三斤、硝石一斤，先用顶好的醇酒将云母渍起来；三日之后，细细打破，放在竹筒中；再将硝石一并放进去；再用一升半最好的醇酒放进去，放在火上煎之，一面用筷不住的乱搅；过了多时，凝结如膏，然后拿出来，放在板上；半日，待它冷却，再碎成细粉。每日平旦，用井华水服之，七日服一次。百日之后，三尸虫俱下，其黑如泥，将这个粪用竹筒盛起，拿到冢上去埋葬，那就是有效的第一步了。不过这个时候三尸虫既去，不免起一种反感，就是人身精神总觉惆怅不乐，忽忽如有所失。但是这个关头最为要紧，假使因此将云母停止服食，那就所谓功亏一篑了。倘再坚忍，照服下去，一月之后，精神便可以恢复，身体转觉轻健。二百日之后，转老为少，颜色仿佛如童子。家父服云母粉的方法及效验如此。”

帝舜道：“三尸虫究竟是个什么东西？”彭夷道：“三尸虫名虽是虫，实则是个通灵的东西，所以亦称三尸神，自人有生以来，即潜住在人体之中，专为人患，不为人利，人的容易老，大半是他的原故。原来三尸神的心理，专以使人夭死或得祸为快乐，所以他们的害人不但耗减人的精神气血而已，就是寻常做了种种过失或罪孽之事，他们亦会跑到天上去奏知上帝，请求降罚，岂不是有害于人，无利于人的东西！”

帝舜听了，更是骇然，忙问道：“他们既然会得直上天庭，奏知上帝，那么竟不是虫，一定是神了？”彭夷道：“是呀，他们都有名有姓呢。”帝舜更诧异，忙问道：“姓名叫什么？”彭武道：“他们兄弟姊妹共有六个，但是男女分处。男的三个住男子身上，女的三个住女子身上，都是姓彭，与某兄弟同姓。男的三个，一个叫倨，一个叫质，一个叫矫。女的三个，一个叫青姑，一个叫白姑，一个叫血姑。”帝舜道：“他们住在人身中什么地方？”彭武道：“上尸住头中，中尸住腹中，下尸住足中。但有时亦共居于腹中。有时上尸居脑中，中尸居明堂，下尸居腹胃，亦不一定。”

帝舜道：“他们既然居住在人之身体中，应该扶助人的生长，那么他们亦可以久居。假使人的身体坏了，岂不是失了巢穴，于他们有什么利益呢？”彭夷道：“有原故的，原来他们以人的身体为食物，平日住人体中，食人之精神气血，总嫌不足。到人死了，他们就是尸虫，可以大嚼人之遗体，岂不爽快！因为这个原故，所以利人之死了。但是人虽已死，他们却有神通，能够飞到新生的人之身中去，因此他们的巢穴永不患没有。所以修炼长生的人总以斩除三尸为第一要务。”

帝舜道：“他们上天报告过恶，是日日去的么？”彭武道：“不是，他们六十日去一次，去的这日一定是庚申日。所以修道的人逢到庚申日，往往一日一夜不睡，使他们不能出去，名叫守庚申。守过三个庚申，三尸伏；守过七个庚申，三尸灭。但是守庚申之法究竟不是个根本解决之法，因为三尸虫虽灭，他的遗质仍然留在人体中，难保不有复活之一日，所以不如用药将他们打下，而且将他埋葬，可以使他不至复活，永斩根株，而云母粉之功效最为明显了。”帝舜道：“他们一定要庚申日出去，是什么原故？”彭武道：“庚申日是个尸鬼竞乱、精神躁秽的日子，所以他们乘此出去。修炼的人遇到这一日，沐浴清斋，彻日彻夜，自己警备，屏除一切可欲之事，以免为尸鬼所扰乱。便是自己夫妻，不但不同席，而且不交言，不会面。因为六十花甲，到此已将尽了；又逢着庚金申金，克伐过甚；接着第二日又是辛酉，正是剥极的时候。庚申日的夜间尤为重要，所以要守住。”

帝舜道：“三尸虫在日间不会出去么？”彭夷道：“三尸神出去总是乘人熟睡之时，因为三尸虫是附着在神魂上的，人当醒时，神魂凝固，他不能出去。但是这个人假使为酒色所迷，为货利所困，或者为各种嗜欲所中，那么虽则不睡，亦终日昏昏，神不守舍，与睡梦无异，那三尸虫亦能出去。”

帝舜听到这许多道家的话，真是闻所未闻。当下又谈了些神仙之事和服食导引的方法。彭武兄弟虽则年轻初学，但究竟是彭祖的嫡传，所以帝舜得到的益处不少。这日就在山上住宿，次日方才下山。后人将这座山取名武夷山，就因为彭氏兄弟隐居于此。

第一百四十七回

舜遇元秀真人·舜南巡奏《韶》乐·善卷逃舜入深山·北人无择逃舜，自投清泠之渊·舜让天下于子州支父

且说帝舜别了彭武、彭夷兄弟，随即下山，只见那山岩石罅之中时有粗劣陶器之类散布着，又见有独木舟横塞在断崖之上，沧桑为陆的证据的确明显。于是径向西行，越过几重山，早到彭蠡大泽南岸。只见有许多百姓扶老携幼向西北而来。帝舜忙问他们何事。百姓道："此去西北一座山上，来了一位神仙，极其灵验，我们刚才去朝拜而来。"帝舜道："这神仙叫什么名字？从何处来的？"百姓道："他的道号叫元秀真人，从何处来却不知道。"帝舜道："那么朕亦便道去访访他看。"说罢，便叫从人依着百姓所指之路而去。

过了一日，到得一座山，风景非常幽秀，问山下的居民，他们都说道："元秀真人正在山上呢。"（现在江西省高安县西北之华林山。）帝舜正要上山，只听得山上一派音乐之声，远远见许多羽士，衣冠整齐，向山下而来。帝舜吩咐从人将车避往一旁，且不前进，看他们下来做什么。不一时，那些羽士渐渐行近，有些执乐器，有些提香炉，中间簇拥着一个少年，星冠霓裳，眉目秀美，神气不凡。看看相近，

那些羽士即站立两旁，少年翔步而前，向帝舜拱手道："圣天子驾到，迎候来迟，有罪有罪。"帝舜听了，深为诧异，慌忙下车还礼，问道："上仙可是元秀真人？何以知某来此？"那元秀真人道："此处立谈不便，请山上坐吧。"于是众人一齐上山，仍旧由乐人拥护着。到了半山，只见一片平坦地上造着一间广厦，门外一个坛，竹木花草布置得极其幽雅，而房屋仿佛已是老旧。

元秀真人邀帝舜、伯夷、夔等到后面一间精室中坐下，帝舜便问道："上仙住在此地，已长久了么？"元秀真人道："某浪迹萍踪，绝无定处，去岁偶然过此，爱其幽静，且此屋系浮丘公隐居的故宅，所以暂住的。"

帝舜道："那么上仙栖鹤宝山究在何处？"元秀真人道："向在昆仑山，世俗所称为西王母的就是家母。"帝舜听了，非常起敬，便道："原来上仙就是西王母之子，真失敬了。云华夫人是令姊么？"元秀真人道："是舍妹。某等兄弟姊妹各自排行，舍妹瑶姬在姊妹中行第二十三，某于兄弟中行第九。"

帝舜道："令慈大人和令妹，这次替世间治平水土，功在万世，真可感激。"元秀真人道："这也是天意，家母和舍妹不过代行天意，何功之有？所惭愧的，某忝为男子，如此大事，当时竟不能前来稍效微劳，殊觉歉然。"帝舜道："想系另有公务。"元秀真人道："并非另有公务，不过厌恶尘嚣耳。此次果然与圣天子相遇，亦是前缘。"

帝舜又问起西王母，元秀真人道："家母极想来拜谒圣天子，只是不得机会。大约三年之后一定来拜谒了。"帝舜连声道："不敢不敢。"

后来大家又闲谈了一阵，元秀真人劝帝舜最好不要到北岳去，即使要去，亦不宜久留。帝舜忙问何故，元秀真人道：“北方幽阴之地，今年天气又未必佳，所以能不去最佳。”帝舜听了，不禁踌躇起来，暗想：“天气不佳，何至于不可前往？莫非有什么危险么？”待要细问，料想他未必肯明说，且到那时再看吧。当下帝舜又请教元秀真人服食导引及脱胎换骨之法，元秀真人详细说了一番，帝舜得益又不少。时已不早，遂与伯夷、夔起身兴辞。元秀真人仍用音乐亲送至山下，方才回转。

帝舜径向南岳而来。这时已是五月初旬，诸侯到者已有多国。柴望既毕，朝觐之时，帝舜问起三苗遗民的情形，才知道他们沾染恶习已深，一时未能改变，不胜太息，就叫各诸侯须用心的化导他们。一面又问起从前玄都氏的遗民现在如何。众诸侯道：“玄都氏遗民受三苗民众之压迫，颇觉可怜，现在散居各处，人数尚很多。”帝舜道：“玄都氏亦是古时的大国，颇有历史上的位置。只为他末代的君主有谋臣而不用，唯龟筮之是从，忠臣无禄，神巫用事，遂致亡国。现在已经数百年了，既然他的遗民受苗民之压迫，可怜如此，朕拟再封他一个国土。兴灭继绝，本来是圣王的德政。汝等朝觐既毕，归国之后，可分头细查，假使他们遗民之中有才德可取、众望所归之人，会同奏闻，朕将加以封号，令其复建国号。”众诸侯听了，唯唯答应。

礼节既完，照例由两伯贡乐。夏伯所贡之乐，其舞叫《谩彧》，其歌声比中谣，名叫《初虑》。羲伯所贡之乐，其舞叫《将阳》；其乐声比大谣，名叫《朱干》。贡乐既毕，乐正夔细细考正过了。一日，帝舜又大会诸侯，奏《韶》乐给他们听。（现在湖南省湘潭县西八十里有韶山，相传即帝舜南巡奏《韶》乐之地。）众诸侯听了，无不佩服，欢欣而去。

帝舜又向南行，先到有庳，考察一回政治。象那时不在国中，帝舜亦不多句留。再越过苍梧山，看见那盘瓠之子孙熙来攘往，不计其数。帝舜见他们犷悍野蛮，想用音乐去感化他们。时值五月之末，天气酷暑，就在此暂住，有时与夔讨论音乐，弹弹琴，有时令乐工奏一回《韶》乐给人民观看。那盘瓠的子孙亦在其中，听了《韶》乐之后，果然似乎有点感动，帝舜大喜。（现在广东省曲江县东北八十里，有韶石，相传舜南巡奏乐于此。上有双阙、球门、凤阁等名，故旧称韶州府，一名虞城。又有鸣弦峰，在英德县南山之背。又有皇冈岭、皇潭，皆以舜南巡时游迹所至得名。）

过了两日，转向西北而行。一日，到了一处，忽然随从之人都昏昏欲睡，就是帝舜等亦各有倦意。帝舜料到必有奇异，忙叫从人快向后退，但是有许多人已睡倒在地，呼呼作鼾，接着那俯下去搀扶的人亦都睡倒了。帝舜大惊，忙传令且慢去扶睡倒之人，先寻土人来问问，是否受了山岚瘴气之故。从人答应，寻了两个土人来。土人说道："这是看见睡草了。"帝舜道："怎样叫睡草？"土人道："此地山上出一种草，假使闻着它的气，便昏昏欲睡；假使看见了这草，便倦极睡倒，所以叫睡草，一名醉草，又叫懒妇箴。大概诸位必是看见了这草之故。"帝舜道："睡草形状如何？"土人道："我们只听见如此说，从不敢去看它，所以形状如何亦不知道。"帝舜道："那睡倒之人有危险么？"土人道："不妨事，等三日，他自醒了。"

帝舜没法，只得叫从人暂且停住，以待他们之醒，自己带了伯夷等另向他处游玩。忽然一阵风来，香气扑鼻，细看前面一带，弥望尽是桂树。因问土人道："此间桂树都是六月开花的么？"土人道是。伯夷道："这种桂树有什么用处？"土人道："用处多呢，最大的是取作栋梁或楹柱，风来之后，满室生香。年代最古的桂树，它的皮可以做药料，年代不久的也可以供香料之用。它此刻开花，到十月才结子，桂子、桂花、桂叶都可以榨油，以供饮食之用，其味甚佳。"说到此句，又说道，"难得圣天子到此，小人等无以为敬，请圣天子稍待，我们去拿些来奉献吧。"帝舜慌忙辞谢。

那土人道："据父老说，几十年前，洪水未起的时候，先朝圣天子巡守，曾经到过此地，后来从没有天子来过。现在难得圣天子又来，真是我们小百姓的幸福，区区一点桂油值得什么呢？"谈罢，已飞驰而去。隔了一回，每人手中各提着四瓶桂油而来，一定要帝舜收下。帝舜无法，只得以币帛为酬，那两土人均欢欣鼓舞而去。

帝舜向伯夷等道："先帝南巡，遭三苗之祸，朕以为仅到荆州，不想竟至此处，土人传说想来是不错的。先帝德泽在人，至今民犹称颂，不可不留一纪念。好在这几日须等那些熟睡之人，不能上路，正好做此事。"伯夷等都道不错，于是帝舜立即叫从人伐木垒石，草创一间房屋，屋中立一块帝尧的神位。

那时睡熟之人早已醒了，帝舜即率领众人恭行祭祀。那些土人听说天子在此为帝尧设庙设祭，都来帮忙并观看。帝舜祭过之后，他们亦都上去向神位叩拜。（现在广西桂林县城东有尧庙。）等到帝舜等去后，他们又索性将这房屋扩大起来，春秋祭祀，并且另拨出十几亩祠田，以为经常费之用，取名叫天子田。这亦可见帝尧之德能令百姓没世不忘了，闲话不提。

且说帝舜在岭表句留很久，那时南方交趾等国的君主听见了，都纷纷前来参见，或遣代表请求内附。帝舜一一加以抚慰，大家都满意而去。祠过帝尧之后，帝舜见交趾等国既已抚慰，深恐南方气候物类与中土人不宜，遂还辕而北，到了沅水流域，这条路亦是从前帝尧所走过的。帝舜闻知此处有两座山，是黄帝藏书之所（大小酉山，均在湖南沅陵县境），不知洪水之后有无损坏，打算便道前去探访，于是顺着沅水而下。到处遇见的都是盘瓠的子孙，原来此地离盘瓠石室已不远。帝舜想去看看那石室，不料已走过了头。

一日，遇见几个盘瓠子孙，和他们谈谈，颇有礼貌，而且能识中国字，不禁诧异。仔细盘问，才知道是一个姓善的老先生教的，暗想："这姓善的老先生不要就是善卷么！"当下就问善老先生住在什么地方。那盘瓠子孙道："就在前面山上石穴中。"帝舜大喜，就叫盘瓠子孙领道，率同众人，径向前山而来。

刚到山麓，只见一个老者，白须飘飘，拄着杖，正在那里饱看山色。盘瓠子孙便指给帝舜看道："善老先生在此地呢。"帝舜即忙上前，向之施礼。善卷丢了杖，亦忙还礼，一面问道："诸位是何处公侯？莫非就是当今天子么？"当下伯夷上前介绍。善卷忙向帝舜拱手道："圣天子驾临，山林生色矣。"

帝舜极道仰慕之意，善卷随意谦逊两句，便说道："帝驾既临，且到寒舍小坐如何？"说罢，拾起杖，拄了先行。帝舜等跟着，转过山坡，崖下已露出一个石穴，穴外有大石十余块，善卷就请帝舜君臣在石上坐下，并说道："穴内黑暗，不如在此吧。"帝舜道："老先生从前遇见先帝的时候，所居似不在此处。"善卷道："是呀，从前老夫住在这条沅水下流、崇山相近。后来受三苗氏之压迫，挈家远遁海滨，居住多年。洪水平后，三苗远窜，老夫仍归故里。数年以来，无可消遣，忽然想起黄帝轩辕氏曾有书籍数千册藏在此山。老夫耄矣，还想藉秉烛之光，稍稍增进点学问，因此又住到这里来。"

帝舜道："某此来亦想访求黄帝遗书，不想就在此地。"善卷道："此地名叫小酉山，藏书不多；大酉山在此地东南十里，所藏非常之富，可惜现在已是零落无几了。"帝舜忙问何以零落，善卷叹口气道："三苗之政，是今而非古，凡是中国的古法，他们都认为是废物，不合时宜的，所以对于那些藏书自然不去注意，不去保护了。那些人民又失于教育，不知公德，来此看书的人，名曰研究古籍，实则形同窃盗，自然逐渐化为乌有。后来三苗既亡，那些盘瓠的子孙又蕃衍到此地来。他们更不知古书为何物，拿去劈柴、烧火，任意糟蹋，因此黄帝所藏竟是无几了。"

帝舜君臣听了，均连连叹息。善卷又道："幸亏此山较为偏僻，尚多留存。老夫到此之后，遇见人民来此观书的，都以'公德'二字和他们细讲。对那盘瓠子孙，更和他们说明古书之可宝，不可毁弃，又教他们识字，以便读书，近来居然好得多。"帝舜道："老先生盛德感人，在先帝时已经著闻，如今又复如此，真可佩服。"善卷道："区区之力，何足称道！不过老夫的意思，穷而在下，亦不能肥遁自甘，抱独善其身之宗旨。觉世牖民，遇有可以尽我绵力的地方，必须尽的。”帝舜听了，益发敬佩。又谈了一回，帝舜便要将天下让给善卷。

善卷笑道：“从前唐尧氏有天下的时候，不教而民从之，不赏而民劝之。现在帝盛为衣裳之服，以炫民目；繁调五音之声，以乱民耳；丕作《皇韶》之乐，以愚民心；天下之乱，从此起矣。老夫立于宇宙之间，冬衣皮毛，夏衣绨葛，春耕种，秋收敛，逍遥于天地之间，而心意自得，吾何以天下为哉！请帝不要提起这话了。”帝舜被他抢白一顿，不觉惭愧，但见他说得真切，也不再言。当下就和善卷到石穴中翻阅了一回书籍，时已不早，告辞而行。善卷送到山下，待帝舜行后，深恐他再来纠缠，遂弃了小西山的石穴，向南方乱山之中而去，不知其所终。现在湖南辰溪县西南有善卷墓，想来他死于此处，就葬于此处，这是后话不提。

且说帝舜别了善卷，径向北行，沿云梦大泽的西岸，逾过桐柏山，这时已是孟秋时候。一日，正行之际，路上遇着一个担物的老者，觉得非常面善，一时却想不起是何人。那老者低着头，从帝舜车旁挨过，既不行敬礼，连正眼儿也不看一看，大家都觉得有点古怪。

隔了一回，帝舜忽然想起，说道：“这个是北人无择呀！”忙叫停车，先叫从人去赶；然后自己下车，急急的走过去。那时北人无择已被从人止住，正在相持。帝舜见了，忙拱手为礼道：“北人兄！多年不见了，刚才几乎失之交臂，你一向好么？现在在何处？”北人无择道：“一向亦安善，无所事事，不过如从前一样，东奔西跑而已。”帝舜道：“弟这几十年来，常遣人各处寻访，总无消息，今日诚为幸遇。”北人无择道："你寻访我为什么？"帝舜道："弟自摄政以后，极希望天下的贤才都登进在朝，相助为理。如今躬履大位，更觉得力不胜任。吾兄之才德胜弟十倍，如肯为民出山，弟情愿以大位相让，这是弟真诚之言，请吾兄——"

帝舜刚说到此处，不料那北人无择已经勃然变色，厉声的说道："怪极了！你这个人，本来好好在畎亩之中，不知如何一来，势利之心萌动，忽而跑到帝尧门下做官去了。既然如此，你尽管做你的官，做你的天子，贪你的势利罢了，何以还不知足，又要拿这种污辱的行为来污辱我？我实在羞见你这个人！"说着，气愤愤地抛了担物，转身就跑。帝舜给他一顿大骂，惶窘之至，正要想用别话来解释，忽见他急急跑去，慌忙上前追赶，嘴里连叫道："北人兄！北人兄！不要生气，请转来，我还有话说。"那北人无择犹如不听见一般，仍旧疾走。帝舜从者看见帝舜且叫且赶，当然大家一拥上前去赶，看看赶近。北人无择回头一看，叫声"不好"，路旁适值有一个大渊，便向渊中耸身一跃，登时浪花四溅，深入渊中。帝舜从人等出其不意，大吃一惊，慌忙奋身入水，七手八脚来救，好容易寻着，抬到岸上，哪知大腹便便，吃水过多，业已气绝身死。

这时帝舜、伯夷等均已赶到，见到这个情形，不由得不抚尸大恸。然而事已至此，无可如何，只得买棺为之盛殓，并为之营葬。遇到土人一问，才知道这个渊名叫清泠之渊。后人议论这北人无择，有的称赞他的清高，有的说他过于矫激，纷纷不一。但是仁者见仁，智者见智，各有各的主见。依在下看来，甘于贫贱，宁死不愿富贵，这种人正是世俗的好针砭。假使中国有些人能知道此义，何至于争权夺利、使人民涂炭呢？闲话不提。

且说帝舜自北人无择死后，心中大为不乐，暗想："我此番巡守，为时不过半载，倒对不起两个朋友。石户之农被我逼得不知去向，北人无择竟活活的被我逼死，我实在太对不起朋友了。"

想到此际，懊丧万分，于是一无情绪，急急来到华山。那华山诸侯柏成子高与帝舜最相契，在帝尧时代，帝舜摄政巡守，到了华山，总和他相往还的。这次柏成子高前来迎接，依旧到他宫中去小住。哪知先有一个客在座，柏成子高介绍他和帝舜相见，原来就是帝尧的老师子州支父。帝舜看他年纪已在百岁以外，却生得童颜鹤发，道气盎然，足见他修养之深。当下帝舜就问他一向在何处。子州支父道："麋鹿之性，喜在山林，叨遇盛世，不忧饥寒，随处皆安，并无定所。柏成君是个有道之士，偶然经过，便来相访，亦无目的也。"帝舜道："先生道德渊深，是先帝之师，某幸睹芝颜，光荣之至。某闻当时先帝初次与先生相遇，系在尹老师家。某受尹老师教诲之恩，时刻不忘，奈到处寻访，总无踪迹，怅念之至。先生必知其详，尚乞明示。"

子州支父笑道："尹先生是个变化不测之上仙，存心济世，偶尔游戏人间，所以他的名号亦甚多，忽而叫无化子，忽而叫郁华子，忽而叫大人子，忽而叫广寿子，忽而又叫力牧子，忽而又叫随应子，忽而又叫玄阳子，忽而又叫务成子，上次看见又叫尹寿子，随时更变，亦随地更变，某亦记不得这许多。此刻大约总仍在人间，但是叫什么名号，不得而知了。"

帝舜听了，才知道尹寿就是务成老师的化身，前时当面错过，真正可惜。当下又向子州支父道：“尹老师是真仙，所以学问如此之渊博，经纶如此之宽裕。但先生和尹老师是朋友，那么学问经纶一定不下于尹老师了，况且又是先帝的老师。某不揣冒昧，意欲拜请先生出山，主持大政，某情愿以位相让，请先生以天下民生为重，勿要谦让。”

子州支父听了，又笑道：“这事却亦很好，不过从前先帝让位于某的时候，某适有幽忧之疾，治之未暇，因此不能承受。如今数十年来，幽忧之疾如故，正在此调治，仍旧无暇治天下，请圣天子原谅吧。”帝舜还要再让，柏成子高在旁说道：“子州君绝不肯受的，帝可无需再客气了。”帝舜听了，只好作罢。又谈一回别事，子州支父告辞而出，从此亦不知其所终。

第一百四十八回

舜西教六戎·舜北巡守，恒山飞石·瞽叟夫妇逝世·西王母来朝

过了两日，西方诸侯已群到华山，帝舜就举行柴望大典，率诸侯恪恭将事，然后觐见诸侯，问他们政治的得失和民间的疾苦，这亦是照例之事。有一个析支国诸侯奏道："臣的国境逼近西戎，他们政治既不讲求，风气又极犷悍，干戈日寻，互相吞并，不特人民遭殃，且恐将来为国家之大患。臣土地褊小，无能有为，请帝察夺。"帝舜道："他们共有几国？"析支国君道："从前不下十余国，现在共存六国，均以种类为结合。一种叫侥夷，一种叫戎夷，一种叫老白，一种叫耆羌，一种叫鼻息，一种叫天刚。"帝舜道："待遇远人，总以教化为先。朕当遣人前往教导劝化，或者可以革其恶俗。且待朕回京之后与百官详细讨论，再设法吧。"

朝觐之礼既毕，照例两伯贡乐。秋伯贡的乐，其舞叫《蔡俶》；他的歌声比小谣，名叫《苓落》。和伯贡的乐，他的舞叫《玄鹤》；他的歌声比中谣，名叫《归来》。乐正夔照例审定一番。诸侯纷纷归去，帝舜亦渡过大河，回到蒲坂，急急的先去省视二亲。原来已有半年多不见了，相见之下，倍形依恋。帝舜就将这次巡守所经历的事情和二亲谈谈。

到了晚间，帝舜侍膳，见瞽叟食量增加，觉得古怪。后来私下问敤首，敤首道：“父亲自夏天以来，身体甚健，饮食因而增多，又欢喜到外面去走走。我和三哥说，照这样子，父亲要活到二百岁呢。”帝舜道：“父亲能如此，固然甚好，但我看究竟是高年的人，饮食一切总以小心为是。我不在家，妹妹，总要你设法劝谏，不可使父亲多吃，宁可多吃两次，倒不妨事。就是母亲欢喜吃肥浓，亦非所宜。我在这里，总常劝劝，我出门之后，三弟于卫生之道不甚讲求，两个嫂子又不善措辞，全在吾妹留意。”敤首唯唯称是。过了几日，帝舜将教导六戎的方法与群臣商议妥帖，又选派几个干练明达之士，叫他们前去宣抚教导。那些西戎果然从此安静了，这是后话不提。

且说帝舜回都一月有余，到了孟冬上旬，又拜辞父母，率领了伯夷、夔等，径出北门，到朔方去巡守，目的地是恒山。这时正值小阳春天气，一轮红日照得非常之热，竟有初夏光景，帝舜等在路上颇觉烦渴。哪知行近太原，天气骤变，朔风凛冽，削面吹来。又走了两日，飘飘荡荡的降下一天大雪，帝舜等依旧冒雪冲寒前进。哪知一路过去，山愈多，雪愈大，路愈难走，前行马足屡次失陷，车轮更难推动。但是仰望天空，雪仍旧是一团一块的飘舞下来。

帝舜至此，进退两难。伯夷道：“前在彭蠡，那元秀真人说北岳不可去，这话可是应了。”帝舜道：“此地是大茂谷，去恒山已不远，再等他几日吧。”伯夷道：“依臣看来，即使此时雪止了，如此严寒，一时绝不会融化，那么仍不能前进，等亦无益，不如归去吧。祭岳之典，通告诸侯改期举行，亦未始不可。”帝舜道：“这个未免太失信于诸侯了。况且此刻北方诸侯来者已不少，所不到者，只有恒山以东的诸侯。那些已到之诸侯，经过如许行路艰难，无端忽叫他们归去，下次再来，使他们多一次跋涉，于情理上亦说不过去。”乐正夔道：“依臣的意思，不如在此向着北岳遥遥致祭。已到此地的诸侯，随同举行朝觐审乐之典；其余阻雪不能来者，俟下次再随同举行，亦是从权之一法。”帝舜听了，觉得此法亦不甚妥善，但亦想不出别法，尽管仰着头，睁着他那重瞳的双眼，看天空的雪，遥望恒山，竟在白雾之中，丝毫看不见。

忽然在那白雾之中发现一颗黑点，冉冉而来，愈近愈大，直到帝舜面前，骤然落下，轰然大声，震动山谷。那些不留意的人前仰后合，个个站立不住；帝舜亦为骇然。仔细一看，原来是一块大石。这时随从的人和会集的诸侯个个闻声而来。伯夷道：“此石落下之地，距帝所立处不过几步远，真危险呀！”乐正夔道：“石是重物，自空下降，其势必急疾。此石冉冉飞来，其势殊缓，甚觉可怪！”于是众人纷纷揣测，有些说是陨星，但不会横空而来；有猜它是山崩的，但不会飞得如此之远。后来有几个到过恒山的人说道：“这块石很像恒山顶上庙门旁边的那块石。”有一个道：“是，是，很像很像！”有一个道：“如果是那块石头，石上应该有‘安王石’三个字。”有许多人听说，就跑过去看。那石已有一半埋在雪中，掘开雪一寻，果然有“安王石”三个字刻在上面。于是众人一齐欢呼起来，说道：“这是山灵不要帝踏雪冒险，所以飞下这块石来挡驾的。不然，石何以会得飞，飞得这么远，而且恰巧落在帝面前呢？”

这句话一传，大家都以为然，齐来劝帝不必前进。帝舜还是犹豫，乐正夔道："臣刚才主张望祭，帝未俯允，想来以为太觉疏慢之故。如今这块石远从恒山飞到此地，明明是恒山的代表，请帝就向此石致祭，岂不是尽礼么！"帝舜一想有理，于是就用此安王石代表恒山，率领已到的许多诸侯举行柴望之典，随即行朝觐之礼。

那时两伯之中到者仅冬伯一人，于是就叫他贡乐，其舞叫《齐落》，其歌叫《缦缦》。乐正夔刚要照例审定，忽然外面有急使疾驰而至，从者一问，才知道是宫中二女所发的。帝舜一看，料想不妙，也顾不得朝仪，立刻叫使者进来。使者呈上二妃书信，帝舜拆开一看，上面只寥寥数语，是娥皇的手笔，大致谓"君姑玉体忽然违和，请急归"云云。帝舜至此方寸顿乱，恨不得立刻插翅飞归，忙向众诸侯道："朕因母病，拟即归，汝等亦可归去矣。"说着，就吩咐驾车，别了众诸侯，立刻上道。

且说帝舜心中起落万状，归心如箭，不巧地上皆雪，车轮迟滞，走了多日，才到蒲坂。急急归到宫中，只见弟象，妹敤首，娥皇、女英二妃，子义均等都在他母亲房中，瞽叟却不见。敤首见舜走到，泪汪汪的先迎上来，低声叫道："你幸亏赶到，母亲的病势真不妙呢。"帝舜一听，魂飞天外，也不及和敤首答话，直到床前，只见他母亲朝着里面睡着，喉间呼呼的痰声。帝舜爬到床头，轻轻连叫"母亲"，那母亲亦不答应。那象走过来，扯舜的衣服道："二哥不用叫了，母亲自那日得病之后，并没有开声过，并没省人事过呢。"

帝舜一面流泪，一面问道："究竟如何得病？是什么病呢？"敤首道："那天夜间起来小遗，不知如何一来，跌倒了，幸喜妹子在外间，听见声音，立刻起来，叫人帮着抬到床上，哪知已是牙关紧闭，昏不知人了。后来医生陆续请来，都说是中风，无可挽救的，至多只能用药维持到二十天。如今已是二十天了，如何是好？”帝舜听了，知道无望，泪落不语，忽然又问道：“父亲呢？”敤首道：“父亲因母亲这病，不免忧虑，前日亦觉有点不适，据医生说，是失于消化之故，刚才妹子伺候服了药，睡在那里。”帝舜听了，又是惊心，慌忙来到瞽叟寝门之外，只听得瞽叟咳嗽之声，知道未曾睡熟，便到帐前问安。瞽叟一见，大喜，便说道：“舜儿！你回来了，我正盼望你呢。你母亲这病恐怕不好——”

正说到此，只见象慌慌张张的跑来，叫道：“二哥快来，二哥快来，母亲不对了！”帝舜听了，只得说：“父亲暂且宽心，儿去看来。”说罢，急急的再跑到母亲房中，只见他母亲这时身体微微有点仰天，呼呼的痰声愈急。娥皇、女英正持了药，还想去救。帝舜忙过去看，哪知他后母痰声一停，眼睛一翻，竟呜呼了。帝舜这时与二妃及弟、妹等一齐举起哀来。这时瞽叟亦慢慢踱进来了，夫妇情深，禁不得亦是一场大哭。帝舜等因瞽叟年老，兼在病中，不宜过悲，只好收住哭声，来劝瞽叟。

从此帝舜遂不视朝，只在宫中办那送终之事，一切尽礼，自不消说。偶然想起母病之时，竟不能尽一日侍奉之职，非常抱恨。转念一想，幸而大雪封阻，未到恒山，犹得有最后一面之缘。假使到了恒山，往返时日更多，送终不及，那更是终身之憾了。不言帝舜心中的思想，且说瞽叟自从那日悲伤之后，次日病势陡重，卧床不起。医生诊治，都说脉象不好，须要小心。帝舜等此时更觉窘急，既要悲哀死母，又须侍奉病父，在病父榻前更不能再露哀痛之色，以撩父悲，真是为难极了。

一日晚上，瞽叟自觉不妙，将身勉强坐起，叫过帝舜来，说道："舜儿呀！我这个病，恐怕难好了。"帝舜听到这一句，正如万箭攒心，禁不住泪珠直滚下来。瞽叟见了，忙道："你不要如此，做儿子的，死了父母，当然是悲伤的，况且你刚刚死了母亲，又死父亲，这个悲痛的确是厉害。但是古人说：五十不致毁，六十不毁。你年纪已在六十之外，万万不可毁了。我防恐你要毁，所以交代你，你须听我的话。"帝舜听了，只得忍痛答应。

瞽叟又叫敤首过来，说道："你和二哥是最友爱的，二哥是大孝子，我死之后，如果他过于哀毁，你须将我这番话去劝他，不可忘记。"敤首亦忍泪答应。瞽叟又叫过象来，嘱咐道："你是个不才的人，现在的富贵，全靠二哥的不念旧恶。你以后总要好好做人，不可自恃是天子的胞弟任意胡闹。须知道法律是为国家而设的，就是我杀了人，二哥亦不能包庇，何况于你？我死之后，三年服满，你到有庳去，好好过日子吧。"象听了，亦唯唯答应。

瞽叟忽然叹口气道："我生了三个儿子，只有大的这个最晦气，活活的受了我的毒害，这是我一生的大憾事，到此亦无从追悔了。"帝舜听到这句，心如刀割，忙与敤首上前劝道："父亲养养神吧，何苦说这种话。"瞽叟笑道："人之将死，其言也善。我所说的，句句真话，有什么不可说呢？"说完，就睡了下去。娥皇、女英拿过药来，帝舜接着，请瞽叟吃。瞽叟略略饮了几口，摇摇头，就不要了。哪知到了黎明，就奄然而逝。帝舜等这时连遭大故，抢地呼天，真是悲伤欲绝。但到过于哀痛之时，想起瞽叟的遗嘱，自不能不力自抑制。这次两重大丧，并在一起办理，倒也径捷。那臣工的吊奠、诸侯的慰唁络绎不绝。瞽叟夫妇亦真可说是生荣死亦荣的了。

过了两月，帝舜及象扶了父母的灵柩，到诸冯山相近的一座山中葬下（现在叫瞽冢山，在山西垣曲县北六十里），就回到蒲坂守制，一切政事概由大司空等同寅协恭、和衷共济的去办。帝舜此时倒也逍遥自在，不过看见了儿子义均的不肖，不由得不忧上心来。原来帝子义均的不肖与丹朱不同，丹朱是傲慢而荒淫，帝子义均是愚鲁和无用。所以帝尧对于丹朱还想用围棋去教他，帝舜对于子义均连教导的方法亦没有。好在他安分守己，并不为非作歹，成事不能，取祸亦不会，所以比较起来，帝舜尚略略宽心。后来决定主意，取法帝尧，不传子而传贤，那忧心更消释了。

瞬息三年，居丧期满，祥祭之后，象遵瞽叟遗嘱，就要告辞归国。帝舜不忍，又留住多日，才准其去。一日，帝舜照常视朝，查阅三年中之政绩，莫不井然有条，斐然可观，不禁大喜，乃向群臣赞美道："天下能如此平治，皆赖汝等之力也。"于是信口作成一歌，其词曰：

股肱喜哉，元首起哉，百工熙哉！

那时皋陶在旁，听见这首歌词是称赞他们的，慌忙拜手稽首，向帝舜致谢，立起来说道："帝归功于臣等，臣等哪里敢当呢！臣的意思，股肱必须听命于元首。元首正，股肱自不能不正；元首不正，股肱亦不会正。臣依此意，谨奉和二首。"说到此际，亦抗声而歌，连歌两阕，其词曰：

元首明哉，股肱良哉，庶事康哉！
元首丛脞哉，股肱惰哉，万事堕哉！

两阕歌完，帝舜知道皋陶在颂美之中仍带规勉之意，极为嘉叹，遂亦再拜的答他道："汝言极是，朕当谨记着。"于是就退朝了。看官！要知道虞舜之世，明良喜起，播美千古，但看他君臣之间，你称赞我，我亦称赞你；你规诫我，我亦规诫你；如师如友，君不恃尊，臣忘其卑，所以能造成郅治。后世专制的君主，言莫予违，哪个敢说他一个不字！一朝之上，唯阿谄媚，成为风气。君自视如帝天，臣自视如奴仆，政治哪里会好呢！闲话不提。

且说一日，帝舜又在视朝，忽然看见一个女子，穿青色之衣，美丽非常，从下面走上来。这是从来所未有的，大家都稀奇极了，正不知她从何处跑来。帝舜便问："汝是何人？来此何事？"那女子向帝舜行了一个礼，慢慢说道："贱妾是墉宫玉女，姓王名子登，是西王母之使者，从昆仑山来。西王母要来朝见圣天子，所以叫贱妾特来通报，大约明天就来了。"说完之后，忽然不见。

帝舜君臣无不诧异。大司空道："王母本说要来，如今既饬人先来通报，请帝筹备迎接招待之事吧。”帝舜道：“远方宾客，有个来处，可以迎接。王母是神仙，从何处去迎接？至于招待之事，寻常典礼恐一概用不着，那么怎样？”后来大家商议停当，决定在大殿下，西向恭迎，一切都用最隆重的典礼。

到了次日黎明，帝舜和群臣都穿了最华美的法服，个个冕旒执玉，肃恭的站在殿外，西向恭候。忽然有三只青鸟联翩而来，到地化为大鵹、少鵹、青鸟三人。大司空是认识的，忙来招呼，并介绍与帝舜。帝舜问：“王母圣驾到了么？”三青鸟使遥向西方一指。大家看时，只见西方天空如白云郁起，氤氤氲氲，直趋宫殿而来，须臾渐近，隐隐听见云中有鼓乐之声和人马之响。

又过片时，但见空中诸仙纷纷而下，仿佛和鸟翔一般，或驾龙虎，或乘白麟，或乘白鹤，或乘轩车，或乘天马，数约几千。最后只见一条九色的斑龙曳着一乘紫云之辇，冉冉下来。辇旁有五十个天仙，个个身长丈余，簇拥着辇舆，手中各有所执，或执彩旄节佩，或执金刚灵玺，个个不同。辇既降地，王母扶着两个侍女下车。

帝舜细看王母，戴着太真晨缨之冠，冠上斜插一支玉胜，但是头发仍是蓬蓬然，牙齿仍是巉巉然，气象威猛，背后还露着一条虎尾，下面蹑着方琼凤纹之履。那两个侍女却生得非常美丽，穿的是青绫之袿[1]，年纪都像十六七岁。那时三青鸟使便过来介绍，请帝舜与王母升殿。帝舜让王母先登，到了殿上，帝舜即向王母稽首，说道：“王母慈

1. 袿（guī）：古时妇女所穿的上等长袍。

悲，平治洪水，普救万民，恩德如天。如今反劳光降，何以克当？”王母亦还礼道：“这个是天意，我何敢贪天之功以为己力呢？”当下帝舜请王母坐了宾位，自己坐了主位。王母道：“我长久不到下界来了，久已想来，实在少机缘。现在略备些不腆之物，前来贡献，请圣天子不要见笑，赏收了吧。”

这时另有三个侍女，手中各捧着一件，走过来，放在帝舜面前。帝舜看时，一件是白玉环，一件是佩玉，一件是白玉做成的琯，名叫昭华琯。帝舜忙再拜稽首致谢。王母道：“我此番来朝，礼节至此，总算已毕。照例圣天子还要赏赐饮食的，但是我们都不食人间烟火，请天子可以无需预备。不过有一句话要说，我到人间来一遭不容易。圣天子和诸位公侯要到敝处昆仑山来一次，亦颇不容易。现在我既然来了，就此拜了一拜，谈两句话就走，未免太寂寞冷淡。所以我想借圣天子此殿，请一请客。我已有天厨带来，不知圣天子可否允许。”

帝舜听了，忙再拜道：“已劳慈驾，兼拜赏赐，如今又赐饮馔，何以克当！但是某等君臣能尝所未尝，真是感激不尽。”王母笑道：“既承允许，那么先要易位，真是反客为主了。”帝舜正要谦谢，忽觉自己已经坐了宾位，王母已经坐了主位，不知怎么一来掉转的，弄得惝恍模糊，莫名其妙，便是殿上臣工亦都诧异至极，才叹仙家真有颠倒众生之妙用！

再细看那王母亦换过了一个，不是蓬头、戴胜、豹齿、虎尾了，而是文采鲜明，光仪淑穆，真是个庄严兼和蔼的天人，且年纪不过三十多岁，大家尤为不解。霎时间，席次都已设好，王母邀大司空到他旁边去坐，说道："我们是熟人，可以谈天叙旧。"大司空遵命，就在帝舜下面坐下，其余臣工又在下面。那时天厨中的酒肴络绎而来，丰珍上果、芳华百味，无不毕陈。除出大司空外，其余诸人不但口所未尝，都是目所未见，正不知吃的什么东西。饮酒之间王母对于各臣工都有两句话语称赞，大约隐括他的终身及后福等。大家听了，似明非明，却不好细问。

帝舜刚要开言，只听王母吩咐一声"奏乐"，霎时间无数绝色女子各执乐器，纷纷上前。有的弹八琅之璈，有的吹云和之笙，有的击昆庭之金，有的鼓震灵之簧，有的拊五灵之石，有的击湘阴之磬，有的作九天之钧，众声澈朗，灵音骇空。众人听了，觉得这种音乐可以使人飘飘欲仙，与韶乐又自不同了。

奏乐既毕，王母向帝舜说道："我今朝来此，固然是朝见圣天子，但是还附带一件事。"说着，又向大司空道："从前小女瑶姬赠大司空宝箓之时，有一个侍女的裙带给大司空压住解脱，大司空还记得这回事么？"大司空听了，惶窘非常，说道："是有的，当初实出无心，惭愧之至。"王母笑道："谁说大司空是有心呢？但是大司空虽出无心，天却有心。此女本是瑶宫玉女，既与大司空有此一段故事，就是姻缘，如今我已饬人送到府上去了，叫她伺候大司空吧。恭喜恭喜！"

大司空听了，尤其惶窘，忙忙谦辞。王母笑道："大司空尽力沟洫，菲衣薄食，辛苦已极了，收一个玉女奉养奉养，有什么过分呢！"说毕，就起身向帝舜告辞，说道："我们隔四十年再见吧。"又和大司空说道："我们隔五十年亦总要见的，再会再会。"其余臣工亦一一与之道别，升上紫云辇，人马音乐霎时腾空向西而去，转瞬不见。三青鸟使亦随后化鸟而去。

帝舜君臣如做了一场游仙梦似的，那殿中的香气足足有两月不散。大司空回到家中，才知玉女果已送来，经涂山氏留下，无可如何，只得老实收了她做妃子。

第一百四十九回

蒲衣逃舜·舜问于丞·舜作《卿云》歌·黄龙负图出河·说彗星

一日帝舜视朝，得到北方诸侯的奏报，说道："那年从恒山上飞下之石，此刻又飞到太原了。"帝舜听了大为诧异，暗想："上次石飞，或许是阻我北进；此次又飞，是何意思呢？莫非那日祀礼太草率么？"想罢，带了从臣来到太原，亲自考察，果见那块安王石矗立在那里。

帝舜于是叫人就地盖起一所祠宇来，供奉此石，并且祭祀一番。然后再向东北而行，越过恒山，想到从前第一次出门时所耕之历山，此刻不知如何景象，一时怀旧情深，就屏去了驺从，独带一个侍卫之士前往观看。只见那边阡陌纵横，村落错综，已不是从前那种深山气象了。前日所耕种之田，已无遗迹可寻，只有和灵甫遇到的地方还依稀可认。舜徘徊了一回，不免想到雒陶、秦不虚等人，此刻不知都在何处。

正在慨叹，忽听得有人叫道："蒲衣先生！难得，你几时来的？"帝舜回头一看，原来是一个五十多岁的男子，正在缓步逍遥，那问他的人却是一个妇人。只听那男子答道："我来不多日呢。"那妇人道："蒲衣先生！你有多年不到此地，难得今朝又来，请到舍间坐坐吧。"说着，就邀那男子到路旁一间草屋之中去了。帝舜听见"蒲衣"二字，就想到从前师事的那个八岁神童。如今有几十年不见，那面貌当然认不出了，然而估量年纪，那神童到今日正是差不多，不要就是他吧！回想自己摄位之后，这几个旧时师友无日不在饬人探访之中，可是没有一个寻着。如今觌面相逢，宁可认错，不可失之交臂。想罢，就要到草屋中去访问。继而一想，终觉冒昧。后来决定主意，先叫卫士去探问他是否豫州人，幼时是否住在有熊之地，此刻住在何处。卫士答应去了。帝舜独自一人回到行宫，隔了多时，那卫士还报，说道："那男子的确是豫州有熊地方人，现在寓居西村一个亲戚家中。"

帝舜大喜，次日一早，率领从人，前到西村去访蒲衣，一访就遇到。说起从前之事，蒲衣方才记得，竭力谦抑。帝舜便问他几十年来的经过，又将自己的经过细细告诉了他一番，并劝他出来担任国家之事，说道："老师从前主张以礼敬教人，倘肯担任国事，那么苍生受福无穷。弟子情愿退居臣僚，恭听指挥，务请老师以天下为重，勿再高蹈。"蒲衣听了，笑道："承足下如此推爱，容某细思之，如无他种牵掣，敬当遵命。"于是订定明日再行相见。到了次日，帝舜一早去访，哪知他的亲戚说道："蒲衣先生昨日连夜动身出门，不知到何处去了。"帝舜料想他必是逃避，寻他无益，不胜惆怅，然而也无可如何，只好再向东北行。

一日，到了幽州界上，帝舜想起幽州的镇山是医无闾山，据伯禹说是很耸秀的，我何妨去一游呢？想罢，就径到医无闾山，只见那山势掩映六重，峰峦秀拔，果然是座名山。山上产一种石，似玉非玉，据土人说，名叫珣玗琪（现在叫锦石），很为可爱。帝舜游历一遍，从西南下山，只见下面竟有一座城池，便何土人，才知道名叫徒河城（现在辽宁省锦县西北，相传虞舜时已有此城）。原来当地之人因为看见鲧造堤防，仿照他的方法来造的。当时有城郭的地方并不多，所以帝舜看了稀奇。

这时徒河城里有一个官吏出来迎接，帝舜看他古貌古心，盎然道气，便和他谈谈，问他是什么官。那人道是丞。帝舜道："汝曾学过道么？"丞道："学过的。"帝舜道："道可得有乎？"丞答道："汝身非汝有也，汝何得有其道？"帝舜听了不解，又问道："吾身非吾有也，孰有之哉？"丞曰："是天地之委形也。生非汝有，是天地之委和也。性命非汝有，是天地之委顺也。孙子非汝有，是天地之委蜕也。故行不知所往，处不知所持，食不知所味，天地之强阳气也，又胡可得而有耶？"帝舜听了他这番超妙的话，知道他亦是个探玄之士，不觉非常欣赏，便拟邀他同到帝都去，授他一个大位。那丞再三固辞。帝舜不能勉强，嗟叹了一回，只得率领从人，径归蒲坂。

刚到国门，只见有五个老者，须眉皓白，衣冠伟然，在那里徘徊。帝舜看他们形迹古怪，而面貌又甚熟，仿佛曾经在哪里见过似的。后来忽然醒悟，想道："前次随帝尧在首山，有五老游河，告诉我们河图将来，忽然化为流星上入昴，岂非就是他们么！现在又来游戏人间，我不可当面错过。"当下就吩咐御者停车，下车亲自向他们深深致礼道："五位星君难得又光临尘世，幸遇幸遇！"

那五个老者慌忙还礼，齐声说道："圣天子向我们行礼，我们小百姓如何当得起呢！而且圣天子所说的什么星君，什么光临尘世，我们都不懂，不要是认错了人吧？”帝舜道：“某不会认错，五位一定是五星之精，上次已经见过，何必再深自韬晦呢？”那五老道：“我们的确都是小百姓，因为遇到这种太平之世，相约到帝都来广广眼界，并非什么星精，请圣天子千万不要误会。”帝舜见他们坚不承认，亦不免疑惑起来，既而一想，决定主意，宁可认错，不可错过。当下就说道：“既然诸位不承认是星精，某亦不好勉强，不过诸位年高德劭，这却是一定无疑了，某向来以孝治天下，对于老者特别尊敬，所以在学校中定有养老大典。现在无论诸位是否星精，务要请到学校里去，稍住几时，使某得稍尽供养之忱，未知诸位可肯答应否。”那五老听了，相视而笑。

一个赤面老者说道：“既然圣天子如此加恩，我们恭敬不如从命吧。”帝舜大喜，忙叫从人让出几辆车子，载五老到学校里去供养。帝舜更以师礼尊之，时常去向他们请教，他们亦常到街衢中来游玩，究竟是否星精，这是后话，慢提。

且说光阴易过，这年已是帝舜在位的第十四年，这时天下太平至极，宫廷之中，蓂荚又生于阶，凤凰巢于庭，天上有景星出于房，地上出乘黄之马。有一日，忽然有一乘金车见于帝庭，尤为前古所未有，真所谓千祥云集。帝舜自己也是欢喜，无事之时，总在那里与百官奏他的《韶》乐。

一日，正在金石轰铿的时候，忽然天气大变，雷声疾震，雨势倾盆，风力之狂更无以复加，房屋卷去，大木拔起，城里城外正不知道有多少！这时殿庭之中，乐器四散倾倒，桴鼓等都在地上乱滚；那些乐工、舞人更站脚不住，有些四处乱跑；百官也仓皇失次，霎时间秩序大乱，正不知道是什么变故，都以为是世界末日到了。

独有帝舜，依旧是从容不迫的坐在那里，一手抱住一座将要倾倒的钟磬架子，一手执着一个衡，仰天哈哈大笑道："不错不错，这个天下的确不是我一个人的。钟磬管石奏起来，竟亦能够表示得出么？"说着，徐徐站起，将钟磬架子和衡都安放好了，整肃衣冠，向天再拜稽首，心中暗暗祝告道："皇天示警，想来是为这个天下的问题。但是某绝不敢私有这个天下，一定上法帝尧，择贤而传之。细察群臣之中，功德之盛，无过于禹。现在敬将禹荐于皇天，祈皇天鉴察。假使禹是不胜任的，请皇天风雨更疾，雷电更厉，以警某所举之失当。假使禹是胜任的，请皇天速收风雨，另降嘉休，某不胜迫切待命之至。"哪知祝告未毕，雷声已收，雨也止了，风也住了。到得帝舜站起来，已渐渐云开日出，豁然重见青天。

然而隔不多时，但觉氤氤氲氲、郁郁纷纷、似烟非烟、似云非云的一股气，满殿满庭的散布开来，差不多令人觌面不相见，亦不知这股气是自天下降的，还是自地上升的。

又隔了多时，但觉那股气渐渐团结起来，萧索轮囷，飞上天空，凝成五彩，日光一照，分外鲜明，美丽不可名状。这时众人早已忘却惊怖，恢复原状，看了这种情形，都齐叫道："这是卿云！这是卿云！"帝舜此时见天人感应如此之速，亦乐不可支，于是信口作成一歌，其词曰：

卿云烂兮，纠缦缦兮，日月光华，旦复旦兮。

歌罢之后，群臣知道这种祥瑞都是帝舜盛德所致，大家都上前再拜稽首，推大司徒做领袖，恭和一歌，其词曰：

明明上天，烂然星陈；日月光华，弘予一人。

帝舜听了这首和歌，知道群臣之意还是推戴自己，于是又作一歌，将自己打算逊位之意略略吐露，使群臣得知。其词曰：

日月有常，星辰有行。四时从经，万姓允诚。
于予论乐，配天之灵。迁于圣贤，莫不咸听。
鼚乎鼓之，轩乎舞之。精华已竭，褰裳去之。

歌罢之后，群臣一齐进道："臣等恭聆帝歌似有退闲之意。帝年虽近耄耋，但精力甚健，何可遽萌此志？尚望以天下百姓为重，臣等不胜万幸。"帝舜道："不然，昔先帝在位七十载，年八十六，拔朕于草野之中，授朕以大位，是以天下为公也。今朕亦年八旬，恋恋于此，不求替人，是以天下为私，何以对先帝？更何以对天下？朕意决矣。"群臣听了，不能复言。

过了几日，帝舜率领群臣向南方巡守。到了河洛二水之间，猛然想起从前的故事，就叫群臣在河边筑一个坛，自己斋戒沐浴起来，默

类

亶爰之山
有獸曰類
狀如狸有髦
食者不妒

类

又东四百里，曰亶爰之山，多水，无草木，不可以上。

有兽焉，其状如狸而有髦，其名曰类，自为牝牡，食者不妒。

——《山海经 · 南山经 · 南次一经》

默向河滨祝告道："某从前荐禹于皇天，承皇天允诺，降以嘉祥，但不知后土之意如何。如蒙赞成，请赐以征信，以便昭告大众，不胜盼望之至。"祝罢，就在坛恭敬待命。

隔了多时，看看日昃，果然荣光煜照，休气升腾。帝舜知道是征应到了，但细看河中，波流浩渺，一泻千里，与平时一样，绝无动静，不免疑虑。又隔了片时，忽见坛外有大物蠕蠕而动，仔细一看，原来是一条五彩的黄龙，背上负着一个图，长约三十二尺，广约九尺。那龙来到坛上，将背一耸，图已落在帝舜面前，随即掉转身躯，蜿蜒入水而逝。帝舜与群臣细看那图，以黄玉为柙，以白玉为检，以黄金为绳，以紫芝为泥，端端正正一颗印章盖在上面，是"天黄帝符玺"五个大字。再将图展开一看，其文字大意都是说天下应该传禹的话。群臣看了，莫不诧异，禹尤局促不安。帝舜笑道："不错不错，真是一定的。"

当下大家下了坛，帝舜率领群臣向嵩山而行，路上指着嵩山向伯禹道："这是中央的镇山，汝之封国去此不远，于汝颇有关系，汝宜前往致祭，以迓天庥。"伯禹刚要逊谢，忽见供养在学校里的那五个老翁又出现于车前。帝舜大惊，忙下车问他们何以离开京都，何时来此。五老齐声笑道："某等多年承帝豢养，感激之至。现在知道帝逊位已确定有入，某等在此亦无所事事，请从此辞，后会有期。"说罢，各各将身一举，倏忽不知所之。帝舜道："朕早知道他们是五星之精，他们犹不肯承认，如今果然是真了。"说罢不禁叹息一回。这时道旁凑巧有一间空屋，帝舜就叫人略加修葺，改为五星祠，以做纪念，又率群臣祭祀一番，这夜就宿在祠中。

君臣等正在谈论其神异，忽有从人报道，天上发现了五颗长星，甚是奇怪。帝舜君臣忙出门一望，果然天空有五颗大星，光芒作作，长各数丈。大家看了，一齐惊怪道："彗星，彗星！"帝舜道："朕看，不是彗星，还是五星之精在那里显奇表异呢。"众臣道："何以见得？"帝舜道："朕从前受业于尹老师，老师曾将天文大要细细讲授，所以朕于天文亦略知一二。大凡彗星的形式可分作二段，一段叫首，一段叫尾。但是彗首亦可分为二，一种叫彗核，是它当中如星的光点；一种叫彗芒，是包围在彗核四面的星气。但是有些离地较远或较小之彗星，则人往往仅见它的芒而不见它的核。大的彗芒，视径有和月亮一般，而它的核明如晨星，这是最显而易见的。至于彗尾，是彗星背日面的明光幡。小的普星没有明光幡者多，即使有，亦暗而且窄。所以论到彗星的本体，不必一定有尾，而芒与核则是一定有的。现在这五颗大星虽和彗星相似，但细视不见有核，并不见有芒，究竟不知道它哪一头是首，哪一头是尾，这是一端可疑的。而且彗星是极不常见之星，就是偶尔出现，亦不过是一颗，绝无五颗同时齐出之理。而且据尹老师说，彗星亦有它运行之轨道。它的出来是渐渐的由远而近，由小而大，它的消灭亦是逐渐的。昨夜并不见有彗星，今夜忽然发现，且有五颗之多，它的形式又多相像，无首无尾，这又是一端可疑的。不是彗星，那么是什么？当然是五星之精的变化了。朕所以如出揣度，亦是想当然耳。"

众臣道："彗星不只一颗么？"帝舜道："多着呢，据尹老师说，人的目力能够见到的，陆续发现已经有几百颗之多。人的目力不能见到的，想来一定还有不少。将来人类智力增进，如能发明一种望远镜，那么彗星的数目恐怕还要加多少倍呢。”

伯益道：“众星没有尾，独彗星有尾，听说最长的竟有几千万丈之长，究竟何故？”帝舜道：“这个理由，朕也听尹老师讲过，大概有两个原因：一个是推力。考查彗尾，差不多都与太阳相背，仿佛受了太阳上面的一种推力，使它附于彗星的质后而行。一个是吸力。大约彗星本体亦有吸力，所以能使附于星体的物质虽受太阳的推力而不至于离散。这两个原因亦是想当然耳，究竟如何，还不能确实明了。”

伯益道：“有尾的是彗星；没有尾，怎样知道它亦是彗星呢？”帝舜道：“有两种可以看出。一种是它所行周天的轨道与众星不同。众星的轨道差不多总是圆的，彗星的轨道有好几种，有如抛物线形的，有如椭圆形的，有如双曲线形的。看到它轨道的形状，就可以知道它是彗星。一种是考查它的历史，它从前出来的时候，见于记载，是有尾的，那么此刻出现虽然失去了尾，亦可以认识。还有一种，是看它的形状，就是刚才所说有芒有核了。有芒有核，必是彗星。”

伯益道：“彗星之尾何以会得失去呢？”帝舜道：“大约因为彗星的质量不甚大，拖着如许长的长尾，大有不掉之势，久而久之，吸力不能够收摄它，那成尾之质就分散于太虚，这就是彗星无尾之原因。但细考起来，不但彗尾能够消失，就是彗星亦能够消失。因为太阳的吸力在彗星向日、背日两面，其力甚大，彗星禁不住这种力量，那个芒核就分散为几个，久而久之，全体就消失了。”

伯益道：“彗星既然不只一颗，有时又要消失，那么现今所看见无尾的彗星，安见得它就是从前历史上见过的有尾彗星呢？”帝舜道：“彗星轨道为椭圆形的，它的出现有定期，或十几年一见，或几十年一见，或几百年一见，根据历史所记载，可以推算得出，因此就可以知道。假使轨道是抛物线形或双曲线形的，那个仅能发现一次，以后不复再出。但是抛物线形的那一种，有人说它仍是椭圆形，不过极长极大一个圈子，绕转来或者需几千年，人间的开化迟，历史没有如此长久，所以说它不复再出，亦未可知。”

正说到此，忽听一个人叫道：“五颗长星发生变化了！”众人忙抬头看时，只见那五颗星光芒渐敛，而不住的动摇，隔了许久，变成五颗明珠似的大星，次第排列在天空，仿佛一串珠子，连成一气。帝舜哈哈笑道：“果然是他们！果然是他们！”说罢，就用手指道，“这颗是水星，这颗是金星，这颗是火星，这颗是木星，这颗是土星。”众人看了，无不稀奇，都说道：“这五星如连珠，是不大有得见到的。”

这时夜色已深，四野昏沉如墨，众人露立长久，都有倦意，渐听得晨鸡喔喔，料想时已迨曙，正想入室休息，忽见东方似乎露出一道白光来。大司空道：“莫非天色已将明了么？”众人再注意一看，只见天际似乎隐隐有一朵黑云，黑云之下仿佛有光气拥护，久而久之，黑云之中露出一个大圆物，其白如玉，其大如镜。众人有的说是太阳，有的说是月亮，纷纷不决。

陡见圆物旁边又涌起一个圆物，大小颜色都相仿佛，其初比第一个出现的低，后来渐渐升高，两个一样齐，仿佛一对白璧。后来两个互相摩荡了一回，毕竟是后来的那个占了上风，那第一个出现的渐渐低落。忽然之间，红光四射，旭日东升，两个白璧和黑云都不知去向了。众人见所未见，个个称奇。帝舜道："今日真难得，刚才是五星连珠，此刻是日月合璧，都是祥瑞。"回头向大司空笑道："这个都是汝受命之符兆呢！"大司空听了，惶恐逊谢。

这时天已大明，众人回到室中，略略休息。早餐之后，薰风拂拂，天气大和，帝舜取过琴来，一面弹，一面又作了一个《南风》之操，其词曰：

反彼三山兮，商岳嵯峨。天降五老兮，迎我来歌。有黄龙兮，自出于河。负图书兮，委蛇罗沙。案图观谶兮，闵天嗟嗟。击石拊《韶》兮，沦幽洞微。鸟兽跄跄兮，凤凰来仪。凯风自南兮，喟其增悲。

歌罢之后，又休息一回，便率领群臣，返旆还辕，归到蒲坂。次年，就叫伯禹到太室山去祭祀，算是禅位的第一步。

第一百五十回

入学用《万》· 息慎氏来朝 · 大频国来朝 · 孟亏养鸟兽

有一年春天，照例又是儿童入学之期，帝舜与群臣商议道：“教孝教弟，明礼习让，这种科目固然是做人基本的要事，但是恐怕将来有两种缺点：一种是关于儿童本身的，专讲静，不讲动，身体发育恐受影响；一种是关于国家前途的，专尚文，不尚武，民气逐渐萎靡，易流于积弱。这两种流弊，似乎不能不预先防到。”

群臣听了，都以为然，于是大家讨论起来。有的主张增加射箭一科，有的主张增加御车一科，纷纷不一。大司徒道：“臣以为，射御二科固然是好的，射可以观德，御可以习勤，不但能够养成武士，而且仍不失教育原则。但是，只可施之于已经成年的生徒。若是儿童，体力未足，恐怕不甚相宜。现在规定，七岁入小学，十五岁入太学。七岁的儿童叫他射御，固然万万不能胜任，就是十五岁的儿童亦似乎尚早。臣的意思，最好添一种舞的科目。从前阴康氏的时代，因为阻多滞伏，民气壅闭，于是创出这种舞法，以教百姓，后来民气果然多发扬了，所以舞这个方法于人身极有价值。舞有两种。一种是徒手舞，盘旋进退，俯仰高下，演出种种的节目，与儿童兴趣极相合，凡七岁初入小学的儿童，都可以用的。一种是器械舞，又可以别为二类，一类是文，一类是武。文舞用籥，用羽；武舞用干，用戚。羽籥较轻，易于挥洒，凡年在十二岁以上之儿童，可用之。干戚较重，舞动不易，凡十五岁以上入太学之学生可用之。如此排定程序，以次而进，练习到后来，不但技艺娴熟，而且力气亦可以增加。古人有两句诗，叫'有力如虎，执辔如组'，就是说这个舞的效果。所以臣的愚见，以为要提倡武事，振作士气，寓之于教育之中，以入学之初添加舞干戚羽籥一科为最宜。这科名目可定为《万》舞，未知帝意如何。"大众听了都赞成，于是就叫乐正夔等预备起来，从十七年二月入学起，以后都用《万》舞了。

又过了多年，忽报息慎国君来朝，帝舜即命百官按照典礼招待。到了觐见的那一日，行礼既毕，息慎国君献上弓矢，说道："小国僻处远方，无物可以呈贡，只此土产，聊表微忱，请赏收吧。"帝舜一看，只见那弓长四尺，矢长尺又五寸，弓矢的材料非铁非石，矢镞长约二寸，亦非铁非石，正不知是何物造成。再看有一张弓的弦上有一处隆起一个结，仿佛曾经断了接过似的，料想必有原故，一时不便就问。照例谦谢一番，收下。

到得次日，设席款待，帝舜和群臣相陪。因为大司空从前是到过息慎国的，就叫他坐在旁边，以便谈话，渐渐说到息慎国的风土，帝舜便问那弓矢材料的来历。息慎国君道："这种材料名叫楛木，颜色有黑，有黄，或微白而有纹理，实在并不是木类，出于水中，坚硬可以削铁，不容易折断的。这种做矢镞的材料名叫石砮，有两种：一种出于山，取的时候必先祭山神；一种出于水，相传系松树之脂，入水千年，化成此物，有纹理如木质，绀碧色，坚胜于铁。小国那边山林多禽兽猛鸷，人民以射猎为生，非此种坚硬的材料不能适用。所说此种材料各处都没有的。”

帝舜道：“那么弓弦的材料与各处亦不同么？”息慎国君道：“弓弦材料与各处相同，不过有一种续弦膏，亦是各处所没有的。小国因为瘠苦，无贵重之物可献，单单选了这几张弓矢，拣而又拣，试而又试，以求完善。不料有一张弓弦竟试断了，行期已促，不及更换，就用续弦膏接续。形式虽然难看，但是格外坚久，请帝试试。”帝舜道：“那续弦膏是什么东西做的？”息慎国君道：“小国山里有一种蛇，名叫胶蛇，长不过三四尺，用刀斩作三四段，顷刻之间复连合为一；再斩作五六段，亦复合为一，而行走愈速。取之之法，斩断之后，每段赶快用木条夹住，掷之墉外，或悬之树上，才不能复连。将此蛇捣碎成膏，去接续断弦，坚韧异常，用了长久，虽他处断了，而此接续之处永不断，真可宝贵的。”帝舜君臣听了，都以为异。

息慎国君又向大司空道：“那年大驾辱临，实在简慢得很。某久想前来，因为路途不熟，屡屡愆期，不想忽忽已几十年了。今朝再见，欣幸之至。”大司空道：“某当日因君命在身，未能久留，深以为恨。某当年到贵国的时候，正值隆冬，贵国多穴土而居，但不知夏天如何，是否仍是穴居？”息慎国君道：“夏天穴居易致疾病，所以多改为巢居。”

帝舜道：“贵国禽兽既多，不知其中有可以为人利用的么。”息慎国君想了一想道：“有的，小国东部一处山上，产生一种兽，非牛，非马，非犀，非象，大家叫它‘四不相’。它性极灵，能代人做一切事务，如运物、打磨、掘土等类。它平时住在山上，不轻易下来，偶然下来，亦不损人一草一木。人如要它做事，但将乐器一吹，它就成群而来。假使要它做的事务只需一兽可了，那么它就独留一兽，其余都上山而去。这兽给人做事，必待做完后才肯归去，否则不肯去。做完之后，就是要留它，它亦不肯留。做完事之后，人倘使怜其辛苦，给它食物，它亦绝不肯食，这种真是奇兽呢。”众人听了，都诧异之至，说道：“天下竟有如此替人尽义务而不食酬报的异兽！那种争权夺利、草菅人命的人，对着它真要愧死呢。”

这时宾主劝酬，馔已数上，中有咸肉一味，息慎国君尝了，不绝地道好，并且问是用何种材料烹成。大司空道：“并无别物，不过用盐渍起来而已。”说着，就指指席上所列制成虎形之盐给他看。息慎国君道：“这种异物敝国那边是没有的。小国那边和味的方法，只有用木材烧成灰，取汁而饮之。那种滋味万不能如此肉之佳。”

帝舜道：“贵国东边亦临大海，海水可以制盐，贵国人何以不制呢？”息慎国君道：“小国那边去海尚远，夏天跑过去，处处隔着弱水，交通不便；冬时遍地冻结，交通虽便，但是海水亦结冰了。所以小国人民屡次想去制造，终于不能，想来饮食之微亦有幸福的呢。”

帝舜道：“贵国既然弱水为患，当时大司空到贵国之时，何不令其施治？”息慎国君道：“当时亦有此意，以时值隆冬，弱水统统冰结，无从施治。待要等到长夏，时日太长，料想天使不能久待，只好不说了。”

帝舜道：“贵国弱水泛滥的情形如何？损失大么？”息慎国君道：

“并不泛滥，只是不便于交通。小国的弱水大概分为两种，一红，一黑。春夏之际，山中水泉下注，到处成为沮洳，并不甚深，但是人涉其上则半身顿时陷没其中。在那时如忍耐勿动，呼人救援，尚有更生之望；倘若自逞其能，用力挣扎，则愈陷愈深，立刻可以灭顶，这是最可怕的。小国土话，这种弱水名曰哈汤，恐怕无法可施呢。”

帝舜便问大司空，大司空道：“臣当日访问到此，亦曾研究过，其原因是土为患，不是水为患。那种土亦不是原有之土，是无数大树、亿万落叶，经水泉涵濡所化成之土，所以既软又腻，年代愈久，堆积愈深，因此可以没人。施治之法，只有将大树砍去，风吹日炙，久之自能干硬，但是旷日持久。而且这种千年大木一旦尽行砍去，亦未免可惜，所以恐怕做不到呢。”息慎国君听了，亦点点头。当下宾主又谈了些他事，宴罢归馆。帝舜优加赏赐，息慎国君欢欣鼓舞而去。

又过了两年，忽报大频之国来朝。帝舜君臣听了“大频国”三个字，都不知道，连游历遍海外的大司空亦莫名其妙，想来总是极远的地方了。帝舜吩咐，招待礼节格外从优，不负他远来的一番盛意。早有乐正夔主宾客之官前去招待，才知道大频之国远在北极之外，从古未曾通过中国。因为大司空远到北极，风声所播，他才慕义千辛万苦而来，真是难得之至。

朝觐之礼既毕，照例宴饮，并奏《韶》乐以娱宾。酒过三巡，乐过三成，暂时停止，帝舜便探询他国内的民情风俗。据大频国君说，他国之人民善于灾祥之数，不但可以验本国之灾祥，并能够验外国之灾祥。帝舜便问他怎样验法。大频国君道：“北极之外，有一大海，名叫潼海。这海水不时荡涌，高可隐日。其中有巨鱼大蛟，从来无人见过，所以它们的真形亦无人知道。但知道它们一吐气，则八极皆为之昏暗；一振鳍，则崇山皆为之动摇，是极可怕的。但是平常时候它们亦很安静，不吐气，不振鳍。假使天下世界有一国的君主昏暴无道，它们就要动起来了。最近八十年前，海中的大蛟陡然的蠢动，其长萦天，以至三河齐溢，海渎同流为害。但究竟是哪一国君主无道，酿出这种大变，现在还不能知道。”

帝舜道："刚才贵国君所说的三河，是哪三条河？”大频国君道："就是天河、地河、中河。天河在天，世俗之人叫它银河。地河在九地之下，深不可见。中河是地面流通之河。这三条水，有时通，有时壅。大概圣君在位，则三河水色俱溢，无有流沫；假使换一个昏暴之君，浊乱天下，那么巨鱼吸日，长蛟绕天，是一定的道理。”

帝舜道："中国的学说与贵国不同，中国叫银汉，亦叫天河，但亦知道它并不是真河，而是无数小星，远近攒簇而成。因为远望过去和河相仿，所以叫河，其中并没有水，而且上下隔绝，哪里能与地上之水相通呢？”

大频国君道："据小国所闻，确是天上的真河，而且有人曾经到过的。从前有一个国民，要想穷究一条大水的上源，乘舟而去，不知道走了多少个月，到了一处，有城郭，有房屋，仿佛是一个都会，只见房屋里有一个绝色美女，在那里织机。他就上岸去问此处是何地。那女子未及开言，外面来了一个美丈夫，左手牵了一只牛走进来，便问那人到此地来做什么。那人便将穷水源之意说了一遍，又请问此处是何地。那美丈夫听了，笑笑道：‘足下要寻的水源恐怕寻不到了，还是赶快回去吧。某名叫河鼓；那女子是我之妻，名叫天孙。某夫妻两个，一年中来此一度，究竟此地是什么地方连我们亦不知道呢。’那人听到这话，非常诧异，正在发呆，那美丈夫又说道：‘足下既然万里而来，空手跑了回去未免太辜负了，一点没有凭据，回去和人说，人亦不相信。某有一物，可以奉赠，请足下带回去，并寻到某地方，有一个卖卜之人，将现在这番情形告诉了他，并将此物给他看，或者他能够知道一二。’说罢，放了牛绳，走到那女子身畔，俯身拾了一块石子，递给那人道：‘这个就是凭据，足下拿了，可以赶快回去。’那人接了石子，莫名其妙，只得急急转身。他依了那美丈夫的话，寻到某地方，果然有一个卖卜之人。那人便将石子交给他看，并告诉他经过情形。那卜人大骇，说道：‘这一块是织女的支机石呀！足下莫非到天上去过么？’后来又向案上检查了一回书，便说道：‘果然，足下到天上去过了。足下遇见那美女、美丈夫的那一天，不是某年某月某日么？’那人应道：‘不错。’卜人就将所检查之书递给他看，只见上面载着：某年某月某日客星犯女、牛。照这件故事看起来，穷地河之源，可到天河，与牛、女星相见，岂不是天地两河相通的证据么？”帝舜见他所说的都是神话，待要去驳诘他，又碍着他远来的诚意，只能唯唯，不置一词。

这时，适值《韶》乐又作，大家暂且观乐，不再谈论。过了片时，乐到六成，那凤凰又翩翩来仪。大频国君看得羡慕之至，便问帝舜：“这凤凰居在何处？”帝舜道：“从前是由海外而来，此刻就住在这宫苑之中。”大频国君听了，便请求去参观。帝舜答应，随即指着伯益向大频国君道：“此地一切上下草木鸟兽之事，都是归他管理的，等一回就叫他陪贵国君去吧。”大频国君答应，称谢。

隔了一回，宴终乐止，时候尚早，伯益就领了大频国君向宫苑而行。到了苑中，只见树木森森，鸟兽甚夥，独有那凤凰总栖息在梧桐之上，“归昌”“归昌”的乱叫，不下数十只，羽毛绚烂，仿佛一图锦绣，后面及两旁护卫的文鸟亦不少。大频国君正在看得有趣出神，猛不防一只大鸟飞过来，向着伯益高叫一声：“父亲！”那伯益应了他一声，而且问道：“这几日内，苑中的鸟兽都无恙么？”那大鸟亦答应道：“好的，都无恙。”大频国君仔细一看，原来那只大鸟生着一张人面，所以能说人话，不禁大骇，便问伯益道：“这是妖怪么？”伯益道：“不是，这是大小儿孟亏。”大频国君听了，尤其不解，怎样一个人会生鸟儿呢？这个理由不但当时大频国君不解，就是此刻读者诸君亦必是诧异，待在下将这事来细细说明。

原来伯益自从娶了帝舜之女之后，隔了两年，居然生育了，哪知生育下来的不是个人，却是和鸟卵一般的物件。大家惊异，就要抛弃它。伯益忙止住道：“这种生育方法古人有的。从前有一个国君，他的宫人有孕，亦有一卵，弃于水滨。其时适有一个孤独的老母所养的狗，名叫鹄仓，看见了，就衔了这卵去给孤独老母。老母就用孵卵的方法放在自己怀中，用衣覆着，暖它起来。过了几日，居然一个小儿破壳而生，后来才干出众，非常有名。所以这种生产法古来是有的，不可将它抛弃，孵它起来吧。”伯益之妻听了，果然孵它起来。

数日之后，孵壳而出，哪知并不是人，竟是一只鸟儿！伯益至此，亦不禁呆了。伯益之妻尤其羞耻得不了。两夫妻明明都是人，为什么会生出鸟类呢？登时喧传远近，议论纷纷。有些人说，伯益治水，烈山泽而焚之，杀伤的禽兽太多，所以皇天降之以罚，使他生一只鸟儿，以彰天报。有些人说，伯益之妻夏日裸卧庭中，受了什么邪魔的交感，所以生此怪物。有些人说，伯益终日在那里研究鸟兽的情状，用心太专，那受胎之始，必定是神经上受了特别的感触，所以有如此之结果。外面议论既多，伯益夫妇听了自然更加难过，几次要想将这怪物处死，但是终于不忍。又因那怪物虽是鸟形，但它的头与面颇带人形，且啼哭之声亦与小儿无异，因此更踌躇不决。

后来帝舜知道了，便和伯益说道："朕闻古时有人生产一鹤，以为不祥，投之于水。他的叔父说道：'间世之人，其生必异，岂可鲁莽就抛弃了他？'赶快跑去救起，只见那只鹤羽毛蜕落，已变成一个小儿，但是身上还有长毛盈尺，经月乃落。照此看来，或者这小儿也是间世之人，将来羽毛脱落，仍能返人本体亦未可知。即使终于如此，亦是汝等骨血，何妨抚养他呢！"

伯益夫妇听了帝舜的话，果然养他起来，给他取了一个名字，叫大廉，号孟亏。三年之后，羽毛丰满，能够高飞，言语、性情与人无异，不过他的起居饮食与人不同就是了。伯益夫妇给他在室中构一个巢，又架几根横木，以为他栖止之所。但是这孟亏通常总是翱翔于空中，或在茂林之间与众禽兽为伍，深知各禽兽之性情，尝和他父亲说道："鸟兽亦是天生万物之一。自人眼看起来，像煞人贵而鸟兽贱；自天眼看起来，与人一律平等，并无歧异。人拿了鸟兽之肉来充庖厨，亦出于不得已。所谓‘弱之肉、强之食’，就是鸟类之中，鹰鹯逐鸟雀，亦不能免，鸟类对于人亦何敢抱怨？但若是用种种残酷的方法去宰割它，或者食其幼稚，或者覆其窝巢，或者要绝其种类，那么鸟兽要怨愤了。莫说鸟兽无知，它亦自爱其生命。能救它之命，它亦能知报答；无故戕害它的命，它亦有修怨之心，不过不能人言罢了。所以王者恩及禽兽，则鸟兽鱼鳖咸若，气类相感，是一定的道理。至于畜养之法，有两句话可以概括，所谓‘先则尽其性，后则顺其性’而已。”伯益之职本在于调驯鸟兽，得到孟亏之助力，自然格外精明，因此就将鸟类的一部分叫孟亏去管理。后来帝舜知道了，就叫孟亏亦做一个虞官，以帮助伯益。直到夏朝，伯益早经去世，他仍在那里做虞官，号称鸟俗氏。后来因为夏代德衰，民间渐渐食卵，孟亏乃率领无数鸟类翩然而去，不知所之，更不知其所终，这是后话不提。

且说大频国君见了孟亏，不胜诧异之时，伯益就将他的历史述了一遍。大频国君尤其奇异，略略与孟亏问答几句，便再问伯益道：“孟亏吃的食物和人同否？”伯益道：“他与凤凰最相好，而嗜好不同。凤凰非竹实不食；孟亏非木实不食，人间烟火更不必说了。”大频国君又各处游玩一回，方才回到客馆。帝舜重加赏赐，过了多日，告辞而去。又过几日，忽报仲堪死了，帝舜非常震悼，追念其平日之功，除优加抚恤外，并特赐以谥曰肃。

第一百五十一回

封子义均于商·命禹摄位·禹复九州·禹征有苗·舞干羽，有苗格·玄都氏来朝

大频国君来朝之后，又荏苒数年，帝舜这时年已八十余岁了。自在闽山与彭武、彭夷研究飞升之术，又得元秀真人之指示，勤加修炼，于仙道已有根基，因此颇有冲举之志。但因尚有两项心事办理未了，不免踌躇。

第一项是传禹之事，已经确定了，而儿子义均未曾安置妥帖，终必为碍。但是何以不早为安置呢？原来帝舜虽有子九人，而娥皇却无所出，都是女英及三妃登北氏所出的。女英所出的长子义均，自幼即归娥皇抚养，娥皇非常钟爱。因为钟爱，凡事不免姑息，因此义均不好学业，专喜欢歌舞。到得后来，习惯养成，而他的天资又笨，就是教导也教导不好。俗语有一句，叫作“外甥多似舅”，不想四千年前早有这个成例。所以帝舜要传位给禹，固然是事势情理所迫，不得不如此，但是义均既已如此不肖，就是帝舜要传位给他亦是不可能了。帝舜是个大智之人，岂有不知道之理？不过要预先安置义均，势必仿照帝尧待丹朱的成法，先放之于外，方才不发生问题。但是义均如果他出，娥皇势必偕行，不但父子分离，而且夫妻暌隔，心中未免不忍。

加之十余年来，娥皇体弱多病，禁不得再有愁苦之事以伤其心。因此，帝舜传禹之心虽定于十年以前，而手续颇难即办。

这年是帝舜的二十九年，娥皇竟呜呼了，于是帝舜即下令，封义均于商，待过了娥皇葬期，即出就国。到得次年，葬娥皇于渭（现在陕西宝鸡县），给她上了一个尊号，叫后育。礼毕之后，义均就拜辞父母，向封国而去，帝舜第一项心事总算办妥。

第二项是有苗之事。原来有苗之民虽经伯禹、皋陶的讨伐，恩威并用，暂时已经帖服，然而三苗、狐功等陶铸之力实在不浅，好乱之性仿佛天生，年深月久，渐渐蠢动，又复不妥了。新近他们遗民中又出了一个枭雄，姓成，名驹，足智多谋，能言善辩，俨然是一个狐功的后身。他推戴了一人作为君主，锐志恢复狐功愚民、虐民、诱民的三大政策，并倡议光复旧物。一时死灰陡然复燃，从三危山渐渐回到旧地，洞庭以南又复嚣然。帝舜知道这个消息，不好意思就将天下传禹，仿佛有避难卸责的情形，因而尚在考虑。

又过了一年，忽报有青龙一条，见于郊外。帝舜知道，这是伯禹将兴的先兆。一日视朝，就叫伯禹过来吩咐道："朕自先帝上宾，忝陟大位已经三十余年。现在年逾九旬，精力日差，实无能力再理此万几之事，巡守方岳更不必说了。汝做事勤勉，所有这许多政务百官，自今以后都归汝去统治吧。"伯禹听了，再拜固辞。帝舜不许，伯禹只得受命。又过了多月，帝舜就向他说道："伯禹！汝走过来，从前洪水滔天，警诫至深。能够成功，全赖汝之能力。而且汝对于国事能够勤，对于持家亦能够俭，都是汝之贤处。汝唯其不矜，所以天下没有人和汝争能；汝唯其不伐，所以天下没有人和汝争功。朕既然佩服汝之大德，又佩服汝之大绩，朕看起来，天的历数在汝身上，汝终究可以陟帝位了。不过有一句话。汝要知道，大凡人身中总有两个心，一个叫人心，一个叫道心。人心最危险，道心最微妙。它们两个心刻刻在那里交战，人心战胜道心，就堕落而为小人；道心战胜人心，就上达而成为君子。但是贪嗔痴爱、饮食男女，一切都是人心，人心的党羽多，道心的帮助少。顺人心做起来，表面极甘；顺道心做起来，表面极苦。所以两个心交战，道心往往敌不过人心。汝以后一切做事，总须一意注重在道心上，使它精熟，那么人心才不能为患。既然能够保全道心，尤其要紧是执着一个‘中’字，这个中字是先帝传授给朕的。因为道心虽是一个至善之心，但是应起事来，不见得一定对。天下有许多败事之人，问他的初心本来并不坏，只不过是或偏，或倚，或过，或不及，毫厘之差，遂致千里之谬，总是不能执其中的原故。总而言之，汝将来在位之后，第一要慎，第二要敬。‘吾尽吾敬以事吾上，故见为忠焉；吾尽吾敬以接吾敌，故见为信焉；吾尽吾敬以使吾下，故见为仁焉。’这三句，朕行之而有效，汝宜取以为法。假使四海困穷，天禄亦从此永终了。尤其可怕的是这张口，好是这张口，闯祸也是这张口，汝好好的去做吧，朕也不再说了。”

伯禹听了，再拜稽首，仍是推辞，说道：“现在朝廷之上，功臣甚多，请帝个个卜一卜，哪个最吉，就是哪个，不必一定是臣。”帝舜道：“伯禹！朕早已占过了。占卜之法，自己先定了主意，再谋之于玄龟。现在朕志先定，问之于众人亦无不赞成，鬼神许可，龟筮协从。

卜筮之道，绝不袭吉，何必再占呢！”伯禹只是固辞，帝舜一定不许。伯禹不得已，只得拜手受命，择了正月上日，受命于神宗帝尧之庙，一切礼节都和从前帝舜一样。

过了几日，伯禹就决议恢复九州之制。原来伯禹治水之时，早将九州之贡赋规划妥当。不料成功之后，帝舜主张分为十二州，业经帝尧允许，伯禹不愿与帝舜意见相左，所以那九州贡赋之制始终未曾拿出来。现在既然受命摄政，规划经国之要，财用最急，而贡赋又为财用之所自出，因此先行恢复九州之制，然后再将从前所定贡赋之法颁发于诸侯。其大致：

> 定王畿为中心，向四面发展开去。王畿千里，其外东西南北四面各五百里，叫甸服。甸服之外，四面又各五百里，叫侯服。侯服之外，四面又各五百里，叫绥服。绥服之外，四面又各五百里，叫要服。要服之外，四面又各五百里，叫荒服。五服之中，甸服逼近王畿，归天子直辖，其法用赋。赋者，上取于百姓之意。其余四服，皆系诸侯之地，其法用贡。贡者，下之所供于上也。

伯禹这种办法，是中央集权之法，比帝舜的颁五瑞更要进一层。因为那五瑞不过是受中央之命令，还是名义上之统一。如今不但名义上须受中央之统率，并且实际上每年须拿出多少货物来供给中央政府，货物的多少与种类都由中央政府指定，无可避减。诸侯的肯服中央与否，从前不甚看得出，因为他实际虽已背叛而表面上并无表示，亦只好由他去。如今每年须纳多少之贡物，贡物不到，即是背叛之据。而且从前可以推说交通不便，不能朝贡，自从伯禹治水之后，早将九州的道路规定好了，而且帝都即在大河之旁，各处之水大半与河相通，所以大半都是水路。如同雍州到冀州，是从积石山坐船，绕过从前的阳纡大泽，直到龙门山，再越山而达渭水，就可以径到帝都了。从梁州到冀州，由西倾山的桓水坐船，经过潜水、沔水，翻过山，到渭水，就可以由大河入帝都。从兖州到冀州，但须在济、漯二水中坐船，即可以由河而达帝都。从青州到冀州，由汶水坐船，转入济水，以达于河。从徐州到冀州，由淮水、泗水中坐船，径到大河。从扬州到冀州，由大江中坐船，入于淮水、泗水，以达于河。从荆州到冀州，或者由江之沱水，或者由汉之潜水，坐船，越过山，到洛水，以达于河。从豫州到冀州，径从洛水即可到达。照这个情形看起来，不但将贡物规定好，而且贡道亦预先指定，伯禹的计划真可说定得周到。

但是，这种中央集权的计划帝舜办不到，伯禹却办得到，是什么原故呢？因为当时洪水泛滥全靠他平治。伯禹既然代各地诸侯治平了洪水，保全了他们的领土，那么他们应当对于伯禹有点报酬，所以伯禹趁势规定贡赋之法，他们是绝无异言的。而且伯禹亲历各地，情形熟悉，那种神力，诸侯又是亲见而亲闻，即使要反抗，亦有所不敢。因此伯禹恢复九州之后，贡赋之法就付诸实行。

诸侯之中亦竟有敢反抗的，那就是有苗。原来那成驹恢复从前左彭蠡、右洞庭之旧地以后，三苗遗民群起欢迎，声势已不小，但还不敢公然背叛。到得此时，贡法颁布，成驹等便商议起来，决计不肯遵例纳贡，又阻遏南方各国，使他们亦不能入贡。成驹等所最恨的是玄都氏之国。因为三苗从前和伯禹交战的时候，玄都氏的遗民曾经助伯禹，做间谍，充向导，后来又分裂三苗的土地以立为国，所以最恨他。这次遂派兵前去逼迫玄都氏。玄都氏不能抵敌，只得叫人从间道飞奔蒲坂，前来告急。

伯禹知道了，就请帝舜加以挞伐。帝舜道："君子之道，重在责己。这个总是朕等喻教没有竭尽的原故。久施喻教，他一定服的，朕等只须行德就是了。"伯禹道："三苗包藏祸心久矣，南有衡山，北有岐山，右有洞庭，左有彭蠡，他据有这种险阻，岂是喻教仁德所能感服的？"帝舜见伯禹如此主张，就说道："那么汝去征讨吧。"伯禹听了，稽首受命，退朝之后，就来校阅军马。

这时大司徒卨已薨逝了；八元八恺已零落殆尽；皋陶亦年登大耋，不能从征。只有伯益年力甚富，伯夷是伯禹的心腹，于是就请了他们两个做参谋。此外材武兵将，都是年轻新进之士。伯禹检点完毕，委任真窥、横革、之交、国哀四人各将一军，分路前进。临出之前，照例要举行一个师祭。伯禹先期斋戒，到了祭祀的这一日，躬率伯益等文武大小将校，在一个玄宫之中恪恭将事。

哪知正在笾豆馨香之际，忽然神位之上出现四个大神：当中一个，人面鸟身；旁边一个，绿衣白面；左面一个，赤衣朱面；右边一个，长头大耳，须发皓然，同在那里受祭。大家都看得呆了。伯禹正要拜问他们是何大神，只听见当中人面鸟身的大神说道："此刻三苗之国已乱得不得了，皇天迭次降以大灾：太阳之妖几个杂出；三日雨血；

龙生于庙；犬哭于市；去年夏天严寒坚冰，地为之坼。种种不祥示警他们，他们仍不觉悟悛改。所以上帝特叫我来，命汝前往征讨，汝其钦哉！”说完之后，只听见旁边绿衣白面的大神又说道：“某乃司禄之神也。上帝因三苗大乱，命伯禹前往征伐，叫某特来降禄，一路兵行，无饥无馁。”说完之后，那左边赤衣朱面的大神又说道：“某乃司金之神是也。上帝因三苗大乱，命伯禹前往征伐，叫某特来赐金，一路兵行，无匮无乏。”说完之后，那右边长头大耳的大神又说道：“某乃司命之神是也。上帝因三苗大乱，命伯禹前往讨伐，叫某特来赐寿，一路兵行，无死无札。”说完之后，四个大神一齐不见。大家又是诧异，又是欢欣，知道这次出征是一无危险的。

祭祀既毕，伯禹就入朝辞帝，随即来到军中，一面驰檄南方各国，叫他们遣兵助征，在某地相会；一面即传令整队出发。一路浩浩荡荡，径向有苗国而来。到得云梦大泽北岸，各地诸侯来助战者果然甚多，有些遣将来，有些竟亲自来。伯禹看看所檄召的各诸侯，差不多都已到齐，只有一个鄀侯不到。原来那鄀侯就是允格的子孙，允格在帝喾的时候受封于鄀。此刻他的子孙鄀侯不知何故抗不遵命，竟不来会师。伯禹亦暂不理会，先召集了已到的群后，开了一个大会，又作了一篇誓师之词，以作士气，其词曰：

济济有众，咸听朕命。蠢兹有苗，昏迷不恭，侮慢自贤，反道败德，君子在野，小人在位。民弃不保，天降之咎。肆予以尔众士，奉辞伐罪。尔尚一乃心力，其克有勋。

誓词宣布之后，大众踊跃听命，即向云梦大泽南岸进发。那边有苗国亦派兵拒战。接了两仗，有苗军不支，渐渐向后引退。大军齐渡大泽，在南岸扎下营寨。伯禹叫了敢死之士，携了劝降之书，叫他们百姓及早归附，免致大兵一到玉石俱焚。哪知有苗之民竟置之不理。伯禹只得传令，分三面进攻。那有苗之兵并不还击，只是敛兵守险。原来这就是成驹的计策，从前早经预备好的。成驹的意思，知道实力相扑，一定不能抵敌，所可恃者，全在地理上险阻。所以他遇到伯禹之兵，略略抵抗，随即退守他所预定的山岩。那边已筑有很坚固的防御工程，伯禹兵仰攻不能得手。

这时正值夏季，炎雨郁蒸，瘴气大盛。过往的飞鸟触着这气都纷纷堕入水中，北方士兵如何支得住呢！看看攻打将近一月，虽然亦夺得几个山头，但是一山之外还有一山，要犁庭扫穴，正不知道在什么时候。伯益看得这个形势不妙，深恐从征诸侯因此懈体，藐视中朝；或者苗兵趁我疲惫，乘势冲出，反致失利，于是当着大众诸侯发一个议论道："现在我师进攻不过三旬，苗民已只能退缩，并无反抗的能力。从此直攻过去，加以时日，原不难把苗民扑灭。但是某的意思，以攻心为上。苗民顽梗，如专以力服，恐怕是不对的。从前对苗民何尝不痛加攻伐？然而几十年之后，依旧如此。现在就是再胜了他，他的人民岂能尽行屠戮！仇怨愈深，终必为南方之患。某听说，唯德动天，可以无远而勿届。我们以为苗民指日可平，未免太自满了。满则招损，谦乃受益，这个叫作天道。某想苗民虽则顽蠢，终究是人类，没有不可以感化的。从前帝在历山躬耕的时候，日日向着旻天号泣。

他的对于父母，总是负罪引慝。他见了瞽叟，总是夔夔斋栗，绝不敢有丝毫怨尤父母之心。所以瞽叟虽顽，后来亦终究相信顺从了。照这样看起来，至诚之道可以感格天神，何况有苗呢！”

大家听了，都以这话为然，于是伯禹不得已，只好传令班师，然而这口气终究不能不出。归途绕道，走过鄀国，鄀侯出来迎接，伯禹责数他抗不遵命之罪，就将他拿下，带到京都去治罪。其余四方诸侯亦各自散去。倒是有苗国人，正在竭力防守，忽然见大兵退去，反弄得莫名其妙。起初疑心是诱敌之计，不敢追袭。后来细细探听，知道真的退去，方才放心。但是究竟为什么原故退去呢？猜度不出。有人疑心是帝舜死了，伯禹急急的要归去即位，但各处探听，并无其事。后来才知道是伯益一番以德服人之议论的原故。

成驹笑道：“他果然要以力服人，我且和他斗斗看，大不了我们再退到三危山去。如其他要以德服人，那么绝不会再用兵来攻打，我们亦不必与他决裂，不妨敷衍敷衍他，给他一个面子。我们在这里，依旧做我们的事，看他有什么方法奈何我！”说罢，就叫了几个精细的中原人，暗暗到蒲坂去探听，看伯禹率兵归去后究竟做些什么事情，回来通报，按下不提。

且说伯禹班师到京，即日陛见，将所以班师的原故说了一遍。帝舜本来是尚德不尚力的人，听了之后，便说道：“这也很好，我们德不厚而行武，本来不是道理。我们前时教化还没有做得好呢，我们先来诞敷文德吧。”于是一面谨庠序之教，作育人才；一面又时时用《万》舞，舞干羽于两阶，表示对四海诸侯不复用兵。对于鄀侯，念他是功臣之裔，赦其死罪，将他家属一起都驱逐到幽州地方去。后来他的子孙却非常蕃衍，自成一派，名叫阴戎，在春秋时候大为中朝之患，这是后话，不提。

且说帝舜舞干羽之后，那有苗的暗探就将那个情形回去报告。成驹向他的国君道："那么我们只好到蒲坂去走一遭了。"三苗国君道："为什么要去？"成驹道："打仗之法，第一叫伐交，就是去掉他的帮手。从前他来攻我们，我们能够守得住，就是他失了帮手的原故。他那时声势非不浩大，但是细按起来，助战的诸侯哪一个不抱怨他所定贡法之苛刻，哪个肯真个为他出力？亦不过敷衍面子而已。如今他改变方法，号称以德服人，我们若再和他反抗，他倒振振有词，说我们真个不可理喻，那么表同情于他的人倒反要多了。我们假使到他那里去朝他，一则敷衍他的面子，使他可以下台，不再来和我们作对；二则亦可表示我们一种怕软不怕硬的态度，使他下次再不敢轻易来侮辱我们；三则对于各国诸侯亦可以得到他们的同情。上兵伐交，就是这个方法。"

三苗国君道："我们跑去，他趁势扣住不放，如之奈何？"成驹笑道："绝无此事。他自称以德服人，如扣住来朝之诸侯，岂不是使天下诸侯都要疑虑么？下次哪个肯再去朝他呢？这个绝不会。"三苗国君道："万一朝见的时候他竟敢教训我起来，说道某事当改过，某事当依他，那么怎样？"成驹道："这却难说。然而不打紧，无论他说什么，只要一概答应就是了。横竖回到国里来，依不依，我们自有主权，他哪里能来管呢！"有苗国君听了有理，就立即上表谢罪，并请入朝，一面就带了几个臣子向蒲坂而来。

且说伯禹诞敷文德，两阶干羽舞了七旬，忽然得到有苗的谢罪表文，不禁大喜，以为文教果能柔服远人，于是吩咐筹备延接典礼，特加优渥，以示鼓励。过了几月，有苗国君到了，朝觐礼毕，循例赐宴。帝舜乘机训勉他几句话。一项是，三苗、狐功的政策反道败德，万不可行，必须改去。第二项，说成驹是亡国之臣，专务私智，延揽小人，屏黜君子，如再重用他，恐怕不免于亡国。第三项说玄都氏之国亦系古国，闻贵国常用武力侵逼他，且遏绝他朝贡中央之路，不特背叛朝廷，抑且大失睦邻之道。这三项还望贵国君深加注意，庶可以永迓天庥。帝舜说一句，有苗国君应一句，貌极恭顺。宴礼既毕，帝舜重加赏赐。

过了几日，有苗国君拜辞而去。归到国中，正要将帝舜训诫之三项与成驹商议，哪知成驹忽染重病身死。有苗国君失了谋臣，不敢胡行，只好遵从帝舜之命。后来隔了几年，玄都国君来朝帝舜，且贡宝玉，这就是帝舜一席教训的结果。

第一百五十二回

舜封泰山，禅云云·舜居鸣条·舜南巡，迁宝瓮于衡山·舜遇何侯，仙去

帝舜四十二年冬天，霜降之后，草木仍旧青葱，绝不凋萎，大家以为稀奇。有人说是草木之妖。伯禹道：“这不是妖，是木气太胜之故。”帝舜听了，笑道：“恐怕是应在汝身上呢。朕德在土，汝德在木，克土的是木。前年青龙出现，青色属木；连年草木非常畅茂，亦是木的征兆。照这样看来，汝可以代朕即位了。”伯禹听了，非常惶窘，稽首固辞。帝舜亦不再说。

过两日，帝舜向群臣道：“古来君主，治道告成，总要举行封禅之礼，以告成功于天。如帝喾及先帝各朝都是如此的。朕忝承大宝四十余年，仰赖先帝的遗烈及尔等大小臣工的辅佐，居然四海乂安，亦可以算为成功了。朕想举行一次封禅之礼，诸臣以为如何？”群臣听了，自然无不赞成。于是由秩宗伯夷筹备一切，择定了日期，率领群臣，径到泰山，所封的是泰山，所禅的亦是云云。礼毕之后，帝舜同群臣道：“朕有私事，尚想归去省墓一次，不免勾留多日。汝等各有职务，可先归去吧。”群臣闻言，纷纷先归。

帝舜带了几个从人，到诸冯山一带省过了墓，然后向各处游览。

偶然到了一个地方，名叫鸣条（现在山西省安邑县），爱其山水清幽，便叫人造了几间房屋，就此住下，不归蒲坂。原来帝舜这个办法，就是帝尧作游宫于成阳的办法，避开都城，好让伯禹独行其志，省得他有事总来禀白，可见帝尧、帝舜的心肠正是一样的。哪知鸣条地方离蒲坂近，不比成阳离平阳远，所以帝舜虽则避居鸣条，但是伯禹遇事仍是要来请示。帝舜觉得有点失计了。

一日，伯禹又来觐见，说道："据南方诸侯奏报，有一个怪物出现于崇山，兽身人面，乘着两龙，他们不知道是何神祇，因来询问。"帝舜道："汝从前号召百神，诛擒万怪，当然能够知道究竟是什么神怪，汝猜猜看。"伯禹道："兽身人面、乘两龙的神祇甚多。不过出现于南方，当然是祝融了。"帝舜道："汝看祝融无端而降主何征兆，于国于民有害么？"伯禹道："依臣看来，不过偶然耳，恐没有什么关系。"帝舜道："那么恐怕亦应在汝身上呢。祝融是火神，木盛则生火，想来亦是汝之德所感召也。"

伯禹正要谦谢，忽见外面递到一信，说是有庳国送来的。帝舜忙接来拆开一看，只见上面写道：

阔别觚棱，瞬经十载。河汾瞻望，靡日不思。本拟应循例入朝，藉修君臣之谊，亦联兄弟之情。不意去岁猝得痼疾，医药罔效，恐难久延。伏思弟早岁瞀谬，屡屡开罪于兄。承兄推骨肉之爱，不忍加诛，仍复分茅胙土，俾享尊荣。此德此恩，高天厚地。犬马齿虽尽，九原之下仍当衔感不忘也。弟年逾期颐，死亦何恨？

所恨者不能归正丘首，并与兄为最后之一面，殊为耿耿耳。敤妹闻亦困顿床褥，衰颓之身，恐难痊愈。如弟噩耗到日，千乞勿使闻知，以增其悲，而促其生。并望吾兄亦善保玉体，勿为弟作无益之悲，则弟虽死之日，犹生之年。书不尽意。

帝舜看完之后，即顿足说道："朕弟病危，朕须亲往一视之。"伯禹道："南方道远，帝春秋高，恐不宜于跋涉。"帝舜道："不打紧，朕自问尚可支持。"伯禹知道帝舜天性友爱，一定要去，无从拦阻，只好不言，告辞而去。这里帝舜就进内，吩咐女英和登北氏预备行李。女英等闻之，皆大惊，苦苦劝阻。帝舜哪里肯听，说道："吾弟病危，在理应该前去看视。况且现在祝融降于崇山，南方之地讹言朋兴。三苗之国本来是好乱而迷信神道的，会不会因此而发生变故，均未可知。朕虽已将大政尽行交给伯禹，但是于国于民关系的，仍当尽其义务，不敢以付托有人而遂一切不管。所以朕此番出行，可以说不纯属私情，还带一点急公之义，就是镇抚南方。你们赶快给我预备吧。"女英等听了没法，只得督饬宫人去预备，按下不提。

且说帝舜的长女是嫁给伯益的，此外还有两个女，一个叫宵明，一个叫烛光，都是登北氏所生，年纪都在二十左右。她们听说老父要远行，亦齐来劝阻。帝舜叹口气道："你们来劝我，亦见你们的孝心。但是你们的意思不过以我年老，怕我死在外面就是了。殊不知人之生死是有天命。要死，不必一定在路上；不该死，不必一定在家里。你们放心吧。"二女道："那么母亲等总同去的。"帝舜道："不妨事，朕自有从人可以伺候。”烛光道：“父亲带了两个女儿去，如何？”帝舜忙道：“动不得！动不得！汝等岂没有听见高辛氏女儿的故事么？南方蛮苗有的性质不好，汝等怎可前往轻试呢！”二女听了，不敢复言，但念父亲垂老远征，骨肉乖离，实属可伤，姊妹两个只得暗暗一同垂泪。

过了一日，行装办好，正要起身，忽见伯禹带了百官前来劝止，说道：“现在有苗气势正高，心怀叵测，帝以高年，岂可往冒此险？还以慎重为是。”帝舜道：“朕以至诚待人，想有苗亦不至为难于我。倘有变故，朕自有应付方法，汝等放心吧。不过汝等前来亦甚好，有一项物件是前代所遗下来的，此刻不知在平阳还是在蒲坂。汝等能替朕寻到，送来最妙。”群臣忙问何物，帝舜道：“就是帝喾时代丹丘国所贡的玛瑙瓮甘露，从前先帝时由亳邑迁到平阳，曾经颁赐群臣共尝过。汝等可将此物寻来，朕将携至南方。因为此露是仙品，可以却死长生，或者能救朕弟之命也。”众臣听了唯唯。伯益忙饬人两处去找。

这里帝舜与家人及群臣作别，带了许多从人，就逾过中条山，径向南行。走到嵩山相近，那玛瑙瓮甘露已经送到。帝舜揭开一看，仍旧是满满的，不觉心中大慰，就载了玛瑙瓮，径向南行，直到云梦大泽。果有人报告有苗国君，有苗国君大惊，不知帝舜此来何意，忙召集群臣会议。那时成驹已亡，继任的人非常平和，亦颇有远虑，当下就说道：“放他过去吧，不必刁难他。”有苗国君道：“虞舜久已不巡守了，前几次巡守都是禹代行的，此次忽然亲来，难保不有阴谋。”那继任人道：“有庳国君是他的胞弟，前数月闻得正在患病。虞舜此来，必是去望病的。而且听说所带的人不多，又无兵队护送，必无他意，放过去吧。”

有苗国君正要答应，旁边一个臣子儳言道："依我看，不放他过去。等他来了之后，擒住他，将他弄死，或者将他拘起来，叫人和伯禹去说，平分天下。他们要保全虞舜的性命，一定答应，岂不是好么！"那继任的人道："我看不好。虞舜向来号称以德服人，四方诸侯和他要好的多。不比伯禹，崇尚武力，诸侯和他要好的少。况且他又是天下的共主，年纪又大了，现在轻车简从的来到此地，并无不利于我们的形迹，我们无端的拘他起来，或将他弄死，四方诸侯必定不直我之所为，我们的形势就孤立了。况且伯禹久有即位之心，碍着虞舜不死，他这个天子的名义还不能实受。我们倘将虞舜拘起来，或弄死他，那么禹正中下怀，可以早即尊位，而且正可以趁此借报仇之名奉辞伐罪，与我们为难，以为他统一集权之计，岂不是我们倒反不利么？我的意思，虞舜此刻已经一百多岁了，能有几日好活！我们对于他，这个虚人情落得做的。所以我说不但应该放过去，而且此刻先要去迎接，一切礼节极其恭顺，给四方诸侯看看，知道我们对于中央政府并无不臣之心，那么将来伯禹如果再用非法的政策来钳制我们，我们和他反抗，大家一定原谅，且对我们表同情了。"

有苗国君听了这番话，极口称是，于是即刻带了许多侍从，备了许多礼物，亲自到云梦大泽南岸迎接、朝见。这时各地诸侯一路扈从帝舜而来的已不少，声势甚盛，有苗国君才佩服那谋臣的见识真是不错。朝见之后，就随同各路诸侯直送帝舜到南岳。这时南方诸侯听说帝舜南巡，来朝见的尤多。帝舜遂和众诸侯说道："朕此次南来，是私人行动，并非正式巡守。承汝等远来相访，感激之至，心实不安。但汝等既已前来，朕与汝等借此一叙，亦是难得之事。朕有一种异物异味，系先朝所遗，几百年了，此刻朕从北方带来，少顷到了衡山之上，与诸位共尝吧。”众诸侯听了，都不知道是什么东西，只得唯唯答应。

帝舜径上衡山，先叫人择了一块平地，筑起一个坛来，将那玛瑙瓮安放在上面。却是奇怪，那坛上自从宝瓮安放之后，便不时有云气氤氲而生，如烟如絮，朝暮不绝。众诸侯见了，都觉得有点奇异。过了一日，帝舜大会诸侯，将这玛瑙瓮的历史告诉了他们，并且说时淳则露满、时浇则露竭的奇妙。诸侯等听了，似信不信。帝舜就饬人将宝瓮盖揭去，众诸侯上前一望，只觉一股清香直透脑际，非兰非麝，甜美无伦。瓮中盛着满满的宝露，其清如水，可以见底。帝舜又饬人拿了盂勺来，一勺一盂的分给各诸侯。大家饮了，其甘如醴，觉得遍体芬芳，个个精神陡长。足足舀了数十勺，但是细看瓮中依然满满如前，并无减少。众诸侯才知道它真是神物，那时淳则满、时浇则竭的话当然必定可信的。这么一来，不但众诸侯格外倾心吐胆的诚服，就是心怀叵测的有苗国君亦打消他的异志了。有人说，这是帝舜的神道设教，一种柔服苗民的策略，不知究竟是不是。

后来帝舜又与众诸侯就在坛下一座宾馆中共同宴饮。这日正值望日，一轮明月高挂天空，照得万里河山如银似水，大家都觉快乐非凡，尽欢而散。（现在衡山上有宝露坛、月馆等地方，就是当时之遗迹。）

次日，诸侯纷纷告辞归去，帝舜亦载了玛瑙瓮，再向南行。一日到了零陵（现在湖南零陵县），离有庳不远，忽有人来报，说有庳国君已去世了。帝舜手足情深，当然伤悼之至，但亦无法可想。本来载

竦

斯

灌題之山有鳥
名曰竦斯
狀如雌雉而人面
見人則躍

竦斯

又北三百二十里，曰灌题之山，其上多樗柘，其下多流沙，多砥。

有兽焉，其状如牛而白尾，其音如叫，名曰那父。

有鸟焉，其状如雌雉而人面，见人则跃，名曰竦斯，其鸣自呼也。

——《山海经 · 北山经 · 北次一经》

了宝露前来，原想仗它力医治象病的。现在人既死了，那么这宝露亦无所用之，于是就将它安置在零陵之地，自己却与从人急急赶行。后来零陵地方的人给舜造了一个庙，将这玛瑙瓮安放在庙前。不知何年何月，庙坍了，玛瑙瓮亦埋入地中。秦始皇南巡到零陵时，偶然掘地，得到这个瓮，可容八斗，亦不知道它是何人所造的。直到汉朝的东方朔，他是博古通今之人，知道这个瓮的历史，方才给以说明，又给它作了一个宝瓮铭，因此流传到后世，这是后话，不提。

且说帝舜到了有庳之后，在象灵前恸哭祭奠一番，自不消说。一面仍叫象的长子承袭君位，并训勉了他几句。象的事情，至此总算结束。想想象的为人，屡谋杀舜，又想篡夺二嫂，平日又非常傲慢，可谓极无良心之人了。但自经帝舜感化之后，颇能改行为善。他在有庳地方虽然没有一点实权，一切治民的方法统由帝舜所派遣的人做主，但是他颇知道自己毫无政治知识，并不去过问，又不去掣那个代治人的肘，又不是今日要这项，明日要那项，做那骄奢淫佚、流连荒亡之事，所以几十年中，有庳的地方治理得很好。那些百姓不知道象是没有实权的，都以为是他用人得当所致，因此无不歌颂他。现在象死了之后，百姓就给立起一个祠来，春秋祭祀。照这样看来，象还不算是下愚不移，还算是个中才之人，然而舜竟能够感化他，这种力量亦可谓伟大了。现在灵博之山还有他的祠宇，大家尊他为鼻天子祠。虽则后来曾为唐朝的柳宗元所毁，但是不久依旧复兴。直到明朝，王阳明先生且给他作了一篇祠记。一个不孝不弟的人，有如此一种结果，亦足以豪了，闲话不提。

且说帝舜自从象死之后，郁郁不乐。从人恐怕他发病，都劝他出外游散，帝舜依他们，就向东南而行。一日，行到苍梧之野，路上遇见一个人，仙风道骨，气概不凡。帝舜诧异，就上前与他施礼，问他姓名。那人知道帝舜是天子，亦非常起敬，慌忙答道："小人姓何，名侯，今日得遇天子，真是万幸。"帝舜便问他做何生业。何侯道："惭愧惭愧，小人无所事事，妄想成仙。除耕樵之外，专务修炼，以求飞升而已。"

帝舜听了，摇摇头道："这个恐是空话。朕当初亦曾研究此事，吐纳导引，行之颇久，神明虽是不衰，然而飞升谈何容易！"何侯道："不然，成仙之人有两种：一种是根器浅薄之人，全恃自己苦修而得，如小人就是这一类。一种是根底深厚的人，不必怎样苦修，时刻一到，自然有上界真仙前来迎接，如圣天子就是这一类。小人飞升之期已不远，圣天子飞升之期亦到了呢。"帝舜听了这话，哪里肯信，说道："朕向来最恶的是谄媚谀辞。南方无人可谈，今日和汝相遇，汝万不可再以这种话来触耳。"何侯笑道："这个不是小人的话，是赤松子的话。赤松子现为昆林仙伯，治理南岳衡山，前日曾向小人说：'圣天子超凡入圣之期到了，明日过此，汝可善为引导。'小人所以前来迎接。"

帝舜听了，益觉不信，说道："赤松子游戏人间，在先帝时确系有的，但既然要引朕超凡出世，何不亲来，而叫汝来？假使汝是个凡人，不过和朕一样，何以能引导朕？假使汝是仙人，必有仙术，必须试演一二与朕观看，朕方能信汝。"何侯笑道："这亦容易，寒舍不远，可否屈驾暂往一坐？小人自有以副圣天子之望。"

帝舜听他如此说，要试验他的真假，便欣然带了从人跟着他走。

起初路旁尽是梧桐；后来迤逦入一山麓，两旁尽是翠竹苍松，仰望山势，觉得比衡山还要来得高，有九个峰头隐隐约约掩映于烟霭之中。帝舜到得此间，心旷神怡，不但忧郁顿释，而且尘虑尽消。又走了一程，已近山腰，何侯止住步道：“寒舍到了，请里面小坐。”帝舜一看，只见门临溪水，后接危峰，茅屋数间，精洁之至，进内坐下，那些从者无可容身，都在门外憩息。何侯家中别无他人，只一小童，烹泉供客。何侯至此，先向帝舜耳边窃窃私语了一阵，不知说什么话。从人等从门外望之，但见帝舜连连点头而已。

后来二人对谈，声细语微，足足有一个时辰，忽然帝舜站起来，向那从人道：“汝等行帐都带来么？”从人答道：“都带来。”帝舜道：“今日时已不早，朕就寄住在此，汝等亦在此住下吧。”从人答应，自去支帐炊饭。这里帝舜与何侯一直谈至夜深，方才就寝。

次日，二人依旧继续谈，从人等亦不知道他们谈的是什么，但听何侯说一句道：“明日大吉，晚间可以去了。”帝舜连连点首。又过了一日，帝舜拿了几块竹简，提起刀笔，各各在上面写了几句话，就放在案上。又吩咐从人预备盘水，沐浴过了，换了一套新衣。看看近晚，帝舜叫过从人来，吩咐道：“朕今晚就要上升于天了，汝等待朕上升之后，可急急归到帝都去通报。朕另有遗书几件，可以拿去，所有话语都写明在上面。”此外别无它语。从人听了帝舜这番话，正似青天一个霹雳，亦不知道他说的是神经病话还是真话，但亦不好究诘，只好唯唯答应。

又过了片时，已到黄昏，天空中忽起音乐之声，顿时异香扑鼻。这些从人抬头仰望，渐见西北角上彩云缭绕，云中似有无数仙人，各执乐器而来，中间几个像是上仙气象，又与群仙不同。后面又有瑶车、玉辀、霓旌、羽盖，四面簇拥着，冉冉径向何侯之家而来。这时帝舜与何侯亦走出茅屋，西北向拱手相迎。

那时众仙已到地上，只见当中一个上仙向帝舜拱手道：“某等奉上帝钧旨，以汝在人间功行已满，着即脱离尘世，还归上界，就此去吧。”帝舜听了，稽首受命。那瑶车、玉辀已到面前，帝舜随即上车，只见何侯拱手向帝舜说道：“请先行，请先行，再见再见。”那时瑶车，玉辀已渐渐上升，由群仙簇拥着飞驰而去。

这时帝舜从者目睹帝舜上升，初时惊疑骇怪，如痴如梦，大家不能作一语；继而帝舜去远，望不见了，大家回想，不禁都悲慕痛哭起来。这时何侯站在旁边，劝他们道：“圣天子龙驭上宾，做了上界真仙，是极难得、极可喜之事，汝等何必悲哀呢！”从人道：“我等随天子数十年，天子待我们的恩惠自不消说，如今扈从南巡，忽然仙去，以后无从见面，怎得不悲伤呢！况且我们有保护天子之职，如今天子杳然不见，我们何以回去复命呢？虽说确是升天，但是这种虚无缥缈之事，除出从前皇帝之外，古今少见，哪个肯相信呢？”

何侯道：“不要紧，天子虑到这层，所以于飞升之前留下几个书札，叫你们拿回去，作为凭信。谅来天子的笔迹大家总能认识的。还有一层，某亦虑到有这个疑问，所以暂时不去。如果朝中不信，某亦可以做个证人，汝等放心，赶快归去通报吧。”众人听了有理，就互推了几个人，拿了帝舜的遗嘱星驰入都，前去报告。其余的人都在此伴住何侯，以等音信。

第一百五十三回

二女奔丧，血泪染竹·方回凭吊舜坟·二女溺水做湘神

且说帝舜南巡之后，女英、登北氏及宵明、烛光等非常记念，所幸帝舜沿途发信报告平安，略可放心。自从到了零陵，闻象死信之后，心绪不佳，信遂少写，后来竟不写信，以此大家又忧虑起来。

一日，敤首那边忽然有人来请女英等过去，说有事要谈。敤首是病久了，女英等以为是商酌医药之事，哪知不然，只听敤首说道：“我昨梦见二哥，不像个天子模样，坐着一座瑶车、玉軿，有霓旌、羽盖拥护着，自天空降下来，向我说道，已经不在人世间了，叫我和二嫂及侄女等说，不要悲伤，人生在世，总有一日分散的；并且劝我，久在尘世，受病魔的缠绕，亦属无谓，不如同到天上去逍遥快乐吧。我问二哥现在天上做什么，他说道：‘上理紫微，下镇衡岳。’说完之后，又向我说道，‘明日良辰，我来接你吧。’我还要问时，二哥已升空而去，我亦就醒了。照这个梦看来，二哥有点不妙呢，不知道近日有信来么？三哥之病亦不知怎样。那个宝露之味，恐怕是无效的。我吃了许多，毫无好处，明日恐怕要不起了。”女英等听了这番话，非常焦灼，惦念帝舜，但是口中只得宽慰敤首，说道：“妖梦是不足为凭，只

怕你平日挂念极了，做的是心记梦，你放心吧，静心养养。”敤首听了，亦不言语。

哪知到了次日，敤首果然呜呼，死的时候，空中仿佛有音乐之声。女英等更加着急起来，既然痛悼敤首，益发忧虑帝舜。后来想想，只有遣人到南方去探听消息，但是往返总需数月，哪个能有如飞的捷足呢？忽然想到大章、竖亥，是有名能神行的，便饬人到蒲坂和伯禹商量，要他叫大章、竖亥二人前去探望帝舜。哪知大章、竖亥两个刚刚被伯禹差遣出去，一个从东到西，一个从南到北，实地测量四方的步数去了。女英等没法，终日焦闷，宵明、烛光二女更是不住垂泪，深悔当日不曾硬要同去。

如此愁苦的生活足足过了三十多日，忽然随从帝舜南巡的人有两个回到蒲坂，将帝舜升仙之事报告伯禹，并将几个遗嘱呈上。一时朝堂震惊，疑骇非常。伯禹的猜度，以为帝舜被有苗人所害，如从前三苗、狐功毒帝尧的法子，这个飞升上仙是假造的。但是从几个遗嘱看来，那笔迹的的确确是帝舜所写，丝毫不错，而且给伯禹的遗嘱上面写着“真泠”二字，就是遗命的意思，下面写着几句道：

汝戒之哉！形莫若缘，情莫若率。缘则不离，率则不劳。不离不劳，则不求文以待形。不求文以待形，固不待物。

照这意思看来，与帝舜平日之议论颇合；又看到另外的遗嘱，是训诲商均兄弟和处分家事的话，亦绝合帝舜的口气，绝非他人之所能伪为，像煞升仙之事的确是真的了。大家看了一回，觉得这事颇难措置，只得跑到鸣条来，和女英等商议。

那时女英等已知道这个消息了，大家都哭得死去活来。宵明、烛光二女口口声声说要到南方去考察一番："究竟父亲此刻在不在世界上了？如不在世界上，或是死去，或是升仙。如果死去，必有尸骸，尸骸在哪里？如果真个升仙而去，必有灵验，我们至诚祷告，必求父亲给我们一个实信，或者降凡一走，或者托梦相告，那么我们才可以放心。似此无凭无据的，究竟人到何处去了呢？我们不哭死，也要闷死了。"

伯禹等到了鸣条之后，朝见女英，女英就将二女之意告诉一番。伯禹道："二位帝女年纪太轻，恐有危险，还请慎重，或者由朝中派人去吧。"女英道："这话极是，妾身亦如此想。"说罢，就去和宵明、烛光商量。哪知二女去志甚坚，说道："危险这一层，女儿等早虑到。不过因为父亲年老远出，一去不归，虽则说是升仙去了，但究竟是不是真的升仙呢？这种消息，必须亲身到了那边细细考察，才能明白，才能放心。朝廷中另派人去，无论如何我们总不能消释这个疑虑，所以请母亲允许我们去吧。讲到危险，大不了如从前帝喾高辛氏的女儿一样，但是女儿等早有防备。"说着，两人就从袖底各抽出一柄利刃来，其锋如雪，说道："如遇着危险的时候，女儿等就以此毕命，绝不含忍受辱，请母亲放心。人生世上，无过一死，死了之后，万事全休。与其听见父亲在外生死不明，含糊苟且以生，还不如冒险而死的好。请母亲准女儿等去吧！"

女英听了，益发伤心，便再出来和伯禹等商议。伯禹道："照这样情形看起来，只能让二位帝女去了。好在朝廷中百官亦正在商议派人到那边去探听实信，二位帝女同去亦使得，只要多派几个侍卫就是。不过仅仅二位帝女去呢，还是帝妃亦同去呢？仍请示下，以便某等预备。”女英道：“此层妾等尚未讨论过，容少停再相告。”说罢，又转入后宫，与登北氏商量。宵明、烛光是登北氏亲生的女儿，登北氏哪里肯让她们万里独行，当然要和她们同去，庶几有个照顾。再则，如果得到帝舜确耗，并不是升仙，而是其他意外的不测，二女至性激烈，难保不有身殉之事，到那时亦可以有个劝慰。所以登北氏决定同去。

女英呢，本来亦要同去的，因年老多病，悲哀之后身体更觉不支，大家劝阻，只好不去了。此外同去的还有帝舜的四个少子。其余诸子，除商均在他国中，已专人去通知外，尚有四子留侍女英。

过了几日，一切行李备好，登北氏带了二女四子，随着所派遣的人，径向南方而行。过了云梦大泽，有苗国君民竟并不为难，让他们一路过去。原来苗人已知道帝舜升仙之事，苗人迷信本是极深，现在眼见帝舜升仙，那种仰慕佩服已不消说，对于帝妃帝女等当然十二分的崇拜，哪里还敢有其他之想，所以大家得安然前进。

一路溯湘水而上，过了零陵，到了帝舜升仙的山下。那些留下的帝舜从者早已望眼欲穿，日日在山下探望，忽然看见大批人来，料想是朝廷人到，慌忙上前迎接。帝妃等至此，忍不住双泪直流，便问那些从人道：“先帝在哪里升仙呢？”从人用手遥指道：“就在这山里。”于是引着众人，曲曲弯弯，径向山腹而行。遥见何侯的数间草屋已觉不远，那从人就指与帝妃等看道：“这数间草屋就是姓何的住宅，先帝上升就在此屋之外。”帝妃等听了，个个向那草屋凝视，恨不得立刻即到。

后来相隔不过十几步路，那留下的从人尽数上前迎接。忽然之间，只见那间茅屋四边烟云骤起，仿佛那茅屋渐渐升高，转眼已在半空，但听得鸡鸣天上，犬吠云中，隔了一回，茅屋愈高愈小，渐至不见，再回看原处，只见茅屋全无，但余一片平地。帝舜从人支帐露宿的物件却一切尚在。

众人至此，都看呆了。帝女等至此，方才相信升仙之事是实。但转念一想，父亲虽是升仙，而做子女的从此不能依依膝下，并见面而无从，这种终天之恨，如何消释？想到这里，不禁号啕大哭起来。左右的人劝道：“帝已升仙，哭亦无益，现在既到此间，不如再走过去看看吧。”帝女等听了有理，遂止住泪，再往前行，到得茅屋旧基所在，只见百物全无，但有衣冠一堆遗弃在地上，衣冠之中还裹着一个白玉琯，是西王母所赐，帝舜常带在身边的。这堆衣冠，据从人说就是升仙的这日所换，从人等不敢轻易去动它，以致犹委在地上。这时帝女等睹物思人，登时又大哭起来。这番哭，却哭得凄惨极了，足足哭了一个时辰。二位帝女泪尽继之以血，连鼻涕都是猩红的，有时挥在地上，有时挥在竹上。那挥在竹上的，竹的颜色就因之大变，后来别成一种，斑痕点点，大家就叫它湘妃竹，亦叫斑皮竹，就是这个出典，亦可见得至诚能感物了，闲话不提。

且说众人将帝女等苦苦劝住，就商量归计，因为二位帝女目的已达到了。但是二女仍旧不肯，说道：“从前历史上所载，黄帝乘龙上升之后，其臣左彻取其衣冠葬之桥山而庙祀之，留一个纪念于后人。现在我父亲亦上升仙去，所留下的衣冠等物明明在此，我们也应该做一个坟，将衣冠等葬下，留个纪念，方才回去。”那伯禹所派遣的人说道：“夏伯诸位本有这个议论，要想在鸣条山附近给先帝造一个坟呢。”

宵明一听，就不以为然，说道：“先帝升仙之地在此，纪念应留在此，为什么要留到鸣条去？”烛光道：“姊姊！随他去吧，他们造他们的，我们造我们的，何必去管他。”登北氏听了，颇以为然，于是就叫从人在附近选择一块地，造起坟来。虽是衣冠之葬，一切仍与真者无异。因为帝舜微时善制陶器，即位之后，各物以陶器为上，就是棺椁亦是用瓦制的，所以这次用的是瓦棺。衣冠之外，并西王母的白玉琯亦殉葬其中。帝妃和二女等就住宿在附近之地，监造坟工。

说也奇怪，那坟工开始之时，忽然有大群飞鸟从空而来，其状如雀，各各衔了沙土来帮助做坟，顷刻之间，成为丘垄，众人都看诧异极了。而且还有奇怪的，那些鸟儿能吐五色之气，又能够变其形状，在树木上是飞禽，一到地上就化为走兽。它们所衔来的沙，其色青，其形圆，粒粒都像珠子，积成丘垄，大家就给此地取一个名字，叫珠丘。这种沙珠又轻又细，往往因大风一起，它即随风飘荡，飞散如尘，因此大家又叫它珠尘，的确是个宝物，服食了可以不死，佩带了可使身轻。可惜当时没有人知道这种妙处，就是那种鸟儿亦没有人能知道它的名字。直到坟工完毕之后，众人星散。

过了多时，才有一个人跑到坟上来凭吊。这人姓方，名回，是帝舜微时的老朋友，从前皇、英下嫁，是他做的媒人。帝舜贵了，他与灵甫、雒陶、续牙、伯阳、秦不虚、东不訾等避匿不见，到此刻已八九十年。灵甫等六人已逐渐死尽了，只有他是服食云母粉之人，依然尚在，听说帝舜升仙，在此地造坟，他就跑来凭吊一回。

可巧这时那些蛮苗慕帝舜的德，仰帝舜的升仙，大家都到坟上来朝拜，看见那种鸟儿，都觉得诧异，议论纷纷不一。方回就告诉他们道，这鸟名叫凭霄雀，是一种神鸟。那些蛮苗见方回野服黄冠，不知道他是什么人，都似应非应、似信非信的，不甚去理他，方回亦不再言。后来看见风起尘飞，他深知道这是宝物，随即掬了许多，大嚼一饱，并且作了两句七言的赞，叫作：

珠尘圆洁轻且明，有道服者得长生。

赞罢之后，徜徉而去。那些人看他如此举动，嚼沙啖尘，疯疯癫癫，以为他是有神经病的人，亦不去理他。哪知方回后来竟成仙人了，可是仍旧游戏人间，不到天上去。直到夏启的时候，他又出来做宦士。大家知道他是个神仙，有一日，诱他到一间空屋中，闭他起来，又用泥四面封塞，不让他向外走，要想求他传授仙道。哪知转眼之间，方回已不知去向，那门上之泥中却留有一颗方回的印子，无论如何弄它不开。所以当时人有两句话，叫作“方回一丸泥，门户不可开”，但是方回从此竟不知去向了，这是后话，不提。

且说帝妃、帝女等在那监造坟工之时，眼见凭霄雀这等灵异，益信帝舜升仙之事是不假。但是，照古人制字的意思看起来，人在山上曰仙，那么虽则上升，或者仍旧在这山上亦未可知，不过肉眼看不见罢了。看到这座大山有九个峰头，峰峰相似，究竟在哪一个峰头呢？姊妹互相猜度，疑心不已。后人因此给此山取名叫九疑山。（有一说，帝舜登到这山上，疑心禹有篡位之意，北望大悲，从臣作《九悲》之歌，因此这山叫作九疑。这种话恐怕完全不对吧。）

等到坟工造完，姊妹俩秉着虔诚，向坟前祝告一番，一定要请帝舜下凡相会，或者示以梦兆。祝毕之后，又要求登北氏允许她们遍历九个峰头，寻访父亲踪迹，登北氏也答应了。

哪知遍历九个峰头，并无影响，夜间也无梦兆，二女不觉又悲哀欲绝。登北氏恐怕她们哭坏身体，只得自己止住悲伤，劝她们不要再痴心妄想了，赶快回去吧。二女无法，只得遥向九疑山及帝舜坟墓痛哭一场，就和众人起身。

一日，到得潇水与湘水相汇之处，从人已预备船只，大家舍车登舟。二女上船之后，那思亲之念仍不能已。这时适值九月望后，秋高气爽，一轮明月荡漾中天，与水中的月影相辉映。二女晚餐之后，不能安寝，正在与登北氏闲谈，忽听空中一片音乐之声，宵明疑心道："不要是父亲下凡来与我们相会么？"烛光道："是呀，我们到船头上去望望吧。"说着，姊妹两个就起身携手，径向船头。登北氏和侍女等亦随后跟来。哪知二女到得船头，不知如何，立足不稳，径向水中双双跌了下去，只听得"扑通"一声，浪花四溅。登北氏大吃一惊，狂呼救命，那时夜色深了，船中人都已熟睡，听见登北氏狂叫，大家从梦中惊醒转来，问明原故，才纷纷各找器械，前来捞救。

正在扰攘之际，登北氏忽然看见二女自江中冉冉而出，装束与前大不相同，一齐向登北氏敛衽，说道：“女儿等本来是此水之神，偶然谪堕尘世，现在蒙父亲救度，已经复归原位了。父亲现为天上上仙，上理紫微，下镇南岳，凡所经游，必有天乐导从，刚才所听见的音乐，就是父亲的钧天《韶》乐。（后世称为“湘灵鼓瑟”。）父亲在天上甚安乐；女儿等此后或在天上，或在湘水中，亦必甚为安乐，请母亲万万勿念。女儿等不孝，中途暌离，不能侍奉母亲，尚请原谅。此刻父亲在上面等着呢，女儿等不能久留，今去矣。”说罢，再一敛衽，倏忽不见。

登北氏这时如梦如醉，耳有所闻，目有所见，但是口不能言，手不能动。直到二女上升之后，方才醒悟转来，不禁大哭道：“汝等都去了，叫我一人怎样？何妨就同了我同去呢！”说着，就要向船外扑去。左右之人慌忙拦住，一齐劝道：“帝妃请勿着急，小人们一定用心的打捞，特恐时候过久，捞着之后能不能救治，那就难说了。”登北氏道：“还要打捞她做什么，刚才两位帝女不是已经上天去了么？你们难道没有看见？”大家听了登北氏的话，莫名其妙，互相诘问，都说没有这回事，反疑心登北氏悲惊过度，神经错乱了。登北氏知道又是神仙变幻的作用，也不再说，走到舱内，自去悲伤。

这里众人仍旧打捞，直到天明，绝无踪迹。有几个识水性的，没到水内去探察一转，亦一无所见，大家都诧异至极。登北氏方将夜间帝女现形情事说了一遍，众人都说道：“原来和先帝一样的成仙去了，叫我们从哪里去寻觅尸首呢！”于是各自休息一回，整棹归去。这一场往返，可说是专苦了登北氏一个，既然寻不见帝舜，又失去二女，那种愁苦自不消说，然而亦无可如何。

后来伯禹即位之后，将帝舜的少子封在此处，做一个诸侯，登北氏就随她少子来此就国，与她女儿成仙之处相离不远，时常可以去流连凭吊。那荆州南部的人民景仰二女的孝行，又在湘水旁边给她们立了一个庙，叫黄陵庙，春秋祭祀。后来又给宵明上一个尊号，叫湘君；给烛光上一个尊号，叫湘夫人。从前夏禹治水到洞庭之山，曾经遇见两个女神，常游于江渊沅澧之间，交潇湘之渊，出入必以飘风暴雨。宵明、烛光是否就是她们转生，不得而知。

后来的人都以为湘君、湘夫人就是尧的女儿娥皇、女英，那竟是大错而特错了。莫说帝舜三十年葬后育于渭，娥皇早经去世，即便不死，这个时候年纪已在百岁以上，白发老妪哭其夫婿，血泪斑竹，至以身殉，于人情上亦不大说得过去。考湘君、湘夫人就是尧二女的这句话，出于秦始皇的博士口中。秦始皇渡洞庭湖，大风，舟几覆，便问群臣，湘水之神是什么。博士以为就是尧的二女、舜的二妃。后世之人根据他的话，都信以为真。其不知秦始皇是烧诗书、愚黔首的人，那种博士胸中所读之书有限，随口捏造，哪里可作准呢？

有人又怀疑，帝舜并非南巡而死，而是死在鸣条的。所以《孟子》上说："生于诸冯，迁于负夏，卒于鸣条。"他的原意是以为舜已传政于禹，不应再亲自南巡。这句话从表面上看来亦不错，但是《礼记》上有"舜勤众事而野死"的一句，如果真卒于鸣条，那么并不是"野死"了。况且天子出行，统叫巡守，不必一定是正式朝会、省方问俗之事才算巡守。那时禹虽摄政，一切大典固然应由禹恭代，帝舜不必躬亲，但是象的封国实在有庳，帝舜是友爱之人，记念其弟，到有庳去探望，是情理中所有之事。史上尊重帝舜，所以仍旧说他是南巡耳。

现在海州虽有苍梧山，但是舜的坟墓书所不载，可见不是那个苍梧山了。独有九疑苍梧则历代多保护尊祀之。每到祭祀的时候，如果太守诚敬，往往听到空中有弦管之声。汉章帝时候，有一个零陵的学者，姓奚，名景，又在那个地方得到白玉琯，考订起来，就是西王母给舜的，那么舜的坟墓在南方更可知了。后来道州舜的祠下，凡遇正月初吉，山中的狙类千百成群，聚于祠旁，五日而后去。去后又有猿类千百成群，聚于祠旁，三日而后去。那地方的人给它取个名字，叫狙猿朝庙。可见衡山地方舜的灵爽千古特著，亦可作为舜死在南方、坟墓确在南方的证据了。

第一百五十四回

启结交天下贤士·禹避商均·禹即天子位

且说伯禹自从帝妃、帝女往南访帝舜确耗之后，与群臣商议道："先帝虽是升仙，然从此不可复见，与寻常身死无异，理应发丧成服。"大家都以为然，于是就择日治丧，为帝舜持服，又为帝舜在鸣条地方造了一个假坟，以留纪念。在这三年之中，虽则伯禹仍是照常摄政，但是追念帝舜，亦时时哭泣，形体为之枯槁，面目为之黧黑。

到得三年丧毕，和伯夷、伯益等商议道："先帝虽有遗命，传位于我，但我受先帝大恩，如何敢夺义均之位呢？现在我且效法先帝故事，退避起来，且看诸侯和百姓的动作如何，再定去就吧。"伯夷听了，非常赞成。伯禹就将政治交给皋陶、伯夷诸人，自己即出亡而去。

那时帝舜的次妃女英已离去鸣条，就养于商均了。三年丧毕，听说伯禹出亡，就和商均说道："伯禹失踪就是学先帝让你母舅的方法呢。他既然让你，你亦应该学你母舅，避他一避。"商均哭道："这个假戏文儿不愿做，做了之后，一定将来要倒霉的，何苦来！不要说先帝之志本来是禅位给他的，儿不可和他争；论到才德，他高到万倍，儿亦不能和他争；即使抹去才德，单讲势力，他摄政十七年之久，势力广布。今朝造城郭，明日责贡赋，处处有霸占天下的野心，诸侯和百姓哪一个不怕他？即使他现在避开了，他手下的人多着呢。诸侯即使想归附我，亦不敢归附我。百姓即使念先帝之余德，要推戴我，亦绝不敢推戴我。我到那时避了出去，有什么面目走回来呢！岂不是徒然给人家见笑？所以儿的意思，只当不得知，听他去吧。”

女英道：“这个不然，你和他竞争，当然是竞争他不过。但是你不避他一避，他没有一个比较，就显不出他天与人归的情势，他的心理恐怕终究不舒服，何苦来留这么一个痕迹呢！况且以礼而论，他让你，你亦应该让他，方才不错，且因此可以见你能够克承先帝之志。不能因为说不到让字，就不让的。”商均听了，颇以为然，于是亦退处于阳山之南、阴河之北，以示避让，按下不提。

且说伯禹避到什么地方去呢？原来他出门的时候不是一个人走的，带了他的儿子启同走。这时启亦有七十多岁了，他从小的时候，伯禹虽则治水服官，勤劳在外，没有亲自教诲他，但是涂山后女娇却深明大义，善于教子，真是千古第一个著名的贤母，因此将启教育得人才出众，而且仁孝明慈。

伯禹眼看丹朱、商均都是不肖，独有自己的儿子能够如此，颇慰心怀。启长成之后，涂山后常告诉他生母诞育他的故迹。启听了悲不自胜，就常到轘辕山下去省视、展拜那生母所化的石头，因此于那一带的人情风土非常熟悉。他虽是个贵族公子，但是外出之时总是布衣徒步，与平民一样，绝对看不出他是阀阅中人，亦可谓是恶衣食的夏禹之肖子了。

有一年，启展拜母石之后，随便闲游，到那箕山、颍水凭吊巢父、许由的高踪。忽见路旁来了一个人，眉目疏朗，气宇英俊，亦是来游历的。那人见了启，亦仿佛钦慕的样子，着实将启盯了两眼。启便上前施礼，请教那人姓名。那人还礼，答道：“姓杜，名业。”说完，亦还问启的姓名。启但告诉他姓名，并不细说身家，于是两人互相起敬，就在许由冢前一块石上坐下，闲谈起来。

起初不过泛话，后来渐渐说到巢、许二人，启极口称赞他们的高尚，可以为千古模范。杜业听了却大不以为然，说道：“依某的意思，这种人表面看看似乎可以佩服，实在是万不可以为训的。一个人生在世上，应该为天下群众出力，方才不虚度一生。如其没有才学，倒也罢了，但巢、许二公能使知人则哲的帝尧让他以位，那么有才有学可想而知，为什么不肯出来担任政事呢？如果有了才学而不遇到清明之世，或者没有荐举他的人，他不肯钻营奔竞，自媒自荐，因而老死空山，倒也罢了，但帝尧是千古圣主，亲自识拔他们，不可谓不得其时，不可谓不得其主，何以如此之绝人逃世？甚至连听了几句话都要洗耳！假使人人都是如此，以为道德之高，试问天下之大，哪个来治理？虽有圣主，哪个来辅佐？岂不是糟了么！所以我说，他们是不可为训的。”

启听了这番议论，颇觉有理，便故意驳他道：“那么照老兄的意思说起来，莫非他们竟应该直受不辞么？”杜业道：“不是如此说。帝尧以天下相让，是谦恭的意思，是竭力推崇他们的意思。假使说叫他们做官，是自己以天子自居，而叫他们做臣仆，未免看得他们人格太低了。天下可以相让，就是自己情愿听他们的指挥号令，所谓举国而听命的意思，并非真个要将天下让他们呀。只要看帝尧后来禅位于现在的天子，先使九男事之以观其外，又使二女嫁之以观其内，又使之慎徽五典，纳于百揆，宾于四门，经过多少时间，用了多少方法，考试他，确定之后，方才使之摄政而传以位，其难其慎如此！正见得帝尧是圣天子，以天下为公，必定要为天下得到一个妥惬允当之人，始能放心，岂有偶然相遇而立刻就拿了天下相让的道理？巢、许二公果然有点见识，应该听得出帝尧的口气，知道帝尧的心思，君位万不敢当，臣下何妨一做呢？”

启听他这话更为有理，便再问道：“那么以老兄的才学，如果遇到明主，有人荐举，当然肯出来为国家效力，为民生造福的了？”杜业听到这话，不禁引起他的雄心，顿时眉飞色舞，慷慨激昂的说道：“实不相瞒，某有经世之志久矣。平日集了二三知友，研究治国平天下之道，自以为尚有把握，可以一试。果然有明主起来，能用我们，我们一定可以致天下于治平，只是哪个能够荐举我们呢？”

启听了，又忙问道：“贵知友共有几人？现在何处？某可以一见么？”杜业道：“某知友有三人：一个姓既，名将，擅长于武事；一个姓轻，名玉，擅长于理财；一个姓季，名宁，擅长于吏治。可惜此刻都散在各处，无从介绍，迟日有机会再相见吧。”启道：“老兄几个知友，或长于文治，或长于武功，或长于财政，都有专门之学，那么老兄想必是集大成了？”杜业忙道：“这个哪里敢当，某所研究的是教育一端。某等四人曾经商量过，将来如能遇到圣主，一人得位，必须互相援引，共同辅佐。计算起来，国家大政不过文治、武备、教育、财政、礼乐、宾客、刑法诸大端而已。某等四人各研究一项，庶几将来同朝共事，可以各尽其所长。可惜还有几项没有遇到专门人才，所以某等约定出外到处访求。老兄如果有得遇到，还望介绍。”

启听了，非常佩服，便说道：“那么小弟归去，先请家君将诸位荐举如何？”杜业问道：“尊大人何人？现居朝中何职？”启便告诉了他。那杜业格外起敬，说道：“原来老兄就是夏伯的公子，小弟着实失敬了。某等志切用世，如承荐举，定当尽心竭力，使天下乂安，不负盛意也。”说着，便将自己的住址说明，又谈了一回，方才分别。

启归到蒲坂，便将经过情形告诉了伯禹。伯禹道：“既然草野中有如此贤才，当然荐举，汝可先和他们去说明。”启答应了，便来访杜业。凑巧季宁、轻玉二人也同在一起。另外还有一个人，姓然，名湛，是轻玉去结识来的，此人善于辞令，长于交际，亦是一个人才。当下启到了之后，先和众人泛泛谈了一回，颇觉得都是气谊相投，便将他父亲答应荐举他们的话说了一遍，并且邀他们同到蒲坂去。哪知季宁说道：“我们能够借此出山，发展我们的抱负，固然很好，但是此刻还有点不便，请再稍迟几年吧。”启听了，觉得出于意外，便问为什么原故。大家都笑而不言。启颇觉失望，但是亦不好再问。自此以后，启与杜业诸人常常通信，常常往来，非常莫逆。

且说杜业、季宁这班人都是讥嘲巢许、抗志功名的人，为什么启要荐举他们，他们倒反推避起来呢？这其间有一种理由。原来那日杜业别了启之后，便去找到季宁、轻玉等，告诉他们有这么一回事。他们初听，都以为甚好，后来轻玉说道：“据我的意思，不如且慢。”大家问他为什么原故。轻玉道："现在天子退闲，夏伯摄政，照从前的往事以及夏伯的功绩看起来，这个天下当然是夏伯的。帝子义均一定争他不过。但是夏伯摄政以后，统一天下的志向太大，手段太辣，恐怕到那时四方诸侯未必一定肯归附他。即使归附他，亦不过一时胁于大势，未见得能够持久。所以我想，我们彻底的为夏伯设法，为公子启帮忙，还是慢点去辅佐他好。且在下面为他们努力宣传，做一番下层工作，于他们较为有点利益。如若一径在他手下任职，到那时反有些拘束顾忌，且限于一隅，不能到处普遍宣传了。"大家听了，都以为然。这就是他们不肯立刻就受荐举的原因。

后来这些人果然到处演讲伯禹的功绩如何伟大，德行如何之美茂；并且亦代启宣传，说启如何如何的才德。那杜业的才学口辩都是很好的，本来夏禹治水，拯济人民，人民早已心服，再加以杜业诸人这样到处一说，那九州人民自然格外倾心，不但倾心于禹，并且连带的倾心于启。这种暗中运动，禹和启都是不知道的。后来杜业等又结交了一个施黯，一个伯封叔，一个扶登氏，都是非常之才。一代兴王卿相之选，差不多他们都已预备好了，专等帝舜一死，夏禹就好即真。但是这种运动都在民间，民间虽已传遍，而朝廷之上则殊无所知。

后来帝舜南巡，采访民间风俗，亦渐渐有点知道。但是帝舜以天下为公，禅让伯禹出于至诚，亦绝不介意。到了苍梧的时候，偶然与其他侍从之人谈及，后来辗转传讹，遂说道禹有篡窃之心，舜有疑禹之心，因而作《九悲》之歌，九疑之山名且因此而得，这种话之不可信前人早已说过。帝舜既有让禹之决心，听说禹要篡位，何必疑？更何必悲？禹在那个时候，摄政已十七年之久，天下大权尽在掌握，即真不过早晚间之事，何必再有叛舜的痕迹？所以民间有这种传说，就是因为杜业等有这下层工作。不过他们所以要做这个下层工作，并不是反对舜，而是怕舜死了之后天下人心不尽归禹，所以有这番举动。经在下彻底的说明，读者诸君想来总可以明白了，闲话不提。

且说伯禹那日带了儿子启出门，商量避让的地方。启主张到轘辕去，祭那块化石，伯禹很以为然，于是就很秘密地向轘辕而来。一日，住在一个逆旅之中，只听见隔着墙壁有好多人在那里谈天。一个说道："现在伯禹弃掉了我们百姓，不知避到什么地方去了。我们以后推戴哪个做天子呢？"另一个说道："先帝的世子商均，听说亦避开去了。现在找伯禹的人甚多；如同商均这种人，他虽说避开，恐怕没有哪个去找他呢。"又有一个说道："先帝待我们百姓并非不好，不过那个商均听说太无人君之德，我们哪里敢推戴他，弄到将来自讨苦吃么？"又有一个说道："现在我们总以赶快寻着伯禹为是，寻着了拥戴起来，那么大事就定了。"又有一个说道："我从前听见杜先生说，伯禹如其避让，一定避到此地来的，叫我暗中留意，现在不知究竟来不来。"说到此句，声音忽然低了，听不清楚。伯禹忙和启说道："我看在此地不妙，不如走吧。"启亦点首称是。

到了次日黎明，父子两个带了从人，立刻动身，到了阳城地方住下（现在河南登封县），亦不敢去看那块启母石。父子两个杜门不出，并告诫从人不许声张，只说是做贸易之人，来此暂住的。哪知从人们到外边去听见的消息，百姓纷纷扰扰，无非是搜寻伯禹的事情。有的昼歌，有的夜吟，有的竟登高而呼，都说道："伯禹果真弃掉我们，我们何所仰戴呢？"照这样情形看来，大家竟是中了疯魔一般。这几个从人就来告诉伯禹。伯禹慨然说道："果然百姓一定推戴我，那么我亦只好直受了。"

过了两日，从人又来告诉伯禹道："这几日外边甚为热闹，听说各州的人都有赶到这里，不知是什么原故。"伯禹听了，亦不言语。又过了两日，伯禹父子正在午餐，忽听得外边一阵喊声，震天动地，仿佛人有几万的样子。那从人仓皇跑进来说道："外边人已挤满了，当头有十几个人，手中各执着一面小旗，旗上写着'荆州代表''雍州代表''青州代表''豫州代表'等等，硬说要见夏伯。小人们回复他，这里是做贸易的商人，偶然在此暂住，并没有什么夏伯。哪知这班人一定不答应，发起喊来了，请夏伯定夺。"伯禹道："那么请他们进来吧。"

从人领命出去，须臾，即领了十八个手执小旗的人进来；其余的人都在外面，绝不闯入，仿佛极有训练、极有组织的样子。此次伯禹所住的房屋本不甚大，十八个代表进来，竟无坐处，只得都在阶下站着。见了伯禹，行过礼之后，便有一个代表中之代表说道："如今先帝上宾，四海无主，百姓惶惑，务恳夏伯即日归都，早登大位，俾某等九州人民克享升平之福，不胜盼切之至。"说罢，一齐再拜稽首。伯禹亦答拜，说道："先帝虽上宾，先帝的元子尚在，理应该元子嗣位，请诸位去请商均吧。"代表道："商均虽是先帝冢子，但素无才德，某等百姓未能信服。就是先帝在日，亦知道他的不肖，所以远徙他在商地，而请夏伯摄政。如其尊他做天子，不但非某等百姓之愿，且亦非先帝之志。还是请夏伯早登大位，以从民望，不要再推让了。”

伯禹还要谦让，忽然空中呼呼风响，其黑如墨，陡然见黑风之中有一条大动物，长约数十丈，蜿蜒夭矫，直升上去，拿空而立。众人细看，原来是一条黑龙。转瞬之间，忽然不见，风亦停止，依旧是红日杲杲。大家都看得诧异，众代表又向伯禹说道：“这个可见就是夏伯龙兴之兆。龙者君德；黑色者是夏伯之色，夏伯治水，其色尚玄。如今上飞于天，正是天与人归的现象，何可再推辞呢！”伯禹不得已，就答应了，众代表出来，告诉大众，这时一阵欢呼之声，又是震天动地。过了一回，伯禹出来，向大家致谢，大家簇拥上车，一齐向蒲坂而行。后人记载上有两句，形容当时百姓归附伯禹的情形，叫“惊鸟扬天，骇鱼入渊”，亦可谓惟妙惟肖了。

第一百五十五回

颁夏时于万国·作贡法·土地国有，平均地权

且说伯禹在阳城地方，给百姓簇拥着，回到蒲坂，就正式即天子之位。因先封于夏，所以国号就叫作夏，于是从前的伯禹以后就改称夏禹了。夏禹即天子位，礼毕后大会群臣，商量一代的制度。这时先朝耆旧之臣非死即老，所存者除皋陶、伯益父子外，还有夏禹心膂之臣伯夷、乐正夔及奚仲等数人。

那奚仲自帝尧时做工正之官；到得帝舜时，共工分官，他却不在内，仍旧在夏禹的司空部下，因此也做了夏禹心膂之臣；到得此刻，夏禹就叫他做车正之官，独当一部。他善于制车，方圆曲直都合于规矩钩绳。他有一个儿子，名叫吉光，亦善于造车，他们所造的车，总是机轴相得，异常坚固。后世的人说，以木为车始自他们父子，其实不然，不过他们父子造的独好罢了。奚仲又改良驾马之法，后世之人又说驾马是奚仲发明的，其实亦不然。他们父子又创造一种用人力推挽的车子，名字叫辇，夏朝一代颇喜用之。因此奚仲父子，夏禹非常任用，又封奚仲于邳（现在江苏邳县），做个诸侯。后世遂有夏后氏尚匠之说，都是奚仲父子的原故，闲话不提。

且说夏禹即位之后，除出几个旧臣及心膂之臣外，还有一个昭明的

儿子，名叫相土，颇有才干，夏禹亦任用了他。此外，就是他儿子启所荐举的杜业、轻玉、然湛、施黯、既将、季宁、扶登氏、伯封叔这班人了，统统都用起来，真所谓拔茅连茹，一时朝廷之上顿觉英才济济。

第一项要商量的，便是建都问题。决议下来，是在蒲坂东面的安邑地方（现在山西省安邑县），取其仍在冀州而近于浊泽，民可以赖其利。议定之后，便派扶登氏和季宁两个前去经营。一切宫室、宗庙、学校等等悉仿前朝的制度，而略略加以损益，大要总以简朴为主。第二项要商量的是历法。大概古时一代之兴起，必定要改正朔，易服式，殊徽号，异器械，以变易天下之耳目，这个就叫革命。但是服式、器械等又从历法而出，所以历法尤为重要。

当下众人主张纷纷不一，昭明站起来说道："自伏羲氏以来，正朔代代不同。伏羲氏建寅，神农氏建子，黄帝亦建子，少昊建丑，颛顼、帝喾皆建寅，帝尧建丑，先帝建子。照这样看来，现在应该建子。大概建子之朝，以十一月为岁首，以半夜子时为朔，一交子时，就是第二日的日子了。建丑之朝，以十二月为岁首，以鸡鸣丑时为朔，一交丑时，就是第二日的日子了。建寅之朝以十三月为岁首，以平旦寅时为朔，必须黎明寅时才算是第二日的日子。

"这三种历法都是极有理由的，但是比较起来，自然以建寅为最不错。为什么呢？自开天辟地一直到世界复返于浑沌，大概有十二万九千六百年，拿了十二支来分配，恰好每一支得一万余年。第一个一万余年，是天开的时候，那时天空之中纯是一股大气，百物无有，所谓天开于子。第二个一万余年，是地辟的时候，这时地上已渐渐有山有水，但是百种生物一概仍无有，所谓地辟于丑。第三个一万余年，是人生的时候，那时地面上已渐渐有生物，由下等动物而进为上等动物，又渐渐进化为人，所谓人生于寅。建子的朝代是取法于天，名叫天统。建丑的朝代是取则于地，名叫地统。建寅的朝代是以人事为重，所以叫人统。

“但是历法这项东西是应该切于实用的，建子建丑，虽则说是王者法天则地，名目极好听，而按到实际，尚未能尽合。为什么呢？第一项，建子建丑与四时的次序不合。春夏秋冬，一年的四季是如此的。假使建子，以十一月为岁首，那么刚刚在冬之中心；假使建丑，以十二月为岁首，那么刚刚在冬的末尾，一年四季的次序应该叫‘冬春夏秋’，不应该叫‘春夏秋冬’了。但是即使改叫‘冬春夏秋’，亦不妥当，因为九十日的冬天还不完全的，有一半或一大半尚在去年，应该叫作‘冬春夏秋冬’才妥，但是绝没有这个道理，所以不如建寅的妥善。

“第二项，一岁之首叫作正朔，必须有一番更新的气象和万事创始的精神，方才相合。春耕、夏耘、秋收、冬藏四种工作，是农家必不可易的次序，冬天正是万事结束的时候，反拿来做岁首；春天正是万物萌动的时候，反不拿来做岁首，气象精神都失去了，这是不如建寅的第二个理由。

“第三项，十一月、十二月、十三月这三个月农工简单，虽则都可以叫作三微之月，而比较起来，十一月中正是收藏之时，民间不能无事，在十一月之前，尤其不能无事。农夫终岁勤劳，岁尾年头，祈福饮蜡，应该给他们一种娱乐，且亦要预备的。如以十一月为岁首，则农功尚未完，岂有余闲可以娱乐？以十二月为岁首，虽有余闲，而十一月间农事刚了，预备亦嫌匆促，这是不如建寅的第三个理由。而且建子必以夜半为朔，建丑必以鸡鸣为朔，将一夜之中分为前后两日，时候既属参差，计算又难准确，不如以平旦为朔的直截了当，未知诸位以为如何。”

大家听了他这番议论，都非常赞成。历法建寅，以平旦为朔，这个议案就通过了。历法既然建寅，那么国旗所尚的颜色一定是黑，祭祀的牲口必用玄，戎事必乘骊，朝用燕服、收冠而黑衣，国家教育之宗旨尚忠，这些都有连带关系，均已就此解决，而毋庸再议。为什么原故呢？原来古人这种定制，是取法于植物的。十一月之时，阳气始养，根株黄泉之下，万物皆赤。赤者，盛阳之气也。故以十一月为岁首而建子的朝代，其色必尚赤，其教必尚文。十二月之时，万物始牙而白。白者阴气，故以十二月为岁首者，其色必尚白，其教必尚质。十三月之时，万物始达孚甲而出，皆黑，人得加功，故以十三月为岁首者，其色必尚黑，其教必尚忠，就是这个原故，闲话不提。

且说建寅议案通过之后，夏禹正要另提议案，既将站起来说道：“历法建寅，可为万世标准，固然甚好，但是臣的意思，王者法天以昭示万民，这个原则是不可废的。唐虞两朝的历法是法天则地，所以其纪年仍用‘载’字，以表明仍旧不废民事之意。现在历法建寅，既然注重民事，假使那纪年的字样仍旧叫‘载’，未免废弃法天的原则，而且亦太重复了。臣考天上的木星，亦名岁星，越二十八宿，宣遍阴阳，恰恰十二月一次，是极准的。可否将‘载’字改作‘岁’字，一载为一岁，那么天与人交重，两者不偏废，未知众意如何。”大家亦都赞成。

杜业立起来说道：“从前先帝注重历法，敬授人时，原是以农事为重的意思。但是臣的愚见，还要进一层，不但使人民要知道务农的时日，还应该使万国诸侯都遵行现在所新定的国历。为什么原故呢？世界上事事能划一，则庶政容易办理。倘使国自为政，那么其纠纷甚大。帝尧之时，洪水滔天，对于诸侯无暇顾及。先帝摄政之初，已虑到这层，所以创立五瑞之法，颁之于群后，又四时巡守，考察律度量衡，使之相同。律度量衡是民间日用必需的东西，历法亦是民间日用必需的东西。律度量衡要它们相同，而历法倒反不同，你国是正月，我国中已是二月，他国中又是三月，会合拢来，岂不是参差紊乱之至么！况且历法至精至微，差以毫厘，谬以千里。现在政府承历代之后，测量推步的器具较备，而自帝尧以来，二羲二和分宅四方，孜孜考察，帝尧及先帝又天亶聪明，长于天文，时加指导，历算之精遂为万国所不及。所以臣的意思，就中央政府之尊严而言，就万国统一之便利而言，就历法之精密无讹而言，皆有使万国遵行此新定国历之必要，未知众意如何。”

大家听了，亦都以为然，于是又商量如何推行此新国历之方法。轻玉主张：“每岁冬季十月或十二月，由司历之官将次岁的月日，大建或小建，弦、望、晦、朔在何日，有无闰月，应闰某月，二至、二分各节气的时日分数等，一切都推算明白，分为十二册或十三册，每月一册，颁布于诸侯，使他们谨敬领受，藏之宗庙。每月之朔，用一只羊，到庙中去祭告，请出一册来检用。这个方法未知可行否。”季宁道："方法呢，当然是如此。不过收藏请用这种手续，似乎可以不必限定，因为现在第一步是要他们遵行国历，换一句话，就是要他们奉行我们的正朔，听我们的号令。假使手续太繁，或操之过激，使他们发生一种反感，或者竟不遵行，或者阳奉而阴违，那么又将奈何呢？"夏禹道："是呀，立法之初，不妨宽大，现在只要希望他们遵行，至于收藏请用等且不必去管它吧。"这时司历之官是从前二羲二和的子孙，官名就叫羲和，此时亦列席会议。夏禹便吩咐他们去照办，并派伯封叔及昭明同去帮忙，这件议案才算结束。

第三项议案是财政。财政问题包括出入两种，而收入方法尤为重要，须加审慎。因为支出总以节俭为主，可省则省，可缓则缓，还有一个斟酌；至于收入，哪项应收，哪项可多收，哪项不可多收，稍不审慎，一经定下之后，百姓就非常吃苦。但是如果一概少收，则一切政费从何取给？凡百事业从何建设？所以是最难的。

当下轻玉站起来说道："现在九州已经恢复，一切贡赋办法已经确定，但是依臣的愚见，还须有一个根本办法，财政上才可以日有起色，绝无后患。贡赋两项，贡是万国诸侯来贡的，赋是王畿之内政府直接叫百姓交纳的。诸侯之贡只能作为赏赉诸侯之用，如朝觐之时，以甲国所贡赏乙国，乙国所贡赏丙国之类；或者作为政府特别之用，如荆州所贡包茅，以供祭祀缩酒之类。此种收入，只可作为临时费，不能作为经常费。经常费的收入，还是以田赋为大宗。但是如何收法？年有丰歉，地有肥硗，多寡轻重，煞是问题。臣愚以为百姓现在所种之田、所住之地、所取材的山林、所取鱼的川泽，本来都不是他们自己制造出来的，都是天生的，既然如此，他们哪里可以私占？应该统统都收归国有，不许人民私有。凡人民要住屋，要种田，要取木材，要食鱼鳖，统统来问政府要，由政府颁给他，每年收他多少赋。那么每年有多少收入，按册而稽，可以确有把握，即可以量入为出了。”

说到此，季宁立起来驳他道：“土田山川都是天之所生，以供给万民的。现在统统都算国有，不准人民私有，这个道理恐怕说不过去。还有一层，现在人民所有的田，虽说本来不是他们自己制造的，但大半是他们披荆斩棘、辛苦艰难而得来，或者祖宗相传，已历数世。一旦收归国有，岂不是近于豪夺么？”

轻玉道：“我看不然，土地等系天之所生，国家也是天之所立，君天下者曰天子，明明是受天命而来治理的。先帝虞舜有两句诗，叫‘普天之下，莫非王土；率土之滨，莫非王臣’。照这个意思说起来，岂但土地尽是国有，连他们人民的身体还是国家所有呢。况且土地国有和土地私有，两者的利害大相悬殊。天之生人，五官四肢虽是相同，而智愚强弱万有不齐。愚者不敌智者，弱者不敌强者，这是一定之理。土地假使私有，则民间即可以买卖，那么智而强的人，势必设法以吸收愚而弱者之土田，数百年之后，可能发生贫富两个阶级，富者田连阡陌，贫者无立锥之地。这种不平的现象，最足以引起社会之不安宁，国家欲求其太平，难矣！若土地国有，由国家支配，每人耕田只有若干亩，每家住宅只有若干亩，智而强者不能独多，愚而弱者不至独少，那么一切不平等之现象就可免了。古圣人所谓‘治国平天下’，就是这种平法。古圣人所谓‘不患寡而患不均’，这种就是均法。除出这法之外，再要想求平均之法，恐怕没有呢。至于现在他们所有的土田，亦不必一定去夺他，只要依政府所定之办法加以限制，或给以追认而已。譬如政府所规定的办法，每人是田一百亩、住宅五亩，他们如果不到此数，政府当然补足他，他们不但毫无损失，而且还有进益。如果他们所有不只此数，那么可以定一种土地收买法，由政府给他多少货币作为代价，岂非不是豪夺么！还有一法，并不必收买，将他所余之田暂时存记，等他子孙众多的时候，平均摊给，岂不是更便利么？”

季宁道：“这个道理虽不错，但是人的心理总是自私自利的多。种自己的田，肯尽心尽力；假使不是自己的，是国家的，今朝分给我，明朝说不定分给别人，那么何苦尽心尽力？岂不是于收获有关系么？”轻玉道：“不是如此。土地虽属国有，但是耕种和居住不妨世袭。譬如父死了，可以转给其子，子已有田，可以转给其孙，或转给其次子，不是忽而给这人、忽而给那人的。况且政府并无规定不许世袭的明文，并未限定耕种的日期。他如果先怠惰起来，那么他是惰农，政府对于惰农应该有罚，于他自己一无所利，何苦来呢！只有年老而独、无可承袭之人，政府才收回，另给他人，何至因此而惰呢？”

季宁道：“世界人口总是愈生愈多，一人必给他许多田地，恐怕将来人多地少，不敷分配，那么怎样？”轻玉笑道：“足下之计虑，可谓深远矣。但是照现在状况看起来，人满为患，恐怕至少要在几千年之后。几千年之后如何情形，自有聪明圣哲的人会得设法，变通补救，此刻何必鳃鳃过虑呢！”

季宁道：“照足下这个方法，恐怕仍旧不能平均。因为一家之中，

驳

中曲之山
有獸曰駮
白身黑尾一角
音如鼓音食虎豹

驳

又西三百里，曰中曲之山，其阳多玉，其阴多雄黄、白玉及金。

有兽焉，其状如马而白身黑尾，一角，虎牙爪，音如鼓音，

其名曰驳，是食虎豹，可以御兵。

——《山海经 · 西山经 · 西次四经》

人口有多寡，体力有强弱，年寿有长短。如每人土田平均，那么人口多的，寿命长的，祖孙父子兄弟所受的田亩必多，和那单夫独妻寡弟少男的比较，进益总要增多，久而久之，岂不是仍有贫富等级么？”轻玉道：“这个亦有章程规定，要等到他壮而有室了，才给以相当之田，过了六十岁，他的田即须收归。这样一来，相差不会远了。”

施黯道：“田地国有，有这许多理，不错了。名山、大川、林木、薮泽，都要收归国有，有什么意思呢？”轻玉道：“大概百姓有知识的少，无知识的多；有远虑的少，只图目前的多。山林薮泽等等如果任百姓自由去砍伐捕捉，将来势必至于有山皆童、无泽不竭，这是一定的趋势。收归国有之后，山林薮泽等每处设起官来，专理其事，何时准再姓去伐木取薪，哪几种可取，哪几种不可取，取了之后如何设法补种，件件都有规则，那么材木才无匮乏之虞。鱼鳖等亦然，何时可捕，何时可猎，都有定时，数罟有禁，围猎有禁，都有规定，那么鱼鳖禽兽等肉才不可胜食了。总之，一国譬如一家，政府譬如一家之主，对于财产等应该有种种的统计，对于子孙家人等的生活应该有切实的指导，万不可一切听他们去乱干，绝不能只知道高坐室中，责他们的孝养侍奉，就算是个家主了。鄙见如此，诸位以为如何？”众人听了，无不佩服，土地国有这个议案总算成立。

但是收归之后，百姓每人应该给他多少田，每家住宅应该给他多少地，这个问题又要讨论了。大家商议结果，授田以一个人力耕所能来得及为标准，定为五十亩。住宅以一家八口能容得下为标准，定为五亩。一家八口，就是自身夫妇两个，上有二老，下有子女四人，以此最多数为计算。但是，住宅在城里则于耕种不便；在城外则城中又太空，且不免种种不便。后来又商议，将五亩划开来，半在城中，半在城外，听他们居处从便，亦可谓计虑周到了。

最后乃议到赋税之法，究竟五十亩田每年取他们多少税呢？施黯以为不妨从多，他说：“国家建设进行之事甚多，虽则多收他们几个钱，但是仍旧用在他们身上，人君不拿来滥用，官吏不拿来中饱，就对得住百姓，百姓绝不会怨的。”季宁道：“这个万万不可，建设事业须循序渐进，不能于一朝之间百事俱举。那么只要平日节省一点，已足敷用。况且现在土地已归国有，一切建设材料大半已不必购备，只需工食就够了。但是人民对于国家的建设，都是自身切己的问题，即使每岁农事完毕之后，叫他们来做几日工，付给他们一点工食，想来他们亦甚情愿，这是从事实上来论不必重赋的一个原因。二层，天之生财，只有此数，不在政府，即在百姓，而在百姓胜于在政府。古人说：‘百姓足，君孰与不足？百姓不足，君孰与足？’这句话很不错的。所以最好的办法莫如藏富于民，民富就是国富，民贫当然国贫。譬如养牛求乳，养鸡求卵，牛鸡肥则乳卵自多，牛鸡瘦则乳卵必少。这是从理论上来说不应重赋的一个原因。第三层，古人说：‘君子作法于谅，其弊犹贪；作法于贪，弊将若之何！’这句话亦是很不错的。现在圣君在上，我们这班人在这里办事，重赋收入，原是能够涓滴归公，实在用于建设。但是后世为君者能否尽圣？为臣者能否尽贤？万一有不肖之人，假借建设之名，肆行搜括，借口于我们，我们岂不是作俑之罪魁么！这是从流弊上来说不可重赋的一个原因。”

夏禹听了，便说道：“不错不错，应该轻，应该轻。依朕看来，十分之中取它一分，何如？”杜业道：“十分取一，原是好的，但是依臣看来，还应该加以变通。因为年岁是有丰歉的，国家的政费是有预算的。年岁丰时，照预算十分取一，不生问题；假使年岁歉时，照预算十分取一，他们要苦了，政费又发生影响了，这是应该预计到的。所以臣的意思，收取总以十分之一为原则，而临时不妨有变通。丰年或收十分之二，或十分之一点五；歉岁或只收二十分之一，或竟全蠲。此法不知可行否。”

大家商议一回，觉得此法亦未尽善。因为丰歉是无定的，年丰多收固然无问题，假使年歉少收，或不收，则政费预算不免动摇。而且调查估算麻烦异常，一或不慎，浮收滥免，流弊丛生，亦不可不防。辗转讨论，后来决定一个办法，就是校数岁之中以为常。譬如十年之中，每年收获多少，将它加起来，以十除之，就是每年平均所收获之数。在这个数目之中，十取其一，作为定额，不论丰歉，年年如此，这个办法叫贡法。因为十年之中，丰年也有，歉岁也有，平均计算，丰歉都顾到了。夏朝一朝都是用此法，以为尽善尽美了，但是此法实在不善。后来有一个名叫龙子的，批评它道：“乐岁粒米狼戾多，取之而不为虐，则寡取之；凶年粪其田而不足，则必取盈焉。为民父母，使民盻盻然，又称贷而益之，恶在其为民父母也。”这个批评可谓确当。但是当时立法之意，原想百姓丰年多储藏些，留为歉岁之补偿，然而百姓虑浅，哪里肯如此！一到凶年，要照额收他，就不免怨恨。这亦可见立法之难了。

第一百五十六回

改封丹朱、商均·养老求言·玦蹄出现·作乐，做雕俎而群臣谏·薄丧礼

且说夏禹即位，将历法、贡法两项大政议妥之后，就饬有司详订章程，预备颁布。过了两月，扶登氏等回来报告，说安邑新都已建筑好了。于是夏禹择日率领众臣迁到新都。那边宗庙、宫室、学校等已式式俱全，正所谓又是一番新气象了。

迁都之后，第一项政令，就是优待前朝之后，改封帝尧之子丹朱于唐。（现在河南省泌源县西直到淅川县境皆是。泌源县本来叫作唐县，其西有水名叫丹水，都是以丹朱得名。淅川县并有丹朱的墓，想来以后就死在此地了。）又改封帝舜之子商均于虞（现在河南省虞城县）。商均徙封之前，其母女英早经死去。陕西商县旧有女英冢，唐时曾为盗发，得大珠、镠金、宝器、玉碗等甚多，现在还在与否不得而知了，这是后话不提。

且说夏禹改封丹朱、商均之后，第二项政令是视学养老，大致和帝舜相似，而略改其名称与仪式。国学定名叫学，大学叫东序，在国中；小学叫西序，在西郊；乡学定名叫校。帝舜上庠下庠的意思是养；而夏禹改作序，就是习射的意思。古语说“尧舜贵德，夏后氏尚功”，

即此一端，已可概见了。养老之礼，国老在东序，庶老在西序，用飨礼不用燕礼，亦与帝尧不同。第三项政令，是以五声听治，用钟、鼓、磬、铎、鞀五项乐器，放在庭中，每种乐器的簨虡上各刻着一行字。钟上面刻的是“喻寡人以义者鼓此”，鼓上面刻的是“导寡人以道者挝此”，铎上面刻的是“告寡人以事者振此”，磬上面刻的是“喻寡人以忧者击此”，鞀上面刻的是“有狱讼须寡人亲自裁判者挥此”。夏禹又尝说道：“吾不恐四海之士留于道路，而恐其留于吾门也。”后世君主或非君主，对于百姓言论往往竭力的钳制，务为摧残，百姓有苦衷要想上达难如登天，斯真可叹了，闲话不提。

且说夏禹即位之后，政治一新，天下熙熙，那祥瑞天休亦纷纷而至。瑞草生于郊，醴泉出于山，这种还是普通事。后来民间喧传，有一只神鹿在河水之上跑来跑去，这个已是前代所未见之物了。一日，有许多百姓牵着一匹异马，跑到阙下来献，说道：“小人等前日在山里砍柴，遇到这匹马，看它非常神骏，小人等无所用之，特来贡献。”夏禹看得那马的确有点奇异，吩咐暂且留下。那些百姓都赏以币帛而去。

又一日，忽然喧传郊外来了一只会说人话的异兽，登时轰动全城，扶老携幼，纷纷向城外去看。夏禹知道，亦率领群臣前去考察。只见那兽形状如马，夏禹便问它道：“汝能人言么？”那异兽果然回答道：“能。”夏禹又问道：“你从何处来？”那异兽道：“我向来游行无定，隐现不时，但看何处地方有仁孝于国的君主在位，我就跑到何处。现在我看到此地祥云千叠，瑞气千重，充满了神州赤县，料到必有仁孝之主，所以我跑来了。”夏禹又问道：“汝有名字么？”那兽道：“我是后土之兽，名叫趹蹄。”夏禹道：“从前轩辕氏时代，有一种神兽，名叫白泽，能说人话，并能够知道万物之情、鬼神之情，汝能够么？”那趹蹄道：“我不能够。我只能对于现在的物件知道认识。”

夏禹听了，便叫从人将前日百姓献来的那匹神马牵来，问它道：“这是什么马？”那趹蹄道：“它名叫飞菟，生长在方泽地方，每日能行三万里，亦是一个神兽。如遇到王者能够勤劳国事、救民之害的地方，它才跑来，寻常轻易亦不出现的。”夏禹道：“既然如此，这飞菟亦不必养在宫厩，留在此与汝做伴，听汝等到处遨游，自由自在吧。”趹蹄道：“这个很好。”那飞菟亦似能解人言，赶快跑到趹蹄身边，两个相偎相依，非常亲热。过了片时，两个神兽一齐跑向山林之中而去。自此之后，或在山林，或游郊薮，出没无时，大家看惯了，亦不以为意。

且说夏禹看了趹蹄之后，回到朝中，群臣皆再拜稽首称贺，说道：“我王盛德，感受天祥，臣等不胜钦仰之至。”于是有主张作乐的，有主张举行封禅之礼的，纷纷不一。夏禹因为新近即位，谦让未遑。杜业道：“王者功成作乐，封禅告天，原不是即位之初所可做之事。但是我王与众人不同，八载勤劳，洪水奠定，大功早已告成了。如今天休既集，正宜及时举行，何必谦让呢？”大家听了，同声附和。夏禹不得已，乃答应先行作乐，封禅之礼且留以有待。

这时乐正夔已病故，精于音乐之人一时难选，只有老臣皋陶历参唐虞两代乐制，是有研究的，于是这个作乐之事就叫皋陶去做。皋陶以老病辞。夏禹道：“扶登氏于音乐尚有研究，可叫扶登氏襄助，一切汝总其成吧。”皋陶不得已，与扶登氏受命而去。

一日，夏禹视朝，杜业又提议道："臣闻王者功成作乐，治定制礼，如今乐制已在筹备中，礼制亦宜规定。从前先帝时只有祀天神、祭地祇、享人鬼三礼，但是要而言之，三礼实只有一礼，不过祭祀而已。臣以为人事日繁，文明日启，礼节亦日多，绝非仅祭祀一端所能包括。如同婚嫁、丧葬等等，假使没有一种适宜之礼做一个限度，势必流弊无穷，于风俗民心大有关系。"

夏禹听了，极以为然，说道："朕的意思，治国之道以孝为先。父母生前必须孝养，那是不必说了；父母死后，亦应本事死如事生之意，祭祀必尽其丰，以尽人子拳拳之心。不过丧葬之礼不妨从俭。因为葬者，藏也；藏也者，欲人之不得见也。既欲人之不得见，那么还要奢侈做什么？况且古人有言：'死欲速朽。'死了既然欲速朽，更要奢侈做什么？天生财物，以供生人之用，人既死了，何需财物？拿了生人所用之财物纳之墓中，置之无用之地，未免暴殄天物了。况且世界治乱难定，人心险诈难防，墓中既藏多数有用之物品，万一到了世界大乱之时，难保不启人之觊觎，招人之发掘，那么岂不是爱父母而倒反害父母，使已死遗骸犹受暴露之惨么？还有一层，世界土地只有如此之大，而人则生生无穷。人人死了，墓地以奢侈之故竭力扩张，数千年之后，势必至无处不是墓地，而人之住宅田地将愈弄愈窄，无处容身了。到那时坟墓不遭发掘，恐怕是不可能之事。古人所谓'死欲速朽'，一则可免暴露之惨，二则不愿以已死的残骸占人间有用之地。但是不得已而被人发掘，犹可归之于数；假使以殓葬奢侈，启人盗心，而遭发掘，于心上能忍受么！汝等议到葬礼，务须体朕此意，以薄为原则，未知汝等以为如何。”施黯道：“我王之言极是，昔帝尧之葬，不过桐棺三寸、衣衾三袭。先帝之葬，不过瓦棺。天子尚且如此，何况以下之人呢？”

又过了几日，夏禹视朝，然湛呈上所拟定的一切告民条教。内中有二条是山林薮泽收归国有后，对于百姓伐木取鱼的限制。一条是春天斧斤不许入山，一条是夏天网罟不许入渊。又有一条是，赋税十分取一之外，又用百姓的气力以补赋税之不足，称作九月除道，十月成梁。夏禹看到这条，便说道：“既然取了他们十分之一的赋税，又要用他的气力，未免太暴了。”然湛道：“臣以为土田、人民都是国家所有的。土田分给他们，叫他们种，但不是白种的，所以要收他们的租。住宅分给他们，让他们住，但不是白住的，使他们艺麻，织布，种桑，养蚕，所以要收他们的布帛。人民亦是国家所有的，那么对于国家应该报效，尽点义务，所以要用他们的力气。还有一层，人民的心理，要使他们知道急公去私，地方才能够治。道路桥梁，虽说是国家之事，实则就是人民的公事。假使道路崎岖而不修，桥梁破坏而不整，这种人民的心理已不可问了。但是人民中只知有自己而不顾公益的多，所以政府必须加以督促，规定时间，订为法令，使他们做，才可以养成他们的公益心。”

夏禹听了，点头称是。又看下去，只见对于百姓的农工亦有按时告诫之语，叫作“收而场功，偫而畚挶，营室之中，土功其始，火之初见期于司里，速畦塍之就，而执男女之功”。夏禹看了，极口称赞，说道：“小民知识短浅，不时加以指导，未有不日即偷惰者。编成短句，使他们熟读，亦是一法。”须臾，看完全文，便吩咐照行。

刚要退朝，只见伯夷拿了他所拟定的礼制呈上来。夏禹接来一看，只见上面写的第一条是天子的祭礼。其中所用的祭器，新制不少，具有图说，绘在旁边。一项是簠，一项是簋，一项是嶡[1]俎，一项是鸡彝，一项是龙勺，都是前代所无的。夏禹看了，非常喜欢，说道：“致孝鬼神之物，朕不厌其华。这几种祭器可谓华美了。但是朕意，还要施以雕刻，方为尽美。现在仅用墨染其表，朱画其里，似乎还有点欠缺。”

这时群臣列席者，知道夏禹平日极俭的，现在忽然有这个表示，都非常诧异。皋陶首先谏道：“这个未免太侈靡了。从前先帝仅仅将祭器加漆，非但为美观计，亦为经久起见，但是群臣谏阻的已经甚多。现在于加漆之外，还要加之以雕刻，恐怕不可以示后世呢。”皋陶说完，一时大小臣工起而谏止的足有十余人。

独有施黯说道：“这有什么要紧呢？大概自奉与奉先是两项事情，自奉宜薄，而奉先则不妨过厚。即如帝尧和先帝，都可谓盛德之君。论到帝尧，堂高三尺，土阶三等，茅茨不剪，住的是白屋，穿的是大布鹿裘，吃的是粝饭、菜粥、藜藿之羹，用的是土簋土瓶，乘的是素车朴马，可谓俭之至矣。但是他祭祀之服却用冰蚕之丝做成，华贵美丽，稀世所无，岂不是奉先不妨过厚么！论到先帝，甑盆无膻，饭乎土簋，啜乎土型，亦可谓俭之至了。但是他穿的祭服以日、月、星辰、山、龙、华虫做绘，宗彝、藻、火、粉米、黼黻絺绣，以五彩彰施于

1. 嶡（jué）：一种陈列牺牲的器具。

五色做服，亦是华美无伦，岂不是奉先不妨过厚么！现在我王平日宫室极卑，衣服极恶，饮食极菲，俭德与二帝相辉映，为奉先起见，所用之祭器奢侈些，正见我王之孝敬，有什么妨害呢？”大家给他这番话一说，倒也无可批驳，那提议竟就此通过。

夏禹又提议道：“先帝在位，封弟象于有庳，而对于瞽叟未有尊号，以致民间有卑父之谤，朕甚惜之。朕先考崇伯，治水九载，劳苦备尝，不幸失败，赍志九原。朕每一念及，摧折肝肠。今朕上承皇天眷佑，并荷二帝盛德之感，又获诸臣僚翊助，得将此洪水平治。但是回念此皆缵修先考之绩。即治水方略，亦大半秉承先考平日之训诲。朕成功而先考失败，皆‘时、运、命’三者为之耳。今朕忝膺大宝，而先考犹负屈未伸，朕清夜以思，真不可为子，不可为人。现在对于先考，宜如何尊崇之处，汝等其细议之，加入天子祭礼之中。但如果于理未合，即行作罢，朕不敢以私恩而废公议也。”

皋陶道：“老臣思之，窃以为不可。先崇伯是曾奉先帝尧、先帝舜之命诛殛之人。假使先崇伯果然无罪，则二帝之诛殛为失刑；假使不免于罪，则今日之尊崇即不合。况且尊崇之法，不过爵位名号而已。爵位名号是天下之公器，不是可以滥给人的。人子对于父母，但能尽其孝养之诚，绝不能加父母以名爵。如果加父母以名爵，则是人子尊而父母卑，名为尊父母，实则反轻父母了。先帝不尊瞽叟，不但是天下为公之心，亦是不敢轻父母之意。所以老臣以为不可。”皋陶说时，那张削瓜之脸上颇露出一种肃杀之气，大家望而生畏。夏禹忙道：“朕原说如于理不可，即行作罢。现在既然士师以为不可，毋庸议吧。”

轻玉站起来说道："臣意不是如此。臣闻圣人之训，母以子贵。母既可以子而贵，当然父亦可以因子而贵了。除非圣人之言不足为训，否则父以子贵即不成问题。况且平心论之，子贵为天子，享天下之尊崇，而其父母犹是平民，反之良心，未免有点不安。先帝之不尊瞽叟，是否无暇议到此处，或者是瞽叟的不愿意，或者别有苦衷，不得而知，然而先帝所作的那'普天之下，莫非王土；率土之滨，莫非王臣'这四句诗，小臣无状，诽谤先帝，窃以为总是错的。试问瞽叟在不在'率土之滨'？是不是'王臣'？如是王臣，则不尊瞽叟错了；如不是王臣，则诗句错了。这个恐怕不能为先帝讳的呢。当时东方的野人曾有一种谣言，说道：先帝在位的时候，每日视朝，瞽叟总是随着臣工一体觐见。皋陶君当日身列朝班，想必知道这种谣言之不可信。但是何以有此谣言？就是为不尊瞽叟之故。现在我王想追尊先崇伯，固然是不匮之孝思，亦为要避免这种无谓之谰言。为人子者，固不可以封其父母，然而臣民推尊总无不可。古人说：'爱其人者，爱其屋上之乌。'乌尚应推爱，而况及于天子之父么？天子有功德于万民，万民因感戴天子，并感戴天子之父，尊以天子之名爵，是真所谓大公，岂是私情么？如说先崇伯以罪为先帝所诛，无论当日所犯是公罪，非私罪，即使是私罪，而既已有人干蛊，有人盖愆，那么其罪早已消灭，与先帝的失刑不失刑更无关系。假使有罪者总是有罪，虽有圣子，干蛊、盖愆亦属无益，那么何以劝善？何以对得住孝子呢？"

夏禹听到此处，伤心至极，忍不住纷纷泪下。皋陶听了，明知轻玉是一片强词，然而看见夏禹如此情形，亦不忍再说。其余群臣亦不敢再说。只有杜业站起来说道：“现在此事不必由我王主张，由某等臣下连合万民，共同追尊就是了。”夏禹忙道：“这个不可，这个不可。”既将道：“自古有‘君行意，臣行制’之说，现在就由臣等议定手续，加入祀礼之中，请我王勿再干涉吧。”

夏禹听了，亦不再说。于是再将伯夷所拟的礼制看下去，看到丧礼中有两条：“死于陵者葬于陵，死于泽者葬于泽，桐棺三寸，制丧三日，无得而逾。”国哀立起说道：“从前洪水方盛，这种制度是权宜之计，不得已而为之。现在天下治平，再说短丧薄葬，恐于人心过不去吧。况且至亲骨肉，最怕分离，人情所同，生死一理，应当归葬祖墓，使之魂魄相依。俗语说：‘狐死正丘首，仁也，不忘其本也。’今规定死于何处即葬于何处，岂非使人忘本而不能尽孝么？”

季宁道：“不然，孝的原则，生前是奉养，死后是祭祀，与坟墓无关。被发祭于野，是夷狄之俗，不可为训。从前神农氏葬茶陵，黄帝葬桥山，都是死在何处即葬在何处，并无葬必依祖墓之说。千山万水，一定要搬柩回去，势必用坚美的材木，桐棺三寸万万不行，那么丧礼的根本就一齐推翻了，如何使得呢！古人说得好：‘形魄复归于土，命也。若魂气，则无不之也。’可见得父母的形骸虽葬在他处，而父母魂气仍可依着人子而行，何嫌于不能尽孝呢！

“至于制丧三日，并非短丧，乃是在父母初死三日之中诸事不做，专办大事，以尽慎终之礼。三日之后，农者仍农，工者仍工，商者仍商，不以父母死而废其所应做之事。有一种制度，父母死了，限定几日不出门，几年不做事，甚且在父母墓前结庐居住，自以为孝，实则讲不过去。圣人制礼，须使其彻上彻下，无人不可行，方为允当。几日不出门，几年不做事，庐墓而居，在有资财的人可以做得到，倘使靠力作以度日的，那么怎样呢？都是无礼不孝之人么？制丧三日，所谓‘过之者俯而就之，不至焉者跂而及之’，使彻上彻下，人人可行，如此而已。

“况且孝之为道，在于真心，不可伪托。外面装得极像，而心中一无实际，何苦来呢？现在是尚忠时代，以诚实为主，与其定得过分，使大家不能遵行，而又不敢不遵行，弄得全是虚伪骗人，还不如索性短丧，倒也爽直。从前有一位大圣人，他的一个弟子问他道：‘三年之丧未免太久，一年恐怕已够了。’大圣人反问他道：‘父母死了，你穿的是锦，吃的是稻，你中心安么？’那弟子答道：‘安的。’大圣人道：‘既然你心里安，那么你去短丧就是了。君子居丧，因为居处不安，闻乐不乐，食旨不甘，所以不肯短丧的。现在你既然心中安，那么你去短丧吧。’照此看来，这个弟子虽则不能为孝，尚不失为直。比那苫块昏迷，罪孽深重，一味饰词骗人，而实则一无哀痛之心的人，究竟好些。所以大圣人亦就许他短丧，就是这个意思。”国哀听了，亦不言语。

夏禹又看下去，只见写着道：“祝余鬻饭，九具，做苇茭而墙置翣[1]，绸练设旐，立凶门，用明器，有金革则殡而致事。”便问道：“怎样叫明器？”季宁道：“就是寻常日用之物，如盂盘巾栉等，埋之于土，亦是事死如事生之意。”夏禹听了亦不再说。时已不早，即便退朝。

1. 翣（shà）：棺饰。

第一百五十七回

大雨水灾·柏成子高逃禹·仪狄做酒·禹恶旨酒而做诫·做肉刑·孟涂代皋陶为士师·郊鲧而诸侯不服

这年正是仲夏之时，天降大雨，数十日不止。安邑附近水深数尺，平地尽成泽国，小民荡析离居，苦不胜言。大家以为洪水之患又要复现了。夏禹忙与群臣商议急赈之法，并教百姓聚起土来，积起薪来，以为堵御之用；又教那些低洼地方的百姓都迁向丘陵之地，暂时居住。

隔不多时，四方诸侯纷纷奏报，都说大雨水溢。夏禹仍旧用堵御、迁徙两个方法叫他们补救，一面又通告天下，注意沟洫，尽力的开浚，足足闹了大半年，方才平靖。然而百姓元气不免暗伤。夏禹因此不免疚心，总以为是自己德薄之故，胸中郁郁不乐。

一日，西方诸侯柏成子高忽然上书辞职。夏禹看了大惊，谓群臣道："柏成子高是个仙人，从帝尧时代已做诸侯；在先帝时，并无退志；现在朕初即位，他忽然辞职，不知何意。"昭明道："这个照例须加挽留的，先降旨挽留吧。"夏禹沉吟一回道："他的词气很决绝，空空一道挽留的文字恐无济于事，朕亲自一行吧。"施黯道："诸侯辞职，我王亲往，未免太屈辱了。"夏禹道："不然，柏成子高非他人可比，他的辞职必有原故，非朕亲往不能明白。况且他是三朝老臣，论理亦应该亲往为是。”说罢，就叫皋陶摄国政，自己带了真窥、横革等，驾着马车，车上建着大旗，径向华山而来。

原来车上建旗以别尊卑等级，亦是夏后氏之制度。夏禹叫车正奚仲制造的，有绥，有旆。还有大司徒阏的孙子相土，那时正代阏伯做火正，但是他亦精于制造，想出方法来，用六马驾一乘车，走起来非常之迅速，从此以后，皇帝所乘的车子叫六飞，就是这个典故，闲话不提。

且说夏禹驾着马车径到华山，哪知柏成子高已不知去向了。再三探听，才知道他在一处地方耕田。夏禹乃带了真窥等步行过去，果见柏成子高身衣袯襫，手执锄犁，低着头，在野田中耕作。夏禹忙跑到他前面，立着，问他道：“从前帝尧治天下，你老先生立为诸侯；帝舜治天下，你老先生不辞；现在先帝传位于我，你老先生竟辞为诸侯，而来此为农夫，究因何故？尚乞明示。”

柏成子高道：“从前帝尧治天下，不必赏而百姓自然相劝于为善，不必罚而百姓自然相诫畏为恶。帝舜亦是如此。所以我都愿做一个诸侯。现在你赏了百姓仍旧不仁，罚了亦依旧不仁。恐怕天子之德从此而衰，刑罚之制从此而立，后世之乱从此而始矣。夫子！你作速回去吧，不要在此地耽误我之耕作。”说罢，装起一副很不满意、很不高兴的面孔，低着头，依旧去耕作，再也不回头一顾。夏禹受了这场斥骂，大下不去，木立了一晌，料想柏成子高不会再来理睬，无磋商之余地，亦只得同真窥等怏怏而归。

到了安邑，左思右想，心中总是不快：“尧舜之时，何以大家总是恭维他们，没有斥责的？如今我新即位，何以就有人鄙弃我，连诸侯都不要做呢？再想想看，柏成子高所说，赏了，百姓仍旧不仁；罚了，百姓依旧不仁，这个现象的确有之。从我摄政到现在，年数不为不多，这种过失不能推诿到先帝身上去，完全是我不德之故。况且天下大雨，酿成空前之奇灾，亦是不可掩之咎征。这事如何是好呢？”越想越闷，忧从中来，不觉饮食无心，坐卧不宁起来。

这时宫中除涂山后之外，还有三妃九嫔，共十二个。天子一娶十二女，这是夏朝的制度。三妃之中，自然以王母送来那个云华夫人的侍女玉女为第一。大家因为她是天上神仙，特别尊重她，就是涂山后对于她亦另眼相待，因此都叫她帝女。那帝女是天上住惯的，于天上的一切饮食等等都非常熟悉。她到了夏禹宫中，赏识了一个宫女，名叫仪狄。因为仪狄生得敏慧，一切都教导她，便是夏禹亦非常宠爱她。这仪狄在不在九嫔之列，不得而知，但是总要算夏禹贴己之人了。

这时夏禹从华山回来，忧愁连日不解，大家都彷徨无计。帝女忽然想到一物，遂和涂山后商议道：“妾从前在敝主人云华夫人处，知道解忧最好的良药无过于酒，饮了之后，陶陶遂遂，百虑皆忘，所以有‘万事不如杯在手’之说。现在我王这几日忧愁不解，年龄大了，恐怕弄出病来。妾想请我王吃一点解解闷，不知我后以为如何。”涂山后道：“果然可以解忧，亦不妨一试，但恐无效耳。”帝女道：“寻常之酒无效，妾有天厨旨酒，是从前教仪狄制造，酝酿稷麦，醪变五味而成，与寻常之酒大不相同，到现在已有多年了。此等酒愈陈愈好，一定能够解忧的。”涂山后道：“既如此，姑一试之。”

到得晚间，夏禹退朝归来，那一双愁眉愈觉不展，不住的长吁短叹。涂山后便问："今日外朝又有何事，累我王如此忧愁？"夏禹叹道："前日柏成子高责备我，我原想和皋陶商量，怎样明刑弼教以为补救的。不料皋陶老病愈深，不能出来。今日朕亲去访他，见他行动艰难，言语蹇滞，实在不好和他多说，连个商量的人都没有，你看可叹不可叹呢！"说罢，又搓手顿足，连连长叹几声。

帝女在旁说道："叹也无益，想来外朝贤智之臣甚多，明朝朝会，提出商议，总有一个妥善办法，现在姑且丢开吧。再如此忧愁下去，恐怕于身体不甚相宜呢。"正说到此，晚膳已开，帝女道，"妾有斗酒，藏之久矣，其味尚佳。今日拿出来，请我王及我后饮一杯，何如？"夏禹此时心中实在还在那里想皋陶之病，帝女之言并未十分听清楚，随口应道："也好。"于是帝女就叫仪狄去温酒来。少顷取到，其香四溢。当下夏禹、涂山后和帝女等就团坐起来，夏禹先饮了一杯，觉得其味甘美之至，便说道："好酒！好酒！"仪狄听了，即忙奉壶，再斟一杯。夏禹又饮完了，顿然眉宇舒展，便问道："这酒是哪里来的？"帝女道："这是瑶池酿法，妾教仪狄照法制造的。她这人真聪明，酿得真不错。我王既以为好，再饮一杯吧。"于是取过壶来，又斟了一杯。

夏禹听了，便想到从前在王母处的大会，这是生平最得意之遭遇，不知不觉，悠然神往，连日忧愁尽行忘却了。又连饮几杯，渐渐谈笑风生，与一妻众妾追述往事，精神百倍。仪狄见夏禹如此，又频频斟酒，足足饮了十余杯。夏禹的酒量，本不如尧饮千钟、舜饮百觚，况兼又是旨酒，格外禁不住，不觉醺醺有醉意。

仪狄还要斟酒，涂山后见夏禹有点失了常态，便阻止道：“够了，不用再斟了，吃饭吧。”夏禹道：“其味甚佳，不打紧，再饮几杯。”于是仪狄又斟了几杯，还是涂山后竭力劝阻，方才罢饮。饭罢之后，又和涂山后等嬉笑闲谈，直至更深，方才胡乱就寝，这是夏禹从来所未有之事。

一寤醒来，已是红日三竿，这时大小臣工在朝堂上已等久了，人人无不诧异。原来夏禹视朝，承帝尧、帝舜成规，总在黎明时刻。此刻到了红日三竿，还不见到，大家疑心他是暴病了。后来饬人到宫中探听，才知道是困酒未醒，大家都觉出于意外，只得纷纷归去。

且说夏禹醒了之后，见红日大明，不觉大惊道：“今日睡失觉了，赶快去视朝呀。”说着，便翻身而起。哪知鼻管、喉间尚含有酒气，猛然想起昨晚饮酒之事，不禁爽然，暗想道：“我受酒之害了。”适值这时仪狄走来伺候，夏禹想起她昨晚殷勤劝酒之事，更觉悚然。又想道：“酒之为物，已足误事，再加之以女色，其何以堪！”毕竟夏禹是个大圣人，勇于改过，当机立断，立定决心，从此之后旨酒永不沾唇，对于仪狄亦渐渐疏远。倒是那仪狄，为好翻成怨，未免太冤枉了。但是夏禹亦并不是怨仪狄，不过怕再受她的迷，防微杜渐而已，闲话不提。

且说夏禹起身之后，知道众臣工已来问过，早朝已散了，不禁大悔大恨。这日在宫中亦不他出，便将昨日之失误和凡有可以害人之事以及治民之法，随手写了几条，预备传之子孙，作为训诫。内中有一条叫：“民可近，不可下。民惟邦本，本固邦宁。”另一条叫，“内作色荒，外作禽荒。甘酒嗜音，峻宇雕墙。有一于此，未或不亡。”这两条是后来夏禹的子孙太康失国了，太康之弟兄追述祖训，作了歌曲，方才传到后世的。其余还有哪几条却无从查考了。

到了次日，夏禹视朝，群臣纷纷进谏，夏禹完全认错，并说道："酒之为物，误人至此！朕想起来，后世君主必有以酒亡其国者。"说完，又将所以然的原由说明。施黯道："柏成先生的话未免太过了。文明日开一日，那么人民知识日进一日，同时道德方面却日退一日，这是一定的趋势。臣以为尧舜之世，不赏而民劝，不罚而民从，不必一定是天子德盛之故。现在之民，赏而不劝，罚而不从，不必一定是天子德衰之故。文明进步，势有必至，理有固然。要想补救之法，臣以为宜加重刑罚，最好仿照三苗国的办法，创立肉刑。从前唐虞两代主张用象刑，纯是从良心上着想，希望激起他们的羞耻，而且使他们可以改过，不致终身废弃。这固然是仁爱之心，但是人的良心微乎其微。第一次、第一人，或者还有几分羞耻之良心发现；次数一多，人数一多，那么就觉得数见不鲜，恬不为耻了。况且犯法的人，或者杀人，或者伤人，人家受他的损伤不少，而伤人杀人的人仅仅在他衣服上做一个记号，既不痛，又不苦，何所惮而不为？而那个被伤被杀的人，倒反是残废终身，或者含恨于九原，是真所谓'宽以待莠民，刻以待良民'，不平之事，无过于此！臣愚以为现在民风浇薄至此，未始非唐虞两代刑罚过宽所酿成。天有雨露，不能无风霜。时有春夏，不能无秋冬。宽仁之后，非继以威猛不可，未知我王以为如何。"

夏禹未及开言，横革道："这个恐怕太不仁吧？从前三苗乱政，沿蚩尤之弊，做此惨酷之肉刑，我王治水到荆州之时，曾经声其罪而讨之。现在自己来做肉刑，岂不是尤而效之，罪又甚焉么！”施黯道：“不是如此。仁有大小，小仁者，大仁之贼也。所以古圣人说：‘小不忍则乱大谋。’刑罚的用意，不但是对于已经犯罪之人施之以警诫，亦是要使未曾犯罪之人知畏惧。已经犯罪之人，譬如他伤人已经伤了，杀人已经杀了，追悔亦已无及，就是将他刑戮或诛杀，亦何补于被伤被杀之人？然而因为已无所补，竟不办他之罪，或办以不痛不苦的罪，那么不但使受害者不平，就是犯罪者一想：‘我伤了人，杀了人，所得的结果不过如此，下次何妨再一试呢？’那旁边观看的人心里一想：‘他伤人杀人，结果不过如此，我何妨亦来试一下呢？’照这样一来，要想保全一个犯罪的人，而使被害者不平，又使犯罪者仍复乐于犯罪，不犯罪者亦想落得犯罪，岂非小仁是大仁之贼么？假使严重刑法，哪个敢来尝试呢？先帝所谓‘辟以止辟，刑期无刑’，如此才可以得到这种效果。岂是妇人之仁、养痈成患的方法所能做到的么？至于三苗之所以用肉刑，与我们现在所以要用肉刑的意思完全不同。三苗的意思是在立威，使人民怕他；我们要的意思是在惩凶，使人民不敢犯法，哪里是尤而效之呢？”

横革道：“同一肉刑，他的用意如何，哪个能辨得出呢？”施黯道：“这个容易。以立威为主的，不论是非曲直，以从顺违忤为标准，冤枉惨死之人必多。以惩凶为主的，专论是非曲直，以法律刑章为标准，冤枉惨死之人绝少。这就是分别了。”

夏禹听了，叹道：“朕德不能及先帝，讲到用肉刑，恐怕真是势所必至，别无他法了。不过既用肉刑，一出一入，关系甚大，万万不可稍有冤枉的。皋陶老病，能否复原，殊不敢必。假使没有如皋陶这样的人，还以不用肉刑为是。”季宁道：“皋陶的治狱，固然是他的聪明正直，能服民心，但是他遇到疑难之处，迟回不决，亦须要叫獬豸来试一试，方才明白，可见一半亦全在那只獬豸之功。如今獬豸已死了，以我王请召鬼神的能力，只要向鬼神再讨一只獬豸来，何事不可了？何必一定要皋陶呢！”

夏禹刚要开言，杜业立起来说道：“这倒不必如此，某有一个相识之人，姓孟，名涂，他不但有折狱之才，而且还有一种异术。在那听讼之际，两造曲直如果难分，他只要作起法来，那不直之人或有罪之人，衣上就有血迹发现，证据立刻确凿，无可抵赖，岂不是不怕冤枉么！”

夏禹听了，大喜道：“果然如此，较獬豸还要好了。獬豸虽能触邪，但究是兽类，且不能说话，人心或者还有些不服。至于衣现血迹，那么真神妙了。这人现在何处？可肯出仕么？”杜业道：“此人居住离京都不远，臣以君命召之，当肯来就职也。”夏禹道：“那么汝去召他来，朕当重用。”杜业稽首受命。

当下肉刑议案遂通过了。但是为慎重起见，又定了几条赎刑，犯死罪者，如证据尚差而有怀疑，可以千馔为赎；中罪，五百馔；下罪，二百馔。每一馔合六两。过了几日，孟涂到了，夏禹就叫他做理刑。皋陶之后，刑狱之事总算有继人了。

又过了几日，扶登氏报告，乐已制成，自始至终亦是九成。夏禹遂定名叫作《九夏》。这时适值各方诸侯来朝，夏禹趁此举行郊祀之礼，众诸侯都留京助祭。祭祀之先，众诸侯听说那配天的是鲧，都很不舒服，纷纷议论。有的说：“鲧是个犯罪之人，有什么功德可以配天？未免太私心了。”有的说：“从前帝舜的郊祭用帝喾来配天，不用瞽叟，足见大公无私。”有的笑笑说：“夏后氏号称尚功，以鲧配天，不知道有什么功。”有的太息道：“我们的见识究竟不及柏成子高，他想来早料到有这一着，所以预先将诸侯辞去。现在我们怎样呢？助祭的时候，是拜他的老子鲧呢，还是不拜？如果拜，心里难过；如果竟不拜，于势似有所不可。这真是为难了。”有一个说道：“如果他老子鲧果然有德有功有名望的，我们崇拜英雄，当然拜。可是论到名望，他是四凶之一；论到功绩，他是湮水害万民之人；论到德行，他是畏罪潜逃、拘获被戮的人。这种人配我拜么？我们的气节在哪里呢？”

内中有一个诸侯，叫汪芒氏，世守封嵎之山（现在浙江省武康县东南三十里），姓厘，有的说姓漆，名防风，身长十丈，足长三丈，龙首牛耳，连眉一目，状貌与众不同。他的气性是很激烈的，听大家说到此处，便气愤愤的叫道：“我绝不拜！我绝不拜！我告病，我先回去。”这一阵大噪，好似半空中起了一个霹雳，于是接连有几个诸侯都是这样说，看看要决裂了。后来有几个诸侯劝道：“我们既然到了此地，为这么一个问题忽然散去，题目未免太小。我们固然不肯和那种谄媚无耻之徒那样甘心拜人家的祖宗，自以为荣，但是亦不可为已甚。大家就此散去，未免使夏禹太难堪了。我们且看他在郊祀的时候另外有没有不合礼之处，再做计较。诸位以为如何？”有好些诸侯平日与夏禹接近的，都赞成道：“是，是。”计算起来，却是多数，于是防风氏和那些激烈的诸侯亦只好暂时隐忍。

到了郊祭这日的鸡鸣时候，夏禹穿了法服，戴着皮弁，乘了钩车，建着旌旆，由群臣簇拥着，径向郊天之所而来。那时各地诸侯都已到齐，人数众多，挤在一处，且各有职司，不能一一细看。独有那防风氏，因生得太长，种种典礼都不适宜，只得派他做个纠仪之官。他站在一边，举起一只大眼，将那祭祀场中所有物件并自始至终的礼节，都看得一览无余。他觉得迎尸、省牲一切典礼都与前代无大分别，只有那乐舞用六十四人，分为八列，每列八人，是前代所无的。还有那乐器、礼器陈设等亦有与前代不同之处。鼓是有脚的；安乐器的簨虡是雕龙形的；鸡彝是雕出一个鸡形；龙勺是雕出一个龙形；盛牲之俎在虞舜时代只有四足，此刻于四足之中再加之以横木，又施之以文采，其名曰嶡俎。各种器具都有雕勒粉泽流髹其上，又缦帛为茵，蒋席有缘，觞酌有彩，笾豆有践，尊俎有饰，五光十色，华美非常，防风氏亦觉得很不满意。

到得祭的时候，夏禹稽首伏地，深深祝祷。杜业在旁高声朗诵祝文。各方诸侯细细听去，大略前半是为国祈福、为民祈年的意思，后半说的乃是“自己的天下受之于舜，将来亦必定传之贤人，绝不私之一家一姓，以副列圣授受之意。兹查群臣中唯皋陶老成圣智，夙著功德，今谨荐于皇天，祈皇天允许，降以休征，不胜盼祷之至”等语。祭毕之后，诸侯纷纷散开，又复聚拢来。

大家对于夏禹深深不满。防风氏道：“夏禹向来是以俭著名的，而且以俭号令天下的，现在所用器具如此奢靡，简直是言行相违，何以服人？”有一个诸侯说道：“最好笑的是他荐皋陶于天。皋陶老病垂危，朝不保暮，哪个不知道？他倒要久后禅位于皋陶，岂不是虚人情么？”有一个诸侯说道：“我听见说夏禹的儿子启纠合了无数心腹之臣，正在四出运动，传播声誉，要想承袭这个王位。夏禹果然死了，哪里肯传贤呢？”

旁边有一个扈国的诸侯（现在陕西省鄠县），是夏禹的本家，听了不以为然，代夏禹辩道：“绝无此事，夏禹是至公无私，一定传贤，绝不肯上负二帝的。至于启的阴谋运动或者有之，但是我相信夏禹绝不知道他们所做的事情，如果知道，绝不许他们做的。”有一个诸侯笑道：“贵国系夏禹同宗，果然君位世袭，于贵国君亦有光宠，恐怕到那时贵国君亦甚赞成呢。”有扈国君大怒道：“岂有此理！果然到那时不传贤，我绝不与之甘休。”说罢，愤愤。

众诸侯见他认真了，齐来解劝。防风氏道：“将来的传贤不传贤，是另外一个问题，即以现在之事而论，总觉使人不服。”这句话说完，只听见“不服，不服！”各处响应不下二三十声。后来众诸侯商议道：“既然不服，在此何事？回去吧！”那不服的诸侯就都纷纷归去，共计有三十三国。其余信服夏禹的各诸侯仍旧依礼，告辞而去。

第一百五十八回

禹做城郭·会诸侯于涂山·海神朝禹·禹铸九鼎·黄龙夹舟·桑林祷雨·下车泣罪

且说夏禹郊祭之后，看见诸侯之不服而去者有三十三国之多，心中不免纳闷，正要想和群臣商量如何修德以怀柔诸侯，哪知四方接二连三的来报告，说某某国宣告不服了，总计起来，又有五十三国之多。为什么原故呢？原来那起初不服的三十三国诸侯归去，沿途传说夏禹如何如何的奢侈，以致不服的愈多了。

夏禹听了格外忧虑，当下与群臣商议。既将主张用武力征服。伯益道："这个恐怕不可。从前三苗不服，曾经试过武力的，那时还在先帝全盛之时，尚且无效，如今不服之国又如此之多，万一武力失败，那么岂不是更损威严么！臣意总宜以修德为是。"季宁道："依臣看起来，先王鲧创造城郭以保卫百姓，这是有功千古的善法。现在各地虽有仿造者，但尚是少数。臣的意思，最好饬令效忠朝廷的国家，于所有要害地方一律都造起城郭来，以免受那背叛国的侵迫。王畿之内亦择地建筑，示天下以形势，庶几进可以战，退可以守，待时而动，较之空谈修德而一无预备的究竟好些。"杜业道："臣的意思，这次诸侯背叛，其中总有几个心怀不轨的人在那里煽惑。名虽有八十六国，实际上恐怕不过四五国。天下之事，隔阂则误会易生，亲近则嫌隙自泯，推诚则怨者亦亲，猜疑则亲者亦疏。现在诸侯之变叛尚是极少之少数，假使朝廷先筑起城郭、修起武备来，那么诸侯将互相猜度，岂不是抱薪救火的政策么！臣的愚见，我王遍历九州，平治水土，救民涂炭，这种神武与恩德是大多数的诸侯所佩服与感戴的。现在既然生有隔阂，应该召合集各方诸侯，在某处地方开一个大会，开诚布公，和他们彻底的说一说明白，那么本来没有嫌隙的诸侯可以因此益亲，绝不会再受他人之煽感；有些误会的诸侯亦可因此解释，不致愈弄愈深。这个方法，未知我王以为如何。”夏禹听了，点头称善。

季宁道：“那些背叛的诸侯，到那时未必肯来，来的必是忠顺之国，于事何补呢？”杜业道：“依我想起来，未见得不来。一则，鸾舆所到，不免震惊，岂敢再露崛强之态？二则，背叛之国未必皆出本心。三则，邻近诸侯可阴饬他们代为疏通，那么不会不来了。来的既多，不来者势成孤立，到那时，就是真心背叛的诸侯恐怕亦不敢不勉强一来。兵法所谓伐交，就是此种政策呢。”夏禹听了，又连声称是。

这时计算起来，不服之国以东、南两方为多，于是酌定一个适中的地点，就在涂山。又选定日期，分遣使臣如飞而去，令各方诸侯克期到会。

过了多日，夏禹留伯益、真窥、横革等诸老臣在京留守，自己带了杜业、季宁、既将、施黯、轻玉、然湛等新进的六人，径向涂山而来。这时涂山后的父亲老涂山侯早经去世，现在的涂山侯已是涂山后的侄孙。听见夏禹驾到，竭诚欢迎，自不消说。一面又引导夏禹看他所预先选定的开会地方。夏禹一看，依山临水，一片大广场，果然好一个所在。（现在安徽省怀远县涂山之南，有地名禹会村，亦叫王会村，即此。）广场之中的朝会之所和宴享之所、广场之外的休息之所和居住之所，都已布置得整整齐齐。

夏禹大为诧异，问道："朕发令通知，计算没有几日，汝能布置得如此，真神妙了！"涂山侯道："臣布置此会场差不多已有半年多了。"夏禹听了，益发诧异，便问道："半年之前，汝尚未奉到令文，并且朕亦还没有在此大会诸侯之意，汝何以能预知呢？"涂山侯道："这是臣老祖宗所教的。"夏禹一听，恍然大悟，忙问："现在老祖宗供在何处？朕欲前去一拜。"涂山侯固辞不敢。夏禹道："朕另有道理，汝不必谦辞。"涂山侯不得已，只能领夏禹到那间供老祖宗的屋里。

夏禹一看，屋中并无别物，只供着那九尾白狐的化像，白须飘拂，潇洒欲仙。夏禹连忙下拜，秉着虔诚，轻轻祷祝。涂山侯在旁回叩，但觉得夏禹口中念念有词，却听不出他所祷祝的是什么。哪知到了夜间，那九尾白狐果然仍化一老翁，来与夏禹晤谈。杜业等在外室窃听，但觉喁喁细语，一字也听不清楚。最后仿佛有两句，叫"功成尸解，还归九天"。大家听了亦莫名其妙。

过了几日，各路诸侯陆续到齐，果然不出杜业所料，忠顺者固来，就是那从前宣布不服者亦来，真是不可思议之事。计算起来，足足有一万国，真可谓空前之盛会了。而会场所设席次、住处，恰恰足数，一个不多，一个也不少。那些诸侯看了，都诧为奇异，而不知全是九尾白狐弄的神通。

到了正式大会的这一日，夏禹穿了法服，手执玄圭，站在当中台上。四方诸侯按着他国土的方向，两面分列，齐向夏禹稽首为礼。夏禹在台上亦稽首答礼。礼毕之后，夏禹竭力大声向诸侯说道：“寡人这次召集汝等到此地来开这个大会，为的是汝等诸侯中有许多宣布不服寡人。寡人德薄能鲜，原不足以使汝等诸侯佩服。但是汝等诸侯前此已推戴寡人为天子了，既然推戴寡人，即使寡人有不是之处，亦应该明白剀切的责备、规诫、劝喻，使寡人知过，使寡人改过，方为不错。绝不可默尔不言，递加反对，是古人所谓狐埋之而狐搰之也。寡人八年于外，胼手胝足，平治水土，略有微劳，生平所最兢兢自诫的是个骄字。即先帝也常以此诫寡人，说道：‘汝唯不矜，天下莫与汝争能；汝唯不伐，天下莫与汝争功。’古来盛名之下、有功之下，其实是最难处的。现在众诸侯之不服寡人者，是否以寡人为骄么？人苦不自知耳，如果寡人有骄傲矜伐之处，汝等诸侯应当面语寡人。其有闻寡人之骄而不肯面语寡人者，是教寡人之残道也，是灭天下之教也。所以寡人之所怨恨于人者，莫大于此。请汝等诸侯以后万万不可再如此，寡人不胜盼企之至。”

演说既毕，这时众诸侯听了纷纷各有陈说。夏禹听到那言之善者，无不再拜领受答谢。过了多时，大会礼节告终，诸侯各退席休息。

到了晚间，夏禹盛设筵席，大享众诸侯。广场之上，列炬几万，照耀如同白昼，再加以时当望后，一轮明月高挂天空，尤觉得上下通明，兴趣百倍。正在觥筹交错之际，忽然大风骤起，四面列炬一齐吹灭，大众顿时喧乱起来。幸喜得明月在天，尚不至于黑暗，耳边又觉得雷声隐隐，而细看天际又并无纤云，不胜奇异。

陡然之间，只见东方一大队人马从空而来，陆续跟在后面的还有不少，转眼间已到会场，纷纷降下。众人一看，有骑马的，有步行的，有披金甲的，有披铁甲的，有不披甲而用红绡帕抹其首额的，估计起来，足足有千余人之多。最后又有无数甲胄大将，乘着龙、蛇、车子等纷纷下来。又有几个女子，亦都下来了。这时万国诸侯在月光之下都看得呆了，又惊，又奇，又怪，正不知他们是什么东西。是神呢？是妖呢？为祸呢？为福呢？看看那些人的面貌，虽不甚清晰，然而似乎丑恶的多。大众至此默默无声，都用眼来看夏禹。

只见那时夏禹早已站了起来，大声问道："寡人在此大享诸侯，汝等何神？来此何事？"只见最后从空中下降的甲胄大将有四个，先上前向夏禹行礼，并自己报名道："东海神阿明、西海神祝良、南海神祝融、北海神禺强，听说夏王在此朝会诸侯，特来朝见。"夏禹听了，慌忙答礼，说道："从前治水海外，深承诸位帮忙，未曾报答，今日何敢再当此大礼？请回转吧。"四海之神即鞠躬转身，各驾龙蛇，冲霄而去。

转眼又是四个大将上前向夏禹行礼，并自己报名道："东海君冯修青、西海君句太丘、南海君祝赤、北海君禺张里，闻说夏王在此地朝会诸侯，特来朝见。"夏禹又慌忙答礼，说道："从前治水海外，深荷诸位援助，未曾报答，今日何敢当此大礼？请回转吧。"四个海君即鞠躬转身，各上车乘，腾空而去。

转眼又是四个女子，上前向夏禹行礼，并自己报名道："东海君夫人朱隐娥、西海君夫人灵素简、南海君夫人翳逸廖、北海君夫人结连翘，闻说夏王在此地大会诸侯，特来朝见。”夏禹亦答礼说道：“从前治水海外，深蒙诸位夫人扶助，未曾报答，今日何敢再当此大礼？请转身吧。”四海君夫人听了，亦各点首行礼，转身各上云车，昂霄而去。

其余甲胄之士、红绡帕首之卒，亦一队一队的簇拥着各人的主人，纷纷而去。霎时间风声也止了，雷声也寂了，依旧是万帐深沉，月华如泻。

四方万国诸侯仿佛如做了一场大梦一般，才知道夏禹有这般尊严，虽神祇对于他也如此十分的尊重，因此才倾心归附，即使有不满意者，亦不敢再萌异志。有人怀疑，世间君主朝会诸侯，与海神无涉，无来朝之必要，或者亦是那九尾白狐代为去运动出来以震慑诸侯的。但是事无确证，不敢妄断，闲话不提。

且说夏禹大享诸侯，宴饮完毕，诸侯各归帐次。到了次日，夏禹对于各诸侯又重加赏赐，并申明贡法，以后务须按照规则交纳，毋得延误。众诸侯皆唯唯听命，分道而去。夏禹亦率领群臣回都。刚到中途，忽然都中有急报递来，说是皋陶薨逝了。夏禹听了，不胜伤悼，急急赶行。到都之后，亲往皋陶家中临奠，并慰唁伯益弟兄。过了三日之后，举伯益为相，继皋陶之任。又将皋陶庶子二人各封之以地：一个地方在英（现在安徽省英山县），一个地方在六（现在安徽省六安县），以奉皋陶之祀。皋陶还有一个儿子名叫仲甄，才干优越，夏禹亦加重用，后来封地在何处，因历史失传，已无可考了。

到得这年冬天，郊祭之时，夏禹又改荐伯益于天，希望将来可以传位，这亦可见夏禹不私天下之一端，从前诸侯疑心他荐皋陶是虚人情，的确错的。

且说夏禹自涂山大会归来之后，于政治一切绝少革新，而对于臣庶愈觉虚心而谦恭。每月的朔日，多士前来朝见，夏禹必问他们道："诸大夫以寡人为汰么？知道寡人有汰侈的行为而不肯面语寡人者，是教寡人之残道也，灭天下之教也。故寡人之所怨于人者，莫大于此也。"这两句话，是涂山大会时对诸侯演说之词，然而后来每月必说，亦足见夏禹行己虚心，知过必改。

有时夏禹出行，看见耕田之人相并而立，必定对着他们凭轼而致敬，说道："这是国家根本之人呀！"走过一个十室的小邑，亦必定下车致敬，说道："十步之内，必有芳草，何况十室，岂无忠信之士？寡人安敢不致敬么！"因此各处士人仰慕夏禹的谦德，纷纷前来求见，有的陈说事务，有的指摘过失，络绎不绝。但是夏禹对于这种人，无论何时，随到随见，绝不肯使他们有留滞在门口之苦。如果他们的话说得善，很有理由，必对他们深深拜谢，因此来见之人越多，夏禹亦越忙。

夏禹的从人代他计算，有一年夏天，夏禹正在栉沐，忽然有士来求见了，他即忙辍沐，握发而出现；见过转来，刚要再沐，又有士来，再握发而出，如是者有三次。又有一天，正在午餐，忽有士来，即忙将口中之饭吐了，就去见他；客去再食，客来又吐饭而出，如是者有七次。有一天见客，跑进跑出，吐哺、握发足有七十次，这亦可见夏禹之勤劳好善、不自满假了。

夏禹在政治闲暇的时候，亦常练习神仙之术。自涂山归来之后，更抽空著了两部书，一部名叫《真灵玄要集》，一部名叫《天官宝书》。这两部书都是讲究神仙之法的。原来夏禹自遇到云华夫人以后，号召百神，所交际的真仙不少，耳濡目染，于仙术早有研究。后来又得到《灵宝长生法》，时常服习，因而更有冲举之志。这两部书著成后，适值三载考绩，政治又忙，猝猝未暇。

等到考绩办了，施黯来请示道："现在九州所贡之金，年年积多，作用何处呢？"夏禹想起从前黄帝轩辕氏功成铸鼎，鼎成仙去，现在何妨将这许多金来铸鼎呢？后来一想："不好，果然如此，又要引起诸侯之责备了。"后来又一想，"我可以变通办法，何必一定要学前人呢？"于是决定主意，说道："朕的意思，拿来铸九个鼎吧。那一州所贡之金，就拿来铸那个州的鼎，将那一州内的山川形势都铸在上面。还有寡人从前治水时所遇到的各种奇怪禽兽、神怪等等，寡人和伯益都有图像画出，现在一并铸在鼎上。将来鼎成之后，设法将图像拓出，昭示九州之百姓，使他们知道哪一种是神，哪一种是奸，庶几他们跑到山林川泽里面去时，不会遇到不顺的东西，如同魑魅魍魉之类亦绝不会得见到，岂非也是于百姓有益之事么？"施黯道："那么这九个鼎重大非凡了。"夏禹道："是要它重大，愈重大则愈不可迁移，庶几可久远。"施黯道："这样大工程，在何处鼓铸？在都城之内呢，还是在都城之外呢？"夏禹道："不必限定，由汝自择适宜之地罢了。"施黯领命，向伯益处取了《山海经》图，自去择地经营，悉心摹铸不提。

又过了几月，已是夏禹在位的第五岁。夏禹承帝舜之制，亦定五岁一巡守。这岁是巡守之期，正月下旬动身。凑巧去年一年天气亢

彘

浮玉之山
有獸曰彘
狀如虎而牛尾
音如犬吠

𧲝

又东五百里，曰浮玉之山，北望具区，东望诸毗。

有兽焉，其状如虎而牛尾，其音如吠犬，其名曰𧲝，是食人。

——《山海经 · 南山经 · 南次二经》

旱，四方纷纷告灾。这年立春以后，仍是红日杲杲，一无雨意。夏禹从安邑一路向东行去，看见那田亩龟坼、人民暵干之象，不禁非常忧虑。一日，行到析城山东麓，但见一片桑林，有许多百姓正在那里砍伐。夏禹见了大惊，忙问道："桑林是很有益的，何以去砍伐它？"百姓道："去年无雨，直至今日，树已枯了，横竖无用，所以砍伐。"夏禹听了，大为叹息，忽然一转念，仍叫百姓："不要砍伐，寡人自有道理。"百姓听了，只好停止。

夏禹吩咐从人，就在此处住下，斋戒沐浴起来，一面吩咐预备祭品。三日之后，夏禹就在桑林之旁向空设祭，秉着虔诚，祷求甘雨。哪知诚可格天，不到一时，风起云涌，大雨旋来，足足下了三日三夜，四境沾足，方才住点。夏禹此时阻雨不能上道，亦只得留住。三日之后，那些枯桑居然都有了生意，百姓的歌颂仰戴自不消说。后来隔了四百年，商朝之初，天又大旱，至七年之久，商汤祷雨，亦在此地。一个桑林，竟有两个圣主祷雨的故事，亦可谓先后辉映了，闲话不提。

且说夏禹在桑林祷雨之后，即便动身，二月中旬到了泰山，觐过东方诸侯，都是循例之事，无甚可记。从泰山下来，径向南行，到了云梦大泽之旁、大江之滨（现在湖北省武昌县相近），舍车登舟，扬帆前进。忽然船身颠簸攲侧，舟人不解，叫水手入水一看，原来有两条黄龙夹住了船，正背着走呢。舟中人听见这个消息，都吓得魂不附体，顿时五神无主。只有夏禹是经惯的，神色不变，笑笑说道："吾受命于天，竭力以劳万民。生是我的性，死是我的命，龙有什么力量，它来做什么呢？我看到这两龙，老实说，不过和两条蚰蜒罢了。"说完之后，但觉船身平稳如常，想来那两条龙已俯首低尾而逝了。众人益佩夏禹的盛德能够胜过妖物。五月，到了南岳，朝觐礼毕，遂到苍梧之野，去省视帝舜的陵墓，低回俯仰，不胜感慨。

刚刚回车，忽见市上簇拥着一大堆人，夏禹不知何事，忙饬左右前去探问。左右回来报告，那边正在杀一个有罪之人呢。夏禹听了，心中老大不忍，即忙下车，步行过去，直入人丛之中，抚着那罪人之背问道："你为什么要犯到这种死罪呢？"那罪人知道是夏禹，以为天子怜恤他，亲来抚问，一定有赦免之希望了，便仰面求赦。夏禹又问道："你究竟犯的什么罪？"那人迟疑一回，说道："是打死了人。"这时典刑之官亦立在旁边。夏禹便问："证据确凿么？"那典刑官道："确凿之至，一无疑义。"夏禹道："那么无可宥免。"即立着看犯人斩首。

斩首之后，夏禹看着那尸首，不禁纷纷泪下。左右之人问道："这罪人证据确凿，罪应该死，我王又可惜他做什么？"夏禹道："民之犯法，不是由于失养，就是由于失教。教养两项的权柄操之于君主。犯法是犯人的罪；失教失养而使他们至于犯法，又是哪个之罪呢？古人所谓'万方有罪，罪在朕躬'，就是指此而言。寡人听见古人说：'天下有道，民不罹辜；天下无道，罪及善人。'尧舜之民，人人能以尧舜之心为心，所以犯法者绝少。现在寡人为君，百姓各自以其心为心，所以犯法的人多。今朝这个人的斩首虽则咎由自取，然而推原其始，未必不是寡人害他的，所以不能不伤感他、矜恤他了。"这时四面百姓听了，无不感诵夏禹仁德。

第一百五十九回

禹让天下于奇子·东里槐责禹·天雨金，雨粟·禹藏书于各处

且说夏禹自在苍梧下车泣罪之后，转身北上，渐近西岳。这时适值秋收之际，四野黄云，年歌大有，夏禹见了非常快乐。一日，到了一处，瞥见水边树下有一个人，坐在矶头钓鱼，头戴箬笠，手执鱼竿，黑须修目，气象潇洒。树旁站着一只黄犊。夏禹觉得他有点古怪，一路暗想。车子已经过去，夏禹仍叫停止，下车步行，想到水边去和那个人谈谈。哪知回到水边，那钓鱼人已不知去向。夏禹不胜怅怅，只得上车再行。

过了一回，左右报告，伊国侯来迎接。原来此地在伊水之旁，是伊国的境界。夏禹与伊侯相见，寻常慰谢寒暄的话说毕，便问他境内有无隐逸的贤人。伊侯道："有一个名叫奇子，才德兼优，惜乎是巢、许一流人物，不肯出仕的。"夏禹忙问他的相貌、年龄和职业。据伊侯所说，确像刚才所见的那个钓鱼人。夏禹益发钦慕，便想去访他。伊侯道："他住在南门外山下。正式去访他，他一定不肯见的。如我王果要见他，只有改易服式，出其不意的前去，或者可以见到。"

夏禹答应，立刻改换衣服，伊侯也改换了，屏去从人，君臣两个

径向南门而来。到得山下，只见一带树林里面隐隐露出几间茅屋。伊侯道："从这里右边过去第三间，就是他的住所。"两人刚转过林，只见一人骑犊肩竿，手中提着鱼篮，刚刚到他门口。伊侯一看，正是奇子，忙指与夏禹。夏禹一看，正是刚才所见之人，不禁大喜。原来奇子刚才钓鱼之后，骑犊向他处购物，从别路而归，故此恰恰与伊侯、夏禹同到。他回转头来，看了伊侯、夏禹，便想逃避。伊侯是他素来见过的；夏禹是从前治水之时到此地，亦认识面貌。现在看见他们微服而来，料想一定是又要拉他出去做官，因此便想逃避。

伊侯忙上前扯住道："圣天子特地下顾，先生如再隐遁，未免太不近人情了。"一面说，一面介绍与夏禹。夏禹先上前施礼道："久仰大名，特来造访，尚乞勿拒为幸。"奇子不得已，亦放下鱼竿，还礼道："世外之人，辱承枉顾，未免太屈尊了。既如此，请到蜗居中坐坐吧。"于是三人一同进入茅屋之中，分宾主坐下，彼此闲谈，渐渐说到道德政治。奇子所说，别有见解，与人不同，夏禹甚为佩服。暗想："从前帝尧让巢、许，帝舜让石户之农、善卷、子州支父等，今我遇着这位高贤，何妨效法尧舜，让他一让呢！"想罢，便邀请奇子出山辅佐，且吐出愿以天下相让之意。

奇子笑道："老实不瞒你圣天子说，官不是人做的，天子尤其不是人做的。即以圣天子而论，从前辅佐帝舜，可谓苦极了，凿山川，通河汉，弄得头上没有发，股上没有毛。所以舜的让你，并不是爱你，是拿了辛苦来送你。我生出来是舒服惯的人，绝不能学你这样的劳，请你不必再说了吧。"夏禹起先听伊侯说，已知道他是巢、许一流的人，如今听他的话又说得如此不客气，料想再让也无益，又谈了一回，即便兴辞。在路上与伊侯嗟叹不已。

过了几日，夏禹到了华山，朝觐之礼一切均循旧例。礼毕之后又向北行。原来施黯铸九鼎，选定的地方是在荆山之下（现在陕西省富平县西南），夏禹因此特地绕道前往视察。只见许多工人技师等正在那里绘图的绘图，造胚的造胚，锤炼的锤炼，设计的设计，非常忙碌。夏禹向施黯道："朕闻这种金类有雌有雄，最好选择雄金铸五个阳鼎，选择雌金铸四个阴鼎，五应阳法，四象阴数，方为适宜。至于九州之中，何州宜属阳，何州宜属阴，由汝等自去悉心研究分配，寡人不遥度。"施黯听了，唯唯受命。夏禹离了荆山，又上龙门，直向恒山而行，朝觐过了，已近残冬，匆匆回都。

一日，经过一处山僻之地，见茅屋之外有一个士人负暄读书。夏禹过十室之邑，照例是必定下车的。如今又见那人读书，益发钦敬，就下车步行过去一看，原来他读的是《三坟》。那士人看见夏禹走到，亦起立致敬。夏禹问他姓名，那士人道："姓东里，名槐。"夏禹和他立谈几句，听他口气，似乎是很有学问的贤者，便问他道："寡人看汝颇有才识，何以隐居不仕？"东里槐道："遇到这种时世，做什么官呢？"夏禹听他口气不对，便问他道："寡人多过失么？"东里槐道："多得很呢！从前尧舜之世，象刑以治；现在你改作肉刑，残酷不仁，是乱天下之事一也。尧舜之世，民间外户不闭；现在你做城郭以启诈虞，以兴争斗，是乱天下之事二也。尧舜敬奉鬼神而不尚神道；现在涂山之会，你号召些神怪来威吓诸侯，是乱天下之事三也。尧舜之世，不亲其子，丹朱、商均早封于外；现在你的儿子启仍在都中，与各大臣交结，干预政治，将来难免于争夺，是乱天下之事四也。尧舜贵德而你独尚功，致使一班新进浮薄之少年遇事生风，以立功为务，是乱天下之事五也。在这种时代，我哪里还肯出来做官呢！”夏禹听了这一番责备，作声不得，只得敛手谢过，就匆匆上车而归。

回到安邑，次日视朝，便将处士东里槐所责备的五项与群臣说知，并说道：“外间舆论对于寡人如此不满，寡人看来终非好气象。”杜业道：“这些议论臣亦早有所闻，不过这种事实都是气运使然，或者时势所迫，不能不如此，没有方法可以补救，我王何必引以为忧呢？”季宁道：“城郭一项，照那处士所说，是乱天下之事。臣看起来，实在是固国卫民的极好方法。弊在一时，利在万世，愚民无知，但顾目前，不识大体，所以有这种非议。请我王宸衷独断，照臣前所建议，饬令各处都建筑起来，并且缮修甲兵，以为预备。臣闻古人有言：‘天下虽安，忘战必危。’又说，‘天生五材，谁能去兵？’况且现在天下汹汹，既有这种猜疑，难保不有蠢动之诸侯借此以为背叛之端。假使另外没有消弭的善法，而又不急修城郭，急治甲兵，是坐而待亡之道也。”然湛道：“臣意也是如此。臣闻上古之世，以石为兵；神农氏之时用玉；到得黄帝之时才用铜。我王从前凿伊阙，通龙门，仍是用铜做器具。自从发明了用铁之后，那个锐利远胜铜器万倍。假使用它鼓铸起来，制为兵器，威服三军，天下诸侯哪个敢不服呢？”杜业、轻玉等听了，对于两说也非常赞成。

夏禹不得已，于是饬令各地修造城郭，缮具甲兵，并且作法三章：

一曰强者攻，二曰弱者守，三曰力量相敌则战。然而这个法令一下，天下诸侯又纷纷怀疑，这亦是夏禹时代不及尧舜的一端。但是夏禹虽然德衰，天下却非常太平，公家有三十年的积蓄，私家亦有九年的积蓄，所以仍不失为隆盛之世。

有一年，天上接连雨金，先后共有三日。人民损伤虽多，而金之所入足以补偿而有余。有一年，天上接连雨稻，先后亦是三日，人民非常获利。究竟是何理由，不得而知。但是，当时的百姓都以为是禹德格天，得到上天的瑞应。夏禹自此之后亦绝少兴作，闲暇之时，不过修习仙术而已。

过了两年，天上忽然发现一种怪象，原来是太白星日间都能看见，一连几日，方才灭没。大家正猜不出它是祥是灾，纷纷议论。忽然施黯来报道，九鼎铸成功了。夏禹大喜，知道太白昼见是为这个原故，便吩咐将那九个鼎都迁到安邑来。但是那九鼎非常重大，荆山到安邑路又甚远，中隔大河，迁移不易。足足用了几十万人夫，费了三四月光阴，方才迁到。夏禹一看，阳鼎五，阴鼎四，上面图画都非常精妙，遂将施黯及他手下的工人技师优加慰劳赏赐。

从此之后，这九个鼎就算是国家最紧要的重器，大家要想夺天子做的，不说夺天子，只说要问这九鼎的大小轻重，就可知他是要想夺天子位了。后来夏朝为商朝所灭，九鼎就迁于商朝的都城亳邑。商朝为周所灭，九鼎就迁于周朝的镐京。后来成王在洛阳地方营造新都，又先将九鼎安置在郏鄏地方，其名谓之定鼎。直到战国之末，周朝为秦始皇的先祖昭襄王所攻，取了九鼎，迁之于秦。但是有一个忽然飞入泗水之中，求之不可得。另外还有八个，到秦灭之后，究竟如何结果，却无可考。不过这九个鼎居然能传到二千年之久，有一个而且通灵能飞，真可谓神异之物了，闲话不提。

且说夏禹自从九鼎铸成之后，知道自己脱离尘世之期近了，做好种种预备打算。过了一年，正是夏禹即位的第八岁，正月初吉，就下了一道命令给万国诸侯，定于某月某日在扬州之苗山大会。命令发出，夏禹自己亦整备行装，叫伯益摄政，和杜业、轻玉、季宁、然湛、施黯等在都留守，自己将平日所著的《真灵玄要集》《天官宝书》《灵宝长生法》等书，又将治水时所用的赤碧二珪、伏羲氏所赐的玉尺、轩辕氏的铜镜等，统统带了走。又自以为年届百岁，起居需人伺候，特引古人"行役以妇人"之礼，叫帝女亦随侍而行。

到得动身的前一日，叫真窥、横革、之交、国哀四个人过来吩咐道："汝等四人，随寡人平治水土，历尽勤劳艰辛。现在年纪尽老耄了，好好保养余年，俟寡人归来再见吧。"真窥听了这话，莫名其妙，不知道他话中含着什么意思，只得唯唯答应。夏禹回到宫中，又叫过儿子启来吩咐一切，并且赐启一块美玉，名叫延喜之玉，说道："我向来不贵宝玉的，但是从前捐璧于山的帝尧，亦曾经授帝舜以昭华之玉。照这样看来，玉之为物亦未始不可宝贵。汝其善藏而善守之。"启再拜而受。夏禹又与涂山后话别。回转头来，看见一个少子站在身旁，是平日所钟爱的，因又想起一事，再叫过启来，吩咐道："汝这个小兄弟，我打算给他一个封国，在褒的地方（现在陕西省褒城县）。我明日即须动身，已来不及，将来又恐忘却，汝须代我记着。"启唯唯答应。

到了次日，夏禹起程，相伯益率领百官至南门外恭送。忽见有两人匆匆而来，原来是大章、竖亥二人。夏禹在帝舜未崩时，叫他们去测步大地的，如今方回来报告。大章所步的是东极至于西极，共总有二亿三万三千五百里零七十五步。竖亥所步的是南极至于北极，共总有二亿三万三千五百零七十五步，两数相同。所以他们两个同时出去，同时回来。夏禹见了，遂慰劳道："汝等多年在外，仆仆奔走，辛苦极了，作速去休息吧。"又吩咐伯益，对于二人须重加赏赐。伯益听命，和群臣自回朝中不提。

且说夏禹这次出行，并非直到扬州，他的心思是要将他所有的秘书、宝物等分藏在各山，以便后世有缘的可以得到。所以他的出门先向西南行，从风陵堆逾过黄河，直到熊耳山（现在河南省卢氏县南七十里），选择了一块地方，叫从人开凿一间石室。夏禹本来有预备好的一个金匮，石室凿好之后，便将他携带来的各种图书宝物之中拣了几种，放在金匮内，就拿到石室之中去藏着，然后又叫从人用土石将石室遮住，隐在里面。到得后来，土人但知道夏禹曾经在此山藏书，究竟所藏何书及藏在何处，均不得而知了。

这时帝女在旁问道："天下名山有九，熊耳山并非天下名山，藏在此地是什么原故？"夏禹道："熊耳山是洛水发源之地，洛水最有神灵。当初帝尧授帝舜，及帝舜授寡人以天下，皆于此水中得到祯祥。又从前寡人治洪水时，亦曾在此水中得到宝书及《九畴》等等。水中不可藏书，所以藏在此水发源之山中，以做纪念。"帝女听了，方始明白。熊耳山藏书之后，夏禹又向王屋山而来。

帝女又问道：“我王本来说要到泰山去行封禅之礼，现在何不一直沿大河之南岸而走呢？”夏禹道：“不然，寡人尚有事未了。当时寡人治水到王屋山时，曾承王屋山清虚真人西城王君传授宝文，是为朕有志学仙之初步。原约功成之日送还原书，所以现在不能不绕道一往。”

过了两日，到了王屋山，访问西城王君，原来他又到非想非非想处天去了。那留下守洞之人已得到西城王君的预告，即领了夏禹入洞。帝女本来是天上神仙，亦得随入。其余之人皆在洞外守候。夏禹等入洞之后，经过小有清虚之天的正殿清虚宫，曲曲弯弯，又到了南浮洞室。那个天生石匮依然尚在，夏禹遂将宝文放入匮中，与帝女辞了守洞之人，循旧路出洞，再向东北行。

一日，到了一山，水石清秀，仿佛仙家之地，夏禹爱其风景，又择了一块地，命左右将山石凿成一洞，将自己所著的一部真经藏在里面。左右的人偷看那书，觉得是刻以紫琳，秘以丹琼，装璜得非常华丽。后来这个洞就叫林屋洞（现在河南省林县）。

夏禹藏过书之后，才直向泰山而来。那时秩宗伯夷和那些属下的礼官都已在此等候了。东方诸侯来参加的亦不少。夏禹遂率同登到绝顶，将预备好的文字掘坎藏埋，又用土石堆积得甚高，这就是封禅之礼的“封”字。下了绝顶，秩宗就请夏禹到云云山去行禅礼，因为从前帝喾、帝尧、帝舜都是如此，所以早在那边预备好了。夏禹道：“禅礼照例是应该在泰山下举行的，不过寡人此次各处一走，太迁延了，苗山大会之期已近，再在此举行禅礼，迟留数日，恐怕误期。寡人想禅是祭天，无处不有天，即无处不可以祭，且到苗山再去举行吧。”于是下了泰山，匆匆向南而行。

到了大江之口，上了船舶，扬帆直驶，渐渐已到震泽。从前所牵的岞崿山俨然在望，然而当初是惊涛骇浪，而今已水平如镜，各处沙洲涨积的甚多，回首前尘，忽忽已数十年，不觉感慨系之。一面推篷回望，一面将往事告诉帝女。晚间收帆，泊在包山岛下，从前治水时曾经来过，并且叫地将等探寻地脉过的。岸边矗立着一个祠宇，庙额“水平王庙”四个大字，原来所祀的就是水平。夏禹看了，叹道：“能御大灾，以死勤事，水平兼而有之，真可以俎豆千秋了。”

这日夜间，众人悉入睡乡，夏禹轻轻向帝女道：“此山下有隧道，分通各州，称作地脉，是一个极好的所在。寡人有灵宝方、长生法两种，打算就藏在这个里面，汝看好么？”帝女道：“甚好，不过妾想几千年之后，假使有人得到而不能认识这个文字，恐怕亦是无益的。”夏禹道：“这却难说，安见得那时没有大圣人能认识它呢？”说罢，携了灵宝方、长生法，拿了赤碧二珪照着，独自一人向穴中而去。过了许久，方才出来。这赤碧二珪自从治水之后，几十年来才第一次用它。那时左右之人个个安睡，除出帝女以外，竟无第三人知道。

后来隔了一千几百年，到周朝春秋之末，吴国的君主阖庐要造宫殿，伐取山石，无意之中在一块无缝之大石中发现一个大洞，其深不可测。吴王就问群臣，哪个能够进去探探它的底，但是没有一个敢答应。有两个人冒险进去，走了两日，不能探到洞底，也就回转了。那时凑巧有一个人，姓山，名隐居，住在这座包山上，自称龙威丈人，大家都说他是仙人。吴王从前游历包山，曾经遇见过他，此刻忽然想到他，只有他或者能够进去，于是就和龙威丈人商量。龙威丈人果然答应了，就进洞去，足足走了十七日，终究走不到洞底，也只好就回转了。恰好夏禹所藏的那部紫文金简的灵宝方、长生法并玉符等都在那路旁，他就顺便拿了出来，献给吴王，做个证据。可是那书上的文字竟没有一个人能认识。后来打听到鲁国孔老夫子是个博物家，就叫人拿了这些书件去问孔子，但是还不肯直说它的来历，扯了一个谎道，是一个赤雀衔来放在殿上的，要想试试孔老夫子的本领。哪知孔老夫子一见，就知道了，说道："这是灵宝方、长生法，夏禹所服的。夏禹将仙化，封之于名山石函之中，现在竟有赤雀衔来，真是天之所赐了。"经孔老夫子这么一说，那夜夏禹独自一人私做之事方才揭晓，闲话不提。

且说夏禹在包山下住了一夜，次日依旧扬帆南驶。哪知事不凑巧，到了浮玉山相近，夏禹所坐的船竟全体破坏，沉溺于水，大家都落在水中。幸喜那时已将近岸，其水不深，恰好落在一块大石上。究竟这船忽然破坏，是否和那周朝时候荆国人作弄昭王的故事一样，有心用胶船来陷害，不得而知。但是，那时落水的人个个都有点怀疑了。

哪知忽然之间，不知何故，那块大石突然浮起水面，仿佛一只大船一般，载着夏禹等一径直到苗山脚下，方才停止。这时大众都诧异至极，有些猜是夏禹运用神力，如那牵岞崿山之故事的；有些说夏禹洪福齐天，有鬼神随时在暗中护助的，议论不一。这只石船，到后世犹搁在苗山脚下。到得刘宋文帝元嘉年间，有人在船侧得到铁履一緉，想来当然亦是夏禹从人的遗物。但是那铁履究竟有什么用，不得而知了，闲话不提。

第一百六十回

禹会诸侯于会稽山，戮防风氏·禹尸解仙去·防风氏臣报仇·启即天子位·灭有扈国

且说夏禹到了苗山之后，那时万国诸侯已到得不少。百姓听见夏禹驾到，亦都来欢迎。到得一处，只见新建筑的宫观不少，都是预备给夏禹住的，但那上面的匾额有的题“尧台”二字，有的题“舜馆”二字，旁边都有铭记，称赞尧舜之功德。夏禹见了，暗想：“他们来欢迎我，而竭力称赞尧舜，就是表明我之功德不及尧舜而已。我现在已将出世，何必再与他们争闲气，统统都随他们就是了。”到了大会将开之前一日，各国诸侯差不多到齐，只差了一个防风氏。那防风氏国离苗山最近，偏偏不来。夏禹心中非常不满，暂且不表示。

次日，夏禹大会诸侯，朝觐礼毕，便将平日考察诸侯功德优劣的一张成绩单发表，如某某有功，某某有过，某某平平，某某功过相抵，某某过不掩功，某某功不掩过之类，条分缕析，纤悉不遗，确实允当。众诸侯看了，无不震悚佩服。夏禹对于那有功的加之以奖励，对于有过的加之以训诫，其余或奖诫并施，或奖多诫少。自此之后，那座苗山就改名为会稽山，就是在此会计诸侯功过的原故。

到了第三日，夏禹又召见各地耆老，询问他们地方的疾苦。然后

又会集各国诸侯，向他们发布两条政纲。一条是叫他们应该普及教育，注重于诗礼。一条是民间所用之铨衡斗斛等应该注意，使它们齐一。从前帝舜时代，每次巡守，都以此为考察之一种。无如日久顽生，愚民无知，往往任意私造，轻重不等，大小不一，以致欺诈迭生，争讼以起。而在上的人以为这种是小事，不去理会它，其实与风俗民情大有关系，以后务须随时审察，使它划一，是亦为政之要道。众诸侯听了，皆唯唯答应。

夏禹又说道："寡人在北方，听见众诸侯对于寡人的筑城郭、修戈甲之事大不满意，所以时有反侧之谋。但是寡人所以要如此，亦无非为卫国卫民而已。现在与众诸侯约，寡人已有决心尊重众诸侯之意，将已筑成的城郭统统拆去，将浚治的池隍统统平去，将所有的戈甲统统焚去，与尔众诸侯以赤忱相见。但愿尔众诸侯此后对于中央政府亦恪尽臣道，无有猜虞之心。那么天下统一，永无战争，实是万民之福。未知尔众诸侯以为如何。"

众诸侯听了，一齐稽首道："我王果能如此推心置腹，臣等如还有不服的，那真是叛逆之臣了。"夏禹亦大喜，即命从人将所带来的戈甲一概先焚去，又发命令叫各地将已造的城池即行毁去，将造者停工，未造者勿造。众诸侯见了，无不欢欣鼓舞。

又过了一日，夏禹叫秩宗伯夷将那预备好的禅礼物件检点齐集，就率领众诸侯在会稽山举行禅礼，以告成功于天。自古以来，禅会稽的只有夏禹一个而已。又过了两日，刚要散会，忽报防风氏来了。夏禹大怒，叫他入见，责备他不应该后到。那防风氏自恃身体长大，悍然不服，那个大头昂在空中抗声辩道："从前你所发的政令都是扰乱天下之法，所以我不愿来。如今你自己已知改过，下令取消，所以我仍来。来与不来是我的自由，即使我竟不来，你奈何了我呢！"夏禹听了，勃然大怒道："从前涂山之会已和众诸侯说明，如果寡人有骄汰不德之处，应该和寡人直说。汝何以不说，倒反在此煽惑诸侯，哪是什么理由？现在既已后到，又出言无理，实属不成事体，按照军法，后期者斩！"说罢，回顾左右："与我拿下斩首！"左右得令，纷纷前来。但禁不起防风氏的大脚一踢，统统都踢倒，有几个竟至踢死。

防风氏指着夏禹大骂道："你这个文命小子！竟敢来得罪我，我踢死你，看你怎样？"说着，举起大脚，竟踢过来。夏禹见左右之人或伤或死，正在没法，忽听见他说又要来踢自己，不觉惶窘之至，口不择言地喝道："会稽山神何在？"蓦地一人从外飞来，刚刚将防风氏的大脚擒住。众人一看，原来是个龙身鸟首的怪物。大家知道他是会稽山神了，无不惊怪。防风氏亦大吃一惊，但是右脚已不能动，急忙俯首用拳来打，哪知拳刚伸出，又给会稽山神龙爪抓住。防风氏虽勇猛，至此已无法可施。然而会稽山神急切亦竟奈何他不得。两个神人相持许久。夏禹要想叫人去杀他，只见他身在半空之中，寻常之人不过与他的腿膝一样齐，哪里杀得他着呢，然而又没有在他身上千刀乱斩之理。待要想推他倒来，无如他力大如虎，急切决推他不倒。辗转思维，无法可想，忽然叫道："有了！"忙令左右，赶快用畚锸挑泥，在防风氏身边堆起来，要堆得和他身体一样高，庶几可以施刑。

这时观看的百姓甚多，看见夏禹的神力如此之大，大家都来帮忙，七手八脚，顷刻之间已造成了和堤防一般的一座塘（现在名叫刑塘岭，在浙江省绍兴县西五十里），和防风氏一样高。但是戈甲统统焚去，刑人的刀都没有了。凑巧，夏禹身边尚存一柄宝剑，剑腹上刻有二十八宿之形，剑面上记星辰，剑背上记山水，是夏禹前所亲铸了佩带的，便解下来付与左右。左右之人拿了剑，爬上堤防，朝防风氏的头颈上猛砍过去。防风氏早想争持，无如身躯为会稽山神所绊住，不得动弹。宝剑砍过去，他只能厉声号叫，其声愤惨。这时人丛之中亦有两个人惨叫道："我们不报此仇，誓不做人！"众人听了，无不诧异，正要寻觅，忽听得大声陡起，恍如天崩地塌，仔细一看，原来防风氏已被杀死，身躯倒了下来。众人一看，只见他的长度足足横有九亩之地，血流成渠，腥气四溢，真是异种。

这时会稽山神事务已毕，向夏禹行礼，倏然不见。夏禹就叫人将防风氏尸首埋葬，用了数十人才能扛动。那个头安放在车上，他的眉毛高出在轼的上面，想见其头之高大了。后来到得周朝春秋之时，吴王筑会稽城，发现一骨，其大可以专载一车，莫名其妙。叫人到鲁国问孔子，孔夫子告诉他，这是防风氏之骨，大家方始恍然，后话不提。

且说夏禹杀了防风氏之后，诸侯无不震惧。夏禹向他们解释一番，诸侯陆续散去。夏禹又将他从前在此山上所得的金简玉字之书及赤碧二珪等，依旧埋藏在会稽山中，就是那杀防风氏的宝剑亦选了一座山（现在浙江绍兴之秦望山）藏它起来。诸事已毕，夏禹就向帝女说道："我们可以去了。"帝女点首称是。

到了次日，夏禹忽说有病，午餐之时，胃纳骤减，数口之后，即停箸不食。左右要来撤去，夏禹道：“寡人食余之物，不可以再使他人食之。”当即回顾帝女道：“汝可倾去之，以留一个纪念。”帝女答应，随即将那食余之饭用手撮了，向空中四面撒去，有些落在山中，有些落在泽畔，有些落在江中。左右之人看了，也不知道她是什么作用。

哪知到了后来，这落在山中的就变成一种石子，状如鹅鸭之卵，外有壳重叠，中有黄细末如蒲黄，或状如牛黄，糜糜如面，可食。（现在浙江省嵊县北十五里，有余粮山，即以产禹余粮石著名。此山又名了山，山下有了溪，就是说禹之事功终了于此之意。）那落于泽畔的，变成一种藤类，叶如菝葜，根作块状，有节似菝葜而色赤，味似薯蓣。那落于江中的，随潮流至扶海洲上，变成一种筛草，其实食之如大麦。这三种，后人统称禹余粮。有一说，夏禹战胜而弃余粮，化而为石，所以叫禹余粮。这一说不知它的出处。查夏禹战争，都在未即位之前，那时事功正方兴未艾，不能称为“了”。又战胜而弃余粮，揆之情理，既属暴殄天物，抑且近于骄傲，不合夏禹之为人，故不采取，闲话不提。

且说夏禹自从那日病了之后，日日加重。左右劝进医药，夏禹一定不许。到了晚间，除出帝女之外，并不许有人在他屋中伺候。有一日，夏禹忽然起来，沐浴更衣，到得夜间，左右之人觉得夏禹所住的院内光明四彻，且人语声甚杂，不知何故。然而夏禹吩咐不准进去，亦不敢进内。

到得次日，进内一看，只见夏禹冠服整齐，仰卧榻上，近前细视，已呜呼了。到处寻觅帝女，则不知所往。大家非常着急，但是已无可如何，只得饬人星夜往安邑通报。一面由秩宗伯夷预备殡殓，一切悉遵夏禹生前所定的法令，衣衾三领，苇椁四寸，桐棺三寸，此外并无别物。就在会稽山旁择地营葬，亦是夏禹定令“死于山者葬于山，死于陵者葬于陵”之意。葬时土地之深，穿下七尺，下不及泉，上不通臭，仅仅足以掩棺而已。又取一块大石以做下窆之用。现在此石尚在，名叫窆石，石上刻有古隶文，无人能识。

葬毕之后，又在坟旁给夏禹立一个庙，庙中刻像供奉，兼刻一个帝女之像，在旁边侍立，大家都叫她圣姑，到得后世尚在。后来夏禹坟上时有大鸟飞来给他守护，春天拔草根，秋天除芜秽，年年如此，因此称作鸟社。县官禁止百姓，不得妄害此鸟。他祠庙下的祭田又有无数大象来给他耕田，也是年年如此。百姓都说，神禹之神，到死了都还是神的。山东有一口井，深不见底，就叫禹穴。后人以为禹穴就是禹陵，那是弄错了。闲话不提。

且说那个夏禹是真个死了么？不是的，他是尸解。那日夏禹起来沐浴更衣之后，与帝女种种都预备好。到得夜间，更深人静，只见天上降下两条龙来，龙上跨着一个人，亦降下来，向夏禹说道：“某姓范，名成光，是上帝遣来迎接大禹的。上帝因大禹功德圆满，就此请和某同去吧。”这时夏禹所住的院内顿觉光明洞达，如同白昼。夏禹与帝女遂跨上龙背，范成光别跨一龙，相将腾空而起。

夏禹心中一想，以为必定是直上天门了，哪知不然，两龙直向南行，到得一座山上降下。那地方形势甚熟，仿佛是南海附近之地。夏禹大疑，便问范成光道：“为什么到此地来？”范成光道：“上帝吩咐如此，说大禹对于尘世还有一件俗务未了，故必须到此一行。”夏禹便问是何俗务。范成光道："某亦不知。"夏禹更疑，然亦无可如何，只得与帝女降下龙来，各处散步。

凑巧有两个人从身畔走过，那两人看见了夏禹，似乎颇为诧异，狠狠的注视了一下。然后两个人低头并肩的走了过去，一路窃窃促促，不知作何说话，又不时回转头来望望，目露凶光。蓦地间，两人都拔出利刃，转身飞奔，齐向夏禹扑来，口中大叫道："文命小子！不要逃，我们今朝要报仇了，斩你千刀，方泄我恨！"说时迟，那时快，离夏禹已不到咫尺。夏禹此时已是尸解之仙，倒也不慌不逃。陡然一阵大风、无数霹雳，两条龙升在空中，如电一般的抢过来，将两个人一爪抓住，两人顿然不能动。

夏禹便问他们道："我向日与汝等有何仇怨？汝等乃如此恨我！"两人道："汝是文命么？是现在的夏王么？"夏禹应道是。二人听了，益发切齿道："你这个无道之君！以武力魔术杀我的君主防风氏，我们立志要替君主报仇。今朝巧巧遇着你，又有毒龙助你为虐，实在可恶至极！你赶快杀了我们吧，你不杀死我们，你小心，总有一日要死在我们手里。"夏禹听了，就说道："原来汝等是防风氏的臣子，那日高叫报仇的就是汝等了。臣各为其主，汝等能为君主誓死报仇，真是忠臣。寡人不但不忍杀汝等，且甚敬佩汝等。以后寡人亦将上升于天，绝不会再给汝等遇见，不畏汝等之复仇。汝等可好好的归去。"说罢，向两龙举手示意。两龙将爪一放，防风氏二臣顿时恢复了自由，呆立了半晌，眼看着夏禹和一个女子跨上龙背，又一个人另跨一条龙，都要飞去。他俩知道此仇今生已不能报，便大叫道："君父之仇不共戴天，你死则我活，你活则我死。如今你既然活着而去，我们宁可死了，做厉鬼来杀你！”说罢，拿起利刃，各向自己当胸一刺，鲜血直冒，顿然倒在地上死了。我国千古忠臣，当以这两个人为开始。

夏禹这时在龙背之上，看到他们如此情形，不禁且敬且惜，不免从龙背上再降下来一看，说道：“可惜！不想他们竟都会得自杀的。”范成光道：“假使要他们复活转来，亦甚容易。”夏禹道：“用什么方法呢？”范成光道：“大禹且在此稍等，容某去去就来。”说罢，驾着一条龙向西而去。少顷，即转来，手中拿了一把草给夏禹看道：“这是不死之草，出在鬼方（现在贵州省安顺县），煎了汤，灌下去，人虽已死，也可以复活。”夏禹道：“那么从速灌吧。”帝女道：“他们是不愿和你共戴天日的。万一灌醒之后，他们见你在此，依旧寻死，岂不是白救了么！我看，不如避开为是。”夏禹听了，颇以为然，于是向他处避去。

这里范成光将不死草煎好，给二人灌下，不到多时，果然复活，不过胸前一洞已直透腹背，与穿胸国人相似了。二人复活之后，范成光细细劝慰他们一番，叫他们不要自杀，跑到海外去，就可以算不共戴天了。二人颇以为然，后来跑到海外，娶妻生子，后嗣非常蕃衍，渐渐组织成一个国家，不过胸前都有一洞，变成种类，便是贯胸国的老祖宗。自此之后，夏禹俗务尽了，由范成光御着二龙，与帝女直上天门，遨游仙界，不复再出现于人世。

我的这部《上古神话》，本来到此也告终了。但是神话虽完，事实却没有完，就此止住，未免太没结煞，所以只好再续几句。

且说夏禹之子启在安邑得到了夏禹的讣音，发丧持服，一切朝廷政事仍归伯益总摄，自不消细说。到得三年之丧毕，伯益避居于阳城，启亦避居于禹始封的夏邑，都是仿照尧舜父子的旧例。但是天下诸侯和百姓却不仿照旧例，不到阳城去推戴伯益，都到夏邑来推戴启，说道："启是吾君的儿子，我们应该奉他为君的。"这其间有没有另外的黑幕，不得而知。据战国时孟夫子的解释，有两种理由：一层是，伯益之相禹也历年短，施泽于民未久，及不来舜、禹摄政的年代长，德泽之入人深；二层是，启贤，能敬承继禹之道，不象那丹朱、商均的不肖。但是这两层理由其实甚不充分：第一层，伯益佐禹治平水土，历仕三朝，施泽于民亦不能算不久；第二层，夏启并未做官，能不能承继禹之道，天下诸侯和百姓何从而知之？如说平日已在那里辅佐政治，与诸侯相交结，那么即使没有与伯益争天下之心，亦不免有争天下之嫌了，闲话不提。

且说夏启自从为诸侯百姓推戴之后，他就在夏邑地方即天子位。他和禹既然是父子相继，那定都的问题当然不必提及。他的第一项政令，就是大享诸侯于钧台（现在河南省禹县就是夏邑地方）。那时伯益亦邀来参与。过了几日，诸侯簇拥着他回到安邑，造了一个台，名叫璇台，又大享诸侯。一年之中两次大享诸侯，都是前代所无。究竟是联络手段，还是酬庸大典，就这件事看起来，亦未免使人可疑了。

哪知夏启第二次大享诸侯，正在兴高采烈之际，忽然外面递到一道檄文。夏启一看，原来是有扈国所发的，檄文之意，大致说："尧舜以来都是传贤，现在先王禹早经荐伯益于天，而启竟敢私结党羽，煽乱诸侯，攘夺天下，既违列圣官天下之心，又乖先王荐举伯益之意，不忠不孝，实属罪大恶极，大家应该群起声讨。”下面又盛赞伯益的功德，劝众诸侯加以推戴等语。夏启胸有成算，并不惊怪，便将那檄文传示诸侯，并且说道：“寡人本来避居先王旧邑，不敢承此大宝的。承众诸侯暨百姓殷殷推戴，迫不得已，才敢觍颜承绍大统。自问才德不及费侯益远甚。有扈国君的话实属允当，寡人即当就此退居藩服，敬请费侯益缵承大宝，以符先王之志。”说罢，就离座，作欲出之势。那时众诸侯既已拥戴在前，此刻又正在餍饫他的盛馔，一时哪里翻得过来，都站起来挽留道：“绝无此事，绝无此事，此不过有扈国君一人的理想，臣等都不以为然，请我王万勿逊避。即如费侯益，今日亦在座，他岂肯僭夺我王的大位呢！”说着，大家的眼睛都注视到伯益身上。伯益此时居于嫌疑之地位，大下不去，亦只能离席，竭力挽留夏启，一面又竭力为自己辞让，表明心迹。相持了许久，夏启方才归座，不再让了。

享罢之后，诸侯纷纷归去，伯益也告了病假。夏启优加存问，礼貌殷挚，将伯益之次子若木封于徐（现在江苏省铜山县），以示殊异。但是伯益之心终觉不安，次年，就告归，回到他所封的费国去，不再做相了。伯益既去，那有扈国亦始终不肯臣服，仿佛与朝廷脱了关系，相持至两年之久。夏启屡次遣人前往疏通，有扈国君终置之不理。夏启深恐日久发生他变，因与杜业等臣下商议，起兵征讨，而苦于无名。后来想出一个办法，说有扈氏威侮五行，怠弃三正，将一个空空洞洞、无凭无据的罪名加在他身上，然后带了六师，亲往征伐，直到有扈国郊外甘的地方。哪知有扈国人拼命拒战，六师之众竟不能抵敌。后来夏启归去，修治兵甲，经营武备，重复再来，才将有扈国打破。那时有扈国君因气愤病卧在床上，夏启率领兵士直入其宫中，亲自到床边将有扈国君击死。所有有扈国君的子孙，虽则不遭杀戮，但是都将他们降为牧竖，苦贱不堪。

看官想想，仅仅是个“威侮五行、怠弃三正”之罪，何至于要如此之酷毒待他呢？从此看起来，亦是夏启得天下可疑之一端。然而自此之后，再没有诸侯敢与夏启反抗。官天下之局改为家天下，就确定不移了。

附

第一回

历史上一治一乱之原因·地球之毁坏及开辟

我这部书，是叙述上古神话的。但是，我要叙述上古史的神话，我先记述两段明朝人的神话，做一个引子。

明朝万历年间，陕西省延安府肤施县地方，有一个小小村庄，名叫柳树涧村，村中有一个姓林的读书人，他的才学虽好，可奈命运不济，屡次应试，不得考取，家中又贫，不得已，只能在离柳树涧约六十里远的东土桥地方开一个小馆，教些蒙童，糊口度日，他的妻子却依旧住在柳树涧家中。

有一日，这姓林的从东土桥回到他家中去，走到半路，忽然之间，天色昏黑，大雨如绳的下来。他没有办法，只得向近旁一个古庙中暂时躲避。那个古庙只有三间房屋，却已墙坍壁倒，破败不堪。细看那当中所供的神像，金色的衣裳早已剥落，神座前的香案亦复欹斜欲倒，想来是个久已无人住持的古庙了。这个姓林的人，本想等雨下得小一点，拔脚就走，不料那雨竟下个不住。他闷起来，只好打开行李，在香案之下暂时休息。

正要蒙眬睡去，忽然听得两廊之下人声嘈杂。睁眼一看，只见无数公役在那里往来奔走，有的扫地，有的洒水，忙碌之至。旁边又看见有许多大厨，牛、羊、猪、鸡各种之类陈列其中。又有许多厨夫，拿了刀正在那里切割，以备烹调。再看那神祠堂上，但见灯烛辉煌，一切陈设非常华丽，也不知道它是哪里来的，也不知道它是什么时候换的。又看见一个穿红袍，戴冕旒，捧朝笏，像个帝王模样的人，亲自在那里指挥众人，布置一切。当中设着筵席，旁边列着鼓乐，仿佛预备筵请贵客似的。庙门之外，探听消息的人，络绎往来不绝。隔了一会，探听消息的人匆匆跑来报道："煞星下界了！煞星下界了！"那红衣冕旒的王者慌忙趋出庙门，垂着手，弯着腰，恭恭敬敬在路旁伺候。这时姓林的亦跟出庙门，在旁边观看。

但见远处云端里，一簇人马拥着一乘车舆飞奔而来。两旁环绕的都是绝色的仙娥。音乐之声，聒耳震天。渐渐近着地面了，那穿红袍的人又上前几步站着，拱手侍立，态度愈加恭谨。一转眼间，车舆已在庙门之外落下。车中走出一个怪人，赤发蓝面，巨齿獠牙，好不怕人！大踏步就向庙中进去，一直到当中席上第一位坐下。那穿红袍的人紧跟在后面，他仿佛没有觉得；穿红袍的人向他参拜行礼，他亦仿佛没有看见，但用手拍着席，大叫道："快拿饭来！快拿饭来！莫误我的事。"那穿红袍的人在旁陪坐，听见之后，立刻就叫几十个人，扛了无数山珍海味之类，放在他面前，供他大嚼。其余跟来的人，亦都有供给。那时两廊之下音乐齐作，有歌的，有舞的，非常之热闹。吃完之后，撤去了筵席。那红袍的人站起来，又向那怪人行礼，并恳求道：“今日星君下界，虽是奉天帝敕旨，亦是万民的劫数，无可逃免。但是某以好生为心，伏乞星君于十分之中暂留残喘三分，则感德非浅了。”说罢之后，垂手恭听。

只见那怪人听了之后，始而似乎大怒，要想发作，后来一想那穿红袍的礼貌待遇，实在恭敬之至，优隆之至，不觉有点惭愧。那蓝色的面孔之中，竟微微起了点红晕。但是也不发言，只将头略点一点，表示容纳之意，随即大踏步而出。那穿红袍的仍在后恭送，只见那人跳上车舆，仍由许多侍从拥护着，一片光明，直向前村而没。那姓林的一看，却是自己所住的柳树涧村，不禁大骇，便扯住穿红袍人的一个从人问道：“这个究竟是什么怪物？”那从人道：“你不必问，将来是你的学生呢。”那姓林的听了，大吃一惊。忽然灯火人物一齐不见，自己依旧坐在神座之上。仔细一想，原来是一场大梦。

那时，天也亮了，雨也止了，遂匆匆回到家中，只见桌上盛着喜鸡子一盒，便问他妻子：“这喜鸡子从何处来的？”他妻子道：“昨晚隔壁张嫂嫂生了一个儿子，刚才送来报喜的呢。”那姓林的听了，暗想道：“这个煞星，原来生在此地，我且看他将来究竟如何。”后来隔了五年，姓林的仍旧以教读为业，那隔壁张翁，竟将他那个煞星儿子送到姓林的馆里来读书。姓林的给他取了一个名字，叫作献忠，居然做了姓林的学生。可是愚笨得很，读了一年多书，不曾记得一个字，后来废书不读，便去做贼，渐渐做强盗，到得崇祯皇帝的时候，他就起来造反。和他同年生、和他同造反的就是李自成。李自成降生的时候，虽没有人梦见他如何之情形，但是正史上却有一段载着，说李自成的父亲守忠，因为没有儿子，跑到华山去祈祷，梦见华山神向他说道："我送破军星来做你的儿子。"后来就生了李自成，明末的人给他杀死的亦不在少数。

照这两段神话看来，明朝之末，一年之中天遣两个魔星下降，是的确有的事实了。但是有一个疑问，上帝向来说是有好生之德的，为什么到这个时候竟遣魔星下降，拼命的屠杀人民呢？有些人说，是因为人民骄奢淫佚过度了，或者是行凶作恶太厉害了，所以上天来收拾他们，表示一种警诫惩罚的意思。但是这个答案理由很不圆，为什么呢？骄奢淫佚、行凶作恶之人，上天果然要加之以警诫惩罚，何不暗中夺减他的寿算，何不明白降之以灾祸，何必要派遣魔星下界来大杀特杀，造成恐怖世界，岂不是"以暴易暴"吗？还有一层，大乱之世，杀人如麻，所杀死的果然都是些骄奢淫佚、行凶作恶的人吗？不见得呢！请看那明朝末年，张献忠、李自成这班魔星，所杀死的诸多人之中，难道竟没有善良之人吗？细算起来，妇孺老弱，说不定还是善良的人居其多数。火炎昆冈，玉石俱焚。果然使他们俱焚，这个上天警诫惩罚的答案就无论如何说不圆了。那么上天派遣魔星下降大杀人类，究竟是什么原故呢？原来人间有人间的情形，天上有天上的情形，等在下将天上的情形报告一番，便知端的了。

天是无所不包的，但是综合起来，不过"阴""阳"两个字。日间就是阳，夜间就是阴。和暖而带生气的就是阳，寒冷而带杀气的就是阴。所以天上的神祇，亦分两类，一派是阳神，一派是阴神。阳神的主张是创造地球，滋生万物，而尤其注意的，是人类的乐利安全。阴神的主张是破坏地球，毁灭万物，而尤其痛恶的，是我们人类，定要使人类灭绝而后快。这两派如水与火，如冰与炭，绝对不相容，常常在那里大起冲突。

自无始以来一直到现在，那冲突没有断绝过。阳神一派，是以西王母为首领，而其他日月星辰之中大部分神祇都肯帮助她。阴神一派，是以一位不著名的魔神为首领（后来叫作刑天氏），而夏耕、祖状、黄姖、女丑种种魔神以及其他星辰中之一部都肯帮助他。那一位号称至高无上的皇矣上帝，只能依违于两派之间。虽则他的倾向常偏于阳神一派，但是因为天道不能有阳而无阴，人间不能有昼而无夜，生物不能有生而无死，万事不能有成而无毁，对于阴神一派亦竟奈何他们不得。所以人世间自有历史以来，一治一乱，总是相因的。阳神派得势，派遣他手下许多善神下降人世，将天下治理得太平了。那阴神一派气不过，一定要派遣他手下的魔神下降人世，将天下搅扰得鸡犬不宁，十死八九。然后，那阳神一派看不过，再派遣手下的善神下降，再来整理。到得整理一好，那阴神一派又要派遣魔星下降了。所以遇到浊乱的时世，我们眼看见那些穷凶极恶的人执国秉政，虐待人民，无法无天，又看见那些善良的人民被压制于虐政之下，任凭他们宰割，甚至身家不保，饮泣沉冤，大家都要怨上天之不公，骂上帝之昏聩。其实不必骂，不必怨，要知道天上亦正在那里大起冲突呢！恶神正得势而善神已退处于无权呢！这就是所谓天上之情形了。

我这部书，演说上古史的神话，原想专说夏禹王治水一段故事。但是，既然叫史，必定有一个来源，要说明这个来源，不能不从开天辟地说起。天何以要开，地何以要辟呢？原来我们所住的地球，亦和我们人类一样，有生有死。不过地球的死，不必一定是地球全体的毁坏，只要是住在地球上的生物统统死了，那便是地球死了。这样大一个地球，哪个能够弄它死？当然是阴神一派的魔力。开天辟地，就是地球的死而复生。哪个能够使它复生？当然是阳神一派的能力。我要叙述天地的开辟，不能不先述地球之毁坏。大约地球毁坏之方法有十种：

一种是使人类饥死。地面之上，本来是水多陆少。陆地高出于水面以上的就是山，山的斜坡，就是人类生存栖息之地。但是山石突出于空气之中，经受燥湿冷热的剥蚀，渐渐碎为细粉，随着雨水之力而冲下，由溪入河，由河入海，将海底填平，海水渐渐上泛。久而久之，高山削成平地，尽成为水，那时人类栖息无从，畜牧种植亦无地可施，岂不是要饥死？

一种是使人类溺死。南北两半球季候不同，北半球秋冬雨季，共得一百七十九日；南半球秋冬雨季，共得一百八十六日，计算每年差七日。南半球寒气既多，那么南冰洋的冰当然渐积渐多，北冰洋的冰当然愈融愈少。经过一万零五百年之后，南冰洋的冰因为多而难化，北冰洋的冰因为少而易融，地球的重心必定因此而移动。假使到了北极最热、南极最冷的时候，地球的重心一变，北方重而南方轻，地面的水将从南方倾注北方，全球淹没，人类岂不是要溺死？

一种是使人类轰死。天空之中，每隔多少年，必定有大的扫帚星出现。久而久之，难保它不和地球相撞。即使不撞着它的星体，而仅仅撞着它的星尾，但因它的星尾系热气聚合而成，倘若和地面的空气匀合，势必爆裂，那么可将地球击成齑粉，而人类统统轰死。

一种是使人类毒死。如上条所说，地球和扫帚星之尾相撞，即使不轰死，但是扫帚星上的那股恶气非常难堪。人类既然受到它的恶气，终究必受毒而死。

一种是使人类热死。天空之中有极薄极细的一种气质，能够阻碍地球的运行，使它迟缓。既然迟缓，那么它对于太阳的离心力就不免减小。但是太阳的吸力和地球自身的吸力是仍旧不变的。照此情形，久而久之，地球环绕太阳之轨道必成为螺丝形，与太阳愈接愈近，到时势必寒带亦变为热带，而温热雨带更不能居住，人类将统统热死了。

一种是使人类闷死。地球的里面纯是土和岩石，这两种都有吸水的能力，假使土石将地面的水逐渐吸收进去，海洋里面的水涓滴不存，那时候的空气必稀薄异常，以至于完全消灭，人类岂不是早已闷死？

一种是使人类焚死。天空中的恒星常有忽发大光，经过多日之久，大光渐渐消灭。那颗恒星从此就不复再见，想来是销毁了。我们这颗太阳，亦是恒星之一。假使太阳忽然焚毁，那时地球上面所受到的光热必定要增加到几千万倍，人类岂不是都要焚死？即使不焚死，而太阳既然焚毁之后，地球上光热全无，亦都要冻死。

一种是使人类冻死。太阳的能够发光和生热，亦全靠物质燃烧。假使这种燃烧的物料渐渐用尽，那么它的光热亦必逐渐减少。太阳面上的斑点一日增多一日，那喷火口一日减少一日，它的光渐渐变为金色，再变为黄色，再变为赤色。地球上面的陆地日多，海洋日少，寒气日多，热气日少，岂不是人类都要冻死？

一种是使人类挤死。地球的里面日日在那里冷起来，冷极了一定收缩，一定豁裂。近年以来，山崩地震，往往有裂开大缝、陷落人物之事，就是这种表显的现象。照此下去，人住在地面上未免觉得不稳，只好穴地洞或山洞而居，但是年久之后，大洞亦因为收缩而堵塞，所以人类必至于挤死。

一种是使人类震死。如上条所说，地球既然因冷缩而豁裂，这个时候，人类就使有能力另设一法，仍旧居住地面，以避开那地球豁裂之处，但是那裂缩逐年加大，大体分崩，势必将地球分为数块。到那时，这几大块之中就使还有人类居住，或者还有空气，但是在空中乱行，已无轨道，愈行愈远，势必与其他星体相撞而统统震死。

以上地球的十种死法。在我们过去以前的那个地球，是怎样死的？虽然不得而知，但是有死必有生。以前的地球既然死去，那么现在的新地球当然急急应该创立，这个纯然是阳神一派得占优势的原故了。

开天辟地的时候，怎样能够使那个已死之地球重新建筑起来？已经死尽的人类怎样能够使他们滋生起来？当然是“神”的能力，绝不是人的能力。所以那个首出御世的盘古氏，以及后来的天皇氏、地皇氏、人皇氏等等，以理推想起来，一定就是所谓阳神一派的神祇。既然是神祇，所以有移山倒海的能力，所以有旋乾转坤的本领。以古书考起来，当初毁坏地球的，是阴神一派中之混沌氏。阳神一派中之盘古氏要想开天辟地，少不得和混沌氏大战，也不知费了多少气力，方才将混沌氏打倒，立即将他的尸体解剖起来，拿了他的肉补充从前损失的土，拿了他的骨补充从前毁坏的石，拿了他的血液补充从前消耗了的水，又拿他的肢节竖起来，恢复从前崩坏的山岳，又拿他的肠胃铺起来，恢复从前湮没的江河，又慢慢地滋长万物，诞生人类。这种奇妙灵怪的事迹，一时也说不尽，即使说也说不相像。

总而言之，从盘古氏起，一直到有巢氏以前，都是阳神一派的神祇直接到下界来排除百难、扶植人类的时期。自从有巢氏、燧人氏以后，人类的滋长渐渐地发达了，知道构木为巢以避猛兽了，知道钻木取火以烹饮食了，知道剥取禽兽的羽毛以遮蔽身体了，衣食住三项都已粗粗完备。从此阳神一派的神祇仍旧回归天上，不复再到人世。但是防恐人类的知识才艺没有完全，还不能够自存自立，所以又不绝地派遣他手下的善神降生人世，间接的前来指导帮助。如同伏羲氏的母亲，住在华胥地方（现在陕西蓝田县；一说在雷泽地方，现在山东菏泽县，未知孰是）的水边，看见一个大人的脚迹，偶然高兴，走过去踏了它一脚，不知不觉，心中大动起来，陡然有一条长虹从天上下来，绕着她的身子，她就如醉如痴了好一晌，及至醒来，就怀孕而生伏羲。神农氏的母亲，名叫安登，看见了一条神龙，心中感动，就怀孕而生神农。黄帝的母亲附宝，看见电光绕着斗星，便心有所感，怀孕而生黄帝。这种都是阳神一派派遣善神降生人世的证据。但是，阳神一派如此，那阴神一派亦岂肯甘休，当然也是不绝的派遣魔星下降，来图谋扰乱，并依旧进行他们毁灭地球之主张。最著名的，就是共工氏的决水、蚩尤氏的杀戮，而尤其重大的，就是洪水之灾，且待在下慢慢地讲来。